Elke Thomazo

Die Steinheilerin

Drachenmond Verlag

Drachenmond Verlag

Astrid Behrendt
Rheinstraße 60
51371 Leverkusen
http: www.drachenmond.de
E-Mail: info@drachenmond.de

Satz, Layout: Astrid Behrendt
Korrektorat: Julia Mayer
Umschlaggestaltung: Alexander Kopainksi
www.kopainski-artwork.weebly.com
Frau: Lucian Milasan / shutterstock.com
Pergament: Tischenko Irina / shutterstock.com
Steine: J. Palys / shutterstock.com
Ornamente: Digiselector / shutterstock.com

Druck: EuroPB, Tschechien

ISBN 978-3-95991-444-4

Jede Geschichte nimmt ihren Anfang mit einer vagen Idee. Der erste Gedanke reift, Handlungsstränge entwickeln sich, dann erwachen die Charaktere zum Leben. Manche von ihnen sind gutmütig, andere finster oder auch skurril. Mehr und mehr entwickeln sie ihr Eigenleben. Gemeinsam mit ihnen beschreite ich einen langen Weg. Wir durchleben Phasen der höchsten Euphorie und der tiefsten Verzweiflung. Ich fühle ihre Begeisterung, spüre ihre Schmerzen und hoffe mit ihnen auf ein gutes Ende – bis zum letzten Wort. Das schweißt zusammen.

Danke, dass ich dieses wunderbare Abenteuer erleben und mit meinen Figuren wachsen durfte.

Kapitel 1

Der aufkommende Wind rüttelte bedrohlich an den Fenstern. Ein loser Fensterladen schlug scheppernd in regelmäßigen Abständen gegen die Hauswand. Das laute Getöse kündigte schon wieder ein nahendes Unwetter an. Doch auch in der geschützten Stube tobten unbändige Kräfte. Die erlösende Entladung stand kurz bevor. Seit über zehn Stunden lag Irmia Gehrmann, die Frau des Apothekers, nun schon in den Wehen. Der Unterleib zog sich bereits in kurzen, kräftigen Wellen zusammen und versuchte den Säugling mit aller Kraft hinauszupressen. Vier Kinder hatte die Schwangere schon zur Welt gebracht. Eigentlich müssten die Geschwister den Weg für den Nachkömmling geebnet haben, doch dieses Kind schien größer zu sein. Die Luft in der Kammer war stickig. Es roch modrig und feucht nach einem Gemisch aus Blut, Schweiß und Fruchtwasser. Die ausgebreiteten, ehemals weißen Tücher hatten die Körpersäfte fast vollständig aufgesaugt und sich nun rötlich verfärbt.

Die junge Gret stand hinter der Gebärenden. Ihre Hände hatte sie unter die Achseln der Frau geschoben, um sie abzustützen. Brigitta Wietholz, die Stadthebamme, kniete vor dem Geburtsstuhl, bereit, das Kind jeden Moment mit ihren Händen zu empfangen. In der rechten Hand hielt sie einen rotbraunen Stein, mit dem sie der Schwangeren in kreisenden Bewegungen über die Lenden strich.

»Das ist ein Sarder, nicht wahr?«, stieß Gret aufgeregt hervor. Sie wollte der Hebemutter unbedingt beweisen, wie viel sie bereits von ihr gelernt hatte.

»Das hast du dir gut gemerkt. Aber weißt du auch, welche Kräfte ihm innewohnen?« Brigitta blickte ihre wissbegierige Schülerin wohlwollend und voller Zuneigung an.

»Wenn Gebärende am liebsten aufgeben möchten, dann hilft dieser Stein, noch einmal alle Kräfte zu sammeln und das Kind auszutreiben«, gab Gret bestimmt zurück.

»Das ist richtig, aber auch nach der Geburt ist er nützlich. Er fördert die Genesung und bringt die Wöchnerin schneller wieder auf die Beine.« Brigitta richtete ihre ganze Aufmerksamkeit wieder auf Irmias Unterleib. Lange konnte es nicht mehr dauern.

Gret hing gebannt an den Lippen der Hebamme und verfolgte neugierig jeden ihrer Handstriche. Sie hatte die Geburtshelferin schon viele Male begleitet. Ihr größter Wunsch war es, selbst einmal eine heilkundige Frau, vielleicht sogar eine Wehmutter, zu werden. Mit ihren sechzehn Jahren war Gret schon erstaunlich erfahren im Umgang mit Geburten, aber auch mit dem Tod. Wie ein ausgetrocknetes Flussbett saugte sie jede Erklärung begierig in sich auf. Jeden Handgriff der erfahrenen Hebamme prägte sie sich ein, jede Anweisung, jeden Trank und jedes Kraut. Sie folgte der Heilkundigen auf Schritt und Tritt, immer bestrebt, ihr eigenes Wissen zu erweitern.

Besonders der prallgefüllte Lederbeutel mit den Heilsteinen zog Gret magisch an. Brigitta trug ihn ständig wie ein Kleinod bei sich, verborgen zwischen ihren Rockschößen. Sie benutzte die Steine auf vielfältige Art. Mal bereitete sie einen Trank zu und legte eines dieser funkelnden Heiligtümer hinein. Mal gab sie die Steine direkt auf die Haut oder schob sie einem Kranken in den Mund. Die Wirkung setzte nicht immer sofort ein, doch es war erstaunlich, wie schnell Schmerzen abklangen, sich Muskeln entspannten und auch brandiges Fleisch auf wundersame Weise heilte.

Jetzt kam Bewegung in den Geburtsvorgang. Der Unterleib zog sich immer schneller und in kurz aufeinanderfolgenden Wellen zusammen. Die Apothekerfrau richtete sich auf und beugte sich leicht nach vorne. Schweißtropfen perlten von ihrer Stirn und rannen ihre Schläfen hinab. Mit einem lauten Stöhnen presste sie so fest sie konnte. An ihrem Hals traten die prallgefüllten Adern hervor.

Dann glitt endlich das kleine Köpfchen, und wenig später der ganze Körper, heraus. Das Kind landete mit einem platschenden Geräusch in den Armen der Hebamme. Es war ein kräftiger, rotbackiger Junge, der den frühen Morgen prompt mit einem erbosten Protestgeschrei begrüßte.

»Ist alles in Ordnung mit dem Kind?«, wollte die Frau des Apothekers umgehend wissen. Ihre Stimme klang leise und brüchig. Erschöpft sank sie gegen die harte Holzlehne.

»Ja, es könnte nicht besser sein. Der kleine Rabauke wird seinem Vater alle Ehre machen«, beruhigte Brigitta sie.

»Die letzten Geburten gingen viel schneller«, stieß Irmia leicht außer Atem hervor. »Ich danke dir von ganzem Herzen, Brigitta.« Dann fuhr sie an Gret gerichtet fort: »Und dir natürlich auch, du kleine Hebamme.«

Gret platzte fast vor Stolz und ein erhebendes, glückliches Gefühl machte sich in ihr breit.

»Geh mir jetzt bitte zur Hand. Du weißt ja, was zu tun ist«, bat Brigitta ihre junge Begleiterin.

Flink sprang Gret beiseite und holte aus der Tasche der Hebamme einen weißen Leinenstreifen und ein Messer. Geschickt schnürte sie die Nabelschnur ab und durchtrennte sie kurz hinter der Stoffsperre. Dann bereitete sie den Badezuber vor, mischte kaltes und heißes Wasser, bis die Temperatur angenehm war, und nahm Brigitta das Kind ab. Behutsam badete sie den Säugling und rieb ihn mit Salz ab, um den kleinen Körper von Schleim und Blut zu befreien. Dann gab sie mit dem Finger noch etwas Honig auf den Gaumen des Kindes. Der süße Geschmack sollte seinen Appetit anregen.

Brigitta tastete unterdessen den Unterleib der Frau ab und machte sich bereit, die Nachgeburt entgegenzunehmen. Wenig später stieß der Körper mit letzter Kraft den Mutterkuchen hervor. Sachkundig untersuchte die Hebamme, ob er auch vollständig war.

Gret beobachtete die Wehmutter aus den Augenwinkeln, während sie das Kind abtrocknete, in mehrere Tücher wickelte und der Mutter in die Arme legte. Die Nachgeburt genau zu betrachten war eine wichtige Aufgabe, das hatte ihr Brigitta schon mehrmals eingeschärft. Blieben Reste im Körper zurück, war die Gefahr groß, dass die Mutter stark blutete und die Niederkunft ein unglückliches Ende nahm. Doch diesmal ging alles gut. Brigitta schien zufrieden zu sein. Auf ihrem Gesicht breitete sich ein entspanntes Lächeln aus.

»Wir haben uns jetzt auch eine kleine Ruhezeit verdient. Außerdem musst du schnellstmöglich nach Hause. Sonst macht dein Vater dir wieder Vorhaltungen«, ermahnte die Hebamme ihre junge Helferin.

Gret blickte besorgt nach draußen. Es stürmte gewaltig. Wenn sie sich beeilte, könnte sie vielleicht noch trockenen Fußes zu Hause ankommen. Sie schlang noch kurz zum Abschied die Arme um Brigitta, verabschiedete sich von der stolzen Mutter und stieg die Treppe hinab.

Die Magd der Familie hatte ihr zum Dank ein dickes Bündel geschnürt, das herrlich nach frischem Brot und weiteren Köstlichkeiten duftete. Gret war überrascht. Geschenke hatte sie in diesem Haus wahrlich nicht erwartet. Es war allseits bekannt, dass der Apotheker der Hebamme nicht wohlgesonnen war und ihr Wirken skeptisch beäugte. Wahrscheinlich hatte Irmia die Hebamme ohne die Zustimmung ihres Mannes rufen lassen. Gret nahm die Gaben gerne entgegen, dankte und verließ eilig das behagliche Stadthaus. Für ihre Morgenmahlzeit war auf jeden Fall gesorgt.

Auf der Gasse blies Gret ein eiskalter Wind entgegen. Dunkle Wolken bauschten sich gefährlich am Himmel auf. Mit schnellen Schritten machte sie sich auf den Heimweg. Es begann bereits zu dämmern und sie wollte unbedingt zu Hause sein, bevor die anderen erwachten. Als ihr Blick auf die Häuserfronten fiel, erschauderte sie leicht. Die schadhaften Fassaden lösten bei ihr ein beklemmendes Gefühl aus.

Bereits mehrere schwere Hagelstürme hatten in diesem Frühjahr 1590 die Stadt Freising heimgesucht und sichtbare Spuren hinterlassen. Zahlreiche Scheiben waren zerbrochen und sahen nun wie zahnlückige Münder aus. Löchrige Wände, abgesplittertes Holz, herausgerissene Fensterläden, eingeknickte Türpfosten und jede Menge Unrat, der sich in den Ecken ansammelte, prägten das Straßenbild.

Doch nicht nur über die Stadt selbst, auch über den Domberg samt fürstbischöflicher Residenz waren die Unwetter hinweggefegt und hatten großen Schaden angerichtet. Sämtliche Fenster im

Bischofsschloss waren zerschlagen. Es wurden bereits Stimmen laut, Domberg und Bischofsschloss könnten in die Isar abrutschen. Auch im Umland hatten die Stürme unbarmherzig gewütet und die Felder zerstört. Schwere Zeiten voller Hunger und Entbehrungen standen den Menschen bevor. Gret verdrängte die schwermütigen Gedanken und beschleunigte ihren Schritt. Sie bog um die letzte Ecke und kam leicht außer Atem an ihrem bescheidenen Häuschen an.

Sie schob die schwere, knarrende Holztür auf und trat in die Stube, die zugleich Küche und Werkstatt war. Linkerseits fiel ihr Blick auf den Herd mit Rauchfang. Sie warf ein paar Handvoll Kienspäne und etwas Talg in die Glut und begann das Herdfeuer zu entfachen. Qualmende Rauchschwaden stiegen empor und vermischten sich mit dem im Haus allgegenwärtigen Geruch nach frischem Leder.

Der größte Teil des Raumes zeugte vom Berufsstand des Hausherrn. Die Schuhmacherkunst war die einzige Leidenschaft ihres Vaters, seit seine Frau gestorben war. Die Holzregale an der Wand waren vollgestopft mit edelstem Kalbs- und Rindsleder sowie zahlreichen Leisten der Kunden. Bereits als Kind hatte Gret immer gerne mit diesen Holzmodellen der Füße gespielt.

Dann gab es da noch die dreibeinigen, immer wackeligen Schuhmacherstühle, die große Werkbank voll mit Ahlen, Messern, Scheren, Raspeln, Hämmern, Knieriemen, einem Klopfstein und natürlich verschiedene Kisten angefüllt mit pech- und wachsgetränktem Hanfzwirn und Nähnadeln aus Schweineborsten. Unter der Arbeitsfläche, direkt auf dem Steinboden, stand der schwere Bottich, in dem dic Brandsohlen aufgeweicht wurden.

Grets Vater Jost war in der Stadt ein angesehener Schuhmachermeister. Das altehrwürdige Handwerk hatte lange Tradition in der Familie Moosrainer. Auch Grets zwei Jahre älterer Bruder Max hatte den Beruf erlernt. Gleich nach seiner Lehrzeit in der väterlichen Werkstatt hatte er sich als Handwerksgeselle auf Wanderschaft begeben. Seit über einem Jahr war er nun bereits aus dem Haus. Der freche, dunkelbraune Lockenkopf fehlte Gret, auch wenn es ohne den älteren Bruder noch immer genug Leben im Haus gab.

Gret fing an, das Frühstück zuzubereiten. Heute würde es üppiger ausfallen als gewöhnlich: Weizenmus, duftendes Gebäck, gefüllte Fleischpasteten und dazu frisches Brot – nahezu ein Festmahl. Sie hängte einen Kessel mit Wasser über die Feuerstelle. Noch immer war es schummrig im Raum. Obwohl der Morgen bereits graute, fiel das Licht nur spärlich in die Stube. Die beiden Fenster waren klein und vom Qualm des Herdfeuers verrußt.

Am Morgenhimmel zogen immer mehr tiefschwarze Gewitterwolken auf. Der Sturm draußen nahm an Heftigkeit zu und rüttelte inzwischen unheilvoll an Türen und Fenstern. Und tatsächlich, kaum wenige Augenblicke später prasselten wahre Sturmfluten vom Himmel herab. Der Wind peitschte durch die Gassen und schleuderte den Regen gegen die Scheiben. Das Unwetter holte auch die übrigen Hausinsassen aus ihren Betten. In der Schlafkammer rumpelte es bereits und schlurfende Schritte waren zu hören.

Katheryn war die Erste, welche die schiefe Holztreppe hinunterstieg.

»Guten Morgen, Schuhmachertochter«, schmetterte ihr die junge Magd gut gelaunt entgegen. »Du hast aber wieder müde Augen und richtig dunkle Augenringe. Darf ich raten, wo du warst? Du hast bestimmt unsere liebe Brigitta begleitet, sonst gäbe es nicht schon am frühen Morgen so ein duftendes, frisches Brot.«

»Stimmt genau. Die Apothekerfamilie hat wieder einmal Zuwachs bekommen. Einen richtigen kleinen Schreihals. Und Caspar Gehrmann, der stolze Vater, wollte sich wohl nicht lumpen lassen und hat uns ein pralles Bündel geschnürt«, gab Gret zurück.

Sie mochte die vier Jahre ältere Frau, die seit einem Jahr in ihrem Haushalt lebte und inzwischen eine gute Freundin geworden war. Katheryn war ein lebenslustiges Mädchen, das sich für keine Arbeit zu schade war. Ohne Murren legte sie überall Hand an, wo es nötig war. Sie war nicht nur tüchtig, sondern verbreitete bei allem Fleiß auch noch eine unbändige Fröhlichkeit im Haus. Meist trug sie ein breites Grinsen auf dem Gesicht, sah in allen Dingen auch immer die guten Seiten und strahlte eine Seelenruhe aus.

Rein äußerlich konnten Gret und Katheryn nicht unähnlicher sein. Gret war eher klein, dafür aber drahtig und gelenkig gebaut. Sie hatte ein hübsches Gesicht mit dunklem Teint und gelocktes Haar, das vorwitzig in alle Richtungen strebte und kaum zu bändigen war. Ihre dunkelblauen Augen glichen einsamen Waldseen, das behauptete zumindest ihr Vater Jost. Sie wirkten reifer und tiefgründiger, als man es bei ihrem Alter vermuten würde.

Gret war keine klassische Schönheit, doch ihr lebendiges Wesen, gepaart mit diesen ausdrucksstarken Augen, strahlte eine ganz eigene Anziehungskraft aus. Der einzige Makel in ihrem Gesicht war eine weiße Brandnarbe, die sich fingergroß über ihre linke Wange zog. Eine Erinnerung an eine Unvorsichtigkeit aus Kindertagen. Als Kleinkind war sie auf den Esstisch geklettert und an einen kochend heißen Topf gestoßen, der dieses bleibende Zeichen hinterlassen hatte.

Der Blondschopf Katheryn dagegen überragte die Schuhmachertochter um nahezu einen Kopf. Ihr Körper wirkte schwerer und gedrungener, das Gesicht runder und die Hüften breiter. Auch die Gemüter der beiden jungen Frauen unterschieden sich so deutlich wie Tag und Nacht: Gret glich einem reißenden Strom und Katheryn einem gemächlichen Fluss. Während die quirlige Schuhmachertochter nie still sitzen konnte und den Kopf voller Ideen hatte, ruhte die fröhliche und bodenständige Magd in sich. Aufkommenden Schwierigkeiten begegnete sie mit stoischem Gleichmut. Mit ihrer pragmatischen Art fand sie für nahezu jedes Problem eine einfache Lösung.

»Du solltest dich etwas hinlegen. Lass mich doch das Frühstück machen. Wenn du mir immer die ganze Arbeit abnimmst, schickt mich der Meister noch weg«, sagte sie schmunzelnd zu Gret. Natürlich wusste Katheryn ganz genau, dass der Schuhmacher sich nie freiwillig von ihr trennen würde. Im letzten Jahr war sie zu einer zuverlässigen Stütze für den gesamten Haushalt geworden. Das enge Zusammenleben verband. Längst war sie mehr als eine bloße Angestellte.

»Mach dir nur keine Sorgen, die Arbeit geht in diesem Haus niemals aus. Hier gibt es genug für alle zu tun«, gab Gret grinsend zurück.

Endlich stiegen die drei Männer des Hauses die Stiegen hinab, allen voran Hansi, der neue vierzehnjährige Lehrbursche.

»Na, was gibt es zum Frühstück?«, brachte der Junge gähnend und noch etwas verschlafen hervor.

»Du hast wohl immer Hunger, nicht wahr?«, entgegnete ihm Katheryn belustigt.

»Ich muss ja auch noch wachsen, nach oben und an den Seiten. Im Vergleich zu dir bin ich ein Hänfling.«

Die Magd war nahe dran, dem frechen Jungen einen leichten Klaps zu geben. Sie besann sich dann aber, schließlich wollte sie den Morgen nicht gleich mit einem Streit beginnen. Grets Vater Jost, sonst die Gutmütigkeit in Person, schritt aber ein.

»Dafür, dass du erst eine Woche in unserem Haushalt lebst, sitzt dein Mundwerk ganz schön locker. Ich sollte dich vielleicht einmal ohne Morgenmahlzeit in den Tag schicken, damit du dein Glück hier bei uns auch zu schätzen weißt.«

»Entschuldigung«, murmelte Hansi leise, senkte den Kopf und setzte sich so fügsam wie möglich an den Tisch. Mit dem Meister wollte er es sich auf keinen Fall verscherzen. Wusste er doch, dass er es mit seiner Stelle recht gut getroffen hatte. Andere Dienstherren schlugen deutlich strengere Töne an und begnügten sich nicht mit sanften Drohungen.

Jost nahm seinen angestammten Platz auf der Eckbank ein. Im Gegensatz zu Katheryn brauchte er am frühen Morgen immer eine Weile, bis er richtig wach wurde. Er blickte noch etwas verschlafen und mürrisch in die Runde. Erst als sein Blick auf die Köstlichkeiten auf dem Tisch fiel, hellte sich seine Miene auf.

»Du warst heute Nacht wohl wieder mit der Hebamme unterwegs«, stellte Jost an Gret gewandt fest. »Wir ziehen zwar alle einen Vorteil aus deinen nächtlichen Wanderungen, aber du weißt, dass ich deine Streifzüge zur Schlafenszeit eigentlich nicht gutheißen kann«, rügte er sie halbherzig.

Inzwischen nahm er es recht gelassen hin, dass sich seine Tochter als kleiner Schatten der Hebamme die Nächte um die Ohren schlug.

Als sie Brigitta das erste Mal begleitete, hatte er sich noch Sorgen gemacht. Doch Gret erledigte alle ihre Aufgaben pflichtbewusst, selbst dann, wenn die Nächte wieder einmal länger als die Tage waren. Seit jeher fiel es Jost schwer, seiner hübschen Tochter etwas abzuschlagen. Sie musste ihn nur mit ihren tiefblauen Augen ansehen und schon hatte sie ihn um den Finger gewickelt.

Als Letzter schob sich noch Jacob auf die Holzbank. Der Lehrbube war nur ein Jahr älter als Gret und bereits seit drei Jahren in ihrem Haus. Bald würde auch er seinen Lehrbrief abholen und sich auf Wanderschaft begeben. Das Gesuch lag bereits der Schuhmacherzunft vor. Gret linste besorgt zu ihm hinüber. Er sah heute blass und angeschlagen aus, schenkte ihr aber dennoch ein spitzbübisches Lächeln. Hoffentlich braute sich da nicht wieder etwas zusammen.

Der Lehrjunge hatte sich im letzten halben Jahr körperlich sehr verändert. Von dem eher schlaksigen Burschen war kaum mehr etwas zu sehen. Zu einem kräftigen, gut aussehenden jungen Mann hatte er sich inzwischen entwickelt. Bisweilen blickte er Gret anders an als früher. Fühlte er sich unbeobachtet, verharrten seine Augen auch einmal länger auf der schönen Schuhmachertochter.

Katheryn blieben diese Blicke nicht verborgen. Von ihr darauf angesprochen, tat er seine Zuneigung für Gret schnell ab. Er überspielte seine Befangenheit dann mit einer lustigen Floskel, einem verschmitzten Lächeln oder lenkte auf ein anderes Thema um.

»Ein schönes Unwetter hast du uns von deiner nächtlichen Wanderung mitgebracht, Gret«, zog Jost seine Tochter auf.

Noch immer wütete der Sturm draußen unbarmherzig. Ein Blitz zuckte über den Himmel, gleich danach folgte ein tosender Donnerschlag, der das Geschirr in der Stube erzittern ließ. Münzgroße Hagelkörner klopften nun gegen die Scheiben.

»Erstaunlich, dass wir noch Fenster haben. Fast in der ganzen Stadt sind die Scheiben zu Bruch gegangen. Es hat eben auch Vorteile, wenn die Luken nach draußen nur tellergroß sind«, fügte der Schuhmachermeister belustigt hinzu.

»So viele Hagelgewitter in Folge, das ist schon recht ungewöhnlich. Und jetzt gewittert es auch noch am frühen Morgen. In der Stadt wird deshalb schon geredet. Es gehe nicht mehr mit rechten Dingen zu, tuscheln die Leute, und dass es Hexenwerk sei.« Jacob war die ganze Sache nicht geheuer.

»Ach, Unwetter und Hungersnöte hat es immer schon gegeben. Die Menschen suchen nur gerne jemanden, dem sie die Schuld anhängen können. Damit können sie besser von ihren eigenen Missetaten ablenken«, beschwichtigte Jost.

»Dann ist also nichts dran?«, mischte Hansi sich ein.

»Wer oder ob überhaupt jemand hinter den Unwettern steckt, kann ich dir nicht sagen. Es mag Hexen da draußen geben, die im Pakt mit dem Teufel stehen. Aber eins ist sicher, ich halte nichts davon, vorschnell in Angst und Schrecken zu verfallen.« Josts Stimme war ungewöhnlich laut geworden. Das unbedachte Gerede der Leute verachtete er zutiefst.

»Was mich wirklich beunruhigt, ist, was in der Grafschaft Werdenfels vor sich geht«, fügte Jost hinzu. »Dort haben sie eine wahre Treibjagd begonnen und schon einige Frauen auf dem Scheiterhaufen verbrannt.«

»Aber ist es nicht gut, wenn die Schuldigen bestraft werden?« Hansi verstand die kritische Haltung seines Meisters nicht.

»Wenn die Menschen hier weiterhin wilde Anschuldigungen aussprechen, ist der Stadtrat gezwungen, etwas zu unternehmen. Das Geschwätz der Leute könnte auch bei uns eine Verfolgungswelle auslösen. Ich bin mir nicht sicher, ob uns damit wirklich gedient wäre.« Jost runzelte nachdenklich die Stirn. »Und nun lasst uns über erfreulichere Dinge reden und endlich mit dem Essen beginnen«, setzte er der Unterredung ein Ende.

Eine Zeit lang war es still am Tisch. Jeder hing seinen eigenen Gedanken nach. Gret blickte beklommen zu Jacob hinüber. Der junge Mann war inzwischen aschfahl im Gesicht. Kleine Schweißperlen standen ihm auf der Stirn. Eine dunkelblonde Haarsträhne klebte feucht an seiner rechten Wange und bildete ein gleichmäßig geschwungenes »S«. Seine Lider begannen zu flattern.

Gret hatte es die ganze Zeit gespürt. Die Gewitterstimmung mochte das ihrige dazu beigetragen haben. Es ging wieder los. Die Schuhmachertochter war auf alles gefasst. Nach der anstrengenden Nacht brach also das nächste Unglück über sie herein. Wann würde es endlich ruhiger werden? Nach ihrem Geschmack hatte sie für heute bereits genug Aufregungen erlebt. Erst die schwere Entbindung, dann das tobende Gewitter und jetzt bahnte sich auch noch ein Anfall an.

Schon kippte Jacob zur Seite und schlug unsanft mit dem Kopf auf der harten Holzbank auf. Dann rutschte er von dort weiter auf den kalten Steinboden. Hansi sprang entsetzt auf und starrte voller Angst auf den zuckenden Leib. Ein solch erschreckender Anblick war ihm bislang erspart geblieben. Jacobs Glieder bebten, als wäre sein Körper durch ein inneres Feuer in Brand gesetzt. Marionettengleich schleuderte er die verkrampften Arme und Beine umher. Die Glieder schlugen immer wieder auf dem Boden auf. Ein rotes Rinnsal floss aus dem rechten Mundwinkel. Jacob hatte sich auf die Zunge gebissen.

»Wir müssen ihn von der Bank wegziehen und weicher betten, sonst zerschlägt er sich noch alle Knochen«, rief Gret den anderen zu.

Katheryn war die Erste, die zupackte. Gemeinsam zogen sie den zuckenden Körper weiter in die Zimmermitte. Dann holte Katheryn aus der Ecktruhe zwei einfache Decken hervor. Behände stopfte sie dem Lehrburschen eine unter den Kopf, die andere schob sie ihm unter die Beine.

»Ich gehe schnell und hole Brigitta. Die weiß, was zu tun ist«, stieß Gret bebend hervor.

»Du kannst doch jetzt bei diesem Unwetter nicht nach draußen gehen«, entgegnete Jost beklommen. »Lass das lieber den Hansi machen«.

»Ich glaube nicht, dass Hansi jetzt dazu fähig ist«, gab Gret ungeduldig zurück.

Tatsächlich hatte sich der jüngere Lehrjunge kauernd in eine Ecke verzogen.

»Also gut, dann tu, was du nicht lassen kannst. Aber beeile dich wenigstens und nimm einen Umhang mit«, gab Jost klein bei.

Das ließ sich die Schuhmachertochter nicht zweimal sagen. Sie schnappte sich vom Kleiderhaken an der Wand einen der großen Umhänge, legte sich diesen noch im Hinausrennen um und schlug die Haustür zu.

Der Himmel goss noch immer kübelweise Wasser auf die Erde hinab. Binnen weniger Augenblicke war Gret bis auf die Haut durchnässt. Der schwere Umhang saugte sich in kürzester Zeit mit Regen voll. Das Kleidungsstück bot kaum Schutz und wurde mehr und mehr zur Last. Endlich hatte sie das kleine Haus der Hebemutter erreicht. Hoffentlich ist sie schon wieder von der Apothekerfrau zurück, betete Gret.

Sie klopfte an und schob zugleich die Tür auf. Brigitta stand am Herdfeuer und erhitzte einen Topf mit Wasser. Die Stube der weisen Frau glich einem Kuriositätenkabinett. Alle Wände waren mit deckenhohen Regalen zugestellt. Darin lagerten Unmengen von Töpfen, Tiegeln, Schalen, Krügen und sonstigen Gefäßen. Die Hebamme bewahrte hier Salben, Pulver, Tinkturen und Räucherwerk auf. Kräuterbündel, zahlreiche verschlossene Säckchen und Amulette hingen von der Decke. Ein Gemisch verschiedenster Gerüche schlug ihr entgegen.

»Na, hast du immer noch nicht genug vom Heilen und Kinderkriegen?«, wollte Brigitta wissen. Erst jetzt fiel ihr Blick auf das angespannte und vollkommen durchnässte Antlitz ihrer kleinen Freundin. »Was ist dir denn widerfahren?«, setzte sie dann noch hinzu.

»Du musst ganz schnell mitkommen. Der Jacob hat wieder einen Anfall«, sprudelte Gret gehetzt hervor.

Die Hebamme zögerte keinen Augenblick. Sie packte noch schnell das Nötigste zusammen und machte sich mit ihrer ungeduldigen Schülerin auf den Weg. Das Unwetter hatte inzwischen seine Heftigkeit verloren. Die stürmischen Böen wichen gleichmäßigem Dauerregen. Als die beiden die Schuhmacherwerkstatt erreichten, hatte sich an Jacobs dramatischem Zustand nichts geändert. Noch immer lag er zuckend und mit verkrampften Gliedern am Boden.

Brigitta holte den ledernen Beutel mit den Steinen hervor. Ohne zu überlegen griff sie nach einem grünen Smaragd. Der Edelstein schimmerte geheimnisvoll und strahlte große Kraft aus. Dunkel- und hellgrüne Bereiche wechselten sich ab und mitten durch das Prunkstück zog sich eine zarte, schwarze Maserung. Die Wehmutter schob Jacob den Stein in den Mund und strich ihm sanft über die Stirn. Aus ihrer Tasche holte sie einen Lavendelzweig, ein Büschel Beifußblätter und eine Wurzel hervor. Den Lavendelzweig und ein paar der Blätter warf sie ins Herdfeuer. Angenehmer Lavendelduft breitete sich im Zimmer aus. Die Beifußwurzel drückte sie Jacob in die rechte Hand, der sie unbewusst mit seinen Fingern umschloss.

»Gret, sei so gut und bereite aus den Beifußblättern einen Tee. Wenn Jacob zu sich kommt, kannst du ihm den Aufguss löffelweise einflößen«, wies Brigitta das Mädchen an.

Die heftigen Wogen und Zuckungen ebbten langsam ab. Der schnelle Atem ging langsamer, die Bewegungen wurden ruhiger, bis der ganze Körper schlaff am Boden lag.

»Er wird jetzt sehr erschöpft und müde sein. Ihr solltet ihm heute noch etwas Ruhe gönnen.« Brigitta nahm den feuchten Smaragd aus Jacobs Mund und bestrich mit ihm die Schläfen und die Stirn des Jungen. Dann wischte sie den Stein an ihren Rockschößen ab und gab ihn zurück in den Beutel.

Jacob schlug langsam die Augen auf, blickte aber noch etwas benommen drein. Dass er sich ausgestreckt auf dem Fußboden wiederfand, nahm er gelassen hin. Schon machte sich ein verlegenes Grinsen auf seinem Gesicht breit. Mit dem Handrücken wischte er sich das Blut vom Mund und versuchte, sich aufzurichten.

»Du bleibst besser liegen. Der Hansi kann dich nachher nach oben bringen, dann ruhst du dich noch etwas aus. Du hast uns allen einen schönen Schrecken eingejagt«, sagte der Schuhmachermeister besorgt.

Die Fallsucht begleitete Jacob schon seit seiner frühesten Kindheit. In den letzten Jahren waren die Anfälle seltener geworden. Meist spürte er sie kommen und zog sich dann an einen ruhigen Ort zurück. Auch diesmal hatte ihn eine leise Vorahnung beschlichen, die er jedoch unvorsichtigerweise in den Wind geschlagen hatte. Dann war es zu spät gewesen. Das heftige Zucken hatte bereits das Regiment übernommen und ihn zu einem willenlosen Werkzeug seines Körpers gemacht.

Jacobs Familie war froh gewesen, als Jost den Jungen als Lehrbub angenommen hatte. Franz Zeiser, Jacobs Vater, hatte drei Kinder durchzubringen. Seit ihm im letzten Winter seine Frau weggestorben war, schaute er fast jeden Abend zu tief ins Glas – ein leichtes Unterfangen, saß er doch direkt an der Quelle. Ihm gehörte das Wirtshaus zum Bären in der Nähe des Rathauses. Jacobs ältere Schwester Agnes half im Ausschank mit, während sein jüngerer Bruder bei einem Schneider in die Lehre ging.

»Hansi, lauf mal schnell zum Bärenwirt und hol uns auf den großen Schrecken zwei Humpen Bier. Vielleicht ist er ja großzügig, wenn du erzählst, was heute hier los war«, wies Jost ihn an.

Hansi machte sich sofort auf, den Auftrag auszuführen. Er war erleichtert, an die frische Luft zu kommen. Das beängstigende Erlebnis musste er erst noch verdauen. Er ließ sich von Katheryn ein Geldstück in die Hand drücken und war auch schon fort.

Kapitel 2

Am späten Nachmittag fühlte sich Gret wieder ausgeruht. Sie hatte sich ein paar Stunden hingelegt. Die Aufregungen der letzten Nacht und des frühen Morgens verblassten bereits. Auch Jacob saß wieder an der Werkbank und nähte eine Fersenkappe an einen Schuh, als wäre nichts gewesen. Das Wetter hatte sich beruhigt. Zwischen den Wolken am Himmel blitzte die Sonne hervor.

Gret und Katheryn brachen auf, um Besorgungen in der Stadt zu machen. Vielleicht blieb ja auch etwas Zeit, um bei der Hebamme vorbeizusehen, hoffte Gret im Stillen. Fröhlich plaudernd schlenderten die beiden Mädchen nebeneinander her. Sie folgten dem Lauf der

Stadtmoosach, die sanft plätschernd dahinfloss. Wenig später erreichten sie den Marktplatz, an dessen Ende der Kirchturm der Pfarrkirche St. Georg emporragte. Auf der großen Fläche herrschte bereits ein buntes Treiben. Zahlreiche Handwerker, Kaufleute, Krämer und Bauern aus den umliegenden Dörfern boten ihre Waren lauthals feil. Ein sonores Brummen, so laut wie ein Bienenschwarm, lag in der Luft. Hier wurde gefeilscht und dort gestritten. Ein Gemisch aus den unterschiedlichsten Düften lag in der Luft. Der angenehme, süßliche Geruch von frischen Backwaren vermengte sich mit dem erdigen Aroma, das die Gemüsestände verbreiteten, und wurde schließlich von den Ausdünstungen des rohen, blutigen Fleisches überlagert, das die Metzger darboten.

Die Mädchen stürzten sich in das Gedränge und ließen sich von der Masse an den Verkaufsständen vorbeischieben. Sie erstanden je ein kleines Säckchen Gerste und Hafer, Zwiebeln, Rüben, Kohl, Speck, verschiedene Gewürze und ein großes Stück Rindfleisch. Bei ihrer Runde kamen sie auch am Pranger, einer großen, steinernen Säule im Zentrum des Platzes, vorbei.

Ein junges Mädchen, kaum älter als Gret, war dort festgemacht. Gret überkam eine Welle des Mitgefühls. Es musste demütigend sein, so öffentlich zur Schau gestellt zu werden. Die Hände und der Kopf des Mädchens steckten in einer Schandgeige, die mit einer schweren Eisenkette im Stein verankert war. Ein paar Betteljungen umkreisten die Abgestrafte und bewarfen sie mit Unrat, den sie auf den Gassen aufklaubten.

»Weißt du, wer das ist?«, wandte sich Gret an ihre Gefährtin.

»Das ist die Tochter des Schweinemetzgers. Man hat sie nun schon mehrmals mit ihrem Geliebten in der Scheune ihres Vaters aufgegriffen«, wusste Katheryn zu berichten. »Die letzten Male kam sie immer mit einer Geldstrafe davon. Jetzt wollen sie wohl ein Exempel an ihr statuieren. Wie man sagen hört, möchte der Stadtrichter Unzucht bei Unverheirateten härter bestrafen.«

»Mir tut sie leid. All das nur wegen einer Liebelei. Und ihr Geliebter wurde nicht bestraft?« Gret runzelte nachdenklich die Stirn.

»Der musste ein paar Streiche mit der Spitzrute über sich ergehen lassen«, erzählte Katheryn. »Ich glaube ja nicht, dass der Pranger oder ein paar Hiebe Liebende davon abhalten, sich zu vereinen. Da müssten sie schon andere Geschütze auffahren. Aber wenn man so blöd ist, sich auch noch mehrmals erwischen zu lassen, kann einem wohl nicht mehr geholfen werden«, spöttelte die Magd.

»Du hörst dich so an, als hättest du selbst schon einige Erfahrungen mit diesem Vergehen.«

»Ich bin kein Kind von Traurigkeit, da hast du recht. Wenn ich meinen Spaß haben will, kann mich keiner davon abhalten. Einen hübschen Jungen, der an mir Gefallen findet, würde ich gewiss nicht wegschicken«. Katheryn blinzelte Gret schelmisch zu. »Aber ich würde Vorkehrungen treffen, dass man uns nicht überrascht. Es in der Scheune des eigenen Vaters zu treiben – da muss man wirklich am Verstand des Mädchens zweifeln. Und schützen würde ich mich natürlich auch. Da stehen uns ja genug Mittel zur Verfügung – das wird dir unsere Brigitta doch hoffentlich beigebracht haben.« Katheryn grinste Gret altklug an.

»Was meinst du damit?« Gret schaute ihre Freundin mit großen Augen an.

»Bist du wirklich so ein kleines Unschuldslamm oder bloß eine hervorragende Komödiantin?« Die Magd war sichtlich erstaunt.

»Ich bin noch bei keinem Jungen gelegen, das ist wahr. Aber ich weiß, was für Folgen es haben kann. Wie man sich jedoch davor schützt, ein Kind zu empfangen, hat mir bislang noch keiner verraten.« Fast entschuldigend setzte Gret dann noch hinzu: »Schließlich bin ich in einem reinen Männerhaushalt aufgewachsen, das darfst du nicht vergessen.«

»Der Jacob wäre sicher nicht abgeneigt, eine Liebschaft mit dir anzufangen.« Katheryn stupste Gret verschwörerisch in die Seite. »Und andere fesche Burschen würden sich da bestimmt auch bereit erklären.«

»Der Jacob – bist du dir da sicher? Der beachtet mich doch kaum.« Grets Herz setzte für einen Schlag aus.

»Du müsstest mal sehen, wie er in manchen Momenten mit den Augen an dir hängt. Und stattlich ist er allemal, unser Jacob«, sagte Katheryn entschieden.

Gret wurde nachdenklich. Sollte Jacob, der ihr fast wie ein Bruder war, tatsächlich mehr für sie empfinden?

»Und was meinst du nun mit den Mitteln, die uns Frauen schützen können?«, wollte Gret Näheres wissen.

»Nun ja«, druckste Katheryn etwas verlegen herum. »Vielleicht sollte dir das doch besser Brigitta erklären.«

»Jetzt lass dich doch nicht so lange bitten«, drang Gret in sie. »Oder möchtest du, dass ich bei meiner ersten Liebelei gleich Mutter werde?«

»Es gibt viele Methoden«, rückte die Magd zögerlich heraus. »Du kannst zum Beispiel den Muttermund mit fein gehacktem Gras oder Tang verstopfen. Oder du führst ein Tüchlein ein, das du vorher mit Butter oder Schweineschmalz einstreichst. Bei mir hat das immer gut geholfen.«

Die Mädchen warfen noch einen letzten, mitleidigen Blick auf die Frau am Pranger und schlenderten dann weiter.

»Sieh an, wenn man vom Teufel spricht, kommt er gerannt. Das wäre doch auch ein passabler Auserwählter für dich«, flüsterte Katheryn der Jüngeren amüsiert zu.

Ein gut aussehender junger Mann kam direkt auf die beiden Frauen zu. Schon seine Kleidung verriet, dass er einer betuchten Familie entstammte, und dies im wahrsten Sinne des Wortes. Der elegante Bursche mit den markanten Gesichtszügen war kein anderer als Merten Behrendt, der Sohn des Tuchhändlers. Seine Familie hatte es in der Stadt zu großem Reichtum gebracht. Aber nicht nur das, Mertens Vater Johannes gehörte auch noch dem Stadtrat an und galt in Freising als äußerst einflussreich.

»Oh, die schöne Schuhmachertochter mit ihrer Magd. Ich grüße dich, Gret«, tönte der Kaufmannssohn mit seiner sonoren Stimme.

»Ihr kommt uns gerade recht. Wenn Ihr keine Sorge habt, dass Eure feinen Kleider beschmutzt werden, könntet Ihr uns behilflich sein, die Einkäufe nach Hause zu schaffen«, entgegnete Katheryn spöttisch.

Merten würdigte die Magd keines Blickes und überging auch die provozierende Bitte. Einkäufe zu schleppen – das entsprach nicht den Tätigkeiten, die er sonst auszuüben pflegte. Stattdessen wandte er sich wieder an die Schuhmachertochter.

»Mein Vater hat bei euch neue Schuhe aus feinstem Kalbsleder bestellt. Vielleicht möchtest du die edlen Stücke ja persönlich bei uns vorbeibringen?« Merten umfasste dabei Grets rechtes Handgelenk.

»Für gewöhnlich erledigt einer unserer Lehrjungen solche Botengänge«, gab die Schuhmachertochter etwas schnippisch zurück. Energisch befreite sie sich aus dem festen Griff. Irgendetwas ließ sie bei Merten immer wachsam sein. Der Kaufmannssohn flößte ihr Unbehagen ein. Auch wenn seine Erscheinung kaum stattlicher sein könnte. Doch in seinem Blick lag etwas Bedrohliches. Seine Augen fixierten sie so eindringlich wie ein Raubtier seine Beute. Merten war es gewohnt, das zu bekommen, was er verlangte.

»Ich bin sicher, dass wir uns bald wiedersehen. Wir haben gerade feinstes Tuch aus Florenz und Venedig bekommen. Lauter edle Stoffe in den prächtigsten Farben. Da ist bestimmt etwas für dich dabei.« Mertens Blick wurde noch eindringlicher. »Ein neues Kleid in einem dunklen Blauton, passend zu deinen strahlenden Augen, würde dir sicher gut zu Gesicht stehen. Ich finde sowieso, du solltest deine Schönheit mehr betonen und deinen Körper mit großen Spitzen und Zierrat schmücken«, schmeichelte er Gret.

»Nur dass ich dann in nahezu allen Punkten gegen die Kleiderordnung verstoßen würde. Du weißt genau, dass es strenge Vorschriften gibt, welche Tuchsorte jeder Stand zu tragen hat. Sogar Farbe, Qualität und die Art der Verbrämung sind vorgeschrieben. Auch aufwendige Schmuckstücke sind mir nicht erlaubt«, gab Gret abweisend zurück.

»Regeln sind dafür da, um gebrochen zu werden. Dein Anblick in edlen Gewändern wäre es mir sogar wert, eine von den Obrigkeiten erlassene Geldstrafe zu übernehmen«, erwiderte Merten Süßholz raspelnd. »Außerdem könnte sich dein Stand ja auch ändern. Wer weiß, vielleicht bist du eines Tages die Gattin eines Fürsten oder Königs«, fügte Merten provokant hinzu.

»... oder eines Tuchhändlers«, rief die Magd vorlaut dazwischen.

Gret warf der Magd einen finsteren Blick zu. Katheryn senkte daraufhin ihren Kopf, konnte sich jedoch ein breites Grinsen nicht verkneifen.

»Und was wird dein Vater dazu sagen, wenn du sein teuer verdientes Geld an eine Schuhmachertochter verschwendest? Damit wird er wohl kaum einverstanden sein. Er hat sicher ganz andere Pläne mit dir vor«, wandte sich Gret wieder an Merten. Damit schien sie einen wunden Punkt getroffen zu haben. Merten blieb ihr die Antwort schuldig und kaute stattdessen verbissen auf seiner Unterlippe herum. Sein Vater war für sein strenges Regiment im Haus und sein ausgeprägtes Standesdenken bekannt. So forsch Merten auch auftreten mochte, zu Hause hatte er eindeutig nicht das Sagen.

»Da es dir anscheinend die Sprache verschlagen hat, ist es vielleicht besser, wenn wir unser kleines Geplänkel jetzt beenden. Wir haben noch einiges zu tun.« Gret war froh, in dem Schlagabtausch das letzte Wort gesprochen zu haben. Bevor Merten noch etwas erwidern konnte, knuffte sie ihre Freundin in die Seite und gab ihr mit dem Kopf das Zeichen zum Aufbruch. Der Tuchhändlersohn blieb im Angesicht des abrupten Endes dieses Gesprächs etwas verdattert, aber auch missgestimmt zurück.

»Was für ein eingebildeter Schnösel«, beschrieb Katheryn den blasierten Mann treffend, als sie sich etwas entfernt hatten. »Dennoch wäre es von Vorteil, sich mit ihm einzulassen. Ich an deiner Stelle würde es mir noch einmal überlegen. Ein kurzer Botengang kann ja nicht schaden. Und wenn man dabei noch eine Führung durch das größte Stoffkontor der Stadt bekommt, umso besser. Du musst ihm ja nicht gleich die Ehe versprechen.«

»Du hast gut reden. Nicht mal für tausend Gulden würde ich mit diesem arroganten Spross eine Nacht verbringen«, empörte sich Gret.

Inzwischen hatten die Mädchen den Marktplatz überquert und näherten sich dem Rathaus.

»Was ist denn da vorne los?«, fragte Katheryn stirnrunzelnd.

Eine Menschentraube stand vor dem prächtigen Amtsgebäude. Mehrere Bürger hatten eine Handvoll Stadträte abgefangen und zur Rede gestellt. Gret und Katheryn traten näher an das Gewimmel heran. Es gelang ihnen, aufzuschnappen, was die Menschenmenge so aufbrachte.

»Ihr müsst jetzt endlich etwas tun«, forderte der dickwanstige Bäcker erbost. »Oder wollt ihr, dass die Hexen unsere Stadt gänzlich zerstören?« Mehrere der Umstehenden stimmten dem stattlichen Mann zu.

»Alle meine Scheiben sind zu Bruch gegangen. Wer ersetzt mir jetzt den Schaden?«, machte sich ein schmächtiger Mann bemerkbar. Seine Worte lösten einen Sturm von Beschwerden aus. Von allen Seiten brachten die Leute ihre Anschuldigungen hervor. Jeder schrie lauthals heraus, welchen Verlust die Unwetter bei ihm verursacht hatten. Von Schadenszaubern war die Rede und von Wettermacherei.

»Wir werden heute noch eine Sitzung einberufen und eure Anliegen besprechen«, beschwichtigte einer der Stadträte die zornige Menge.

»Vom Reden alleine ist uns auch nicht geholfen. Was wir brauchen sind Taten«, mischte sich ein aufmüpfiger Mann in ärmlichen Gewändern ein. »Was tue ich, wenn das Brot wegen der zerstörten Felder immer teurer wird? Schon jetzt weiß ich nicht mehr, wie ich die vielen Mäuler zu Hause stopfen soll.«

»Seid beruhigt, wir werden uns eurer Belange annehmen, das müsst ihr uns glauben«, wandte sich ein hoch aufgeschossener, hagerer Gemeindevertreter an die Umstehenden.

Die Stadträte hatten alle Mühe, die aufgebrachte Menge zu besänftigen. Schließlich gelang es ihnen jedoch, die Bürger noch einmal zu vertrösten. Die erhitzten Gemüter beruhigten sich und die Menschen gaben den Stadträten schließlich den Weg ins Rathaus frei.

»Da hatte dein Vater mal wieder recht. Dem Stadtrat steht das Wasser bis zum Hals. Jetzt müssen sie etwas unternehmen, sonst kommt es noch zur Selbstjustiz«, raunte Katheryn Gret zu.

»Mir macht die Vorstellung, dass Hexen in der Stadt ihr Unwesen treiben, auch Angst. Stell dir vor, sie richteten ihre Zauber gegen uns«, brachte Gret beklommen hervor.

»Wer sollte dich schon verhexen wollen? Eher wirst du selbst als kleine Hexe angeklagt. Schließlich treibst du dich ja oft genug zu nächtlicher Stunde draußen herum und das tut keine brave Bürgerstochter«, neckte Katheryn sie schelmisch.

»Sag bloß nicht so was. Darüber macht man keine Scherze. Du hast wohl vor gar nichts Respekt?« Gret war sichtlich betroffen. Manchmal schoss die junge Magd mit ihrer offenen Art über das Ziel hinaus. Aber richtig böse konnte sie ihr dafür nie sein. Das strahlende, runde Gesicht mit den großen Augen quoll nahezu über vor Lebensfreude und guter Laune.

»Lass uns noch schnell auf einen Sprung zu Brigitta gehen«, bat Gret ihre Freundin eindringlich. Zielstrebig lotste sie die Magd durch die Gassen. Katheryn war nicht sonderlich begeistert davon, so schwer bepackt noch einen Umweg auf sich zu nehmen, ließ sich aber doch erweichen. Als sie gemeinsam das kleine Häuschen betraten, war die Hebamme gerade dabei, ihre Vorräte an Kräutern und Salben durchzusehen.

»Ich brauche unbedingt noch frische Heilpflanzen und einige Zutaten für meine Salben«, sprudelte Brigitta geschäftig heraus, nachdem sie die beiden jungen Frauen herzlich begrüßt hatte. Die freundlichen Augen der beleibten, älteren Frau leuchteten dabei wie kleine, glühende Funken. Obwohl sie die Fünfzig bereits deutlich überschritten hatte, brannte noch ein starkes Feuer in ihr. Voller Hingabe widmete sie sich ihrer großen Leidenschaft, der Welt der Heilpflanzen und Edelsteine. Wenn sie von den mächtigen Gaben der Natur sprach, wirkte sie so jung und begeisterungsfähig wie ein kleines Kind.

»In den nächsten Tagen möchte ich hinaus in die Isarauen, um meine Schätze wieder aufzufüllen. Ich würde mich freuen, wenn du mich begleiten könntest, Gret. Wir können den Ausflug in die Natur auch wieder mit einer Lehrstunde verbinden.« Brigitta blinzelte ihrer jungen Schülerin verschwörerisch zu. Wusste sie doch bereits, dass das Angebot für die wissbegierige junge Frau mehr als verführerisch war.

Gret ließ sich von der Begeisterung ihrer Lehrmeisterin gerne mitreißen.

»Natürlich begleite ich dich. Du musst mir aber wieder etwas über die Heilsteine beibringen«, bettelte Gret. »Wie geht es der Frau des Apothekers eigentlich? Hat sie die Geburt gut verkraftet?«, fügte sie noch hinzu.

»Soweit sieht es ganz gut aus. Mutter und Kind sind wohlauf, aber ich werde später noch einmal nach ihnen sehen«, gab die Hebamme freudig zurück.

»Bis zum Apotheker schleppe ich die Einkäufe aber nicht mehr, falls du da jetzt auch wieder mit möchtest«, warf Katheryn vorsorglich protestierend ein. »Mir werden langsam die Arme schwer.«

»Nein, nein, keine Sorge«, beschwichtigte Gret ihre Freundin. »Ich möchte auch nach Hause.« Zum Abschied wandte sie sich noch einmal an die Hebamme: »Dann ist es also abgemacht, du bringst mir wieder neue Dinge bei?«

Die Hebamme freute sich über die Wissbegier ihrer Schutzbefohlenen und versprach ihr, sie demnächst auf einen ihrer Streifzüge mitzunehmen. Dann verabschiedete sie die Mädchen warmherzig. Beschwingt und voller Vorfreude machte sich Gret gemeinsam mit der Magd auf den Heimweg.

Kapitel 3

Die außerordentlich einberufene Stadtratsversammlung war so gut besucht wie nie. Während sich bei anderen Sitzungen immer der eine oder andere entschuldigte, waren heute alle Stadträte und Bürgermeister vollzählig erschienen. Auch der Stadtrichter Marquart Johann nahm an der Zusammenkunft teil. Als fürstbischöflicher Beamter war er sonst kein gern gesehener Gast bei den Ratssitzungen. Bereits mehrmals hatten sich die Vertreter der Stadt beim Fürstbischof Ernst von Freising über den Staatsdiener beschwert. Er mische sich in die Angelegenheiten der Stadt ein, überschreite seine Kompetenzen, bisweilen hebe er sogar Ratsbeschlüsse wieder auf, lauteten nur einige der Anschuldigungen. Die meisten Ratsmitglieder standen dem Richter deshalb feindselig gegenüber. Auf ihr bürgerliches Selbstverwaltungsorgan waren sie stolz und verteidigten es gegen die bischöfliche Oberinstanz bis aufs Messer. Wer ihre Entscheidungshoheit in bürgerlichen Belangen beschnitt, musste mit massivem Gegenwind rechnen.

Die Reibereien zwischen Stadtrat und Richter hingen auch mit den räumlichen Begebenheiten zusammen. Nicht nur die Stadträte tagten im Rathaus, hier war auch der Gerichtssitz der Stadt Freising angesiedelt. Doch heute nahm der Richter nicht – wie so häufig – unaufgefordert an der Sitzung teil. Die Stadträte hatten ihn an diesem Tag sogar offiziell zur Beratung geladen.

Die Stimmung im prächtigen, holzgetäfelten Saal brodelte. Der barsche Schlagabtausch hatte nicht nur die Gemüter erhitzt, auch die Scheiben waren durch die stickig-feuchte Luft beschlagen. Mehrere Stadträte hatten sich erhoben, um ihren Argumenten mehr Gewicht zu verleihen. Der sonst so selbstbewusste Richter begann merklich zu schwitzen. Die Stadträte trieben ihn mit ihren Forderungen immer mehr in die Enge. Trotz seiner kräftigen, Respekt einflößenden Statur wurde Marquart Johann langsam mulmig zumute.

»Ihr müsst jetzt endlich mit den Verhören beginnen und damit dem Unwesen in dieser Stadt Einhalt gebieten«, ereiferte sich Johannes Behrendt. Der vermögende Tuchhändler wuchs immer mehr in die Rolle des Wortführers hinein. »Die aufgebrachten Bürger stürmen mir ja bereits mein Kontor. Ich kann kaum mehr auf die Straße gehen, ohne mich vor einer erbosten Menge rechtfertigen zu müssen.« Das Gesicht des Stadtrats lief vor Erregung rot an. »In der Grafschaft Werdenfels wurde mit den Hexen ja auch kurzer Prozess gemacht. Warum also nicht bei uns?«, fuhr er fort. »Die Zeichen sind doch eindeutig. Die vielen schweren Unwetter, das ist doch Hexenwerk. Aus allen Ecken pfeifen es die Gassenjungen hervor. Hinweise aus der Bevölkerung gibt es auch jede Menge. Nur, dass die Beschwerden anscheinend nicht genug Beachtung finden und langsam in turmhohen Stapeln verschimmeln.« Die Menge unterstützte den Tuchhändler mit tosendem Beifall.

»So einfach, wie Ihr Euch das vorstellt, ist ein solches Verfahren nicht«, brachte der Richter fast kleinlaut hervor. »Es stimmt, die Klagen der hiesigen Bürgerschaft seit den letzten Unwettern füllen fast eine ganze Truhe. Unmengen an Beschuldigungen werden mir zugetragen. Dennoch zweifle ich stark an, dass hinter jeder dieser nachbarlichen Auseinandersetzungen gleich ein solch schweres Vergehen wie die Hexerei liegt.«

»Bei dem abwehrenden Verhalten, das Ihr an den Tag legt, könnte man fast vermuten, Ihr sympathisiert mit den bösen Machenschaften in unserer Stadt.« Der Tuchhändler setzte dem Richter immer stärker zu. Er gefiel sich in der Rolle des Anklägers. Es war ein erhebendes Gefühl, dem Richter seine ganze Wut entgegenzuschleudern. Er fühlte sich dem Richter zum ersten Mal wirklich überlegen, natürlich auch, weil der gesamte Stadtrat geschlossen hinter ihm stand.

»Was erlaubt Ihr Euch, mich mit solchen Anschuldigungen zu konfrontieren? Selbstverständlich kann ich Zauberei und Hexerei nicht gutheißen. Es handelt sich hier auch weniger um meinen Widerstand als vielmehr um die mangelnden Möglichkeiten.« Der Richter japste vor Aufregung nach Luft. »Ein Hexenprozess verlangt ein großes Maß an Fachwissen. Die Erfahrungen mit derartigen Delikten sind bei uns doch eher begrenzt.« Er legte eine kurze Pause ein und fuhr dann fort: »Die Stadt Freising verfügt nicht einmal über einen eigenen Scharfrichter. Der hiesige Eisenamtmann mag ja erfahren im Umgang mit leichteren Vergehen sein, ein richtiger Hexenprozess hingegen lässt ihn sicher an seine Grenzen stoßen. Da bräuchte man schon jemanden, der mit peinlichen Verhören dieser Art besser vertraut ist«, verteidigte Marquart Johann seine Position.

»Das dürfte kein großes Problem sein. Auch in der Grafschaft Werdenfels hat man sich schließlich Hilfe von auswärts geholt. Dem Schongauer Scharfrichter Jörg Abriel eilt ja sein harter, aber guter Ruf weit voraus. Dieser Mann wäre sicher auch für unsere Belange der Richtige«, meldete sich ein schmächtiger Stadtrat zu Wort.

»Die Entscheidung hierüber kann ich ohnehin nicht alleine fällen«, rechtfertigte sich der Richter.

»Dann müsst Ihr Euch eben von Fürstbischof Ernst die Erlaubnis einholen«, riss Johannes Behrendt wieder das Wort an sich.

»Der Fürstbischof residiert derzeit in Köln, schließlich hat er auch das Amt des Erzbischofs von Köln inne.« Der Richter wurde zusehends gereizter.

»Es wird in der Stadt doch irgendjemanden geben, der in dieser Sache Entscheidungen treffen darf und auch den Mumm dazu hat.« Der Tuchhändler ließ nicht locker.

Schließlich gab sich der Richter doch geschlagen. »Nun gut, ich könnte mich zunächst an den fürstbischöflichen Statthalter wenden. Er vertritt den Bischof von Freising, solange dieser abwesend ist.«

»Dann solltet Ihr das auch schleunigst tun, bevor die Bürger der Stadt die Sache selbst in die Hand nehmen.« Johannes Behrendt war zufrieden mit sich. Er hatte seine Interessen hart verteidigt und sich nicht kleinkriegen lassen.

Ein paar Tage später verließen Gret und Brigitta die Stadt am frühen Morgen nach Süden durch das Münchner Tor. Sie folgten zunächst dem Lauf der Moosach, die sich in einer sanften Biegung durch die Landschaft schlängelte. Dann zweigten sie ab und stapften querfeldein durch das kniehohe Gras in Richtung der Isarauen. Die Luft war frisch und kühl. Die Feuchtigkeit stieg in dampfenden Schwaden aus dem Wiesengrund hervor und legte sich als feines Nebeltuch über die erwachende Natur. Ein leichter Windhauch rüttelte sachte an den Grashalmen. Es würde ein schöner Tag werden. Am Himmel zogen nur vereinzelt kleine Wolken vorbei, wie verirrte Schafe, die ihre Herde suchten. Ein paar Sonnenstrahlen würden der Natur gut tun, war sie doch durch die vielen schweren Unwetter der letzten Wochen mit Wasser übersättigt. Die Erde hatte sich vollgesaugt. Es roch nach Feuchtigkeit und vermoderndem Holz, aber auch nach frischen Kräutern und Beeren. Pilze schossen aus der Erde und säumten den Weg der beiden Frauen wie eine Armee kleiner Wachsoldaten.

Schließlich kamen Gret und Brigitta am mächtigen Wasserlauf an. Die Isar war gut gefüllt. An manchen Stellen war sie sogar über das Ufer getreten und hatte die umliegenden Auen geflutet. Brigitta lotste ihre Schülerin an eine flache Stelle, an der sie einen guten Zugang zum Flussbett hatten. Dann raffte die Hebamme ihre Rockschöße ein wenig und löste ihr kostbares Bündel. Gret blickte Brigitta stirnrunzelnd an. Bevor sie ihre Frage stellen konnte, setzte Brigitta auch schon zu einer Erklärung an, ganz so, als könne sie Gedanken lesen.

»Ich möchte die Steine hier im frischen Flusswasser waschen«, erklärte Brigitta ihr Vorhaben.

»Hätten wir das nicht auch an der Stadtmoosach machen können?«, wollte Gret ein wenig vorlaut wissen.

»Die Isar ist viel kräftiger. Das reißende Wasser spült alles Schlechte und alle Krankheiten aus den Steinen. So erlangen sie wieder ihre volle Heilkraft. Danach lassen wir sie in der Morgensonne trocknen, das verstärkt ihre Wirkung. Nur dieser Stein hier darf nicht in die Sonne, er würde sonst seine schöne violette Farbe verlieren.« Brigitta hielt einen Amethyst vor Grets Augen.

»Wie häufig muss man sie im Flusswasser waschen?«

»Wenn du länger mit den Steinen arbeitest, spürst du genau, wann sie ihre Kräfte verlieren. Ich reinige sie nach jedem Gebrauch mit normalem Brunnenwasser und alle paar Wochen in diesem starken Fluss.« Brigittas Blick wurde ernsthafter. »Weißt du, diese Steine sind mein Ein und Alles. Sie sind schon durch viele Hände gewandert. Was ich dir beibringe, ist sehr altes Wissen, das seit vielen Jahrhunderten von Generation zu Generation weitergegeben wurde. Eines Tages werde ich dir diese Steine überlassen, aber erst, wenn du dafür bereit bist.«

Ehrfurchtsvoll blickte Gret auf die Heilsteine, die frisch gewaschen auf einem plateauartigen Stein am Ufer ausgebreitet lagen. Mit den Augen zählte sie sie ab und kam auf vierundzwanzig verschiedene Exemplare. Manche waren kaum so groß wie eine Fingerkuppe, andere wiederum etwas größer. Auch eine Perle konnte sie unter ihnen ausmachen. Ein herrliches Funkeln ging von ihnen aus. Gret konnte sich das nicht erklären, aber die glitzernden Steine zogen sie magisch an. Gerne hätte sie die Einzelstücke selbst einmal in die Hand genommen. Doch Brigitta wäre das nicht recht gewesen. Noch nicht. In ihren Augen war Gret dafür noch zu jung und unerfahren. Aber irgendwann würde auch sie mit diesen Steinen Wunder wirken können, da war sie sich ganz sicher. Bis dahin waren die Steine jedoch unter der Obhut von Brigitta, die sie hütete wie einen wertvollen Goldschatz.

Während die Steine in der Sonne trockneten, weihte die Hebamme ihre kleine Freundin noch tiefer in die Stein- und Pflanzenheilkunde ein. Sie erklärte ihr genau, für welche Beschwerden sich jedes Exemplar eignete und auf welche Weise sie sie einsetzen konnte. Auch die heilenden Wirkungen der verschiedenen Pflanzen brachte sie Gret näher.

Brigittas Herz ging auf, wenn sie in die wissbegierigen Augen ihrer jungen Begleiterin blickte. Wie interessiert sie auch die kleinste nebenbei geäußerte Erklärung aufnahm, war erstaunlich für ihr junges Alter. Auf welch fruchtbaren Boden mein altes Heilwissen da tropft, ging es Brigitta durch den Kopf. Die Kleine war ihr richtig ans Herz gewachsen. Sie nahm längst den Platz der Tochter ein, die sie nie gehabt hatte. So lebenslustig, voller Energie und Tatendrang war auch Brigitta einmal gewesen. Doch seit dieser Zeit, als sie selbst noch jung und unbeschwert gewesen war, waren viele Dinge geschehen.

Tiefe Täler, viel Leid und Kummer musste sie hinter sich lassen. Drei Kinder hatte sie zur Welt gebracht, allesamt junge kräftige Burschen. Doch keiner ihrer Sprösslinge hatte das zwölfte Lebensjahr überschritten. Alle drei hatten Seuchen dahingerafft. Und auch ihr Ehemann, ein äußerst gutmütiger Mensch, war noch in jungen Jahren einem hohen Fieber erlegen. Mit all ihren Heilkünsten hatte sie gegen den übermächtigen und so schwächenden Feind gekämpft, dennoch war es ihr nicht gelungen, das Leben ihrer Liebsten zu retten. Nach den schweren Verlusten, immerhin hatte sie innerhalb weniger Jahre ihre ganze Familie zu Grabe getragen, zog sie es vor, alleine zu bleiben. Angebote wurden ihr viele Jahre lang dutzendweise unterbreitet. In manchen Zeiten gaben sich die Verehrer die Klinke in die Hand. Doch Brigitta schlug alle Anträge aus. Sie genoss ihre Unabhängigkeit und stürzte sich stattdessen in ihre Arbeit.

Mit den Jahren hatte sie sich in der Stadt zu einer geschätzten Hebamme hochgearbeitet. Auch ihre Fähigkeiten als Heilerin sprachen sich immer mehr herum. Viele Bürger suchten sie inzwischen wegen ihrer Leiden und Gebrechen auf. Und Brigitta konnte tatsächlich mit zahlreichen Erfolgen aufwarten. Doch nicht alle nahmen ihre heilerischen Talente wohlwollend auf. Vor allem die Berufsgruppen, die selbst von den Krankheiten der Menschen lebten, fühlten sich von der weisen Frau bedroht. Egal ob Bader, Arzt oder Apotheker, alle in der Heilkunde Bewanderten befürchteten, dass sie ihnen die Kundschaft abwarb. Umso mehr hatte es Brigitta gewundert, dass sie der Apotheker zur Entbindung seiner Frau hatte rufen lassen. Zumindest in diesen Frauenangelegenheiten schien er ihre Kompetenz nicht anzuzweifeln. Wenn er sich auch sonst eher abschätzig über sie äußerte.

Inzwischen hatte das Sonnenlicht die Steine getrocknet und aufgewärmt. Brigitta sammelte ihre Kostbarkeiten sorgsam wieder ein. Jeden Stein nahm sie einzeln in die Hand und fühlte dabei die angenehme Hitze, die sie ausstrahlten. Sie hielt sie dann noch kurz in das helle Tageslicht, betrachtete sie eingehend und ließ sie schließlich in den ledernen Beutel unter ihren Schößen gleiten.

»Wir sollten langsam aufbrechen. Wir müssen noch einige Kräuter sammeln. Außerdem möchte ich dir noch etwas zeigen«, sagte die Hebamme verschwörerisch.

Gret war gespannt und aufgeregt zugleich.

»Was möchtest du mir denn zeigen?«

»Das verrate ich dir nicht. Du wirst es bald selbst sehen. Lass dich einfach überraschen«, gab die Hebamme zurück. Sie musste über Grets jugendliche Ungeduld schmunzeln. In jungen Jahren wollte man immer alles umgehend wissen, erst im Alter lernte man, die Vorzüge der freudigen Erwartung zu schätzen.

Die beiden Frauen kämpften sich weiter ins Unterholz vor. Der versteckte, kleine Pfad, den sie entlangschritten, war vor nicht allzu langer Zeit benutzt worden. Das Gras war niedergetreten und die Zweige der Sträucher geknickt. Der schmale Waldweg wand sich in verschnörkelten Kurven durch das Gehölz. Gret wurde mulmig zumute. Sie entfernten sich immer weiter von der Stadt und näherten sich den dichten Waldgebieten im Umland. Diese Wälder waren nicht sicher. Hier trieben sich Diebesbanden herum. Eine Horde von Ausgestoßenen und Gebrandmarkten. Es waren gefährliche Menschen, die hemmungslos jeden niederstreckten, der ihnen in die Quere kam. Grets Körper verspannte sich. Unwillkürlich ging sie in Habachtstellung und musterte wachsam die Umgebung, ganz so, als erwartete sie jederzeit einen heimtückischen Überfall aus dem Dickicht.

»Du musst dich nicht fürchten. Ich weiß, was die Leute über die Wälder reden. Aber ich bin oft alleine hier draußen und bisher ist mir noch nichts zugestoßen. Also ängstige dich nicht, du Küken«, neckte Brigitta das Mädchen.

Noch bevor Gret ein Wort an die Hebamme richten konnte, hatte diese bereits erraten, was in Gret vorging.

»Und du hast keine Angst, wenn du alleine durch die Gegend wanderst?«, fragte Gret erstaunt.

»Wer sollte einer alten Frau wie mir schon etwas tun? Denkst du vielleicht, ich werde hier überfallen? Ich wäre kein sehr lohnendes Ziel, mit meinen Kräutern in der Hand. Die könnten sie mir natürlich entreißen, aber der Wald ist voll davon«, machte Brigitta sich lustig.

»Mir würde da schon etwas Wertvolles einfallen, das du immer bei dir trägst. Deine Heilsteine ließen sich bestimmt gut zu Geld machen«, brachte Gret zweifelnd hervor.

»Aus dem Alter, dass mir noch jemand unter die Rockschöße will, bin ich glaube ich heraus.« Brigitta musste bei dem Gedanken fast schmunzeln.

Grets Ängste verflüchtigten sich. Die flapsigen Äußerungen der Hebamme brachten auch sie zum Lachen. Ihr rascher Atem wurde deutlich ruhiger. Sie wanderten noch eine Weile den gewundenen Trampelpfad entlang, bis sie an einer mächtigen Eiche ankamen. Der knorrige, alte Baum strahlte etwas Majestätisches, Erhabenes aus. Die dicken Äste wirkten fast wie kräftige Arme, die nach ihren Köpfen greifen wollten. Brigitta war nun voll bepackt. Im Vorübergehen hatte sie mal hier eine Wurzel ausgegraben und dort ein paar Kräuter und Heilpflanzen gepflückt. Sie breitete die Gaben der Natur stolz auf dem weichen Moos unter der Eiche aus. Dann zog sie ein leinenes Tuch aus ihrem Umhang hervor, legte die Pflanzen hinein und schnürte daraus ein straffes Bündel.

»Hier müssen wir abzweigen. Es ist nicht mehr weit, nur noch etwa hundert Schritte«, machte Brigitta ihrer kleinen Freundin Mut.

Gret folgte der Hebamme in das dichte Buschwerk, wenn auch mit gemischten Gefühlen. Das Vorankommen wurde immer mühsamer. Mehrmals schlugen ihnen Zweige ins Gesicht und zerkratzten ihre Haut. Schließlich gab das Dickicht den Blick auf eine kleine Lichtung frei. Im Gegensatz zum letzten, verwilderten Abschnitt des schmalen Pfades, strahlte dieses stille Plätzchen eine wohltuende Ruhe aus. Am Ende der Lichtung stand linker Hand eine zwergenhafte Hütte. Das Miniaturhaus hatte sich meisterhaft an sein grünes Umfeld angepasst. Hellgrünes Moos bedeckte nahezu an allen Stellen das Dach. Nur hie und da blitzte noch ein hölzerner Balken hervor. Das Gebäude schien eher für Kleinwüchsige als für normal große Menschen gemacht zu sein. Ein kleines, mit Leder verschlossenes Fenster war auszumachen, ebenso eine notdürftig gezimmerte Tür.

»Wem gehört denn diese seltsame Behausung?«, fragte Gret neugierig, als sie sich der Hütte näherten. Langsam wollte sie nun doch wissen, wohin sie die Hebamme führte.

Brigitta grinste Gret mit einem breiten Lächeln an. Kleine Fältchen umrahmten dabei ihre Augen. Die Hebamme ersparte sich die Antwort und zwinkerte Gret nur kurz zu.

»Ich verstehe schon, dieses edle Anwesen auf dem Land gehört also dir«, witzelte Gret, als sie am Holzhaus ankamen.

Brigitta entriegelte die Tür und schob sie vorsichtig auf. Um in das kleine Quartier zu gelangen, mussten sie ihre Köpfe einziehen. Die Hebamme nahm das Lederstück von der Fensteröffnung. Es fielen ein paar Lichtstrahlen in den Raum. Von innen machte die Hütte einen recht behaglichen Eindruck. Die Wände bestanden aus einem Flechtwerk von Ästen, das mit einer Mischung aus Lehm und Stroh verputzt war und einen guten Schutz gegen Wind und Regen bot. Die Einrichtung wirkte zwar karg, jedoch heimelig. In der rechten Ecke lag auf dem mit Steinbruchstücken gefliesten Boden ein Sack Stroh als Lagerstätte. Darüber waren lose mehrere Fellreste geworfen. Trotz der geringen Größe des Raumes – bereits mit drei großen Schritten konnte man ihn durchqueren – fanden darin noch ein kleiner Tisch mit Eckbank, ein Wandregal und eine Feuerstelle Platz. Mehrere Tiegel, kleinere Töpfe und Schalen füllten das Regal. An einem Wandhaken hingen einige Kräuterbündel zum Trocknen.

»Und, wie gefällt es dir?«, wollte Brigitta wissen. »Es ist doch recht gemütlich in meinem Landhaus.«

»Ich komme mir vor wie in einem Fuchsbau. Was treibst Du hier nur alleine? Mehr als zwei Menschen passen jedenfalls nicht in diese Hütte. Oder sie müssten recht nah aneinanderrücken«, bemerkte Gret belustigt. »Auf jedem Fall merkt man, dass es deine Behausung ist.« Das Mädchen zeigte auf die vielen Behältnisse, die zweifelsohne mit Heilkräutern und Salben gefüllt waren.

»Ich habe eine ganze Weile in dieser merkwürdigen Hütte gelebt. Du hast schon recht, irgendwie gleicht sie einer Tierhöhle.« Brigitta wurde nachdenklich und in ihren Augen zeichnete sich ein Hauch von Trauer ab. »Damals ging es mir nicht sehr gut, musst du wissen. Ich hatte in kurzer Zeit meine ganze Familie verloren und brauchte Abstand zu meinem gewohnten Leben. Zu Hause erinnerte mich doch alles an meine Kinder und an meinen Mann. Ich wollte nur noch weg von den Menschen und ganz für mich sein.« Brigitta wirkte mit einem Mal in sich gekehrt und verletzlich. »An diesem Zufluchtsort habe ich meine Ruhe wiedergefunden. Hier fühlte ich mich allen Pflanzen und Tieren tief verbunden.«

»Du hast mir nie erzählt, dass du deine Familie verloren hast.«

Brigitta winkte ab, sie wollte nicht weiter über dieses Thema sprechen. »Es ist wirklich ein unfassbares Geschenk, das hier direkt vor der Haustür gedeiht. Die Natur bringt so viele wunderbare Dinge hervor. Wer lernt, mit diesen Schätzen sorgsam umzugehen, kann viel Gutes erwirken«, meinte sie stattdessen. »Aber fast alles im Leben birgt auch Schattenseiten in sich. Hier wachsen viele Kräuter, mit denen du Menschen gleich dutzendweise töten könntest. An mich wurden schon die merkwürdigsten Bitten herangetragen. Nicht alle Leute, die zu mir kommen, möchten auch geheilt werden«, fügte Brigitta undurchsichtig hinzu.

»Ich verstehe nicht ganz, worauf du hinauswillst.« Gret sah Brigitta verwirrt an.

»Du hast eben noch nicht viel gesehen in deinem Leben. So manch ein junges Mädchen, das unverhofft schwanger wurde, hat mich angefleht, ihr Kind abzutreiben. Andere wollten ganz offenkundig ihren Gatten um die Ecke bringen.«

»Das haben sie vor dir zugegeben?«, fragte Gret fassungslos.

»Meist haben sie eine fadenscheinige Ausrede vorgeschoben. Aber solche Bitten habe ich immer gleich durchschaut. Wenn jemand spät abends mit verdächtig roten Wangen bei mir auftauchte, wusste ich meist schon, was Sache war. Aber ich habe mich nie zu Taten hinreißen lassen, die ich später bereuen würde. Auch wenn es mir bei den jungen Mädchen oft schwerfiel.«

»Aber du hättest ihnen helfen können, wenn du gewollt hättest?«

»Die Frucht zu Beginn einer Schwangerschaft auszutreiben ist nicht sonderlich schwer. Da gibt es viele Kräuter. In kleinen Mengen benutze ich sie manchmal, um eine Geburt voranzutreiben, die ins Stocken geraten ist«, verriet ihr Brigitta. »Sadebaum wirkt hier wahre Wunder. Oder Mutterkorn, das verwende ich aber nur mit Vorsicht, um schwere Blutungen nach einer Geburt zu stillen.« Brigitta blickte Gret skeptisch an. »Ich hoffe, dein Interesse an diesen Dingen ist rein theoretischer Art?«

»Ja, natürlich. Mach dir keine Sorgen«, beschwichtigte Gret sie sogleich. »Und jetzt steht die Hütte die ganze Zeit leer?«, fragte sie noch nach.

»Ich komme auf meinen Streifzügen durch die Natur immer wieder hierher, bisweilen verbringe ich sogar die Nacht in der Hütte. Dann kann ich gleich am frühen Morgen in den Wald. An diesem Ort wachsen unglaublich viele Heilpflanzen«, gestand Brigitta. »Ich wollte dir aber noch etwas anderes, sehr Wertvolles zeigen, das ich an diesem Ort verborgen habe«, fuhr sie geheimnisvoll fort.

Brigitta trat zur Lagerstätte hinüber und schob den Strohsack beiseite. Einige der Steinbruchstücke am Boden waren an dieser Stelle locker. Die Hebamme hob sie ab und legte sie neben sich. Es tat sich dort ein geheimes Versteck auf, eine mit Lehm ausgestrichene Versenkung, in der ein verschnürtes, rechteckiges Lederbündel lag. Brigitta holte es hervor und wickelte das Päckchen behutsam aus. Zum Vorschein kam eine Sammlung loser, schon etwas abgegriffener und vergilbter Blätter Papier, die mit einer kunstvoll geschwungenen Schrift beschrieben waren. Gret sah erstaunt auf die unverständlichen Buchstabenfolgen hinab. Sie konnte nicht lesen und hatte es schon so manches Mal bedauert, dass ihr diese wundervolle Quelle des Wissens nicht offenstand.

»Sind die Schriften so kostbar, dass du sie an einem geheimen Ort verbergen musst?«, wollte Gret wissen. Ehrfurchtsvoll strich sie mit ihrer Hand über das oberste Blatt.

»Für mich sind sie von unschätzbarem Wert, denn ich habe viel aus diesen Aufzeichnungen gelernt«, erwiderte Brigitta. »Es sind Abschriften aus dem Werk einer heilkundigen Ordensfrau. Sie hieß Hildegard, war Äbtissin in einem Kloster am Rhein und verfügte über außerordentliche heilerische Fähigkeiten. Ihr Wissen hat sie schon vor langer Zeit in lateinischer Sprache niedergeschrieben.« Brigitta blätterte die Seiten nacheinander durch. »Dies sind Teile eines Buches. Die Ordensfrau beschreibt darin die Entstehung, besondere Kraft und heilende Wirkung von Edelsteinen. Ihre Aufzeichnungen sind wirklich unglaublich, denn ich habe alle Anwendungen selbst ausprobiert und kann bestätigen, dass sie wirksam sind«, versicherte die Hebamme voller Begeisterung.

»Und du kannst das wirklich alles lesen?«, fragte Gret ungläubig. »Wer hat dir das beigebracht?«

»Ich hatte das Glück, dass mein Vater ein sehr belesener und gelehrter Mann war. Er verdingte sich als Schreiber und hatte große Freude daran, sein Wissen weiterzugeben«, klärte Brigitta sie auf.

»Ich beneide dich um diese Fähigkeit. Kannst du mich nicht im Lesen unterrichten? Ich würde alles dafür geben, wenn ich diese seltsamen Zeichen entziffern könnte«, bat Gret eindringlich.

»Deine Wissbegier hat etwas Gewinnendes an sich«, stellte Brigitta mit einem Schmunzeln um die Mundwinkel fest. Schließlich versprach sie ihr: »Ich bringe dir nur allzu gerne alles bei, was ich weiß.«

Gret hätte am liebsten gleich mit der ersten Lektion begonnen, wollte jedoch nicht zu aufdringlich sein. »Verrätst du mir auch, wie du an diese Unterlagen gekommen bist?«, fragte sie Brigitta stattdessen.

»Ich habe sie gemeinsam mit meinen Steinen von einer alten, heilkundigen Hebamme bekommen. Ich war ihre Schülerin, so wie du nun meine bist.« Brigitta strich Gret mit ihrer Hand liebevoll über die Wange. »Die Steine und die Aufzeichnungen sind bereits durch viele heilende Hände gewandert. Wie sie den Weg von Rhein hierher gefunden haben, kann ich dir nicht beantworten. Vielleicht hat eine der Klosterschwestern ihr kirchliches Leben hinter sich gelassen und das Wissen in die Welt hinausgetragen«, vermutete Brigitta. »Gewiss konnten nicht alle Menschen, denen diese Schriften in die Hände fielen, auch lesen. Die wichtigsten Lehren wurden wahrscheinlich mündlich weitergegeben.« Brigitta legte die Papiere wieder übereinander, schlug sie sorgsam in das Leder ein und verstaute sie in dem sicheren Versteck. Dann schob sie auch den Strohsack wieder an seine ursprüngliche Stelle zurück. »Meine Lehrmeisterin war der festen Überzeugung, dass die Steine einmal der Äbtissin selbst gehört haben. Ob diese Annahme der Wahrheit entspricht, weiß ich nicht, doch möglich ist es schon. Mir hat der Gedanke immer gefallen, dass ich womöglich Hildegards Steine besitze«, gestand Brigitta.

Gret wollte gerade zu einer Antwort ansetzen, als sie von draußen ein Geräusch vernahm. Es knackte, als wäre jemand auf einen Ast getreten. Gret und Brigitta sahen fast gleichzeitig zur Tür.

»Was war das?« Gret fuhr erschrocken zusammen. »Kann das ein Tier gewesen sein? Oder vielleicht ...« In ihren Gedanken tauchten mit einem Mal schreckliche Bilder auf. Wenn es nun wirklich Diebesgesindel war? Wie ein Tier klang es jedenfalls nicht. Es waren eindeutig Schritte, die sie hörte. Und dann drückte jemand von außen die Tür auf. Grets Herz verkrampfte sich, ihr Atem stockte und zugleich begann ihr Puls zu rasen.

Brigitta hingegen strahlte eine geradezu stoische Ruhe aus. Gleichmütig verfolgte sie mit den Augen die Bewegung der Tür. Dass ein Fremder in ihre Hütte wollte, schien sie wenig zu beeindrucken.

Und dann linsten zwei fröhliche braune Augen durch den handbreiten Türspalt. Ein kleiner Wuschelkopf schob sich nach. Gret stieß erleichtert einen Schwall Luft aus. Nichts Bedrohliches ging von dem Kind aus, das nun vollständig in den Raum tapste.

Der Junge war sicher nicht älter als sieben Jahre. Gekringelte, leicht zerzauste Locken umrahmten sein schmutziges Gesicht. Eine dicke Rotzglocke hing unter seiner Nase. Die einfache Leinenhose und sein Hemd waren zerschlissen und völlig verdreckt. Die Kleidung schien ihre besten Tage bereits hinter sich zu haben. Der linke Ärmel war aufgerissen. Ein großer Stofffetzen hing schlaff wie eine ausgestreckte Zunge herab. An den Knien war die Hose durchgerieben und löchrig – was für einen Jungen seines Alters jedoch kein ungewöhnlicher Zustand war.

Die nackten Füße steckten in abgenutzten braunen Lederschuhen. Das muss Rindsleder sein, schoss es Gret sofort durch den Kopf. Mit Schuhen kannte sie sich aus, das war Familientradition. Was der Junge an den Füßen trug, war sicher einmal ein ordentliches Schuhwerk gewesen, doch mit der Zeit war das Leder brüchig geworden. Und auch die Sohlen hatten sich an den Fußspitzen vom Oberleder gelöst, sodass sie nun bei jedem Schritt auseinanderklafften wie kleine Schnäbel.

Doch was bei dem Jungen am meisten herausstach, waren seine wachen, durchdringenden Augen. Sie sahen nicht wie die Augen eines kleinen Kindes aus, sondern wie die eines Erwachsenen, der in seinem Leben schon einiges gesehen hatte. Sie musterten Gret auf eine selbstsichere, fast anmaßende Art und Weise.

»Und wer bist du, wenn man fragen darf? Du hast mir einen schönen Schrecken eingejagt«, wollte Gret wissen. Die Erleichterung war ihr deutlich anzumerken. »Hast du dich vielleicht im Wald verirrt und findest dein Dorf nicht mehr? Oder kommst du aus der Stadt?«

»Nein, ich habe mich nicht verirrt.« Der Junge grinste sie forsch an. »Ich bin der Fridel und wohne hier im Wald. Und mein Vater ist der König. Alle nennen ihn König Wilbolt, den Bären. Er ist gefährlich. Keiner kann ihn besiegen.« Fridel machte dabei ein grimmiges Gesicht. »Ich komme jeden Tag bei der Hütte vorbei. Nicht, dass sich hier noch ein Tier einnistet. Außerdem schaue ich immer, ob Brigitta da ist. Sie ist nämlich meine Freundin.« Fridel sah stolz zur Hebamme hinüber.

»Du kennst diesen Jungen bereits?« Gret blickte Brigitta überrascht an.

»Ja, Fridel ist oft hier bei mir. Wir beide haben uns inzwischen ziemlich gut angefreundet, nicht war? Brigitta gab dem Jungen einen sanften Stups in die Seite. »Wie geht es eigentlich deinem rechten Fuß, mein Kleiner?«

»Nicht so gut. Deshalb habe ich dich ja auch gesucht.« Der Junge machte zwei kleine Tippelschritte auf die Lagerstätte zu. Erst jetzt war zu sehen, dass er rechts nicht richtig auftreten konnte und leicht hinkte.

»Setz dich auf den Strohsack. Das möchte ich mir einmal ansehen«, wies die Hebamme den Jungen resolut an.

Der Bursche löste die Schnürsenkel des rechten Schuhs und streifte ihn mit einer geschickten Bewegung ab. Dann streckte er Brigitta brav den bloßen Fuß entgegen. Gret trat hinzu und blickte der Hebamme über die Schulter. Die Fußsohle sah schlimm aus. Direkt am Fußballen war eine münzgroße Wunde auszumachen, die brandig geworden war. Ein kleiner Krater voller Eiter hatte sich gebildet. Die Haut ringsherum war gerötet, gespannt und sah heiß aus.

»Der Zustand deiner Verletzung hat sich verschlechtert. Ich habe dir doch gesagt, dass du die Wunde jeden Tag frisch verbinden sollst. Wenn du mit bloßen Füßen in den Schuhen herumläufst, gelangt Dreck in die offene Stelle und sie heilt niemals.«

Der Junge senkte verlegen den Blick. Die strenge Ermahnung setzte ihm zu. Seine große Freundin wollte er auf keinen Fall enttäuschen.

»Nur keine Bange, das bekommen wir schon wieder hin«, beruhigte ihn Brigitta.

»Mein Vater hat gesagt, dass man vielleicht den Fuß abschneiden muss.« Fridel hoffte natürlich, dass ihn sein Vater nur auf den Arm genommen hatte. So ganz sicher war er sich aber nicht dabei. Schließlich hatte er in seinem jungen Leben schon einige Verletzungen mit tragischem Ausgang gesehen.

»Du solltest deinen Fuß jeden Tag für einige Minuten in die Isar hängen. Das kühlt und spült den Dreck und den Eiter raus. Dann lässt du die Wunde an der frischen Luft trocknen«, erklärte ihm Brigitta. »Ich gebe dir noch ein paar Leinenstreifen mit, mit denen du deinen Fuß verbinden kannst. Wenn dir die Streifen ausgehen, musst du sie gründlich im Fluss auswaschen, verstanden?« Fridel nickte artig.

Brigitta holte aus dem Regal einen Tiegel mit einer grünlichen Paste und schmierte sie dem Jungen auf die Verletzung. »Schau genau zu, damit du das auch alleine hinbekommst. Oder kann dir jemand dabei helfen?« Brigitta sah den Burschen eindringlich an.

»Das schaffe ich auch alleine. Ich bin doch kein Kleinkind mehr.« Fridel fühlte sich in seiner Ehre verletzt. Er wollte um jeden Preis beweisen, dass er schon groß war.

Brigitta öffnete das Bündel mit den frisch gepflückten Heilpflanzen und holte zwei Kräuter heraus.

»Das sind Ehrenpreis und Wegerich. Diese Pflanzen wachsen hier überall im Wald und auf den Lichtungen. Den Wegerich erkennst du an den Adern, die durch die Blätter laufen.« Brigitta hielt Fridel ein Wegerichblatt unter die Nase und zeigte ihm die feinen Linien. »Die Blätter wachsen unten am Stängel heraus. Der Ehrenpreis sieht aus wie ein einfaches Unkraut, die Blätter sind silbrig-weiß.« Sie wollte, dass er sich die Pflanzen gut einprägte. »Ehrenpreis erkennst du am besten, wenn er gerade blüht. Er trägt dann diese wunderschönen blauen Blüten. Du pflückst die Blätter der beiden Pflanzen ab, vom Ehrenpreis kannst du auch die Blüten abzupfen. Dann zerquetschst du die frischen Blätter und Blüten zu einem feinen Brei.«

»Womit soll ich sie denn zerquetschen?«, fragte Fridel.

»Am besten mit einem Stößel. Du kannst die Pflanzen aber auch im Mund zerkauen. Die Masse streichst du dann auf deine Wunde und bindest einen Leinenstreifen darüber. Verstanden?«

Brigitta zeigte dem Jungen genau, wie er vorgehen sollte. Dann verband sie ihm sorgfältig den Fuß. Fridel genoss die besondere Zuwendung. Sonst wurde er nicht so sorgsam behandelt.

»Das werde ich mir gut merken, versprochen. Und dieser grüne Brei macht meinen Fuß jetzt wieder ganz gesund?« Fridels Augen strahlten Brigitta erwartungsvoll an. Ehrfürchtig betrachtete er sein frisch umwickeltes Bein.

»Ja, wenn du dich an meine Anweisungen hältst, saugen die Pflanzen den Eiter aus deiner Wunde. Die Haut schließt sich dann von ganz alleine. Auch die Rötung und die Schwellung nehmen sie weg, du wirst schon sehen.« Brigitta war sich sicher, dass der Junge ihre Ratschläge nun beherzigen würde.

»Bist du auch eine Heilerin?«, wandte sich Fridel an Gret. »Wir haben genau die gleiche Haarfarbe und dieselben Locken. Vielleicht bist du ja meine Schwester?«

»Nein, deine Schwester bin ich sicher nicht«, antwortete Gret, »obwohl ich mir immer einen kleinen Bruder gewünscht hätte. Und eine Heilerin bin ich auch nicht, aber ich möchte einmal eine werden. Dafür muss ich aber noch viel lernen.«

»Dann musst du nur ganz nah bei Brigitta bleiben, meine Freundin weiß nämlich alles. So, jetzt muss ich aber wieder gehen.« Der Junge erhob sich vom Lager, zog seinen Schuh an und prüfte vorsichtig, ob er wieder auftreten konnte. Die Belastungsprobe entsprach wohl seinen Erwartungen. Langsam humpelte er auf den Ausgang zu, hob noch kurz die Hand zum Gruß und war auch schon verschwunden.

»Ich hoffe, es ist nicht so, wie ich denke«, wandte sich Gret an Brigitta, als der Junge im Dickicht verschwunden war.

»Was denkst du denn?«, erwiderte Brigitta amüsiert.

»Ich denke, dass du dich mit Gesetzlosen eingelassen hast. Der Junge ist doch ganz offensichtlich ein Spross von ehrlosen Leuten. Ausgestoßene, die sich in der Stadt nicht mehr blicken lassen dürfen und dafür im Wald Unterschlupf gefunden haben. Der Bub mag ja liebenswert sein – dennoch solltest du dich von ihm fernhalten.«

»Es ist schön, dass ein solches Feuer in dir brennt und du dich so ereifern kannst. Aber ich bin kein herzloser Mensch. Wenn mir ein kleiner, verletzter Junge über den Weg läuft, dann helfe ich ihm. Das würde ich für jedes Lebewesen tun – egal ob ehrlos oder nicht«, verteidigte sich Brigitta voller Inbrunst.

»Das schätze ich ja auch sehr an dir, dass du so ein gutes Herz hast. Ich mache mir nur Sorgen um dich. Diese Menschen können sehr gefährlich werden. Sie kämpfen hier ums Überleben und da zählt ein Menschenleben nicht viel«, redete ihr Gret ins Gewissen.

»Ich weiß schon, was ich tue. Du musst dir meinetwegen wirklich nicht den Kopf zerbrechen.«

»Hast du gar keine Angst, dass dir jemand folgen könnte? Wenn sich herumspricht, dass du im Wald Gebrandmarkte pflegst, ist dein Ruf ruiniert. Niemand wird sich dann noch von dir behandeln lassen oder dich gar zu einer Geburt rufen. Willst du wirklich dein Dasein aufs Spiel setzten?« Gret versuchte mit aller Macht, Brigitta zu überzeugen. Die Vorstellung, ihre Freundin könnte alles, was sie von ganzem Herzen liebte, in Trümmer legen, ängstigte sie.

»So gut, wie du denkst, ist mein Leumund ohnehin nicht, gestand Brigitta. »Verläuft eine Entbindung ohne Zwischenfälle, wird dies als selbstverständlich hingenommen. Sterben jedoch der Säugling oder die Mutter bei der Niederkunft, werde ich dafür verantwortlich gemacht und mit Vorwürfen überschüttet.«

»Ich habe selbst gesehen, wie viele Menschen du schon gerettet hast. Du bist eine gute Hebamme!« Gret hatte das Gefühl, Brigitta verteidigen zu müssen.

»Ich glaube, du überschätzt meine Fähigkeiten. Über Leben und Tod kann ich nicht entscheiden. Dieses Schicksal liegt allein in Gottes Hand. Wenn er ein Leben beenden oder gar nicht erst entstehen lassen möchte, kann ich mich noch so anstrengen, es wird mir dennoch nicht gelingen, den Tod zu überlisten«, hielt die Hebamme entgegen. Sie legte ihrer Schülerin eine Hand auf die Schulter, mit der anderen hob sie Grets Kinn an. »Das Einzige, was mir bleibt, ist, in jedem Fall mein Bestes zu geben. Denn dann habe ich mir nichts vorzuwerfen. Und das werde ich auch weiterhin uneingeschränkt tun.«

Gret ging Brigittas leidenschaftliche Rede zu Herzen. Es rührte sie, mit welcher Vehemenz sie ihre Argumente hervorbrachte. Und insgeheim bewunderte sie auch die starke Kämpfernatur in ihr.

»Lass uns bitte nicht streiten, dafür ist der Tag viel zu schön«, lenkte Gret ein. Sie bereute bereits, dass sie der Hebamme so zugesetzt hatte.

»Du hast recht. Wir sollten uns sowieso langsam auf den Heimweg machen. Die Sonne steht schon ziemlich hoch. Wenn du rechtzeitig zum Mittagessen zu Hause sein willst, müssen wir uns beeilen.«

Kapitel 4

Als Gret mit erhitzten, roten Wangen die Tür aufdrückte, saßen bereits alle am Mittagstisch. Mit einer kurz gemurmelten Entschuldigung schlüpfte sie schnell neben Jacob auf die Bank. Das Essen war bereits aufgetragen, Katheryn füllte schon die Holzschüsseln. Es gab Brennsuppe und frisch gebackenes Brot.

»Du wirst nicht glauben, was geschehen ist.« Jacobs Augen glänzten vor Glückseligkeit. »Ich habe es gerade erst erfahren. Heute Abend werde ich meinen Lehrbrief erhalten. Der Meister wird mich dann feierlich vor der versammelten Zunft freisprechen. Ich kann endlich auf Wanderschaft gehen. Ist das nicht aufregend?« Jacob war ganz berauscht von dem Gedanken an Veränderung. Lange hatte er sich bereits nach etwas Neuem in seinem Leben gesehnt. Ein Ortswechsel war so richtig nach seinem Geschmack. Sein inneres Freudenfeuer sprühte Funken.

»Ich freue mich so für dich. Auch wenn es hier recht still werden wird. Erst ist Max aufgebrochen und jetzt machst auch du dich auf den Weg. Du wirst mir fehlen«, meinte Gret. Sie wusste zwar schon eine ganze Weile lang, dass dieser Moment kommen würde, aber jetzt, da es soweit war, überkam sie plötzlich eine unglaubliche Traurigkeit. Sie hatte das Gefühl, etwas Liebgewonnenes zu verlieren. Es war ähnlich wie damals bei ihrem Bruder Max und doch auch wieder ganz anders. Es fühlte sich an, als würde etwas auseinandergerissen, was auf natürliche Weise vereint sein müsste. Jacob spürte, was in Gret vorging. Ganz vorsichtig berührte seine Hand für einen kurzen Augenblick ihren Arm, dann zog er sie wieder zurück. Eine kleine Geste, die von niemandem beachtet wurde, Gret jedoch ein kurzes Glücksgefühl bescherte.

Jost bekam von alledem nichts mit. In Gedanken war er vielmehr damit beschäftigt, wie er künftig mit nur einem unerfahrenen Gehilfen die ganze Arbeit bewältigen sollte.

»Die Jugend sucht immer das große Abenteuer. Sie hofft, dort draußen ihr Glück zu machen. Doch das Leben ist rau und unbarmherzig. Du wirst mich noch vermissen, das kann ich dir schon heute prophezeien«, versprach Jost seinem ältesten Lehrburschen.

»Das kann gut sein«, räumte Jacob schmunzelnd ein.

»Denk bitte an mich, wenn dir dein neuer Meister zum ersten Mal den Hosenboden versohlt und du am liebsten wieder in dein behagliches Nest in Freising zurückkriechen möchtest.« Jost deutete mit der Hand einen Klaps an.

»Ich kann einiges wegstecken. Ein paar Schläge erschrecken mich nicht«, erwiderte Jacob.

»Das sagst du jetzt. Aber ich war ja auch nicht anders. Ungebunden und frei durch die Welt zu streunen, hat wirklich etwas für sich. Da nimmt man schon einige Unannehmlichkeiten in Kauf.« Meister Jost musste an seine eigene Gesellenzeit zurückdenken. »Wenn du dir erst einmal ein Weib genommen hast, ist sowieso Schluss mit dem Vagabundenleben. Dann wirst du sesshaft und musst deinen Nachwuchs durchbringen.« Jost blickte Jacob wissend in die Augen. »Mir ist klar, dass es dich in die Fremde zieht. Dennoch habe ich eine Bitte an dich. Kannst du deinen Aufbruch zumindest noch solange aufschieben, bis ich einen angemessenen Ersatz für dich gefunden habe? Damit meine ich einen Jungen, der etwas im Hirn hat und nicht gerade zwei linke Daumen besitzt.«

Jacob zögerte einen Augenblick. So lange hatte er seine Freiheit ersehnt.

»Es wird nicht zu deinem Schaden sein. Ich werde dich angemessen für deine Arbeit entlohnen«, versprach ihm Jost.

»Also gut, einen kurzen Aufschub kann ich gerade noch verschmerzen«, willigte Jacob schließlich in das Angebot seines Meisters ein. »Nun habe ich drei lange Jahre gewartet, da kommt es auf ein paar Wochen mehr oder weniger auch nicht an.«

Jost streckte dem Jungen seine Hand entgegen und der künftige Schuhmachergeselle schlug ein und besiegelte so die Absprache.

Gret fiel ein Stein vom Herzen. Eine kleine Schonfrist blieb ihr also noch. Das konnte ihr den Abschiedsschmerz zwar nicht nehmen, doch nun hatte sie noch etwas Zeit, sich auf die baldige Trennung einzustellen.

»Weißt du schon, in welche Stadt du gehen wirst?«, wollte Katheryn wissen.

»Ich bin mir noch nicht ganz sicher. Entweder breche ich Richtung Süden nach München auf oder ich versuche mein Glück in Landshut. Dort soll es viele gute Schuhmachermeister geben.«

»Max ist auch nach Landshut gegangen. Von dort aus wollte er weiter nach Straubing ziehen. Vielleicht kannst du ihn ja ausfindig machen?«, fragte Gret hoffnungsvoll. Ihr Bruder hatte lange nichts mehr von sich hören lassen.

»Wenn Max wirklich in Landshut ist, werde ich ihn schon finden. Da wird mir die Schuhmacherzunft vor Ort bestimmt weiterhelfen. Aber ich bin mir fast sicher, dass er schon weitergezogen ist. Länger als ein Jahr hält es unser Treibauf gewiss nicht in einer Stadt aus.«

Ein lautes Klopfen an der Tür unterbrach ihr Gespräch. Katheryn stand auf, um nachzusehen, wer sie zur Mittagszeit störte. Noch bevor sie die Tür ganz öffnen konnte, stürmte bereits die Magd des Apothekers in die Stube. Dabei rempelte sie hart gegen Katheryns Schulter.

»Zur Schuhmachertochter möchte ich«, stieß sie völlig außer Atem hervor. Sie schien es ziemlich eilig zu haben. Offenbar hatte sie den Weg im Laufschritt hinter sich gebracht.

»Nun erst mal ganz ruhig. Wo hat dich denn der Hafer gestochen? Kommst hier angerauscht als wäre ein ganzer Bienenschwarm hinter dir her. Kannst du nicht warten, bis das Türloch groß genug für uns beide ist?«, herrschte Katheryn die ungeduldige Besucherin an.

»Bitte, es ist wirklich dringend«, flehte die Magd nun vollkommen aufgelöst. »Meiner Dienstherrin geht es gar nicht gut. Sie hat mich gebeten, schnellstmöglich die Tochter des Schuhmachers zu holen.«

Gret ging auf die erregte Frau zu.

»Warum wendest du dich nicht an Brigitta? Sie ist schließlich die Hebamme. Ich habe ihr bei der Geburt nur unter die Arme gegriffen. In den Heilkünsten bin ich noch nicht sehr bewandert.«

»Die Sache ist nicht ganz einfach. Ich werde dir alles auf dem Weg zu meiner Herrschaft erklären. Wir dürfen wirklich keine Zeit verlieren.«

»Also gut, ich werde dich begleiten und sehen, was ich für euch tun kann.«

Gret hatte Mühe, mit der Magd Schritt zu halten. Schließlich gelang es ihr jedoch, mit der Voraneilenden auf Augenhöhe zu kommen.

»Jetzt musst du mir aber wirklich sagen, warum du nicht Brigitta gerufen hast. Sie hat in diesen Dingen doch viel mehr Erfahrung als ich.«

»Der Apotheker hat es ausdrücklich untersagt. Er war fuchsteufelswild«, erwiderte die Magd.

»Warum das denn?«

»Gestern war Brigitta nachmittags noch einmal bei uns, um nach Mutter und Kind zu sehen. Sie hat meine Herrin untersucht und am Unterleib abgetastet. Da klagte Irmia bereits über Schmerzen im Bauch, die jedoch noch gut auszuhalten waren«, erzählte die Magd. »Gerade in dem Moment, als die Hebamme mit ihren heilenden Steinen zugange war, platzte plötzlich der Apotheker herein. Es war ganz offensichtlich, dass er Brigitta nicht über den Weg traute.«

»Und was ist dann geschehen?«

»Er wollte wissen, was für seltsame Zeichen die Hebamme mit ihren Steinen auf den Unterleib seiner Frau malte. Und natürlich auch, welche Tränke sie ihr einflößte.«

»Hat Brigitta ihr Handeln nicht erklärt?«, fragte Gret nach.

»Doch«, entgegnete die Magd, »sie hat gesagt, dass sie nur die heilenden Kräfte der Steine nutzt und den Leib seiner Frau stärken will. Da wurde der Apotheker gleich noch misstrauischer.« Die Magd hielt inne und musste leise schluchzen. »Er warf ihr vor, sie würde Schwarzkunst einsetzen und mit magischen Beschwörungen seine Frau verhexen. Dann meinte er noch, dass er sich mit Heilmitteln selbst viel besser auskenne als die Hebamme.«

»Und dann kam es zu einem heftigen Streit«, mutmaßte Gret. Sie kannte Brigitta inzwischen gut genug, um zu wissen, dass sie solche Anschuldigungen nicht auf sich sitzen ließ.

»Genau«, bestätigte die Magd. »Jeder verteidigte sein eigenes Heilwissen vehement. Mir machte das ganze Gezeter Angst. Der Streit schaukelte sich hoch, bis der Apotheker die Hebamme schließlich hochkant vor die Tür setzte. Sie solle sich hier nicht mehr blicken lassen mit ihrer Höllenkunst – das waren seine Worte. Verstehst du jetzt, warum ich die Hebamme nicht holen wollte?«

Brigitta hatte bei ihrem gemeinsamen Ausflug kein Wort über diesen Streit verloren, kam es Gret in den Sinn. Entweder wollte die Hebamme sie mit ihren Sorgen nicht ängstigen oder sie nahm das Ganze einfach auf die leichte Schulter. Wenn Gret so darüber nachdachte, traf die zweite Möglichkeit wohl eher zu. Brigitta scheute zwar keinen Disput, scherte sich im Grunde aber nicht viel um das Gerede der anderen.

Als Gret zum zweiten Mal die Stiegen zu Irmias Schlafkammer erklomm, hatte sie ein mulmiges Gefühl. Was machte sie hier eigentlich? Ihr fehlten die Erfahrung und die Handfertigkeit. Weder in der Geburtshilfe noch in der allgemeinen Heilkunst war sie ausreichend bewandert. Sie sprach sich in Gedanken Mut zu und betrat dann gemeinsam mit der Magd die Kammer.

Gleich der erste Blick auf das Gesicht der Wöchnerin verriet ihr, dass hier etwas nicht stimmte. Die noch vor einer Woche so vollen Wangen der Frau waren eingefallen und mit hitzigen, roten Flecken bedeckt. Dunkle Schatten lagen unter den fiebrig glänzenden Augen. Die Frau war schwer krank, das konnte man bereits an ihrem Gebaren ablesen. Der Säugling, der friedlich an ihrer Seite schlummerte, wirkte dagegen kräftig und wohlgenährt. Gret trat näher an die Bettstatt heran und griff nach der Hand der Apothekerfrau. Glühend heiß wie ein Feuerherd fühlte sie sich an. Gret verstand es nicht; die Geburt war doch gut verlaufen. Auch den Mutterkuchen hatte Irmia vollständig ausgestoßen. Es waren bestimmt keine Reste zurückgeblieben, das hatte Brigitta genau überprüft. Woher kam also dieses plötzliche Fieber?

»Seit wann hast du diese Schmerzen?«, fragte Gret, während sie vorsichtig die Bauchdecke abtastete. Irmia zuckte dabei gequält zurück und sagte nichts. »Es kommt mir so vor, als ob in deinem Körper ein inneres Feuer tobt. Hast du dich vielleicht nicht geschont?«, wollte Gret wissen.

Die Frau des Apothekers druckste verlegen herum. Irgendetwas schien sie verbergen zu wollen. Schließlich rückte sie dann aber doch mit der Sprache heraus. »Die Schmerzen haben gestern früh angefangen. Ich bin mir nicht sicher, aber ich weiß vielleicht, woran es liegen könnte.«

»Wie meinst du das?« Gret wurde hellhörig.

»Nun ja, mein Mann hat sich über die lange Enthaltsamkeit beschwert, und da haben wir …« Mitten im Satz brach die Frau plötzlich ab.

»Willst du damit etwa andeuten, dass ihr euch bereits so kurz nach der Geburt wieder vereint habt?«, fragte Gret fassungslos nach. »Weißt du denn nicht, wie gefährlich das sein kann? Du bist noch wund und hast den Wochenfluss.«

»Ich weiß, dass das nicht gut war. Aber mein Mann hat so gedrängt. Ich kann mich ihm doch nicht verweigern. Es ist schließlich sein gutes Recht, dass er seine ehelichen Pflichten einfordert. Meinst du, es könnte das Kindbettfieber sein?«, fragte Irmia ängstlich.

»Es sieht leider ganz danach aus. Wir sollten unbedingt Brigitta holen. Sie ist die Einzige, die dir hier helfen kann.«

»Nein, auf keinen Fall«, sagte die Frau. »Mein Mann hat es strikt untersagt. Wenn er die Hebamme hier entdeckt, geschieht noch ein Unglück.« Die Wöchnerin versuchte, sich aufzurichten, sank dann aber, von Schmerzen überwältigt, wieder zurück.

»Wenn wir sie nicht rufen lassen, wird erst recht eines geschehen«, entfuhr es Gret erregt. »Hast du denn gar kein Vertrauen in die Heilkünste der Hebamme? Sie hat dich bei der Entbindung doch fachkundig begleitet.«

»Doch, ich vertraue der Hebamme«, erwiderte die Apothekerfrau kleinlaut. »Aber ich kann mich doch nicht gegen meinen Mann auflehnen. Er baut in diesem Fall eher auf sein eigenes Wissen über Arzneien und auf die Künste der Ärzte.«

»Und nun hast du mich rufen lassen. Damit hintergehst du deinen Mann doch ebenfalls«, hakte Gret nach.

»Mein Mann hat mir nicht verboten, dass ich andere Hilfe hinzuziehe.«

»Aber ich bin keine Heilkundige, das weißt du«, entgegnete Gret.

»Du begleitest die Hebamme nun schon so lange. Du weißt sicher genauso gut, was zu tun ist. Bitte hilf mir, Gret«, bettelte Irmia.

»Ich besitze weder Brigittas Heilsteine noch ihre Kräuter und Salben. Wir können die Hebamme ja auch heimlich ins Haus holen. Dein Mann muss davon nichts erfahren«, schlug Gret vor.

In die Enge gedrängt, blickte die Frau des Apothekers ratlos zu Gret hinüber. Der Widerstreit, den sie im Inneren austrug, schien sie fast zu zerreißen.

»Also gut, meine Magd kann Brigitta durch die Hintertür hereinführen«, gab sich Irmia schließlich geschlagen. »Die Hebamme soll sich aber vorsehen. Mein Mann arbeitet tagsüber in der Apotheke und die liegt, wie ihr sicher wisst, gleich nebenan. Normalerweise kommt Caspar nur zur Mittagszeit nach Hause. Es ist aber durchaus möglich, dass er jetzt, wo es mir nicht so gut geht, auch zwischendurch nach mir sieht.«

Bereits wenig später kam die Magd in Begleitung der Hebamme zurück. Gret erzählte Brigitta, was sie von der Apothekerfrau erfahren hatte. Die Hebamme verkniff sich die bissige Anmerkung, die ihr auf den Lippen lag. Es war ihr jedoch deutlich anzumerken, was sie von der Art und Weise, wie der Apotheker mit seiner Frau umging, hielt. Auch über die rüde Behandlung, die ihr gestern widerfahren war, verlor sie kein Wort. Stattdessen machte sie sich daran, die kraftlose Frau zu untersuchen. Eine dicke Sorgenfalte durchzog dabei ihre Stirn.

»Wir werden es zunächst mit Wermutkraut versuchen, das den Wochenfluss anregt. Zusätzlich gebe ich dir noch Schafgarbe, Frauenmantel und Labkraut. Am besten kochen wir daraus einen Absud, den du mehrmals am Tag trinken sollst. Einen Teil davon nutzen wir für ein Sitzbad«, redete Brigitta beruhigend auf die Kranke ein. »Außerdem bereite ich dir ein Heilsteinwasser zu, das die Schmerzen zum Abklingen bringt und dich kräftigt. Du musst strenge Bettruhe halten und dich genau an meine Anweisungen halten. Kannst du mir das versprechen?«

Irmia nickte stumm mit dem Kopf. Sie spürte, wie es um sie stand und war inzwischen zu allem bereit. Noch während die Hebamme ihre Arzneien vorbereitete, fiel unten mit einem lauten Schlag die Haustür ins Schloss. Der Apotheker war früher als erwartet zurückgekehrt. Die drei Frauen blickten einander beklommen an.

»Ich werde mich auf keinen Fall verstecken«, sagte Brigitta umgehend. »Ich habe ein reines Gewissen und keinerlei böse Absichten. Wenn es zu einem Wortgefecht kommt, kann ich dem Hausherren gleich einmal meine Meinung sagen«, ereiferte sich Brigitta. »Ein offener Disput ist mir allemal lieber, als das ständige Gerede hinter meinem Rücken.«

»Willst du dich ins Verderben stürzen?«, fragte Gret außer sich. »Du bist im Haus des Apothekers und das auch noch gegen seinen ausdrücklichen Willen. Bitte nimm doch Vernunft an. Es gibt hier bestimmt einen Ort, an dem wir uns verstecken können, bis die Gefahr gebannt ist.« Fragend sah Gret zur Magd hinüber.

»Ihr könntet solange in der kleinen Kammer nebenan warten«, schlug die Magd vor. »Wir bewahren dort in zwei großen Truhen unsere Wäsche auf. Der Apotheker geht dort nie hinein. Ich richte ihm seine Kleider jeden Tag auf diesem Schemel her.« Die Magd deutete auf einen einfachen, vierbeinigen Hocker in der Ecke.

»Bitte, Brigitta!« Gret sah die Hebamme flehentlich an.

»Also gut, wenn du mich so herzerweichend bittest, dann benehmen wir uns eben wie Sünder, die etwas verbrochen haben.«

Die Magd deutete ihnen mit einer Geste an, leise zu sein. Auf Zehenspitzen schlichen sie langsam zur Tür. Im Erdgeschoss waren Schritte zu vernehmen. Behutsam drückte die Magd die Klinke nach unten, schob die Tür auf und spähte um die Ecke. Dann trat sie auf den Flur hinaus und zeigte den Frauen den Weg. Lautlos folgten sie ihr in die kleine Kammer.

»Ihr müsst hier leider im Dunkeln warten. Schließlich kann ich wohl kaum eine Lampe für euch entzünden.«

Gret und Brigitta nickten kurz. Dann zog die Magd auch schon die Tür zu. Das tiefe Schwarz, das sie plötzlich umfing, war beängstigend. Sie harrten in vollkommener Düsternis aus. Nicht der kleinste Lichtstrahl drang in ihr geheimes Versteck vor.

»Das wird schon werden«, beruhigte die Hebamme ihre Freundin flüsternd. »Unsere Augen müssen sich erst an die Dunkelheit gewöhnen, dann können wir wieder Umrisse wahrnehmen. Am besten, wir setzen uns auf den Boden.«

»Ich hoffe sehr, dass es den Apotheker heute noch einmal nach draußen zieht. Es ist mir schleierhaft, wie wir die Treppe herunterkommen sollen, solange er im Haus ist. Die Nacht möchte ich hier auf keinen Fall verbringen«, brachte Gret mit gedämpfter Stimme hervor.

Wie sich herausstellte, hatten sie ihren Unterschlupf keinen Augenblick zu früh bezogen. Schwere Schritte brachten die Holztreppe zum oberen Stockwerk zum Schwingen. Selbst in der kleinen Kammer konnten sie die Erschütterungen noch spüren. Der Hausherr steuerte gezielt auf die Schlafkammer zu und öffnete dort die Tür. Durch die Wände hindurch klang seine Stimme bizarr und dumpf.

Sie konnten nicht jedes Wort verstehen. Offenbar erkundigte sich Caspar Gehrmann gerade nach dem Befinden seiner Frau. Es folgte ein längerer Wortwechsel. Ein paar Wortfetzen konnten sie aufschnappen: Fieber, … nicht so gut, … starke Schmerzen, … Arzneien. Die Stimmen nahmen an Lautstärke zu. Der Apotheker schien sich über irgendetwas aufzuregen. Dann drang etwas recht deutlich an ihre Ohren. Ganz klar hörten sie, wie er von einer Tasche sprach.

Gret traf die Erkenntnis wie ein Blitzschlag: Brigitta hatte ihre Ledertasche mit den Kräutern und Salben in der Kammer liegen lassen. Einen offensichtlicheren Beweis ihrer Anwesenheit hätten sie kaum hinterlassen können. Da konnte sich Irmia nur schwerlich herausreden. Was sollten sie nun tun? Sollten sie es darauf ankommen lassen und weiter in ihrem Schlupfwinkel bleiben? Oder wäre es nun doch vernünftiger, das Versteck freiwillig zu verlassen? Gret tastete nach Brigittas Hand. Mit ihrer Handfläche strich sie vorsichtig über den Fußboden, bis sie die Fingerspitzen der Hebamme erspürte. Dann ließ sie ihre Hand in die faltige Hand der Hebamme gleiten. Brigitta war nahe daran, aufzuspringen, das konnte Gret deutlich fühlen. Mit ihrer ganzen Kraft zog sie Brigitta nach unten.

Der Apotheker kam aus der Schlafkammer und trat auf den Flur hinaus. Seine Stimme drang nun klar und deutlich zu ihnen hindurch. »Du willst mir doch nicht allen Ernstes weismachen, dass die Ledertasche seit gestern hier liegt. Die wäre mir doch aufgefallen! Hältst du mich zum Narren?«, schrie er seine Frau an. Von Irmia war nur ein klägliches Wimmern zu hören.

»Und was ist mit diesen Kräutern, die hier ausgebreitet auf dem Tisch liegen?«, schimpfte er weiter. »Haben die auch schon die ganze Nacht hier geschlummert, ohne dass ich etwas mitbekommen habe? Wenn du mich hintergehst, werde ich dich ganz persönlich ins Jenseits befördern, das kannst du mir glauben!«

Der Apotheker war nahe an der Raserei. Wutentbrannt stürmte er zurück zum Ruhelager seiner Frau und begann, die Geschundene heftig zu schütteln. »Also, heraus damit. War die Hebamme hier oder nicht? Oder hält sie sich sogar noch in meinem Haus auf?«, wollte er wissen. »Hier sieht es nämlich nach einem raschen Aufbruch aus. Soll ich die Wahrheit erst aus dir herausprügeln?«

Die Unruhe in der Schlafkammer weckte nun auch den Nachwuchs auf. Der Junge fing aus Leibeskräften an zu brüllen, als wollte er seinen Vater mit seinem Lärmen übertönen. Die Magd, die sich bisher im Hintergrund gehalten hatte, griff sich das schreiende Kind. »Ich nehme den Jungen mit in die Küche zu den anderen Kindern«, brachte sie leise heraus und verließ eiligst das Zimmer. Auf keinen Fall wollte sie selbst zur Zielscheibe des Hausherrn werden.

Der Apotheker beachtete die Dienstbefohlene kaum und verlor vollkommen die Fassung. Seine Augen starrten nun wild und zornig auf seine Frau. Eine heftige Ohrfeige traf Irmia hart an der Wange. Sie schrie kläglich auf wie ein gequältes Tier.

Brigitta war nicht mehr zu halten. »Du bleibst schön hier. Das ist ganz alleine meine Sache«, flüsterte sie Gret zu. Dann riss sie sich auch schon los, stürzte hinaus und zog die Kammertür schützend ins Schloss.

»Lass die Finger von deiner Frau. Willst du sie etwa umbringen?«, schmetterte sie dem Apotheker ins Gesicht, während sie Irmia zu Hilfe eilte.

»Aha, endlich hat das Versteckspiel ein Ende. Habe ich mich gestern nicht deutlich genug ausgedrückt? Du bist in diesem Haus nicht mehr willkommen, also raus hier!« Caspar Gehrmanns Stimme überschlug sich vor Erregung. »Du hast meine Frau mit deinen magischen Riten verhext. Deine Beschwörungen haben sie krank gemacht. Sieh sie dir nur an.« Er zeigte mit ausgestrecktem Arm auf Irmia. »Dafür wirst du bezahlen, das verspreche ich dir.«

»Irmia ging es nach der Geburt hervorragend, bis du geiler Bock sie bespringen musstest«, giftete Brigitta zurück. »Nicht einmal eine Woche Ruhe konntest du ihr gönnen. Die Schuld am Zustand deiner Frau kannst du dir ganz alleine zuschreiben.« Sie stellte sich schützend zwischen Caspar und seine Frau. »Mein Gewissen ist rein«, fügte sie noch hinzu. »Ich will nur das Beste für deine Frau. Und wenn du das nicht wahrhaben willst, kann dir keiner mehr helfen.«

»Was erdreistest du dich, mir die Schuld zuzuweisen?« Der Apotheker hob die Faust und war nahe dran, auf die Hebamme loszugehen. Dann besann er sich jedoch eines Besseren. Obwohl er vor Wut schäumte, zähmte er seinen Zorn. »Ich gehe zum Abkühlen ins Wirtshaus. Wenn ich wieder zurück bin, hast du dieses Haus samt deinem Teufelszeug verlassen. Du wirst nie mehr einen Fuß über diese Schwelle setzen, sonst gnade dir Gott!« Mit diesem pompösen Schlusswort rauschte er nach draußen. Die Tür fiel mit einem so lauten Knall ins Schloss, dass die Wände bebten. Aus der Küche drang verängstigtes Kindergeschrei nach oben.

Gret flossen in ihrem Versteck lautlos die Tränen über die Wangen. Es war alles ihre Schuld. Sie hatte Irmia dazu gedrängt, nach der Hebamme zu schicken. Und jetzt war die Lage schlimmer als zuvor. Zaghaft erhob sie sich aus ihrer kauernden Stellung. Die Beine waren ihr steif geworden. Sie streckte die Arme aus und tastete sich vorsichtig an der Wand entlang, bis ihre Finger die Türklinke umschlossen. Etwas zittrig öffnete sie die Tür und trat in den Flur hinaus. Die plötzliche Helligkeit blendete sie stärker als das grellste Sonnenlicht.

Die Magd kam mit dem Säugling auf dem Arm wieder die Stiege herauf. »Die Kinder unten in der Küche sind ganz durcheinander. Solch ein Geschrei im Haus sind sie nicht gewohnt. Nun müssen wir aber schnell machen, wenn wir den Absud noch brauen wollen, bevor der Herr zurück ist«, sagte sie.

»Du willst uns also trotzdem unterstützen, obwohl der Apotheker dagegen ist?«, fragte Gret überrascht.

»Was hast du denn gedacht? Brigittas Anweisungen klangen in meinen Ohren recht vernünftig. Wenn wir hier bloß Maulaffen feilhalten, wird Irmia auch nicht wieder gesund. Und Caspar Gehrmann hat mir nicht ausdrücklich verboten, etwas für die Herrin zuzubereiten.« Die Magd grinste spitzbübisch.

In stiller Übereinkunft kümmerten sich die drei Frauen um die kranke Wöchnerin. Sie wischten ihr die heiße Stirn mit feuchten Tüchern ab und flößten ihr vorsichtig den würzig riechenden Trank ein. Dann bereiteten sie ihr in einem Waschzuber ein Sitzbad und hievten sie zu dritt hinein. Als sie Irmia schließlich wieder in frische Laken betteten, war fast eine Stunde vergangen.

»Ihr solltet jetzt lieber gehen, den Rest bekomme ich schon alleine hin«, meinte die Magd beflissentlich. »Ihr könnt euch auf mich verlassen. Ich werde ihr mehrmals am Tag den Heiltrank einflößen.«

»Ich kann dich mit den Heilkräutern versorgen, wenn der Vorrat verbraucht ist«, bot Gret an. »Und das Heilsteinwasser kann ich auch vorbeibringen, wenn Brigitta es fertig angesetzt hat«, fügte sie noch hinzu.

»Vielleicht wäre es sicherer, wenn wir uns bei dir treffen. Ich kann am frühen Morgen bei euch vorbeischauen«, schlug die Magd dienstbereit vor.

Die Frauen kamen sich wie Verschwörerinnen vor. Sie besiegelten das Übereinkommen mit einem Handschlag. Dann geleitete die Magd Gret und Brigitta noch bis zur Hintertür.

»Wie heißt du eigentlich?«, fragte Gret sie im Hinausgehen.

»Ich heiße Ella. Ihr könnt mich aber auch einfach Ell nennen.«

»Danke für alles, Ell«, sagte Gret. Irmia konnte sich glücklich schätzen, eine so treue Seele an ihrer Seite zu haben.

Sie verabschiedeten sich rasch und verschwanden dann im Schutz des Stadtgetümmels.

»Vielleicht wäre es besser, wenn du für einige Zeit die Stadt verließest«, riet Gret der Hebamme auf dem Heimweg. »Du könntest wieder in deine kleine Hütte ziehen.«

»Das würde wie ein Schuldeingeständnis aussehen«, setzte Brigitta dagegen. »Ich habe nichts Falsches getan. Der Apotheker macht mir keine Angst. Der plustert sich doch nur auf wie ein Gockel. Er wird sich schon wieder beruhigen.« Ihr Blick wurde ernster. »Wer mir wirklich Kopfzerbrechen bereitet, ist Irmia. Es steht nicht gut um sie. Ich hoffe, wir konnten noch rechtzeitig eingreifen und Schlimmeres abwenden.«

Brigitta ist einfach unverbesserlich, dachte sich Gret kopfschüttelnd. Sie kannte keinen Menschen, der so uneigennützig handelte wie sie und das Wohl der anderen immer über das eigene stellte.

Als Gret zu Hause ankam, waren alle bis auf Jacob ausgeflogen. Der junge Mann saß gedankenverloren auf seinem Schemel und schnitt gerade das Leder für einen Herrenschuh zu.

»Na, so ganz alleine hier? Wo sind denn die anderen hin?«

»Hansi holt von den Gerbern Leder ab, Katheryn macht Besorgungen in der Stadt und der Meister bespricht mit der Zunft gerade, unter welchen Bedingungen ich noch weiter hier bleiben darf. Außerdem will er sich erkundigen, ob es für mich einen würdigen Nachfolger gibt.« Jacob starrte Gret so eindringlich an, dass sie beschämt den Blick abwendete.

Es fühlte sich so an, als würden diese Augen bis in ihr Innerstes vordringen. Eine wohlige Wärme breitete sich in ihr aus und ein erregendes Prickeln ging durch ihren Körper.

Jacob legte seine Arbeit beiseite, erhob sich und ging langsam auf sie zu. Ein paar Augenblicke standen sie sich wortlos gegenüber, in das Antlitz des jeweils anderen versunken. Dann hob Jacob vorsichtig die Hand und strich behutsam über Grets linke Wange. Mit seinem Finger umrandete er sachte die weiße Narbe. Gret ließ es geschehen, obwohl sie sich für den Schmiss schämte. Meist versuchte sie, das Wundmal mit ein paar Haarsträhnen zu verdecken. Noch nie hatte jemand diese Narbe so liebevoll berührt.

»Für mich bist du vollkommen, so wie du bist«, flüsterte er ihr zu. »Selbst diese Schramme hier mag ich an dir. Sie verleiht dir eine gewisse Verletzlichkeit, wo du doch sonst immer mit beiden Beinen fest auf dem Boden stehst. Sie ist etwas Besonderes, das nur du besitzt.«

»Da fallen mir etwa zehn andere Dinge ein, die ich stattdessen lieber mein Eigen nennen würde.«

»An was denkst du dabei?«, hakte Jacob nach.

»Na, an ein hochherrschaftliches Anwesen beispielsweise, ein Haus voller Kinder oder unermesslichen Reichtum.«

»Solche weltlichen Wünsche hast du?«, neckte er sie. »Reichtum ist vergänglich, Kinder werden älter und verlassen das Heim und prachtvoller Besitz kann dir genommen werden. Diese Narbe dagegen wird dich immer begleiten. Sie macht dich einzigartig, unverwechselbar und zu etwas Besonderem.«

Jacob rückte noch ein Stück näher an Gret heran. Das Mädchen wich nicht zurück, sondern legte ihren Kopf erwartungsvoll auf seine Schulter. Er ging sehr zaghaft vor. Als er spürte, dass Gret sich nicht sträubte, drückte er ihr vorsichtig einen Kuss auf die Lippen.

Sie genoss die sachte Berührung. Jacobs Lippen fühlten sich weich und samtig an und schmeckten leicht salzig. Sie ließ sich ganz von seinen kräftigen Armen umschließen, versunken in einem Ozean voller Glück. Die beiden hätten nicht sagen können, ob sie für Minuten oder Stunden so eng verschlungen in der Werkstatt standen, als sie abrupt unterbrochen wurden.

Gut gelaunt und voller Tatendrang platze plötzlich Katheryn in die heimelige Zweisamkeit. Gret und Jacob ließen unvermittelt voneinander ab und wichen jeder einen großen Schritt zurück.

Katheryn tat, als wäre nichts gewesen. Sie stellte ihre Besorgungen auf dem Holztisch ab und begann die Vorräte zu verstauen. Auf ihrem Gesicht zeichnete sich ein so breites Grinsen ab, als wollten ihre Mundwinkel einen Bogen vom linken bis zum rechten Ohr spannen. Katheryn wollte die beiden Verliebten nicht stören. Geschäftig nahm sie wahllos ein paar Gegenstände in die Hand.

»Ich bringe das nur schnell nach oben«, sagte sie ganz nebenbei und möglichst unbeteiligt. Dann erklomm sie die Treppe ins obere Stockwerk. Dass sie neben einem Kohlkopf ausgerechnet eine Gurke erwischt hatte, fiel ihr erst in der Schlafkammer auf. Warum sie sich ausgerechnet das Gemüse gegriffen hatte, war ihr selbst schleierhaft. Katheryn konnte sich nicht mehr zusammenreißen. Ihr schallendes Gelächter war auch unten in der Werkstatt noch zu hören.

Grets Gesichtsfarbe wechselte von einem zarten Rosa zu einem knalligen Kirschrot. Jacob überbrückte die peinliche Lage mit einem Lächeln. Dann rückte er wieder näher an Gret heran.

»Am liebsten würde ich dich mitnehmen auf meine Wanderschaft.« Vorsichtig griff er nach Grets Hand.

»Und als wen würdest du mich dann vorstellen? Als deine Schwester vielleicht?«, witzelte sie. »Wir könnten natürlich sagen, dass unser ganzes Hab und Gut abgebrannt ist und ich ohne dich völlig mittellos und alleine wäre. Was bliebe uns also anderes übrig, als gemeinsam aufzubrechen?« Gret hatte sichtlich Freude an ihren Überlegungen. »Oder wir erzählen überall herum, dass ich eine entfernte Verwandte bin. Die ganze Familie wurde leider von einem Fieber dahingerafft. Nur wir beide blieben davon verschont. Nun möchten wir in einer anderen Stadt einen Neuanfang wagen. Die Erinnerungen an unsere Heimatstadt waren einfach zu niederschmetternd.« Gret machte ein theatralisches Gesicht; mit Einbildungskraft war sie reichlich gesegnet. Jacob ließ sich auf ihre Gedankenspiele ein.

»Du könntest mich natürlich auch als meine Frau begleiten, das wäre naheliegender«, schlug Jacob verschmitzt vor.

»Dann hast du aber hoffentlich ordentlich geerbt, damit wir uns einen angemessenen Hausstand leisten können.«

»Selbstverständlich. Für meine Prinzessin nur das Beste!«, flötete er.

»Seid ihr beiden Turteltäubchen da unten jetzt bald fertig oder muss ich noch ewig in der Schlafkammer ausharren? Mein Gemüse wird schon warm. Und etwas tun müsste ich langsam auch wieder«, tönte es leicht ungeduldig aus dem oberen Stockwerk.

»Komm nur wieder runter und danke für den rücksichtvollen Rückzug«, rief Gret die Treppe hinauf. Nur wenige Augenblicke später kam der Schuhmachermeister zur Tür herein.

»Trägst du das Gemüse spazieren?«, fragte er erstaunt, als sein Blick auf die bepackte Katheryn fiel. Obwohl die Magd sonst nicht auf den Mund gefallen war, kam ihr nun keine passende Erwiderung in den Sinn.

Die nächsten Tage war Gret überwiegend mit Botengängen und der Pflege der Apothekerfrau beschäftigt. Mit Ella arbeitete sie Hand in Hand. In der Früh kam die Magd bei ihr vorbei. Wenn sie Entwarnung gab, das heißt, wenn der Apotheker außer Haus war, begleitete Gret sie. Gemeinsam versorgten sie dann die Kranke, sprachen ihr Mut zu und flößten ihr die Arzneien ein. Ihre unermüdlichen Anstrengungen zahlten sich aus. Der Gesundheitszustand ihrer Patientin hatte sich eindeutig verbessert. Das Fieber war gesunken, die Schmerzen klangen ab und auch die hohlen Wangen wirkten wieder fülliger. Gret konnte es kaum glauben. Mit etwas Glück könnte es ihnen tatsächlich gelingen, dem Tod noch einmal ein Schnippchen zu schlagen. Wenn alles gut ging, würde bestimmt auch der Apotheker die Sache auf sich beruhen lassen. Wenn … Gret versuchte mit aller Kraft, an einen guten Ausgang zu glauben. Aber sie war sich keinesfalls sicher, ob sie das Tal der Tränen schon durchschritten hatten.

Kapitel 5

Der Bären-Wirt Franz Zeiser machte sich Sorgen um sein Geschäft. Am Morgen hatte ihn der Bürgermeister schonend darauf vorbereitet, dass er heute noch Besuch bekommen würde. Keinen sehr erfreulichen Besuch natürlich. Mussten sie diese unehrlichen Leute gerade bei ihm einquartieren? Alle anfallenden Kosten würden übernommen werden, stellte der Bürgermeister zwar klar. Doch was ist mit den Einnahmen, die ihm aufgrund des Schongauers sicherlich durch die Lappen gingen? Die würde ihm bestimmt keiner ersetzen. Ausgerechnet ein Scharfrichter! Und dann pflegte dieser Knilch auch noch mit großem Gefolge zu reisen. Gemeinsam mit seiner Frau und einem Diener wollte er hier auflaufen. Ganz wie ein feiner Herr. Doch mit sehr viel Ehrerbietung und Unterwürfigkeit würde er bei ihm nicht rechnen können. Da war er an der falschen Stelle.

»Hast du die Kammer für den Nachrichter schon vorbereitet?«, fragte er seine Tochter Agnes, die gerade mit einem feuchten Lumpen die Tische in der Wirtsstube abwischte. Der Wirt hatte schon wieder glasige, rotgeränderte Augen, obwohl die Sonne noch nicht einmal untergegangen war. Feine rote Äderchen sprenkelten das Weiß seiner Augäpfel und durchzogen auch seine faltige Gesichtshaut.

Agnes krauste bei seinem Anblick die Stirn, was ihr einen ernsten und unnahbaren Ausdruck verlieh. Seit ihre Mutter gestorben war, gab es für sie nicht mehr viel zu lachen. Die Mutter war für sie wie eine gute Freundin gewesen. Ihr konnte sie sich immer anvertrauen, bei ihr hatte sie immer Rat gefunden. Und was war ihr nun geblieben? Jede Menge Arbeit und ein Vater, der sich tagtäglich bis zur Besinnungslosigkeit betrank. Wie es aussah, würde sich an ihrer Lage in absehbarer Zeit nichts ändern. Mögliche Heiratskandidaten standen nicht gerade Schlange bei ihr. Und nun würde auch noch ihr Bruder Jacob auf Wanderschaft gehen und sie mit allem alleine lassen. Ihr kleinerer Bruder war auch keine Hilfe. Er scherte sich nicht mehr um die eigene Familie, seit er beim Schneider in die Lehre ging und dort auch lebte. Abends zog er meist mit anderen Lehrlingen durch die Stadt und vergnügte sich. Kein Wunder also, dass sich die Sorgenfalte auf ihrer Stirn immer tiefer in ihre Haut grub.

»Bekomme ich die Antwort auf meine Frage heute noch oder muss ich bis Allerheiligen warten?«, fuhr Franz sie ruppig an. »Und runzle deine Stirn nicht so. Wenn du so sauertöpfisch dreinblickst, vertreibst du noch die ohnehin spärliche Kundschaft. Nimm dir lieber mal ein Beispiel an Marlein.«

Mit seiner Äußerung hatte der Bären-Wirt nicht ganz unrecht. Die ernste und abweisende Art seiner Tochter kam bei den Gästen nicht sonderlich gut an. Sie bevorzugten eher das offene, entgegenkommende Wesen der Schankmagd. Marlein schäkerte gerne mit den Leuten. Bisweilen setzte sie sich bei Stammgästen auch mal auf deren Schoß und stieß mit ihnen an. Agnes dagegen schmetterte alle Annäherungsversuche resolut ab. Kein Wunder also, dass sich die Besucher ihr Bier lieber von der unbeschwerten Magd auftischen ließen.

Agnes war immer schon zurückhaltend gewesen, seit dem Tod ihrer Mutter hatte sich ihre Verschlossenheit jedoch noch verschärft. Auch wenn sie nicht viel zu sagen pflegte, war sie dennoch nicht auf den Kopf gefallen. Sie kannte sich aus in der Stadt und war über Neuigkeiten immer bestens informiert. Sie schnappte an den Tischen so einige Gespräche auf und zog ihre eigenen Schlüsse daraus. Ihr Verstand war flink und wendig. Bisher hatte sie außer ihrem Bruder Jacob und ihrer Mutter jedoch noch keinen kennengelernt, der diese Eigenschaften zu schätzen wusste.

»Es steht schon alles bereit«, teilte Agnes ihrem Vater mit. »Wir sollten die Henkersfamilie in die kleine Nische im hinteren Teil der Wirtsstube setzen. Dort sind sie von den Blicken der anderen weitgehend geschützt. So fühlen sich unsere Gäste hoffentlich nicht belästigt und können ihre Mahlzeiten ungestört einnehmen.«

»Meinetwegen«, brummte der Bären-Wirt verstimmt. »Aber du wirst den Scharfrichter bedienen. Deine Trauermiene passt gut zu dem tödlichen Gewerbe. Sieh dich nur vor, dass du die Leute nicht berührst. Sonst kriegen wir dich gar nicht mehr unter die Haube«, unkte er.

Agnes Blick wurde noch mürrischer. Die verletzenden Worte ihres Vaters trugen nicht gerade zur Hebung ihrer schlechten Laune bei. Im Gegenteil, sie schnitten ihr tief ins Fleisch.

Marlein, die bis dahin lautlos ihrer Arbeit hinter dem Ausschank nachgegangen war, meldete sich zu Wort.

»Ich habe läuten hören, dass sie schon einige Frauen festgesetzt haben«, schwatzte die Magd drauflos. »Darüber haben gestern ein paar Stadträte gesprochen. Das Gefängnis am Rathaus platzt aus allen Nähten. Der Stadtrichter hat zahlreiche Zeugen befragt und ist Unmengen von Anschuldigungen nachgegangen.« Zufrieden stellte die Schankmagd fest, dass sie nun die ungeteilte Aufmerksamkeit aller auf sich gezogen hatte. »Jetzt warten sie nur noch auf den Scharfrichter«, erzählte sie weiter, »damit sie den Hexen den Prozess machen können. Sie wollen, dass er schnellstmöglich mit seiner Arbeit beginnt. Die Frauen wissen wohl, was ihnen bevorsteht. Das Gejammer ist bis auf den Friedhof hinaus zu hören.«

»Hast du auch mitbekommen, wen sie verhaftet haben?«, fragte Agnes gespannt, aber auch mit leichtem Grausen.

»Sie haben das alte Kräuterweiblein verhaftet, das immer mit dem großen Weidenkorb auf dem Rücken durch die Stadt läuft«, entgegnete Marlein. »Meist treibt sie sich auf dem Marktplatz herum – ihr erinnert euch doch? Die meisten der Verhafteten sind wohl älter und alleinstehend und haben keinen sehr guten Leumund. Auch ein paar Frauen aus naheliegenden Dörfern sollen dabei sein, wie man hört.« Marlein war stolz darauf, dass sie so gut Bescheid wusste.

»Ist sonst noch jemand dabei, den wir kennen?«, hakte Agnes nach.

»Nein, so viel ich weiß nicht. Ich hoffe, dass sie den Hexen bald den Garaus machen. Mir ist nicht wohl bei dem Gedanken, dass sie bei uns bislang so ungeniert ihr Unwesen treiben konnten«, brachte Marlein empört hervor. »Wer weiß, wie viele Schadenszauber und

Hexereien sie schon ausgesprochen haben? Gut, wenn das bald ein Ende hat.«

Agnes wollte gerade zu einer Antwort ansetzen, als die Wirtshaustür forsch aufgestoßen wurde und mit einem lauten Knall gegen die Wand donnerte. Selbstbewusst trat ein stattlicher Mann ein. Dicht hinter ihm folgten eine Frau und ein Kleinwüchsiger.

»Ich bin der Scharfrichter Jörg Abriel und das sind meine Frau Jonata und mein Knecht Conrad. Es soll hier eine Kammer für uns bereitgestellt sein«, schmetterte er in den Raum. Noch war die Gaststube fast leer, sodass seine Stimme laut und hallig klang.

»Wer du bist, ist unschwer zu übersehen. Du musst hier auch nicht so rumschreien und gleich einen Aufruhr entfachen«, entgegnete Franz dem unwillkommenen Gast voller Abscheu.

Den Henker ließ der unfreundliche Empfang ziemlich kalt. Er war Schlimmeres gewöhnt. Nicht nur sein Auftreten, auch seine Statur strahlten Stärke und Durchsetzungsvermögen aus. Er war kräftig gebaut, trug kniehohe Lederstiefel und war, bis auf ein knallrotes Wams mit Ledergürtel, schwarz gekleidet. Unter seinem dunklen Umhang zeichneten sich ausgesprochen muskulöse Schultern ab. Dass diese kraftvollen Arme ein Richtschwert fachkundig schwingen konnten, war nicht zu übersehen. Seine schwarzen Haare und die buschigen Augenbrauen verliehen seinem Erscheinungsbild etwas Finsteres und Bedrohliches. Im Gegensatz zu ihm wirkte seine Frau sehr zierlich und zurückhaltend. Sie war noch jung und hatte ein hübsches, feinzügiges Gesicht. Um ihre Schultern hatte sie ein rotes Tuch geschlungen. Schon aus weiter Entfernung war das Paar an der auffälligen Kleidung als Scharfrichterfamilie zu erkennen.

Als würden sie nicht schon alleine genug Aufsehen erregen, setzte ihre merkwürdige Begleitung noch eine Schippe drauf. Der Knecht des Scharfrichters hatte die Größe eines etwa siebenjährigen Kindes. Sein Körper wirkte seltsam verwachsen und irgendwie schief. Die rechte Schulter berührte fast das Ohr und stand damit um eine Handbreite höher als die linke. Zu allem Übel wölbte sich, wahrscheinlich aufgrund des Schiefstands, auf der gleichen Seite auch noch ein Buckel unschön hervor. Das hügelige Gebilde glich eher einem Knollengewächs als einer Schulter. Ebenso wie sein Herr schien es der Knecht gewohnt zu sein, dass man ihn anstarrte. Auch jetzt senkte er keinesfalls beschämt den Blick. Ganz im Gegenteil. Er starrte die Wirtsleute ebenso eindringlich an wie sie ihn. Schließlich wendeten Agnes, Marlein und auch der Bären-Wirt Franz den Blick ab.

»Ich hätte da noch eine schwere Truhe mit meinen Utensilien vom Wagen abzuladen. Jemand, der mir da zur Hand gehen könnte, wäre jetzt nicht schlecht«, wendete sich der Scharfrichter mit seiner Bitte an den Wirt.

»Mein Knecht kann dir beim Abladen helfen«, gab Franz ruppig zurück. »Wahrscheinlich hat er sich mal wieder im Lagerraum aufs Ohr gelegt, der Nichtsnutz. Ein bisschen körperliche Betätigung schadet ihm sicher nicht. Sieh zu, dass du ihn auftreibst und schnellstmöglich in den Schankraum schickst«, wandte sich Franz im Befehlston an Marlein. »Er soll dann gleich noch den Wagen in den Hof fahren und die Pferde ausspannen, dann ist er erst mal beschäftigt«, fügte er noch hinzu.

Marlein war froh, dass sie den stierenden Blicken des Kleinwüchsigen entkommen konnte, und machte sich auf, den faulen Knecht aufzuspüren. Wenig später schleppten der Scharfrichter und der Knecht des Wirtes gemeinsam die schwere Truhe herein. Agnes lief es kalt den Rücken herunter. Sie mochte lieber nicht genau wissen, was darin verborgen war. Schon die Vorstellung, dass es Folterwerkzeuge sein könnten, an denen vielleicht noch das Blut einiger Gesetzesbrecher klebte, ließ sie erschauern.

Gret stattete der Hebamme einen Besuch ab. Als sie in die stickige Stube trat, bereitete Brigitta gerade eine Heilsalbe zu. Gret fiel gleich der Lederbeutel ins Auge. Er lag verschnürt in der Mitte des Arbeitstischs. Die Hebamme hatte offenbar mit den Steinen gearbeitet. Sonst trug sie dieses wertvolle Gut immer eng am Körper. Mehrere Fläschchen mit klaren Flüssigkeiten standen in einer geraden Linie, wie eine Leibgarde aufgereiht, daneben. Brigitta hatte also neues Heilsteinwasser angesetzt.

»Und, wie geht es Irmia inzwischen?«, wollte die Heilkundige umgehend wissen.

»Ich habe ein wirklich gutes Gefühl. Es sieht so aus, als wäre die Wöchnerin jetzt endlich über den Berg«, berichtete Gret erfreut. »Das Fieber ist gänzlich abgeklungen und auch die Schmerzen sind nahezu verschwunden. Nur bei Erschütterungen spürt sie noch einen leichten Druck im Unterleib.«

»Die letzten Beschwerden werden sicher auch bald vergehen«, prophezeite Brigitta ihr.

»Es gleicht fast einem Wunder, dass sie sich so schnell erholt hat«, meinte Gret. »Ich danke dir für deine Hilfe. Wenn Irmia es wirklich schafft, ist es vor allem dein Verdienst – und der deiner Heilsteine natürlich.« Gret zeigte zum prallgefüllten Beutel hinüber.

»Ich habe nur die Anweisungen gegeben. Die tatsächliche Arbeit hast du mit Ella erledigt. Ihr wart es doch, die Irmia die ganze Woche gepflegt habt«, lobte Brigitta sie. »Ich bin richtig stolz auf dich. Du entpuppst dich langsam als eine kleine Hebamme. Irgendwann wirst sicher du in meine Fußstapfen treten.« Die Hebamme legte ihr fürsorglich den Arm um die Schulter.

»Auf jeden Fall kann sich der Apotheker jetzt, wo es Irmia endlich besser geht, nicht mehr über dich beschweren«, fügte Gret erleichtert hinzu.

»Unser feiner Herr Gehrmann findet auch so noch zahlreiche Gründe, mich schlecht zu machen«, unkte Brigitta. »Ich traue ihm selbst zu, dass er sich die Genesung auf die eigenen Fahnen schreibt. Schließlich weiß er ja nicht, wie emsig ihr euch in seinem Haus abgearbeitet habt. Von eurer aufopferungsvollen Pflege hat er doch nicht das Geringste mitbekommen«, gab sie zu bedenken. »In seinen Augen besserte sich der Zustand seiner Frau erst, als ich mit meinem teuflischen Handwerkszeug das Feld räumte.«

»Sprich bitte nicht so. Der Apotheker hat doch jetzt gar keinen Grund mehr, dich anzuschwärzen. Seiner Frau geht es gut und der

Nachwuchs entwickelt sich auch prächtig. Ich bin mir ganz sicher, dass du von dieser Seite nichts mehr zu befürchten hast.« Gret beugte sich herunter und schnupperte an der Salbe, die Brigitta anrührte. »Bestimmt würde auch Irmia einschreiten, wenn sie erfahren würde, dass ihr Mann dich verleumdet. Sie weiß ganz genau, wer hinter ihrer Genesung steckt«, fügte sie zuversichtlich hinzu.

»Bist du dir da so sicher? Der Apotheker kann sehr überzeugend sein. Und schlagfertig ist er auch – im wahrsten Sinne des Wortes.«

»Ja, das habe ich mitbekommen«, stimmte Gret ihr zu.

»Ich glaube nie und nimmer, dass sich Irmia offen gegen ihren Mann stellen würde. Aber Sorgen mache ich mir dennoch nicht«, beruhigte Brigitta sie. »Wenn mir Casper Gehrmann etwas anhängen will, werde ich mich schon zu verteidigen wissen. Ich bin nämlich auch nicht auf den Mund gefallen.« Sie zwinkerte Gret aufmunternd zu.

»Und nun lass uns über erfreulichere Dinge sprechen«, wechselte Gret das Thema. »Ich würde dich zu gerne wieder einmal bei einer Geburt unterstützen. Steht denn bei einer deiner Frauen in absehbarer Zeit eine Niederkunft bevor?« Gret war voller Tatendrang und wollte unbedingt ihr neu erworbenes Wissen erproben.

»Ja, ich betreue gerade zwei Schwangere, die bald niederkommen werden. Da kannst du mich gerne begleiten. Deine Hilfe ist mir immer willkommen.« Brigitta fand sich in Gret in vielerlei Hinsicht selbst wieder. Auch in ihr selbst brannten seit ihrer Jugend dieses innere Feuer und der Drang, anderen zu helfen. Ihre Schülerin zeigte die gleiche Hingabe und scheute nicht davor zurück, sich für andere aufzuopfern. Was sie antrieb, waren weder finanzielle Gründe noch Ruhm, sondern schlichtweg wahre Nächstenliebe.

Ein lautes Klopfen riss Brigitta aus ihren Gedanken. Wer mochte das wohl sein? Auch Gret blickte erwartungsvoll zur Tür. Vielleicht kündigte sich tatsächlich ein neues Leben an. So bald hatte sie noch gar nicht mit einem Einsatz als junge Hebamme gerechnet.

»Sind wir hier richtig bei Brigitta Wietholz, der Stadthebamme?«, drang eine energische Stimme von draußen herein.

»Ja, die bin ich. Wer möchte das wissen?«, antwortete Brigitta mit fester Stimme, als sie auf die Tür zuging.

»Ich bin der hiesige Eisenamtmann und habe den Auftrag, dich für eine Untersuchung mitzunehmen. Es wurden zahlreiche Beschuldigungen gegen dich laut, die es nun nachzuprüfen gilt«, lautete die prompte Erwiderung der sonoren Stimme. »Ich habe noch zwei Männer als Begleitung mitgebracht. Widerstand ist also zwecklos.«

»So viel zu deinen Theorien …«, flüsterte die Hebamme Gret leise zu.

Der Sarkasmus in Brigittas Stimme tat Gret in der Seele weh. Wie konnte die Hebamme in dieser Lage auch noch Witze machen? Was hatte das nur zu bedeuten? Wollten die Büttel die Hebamme tatsächlich wegen Hexerei belangen? Das konnte einfach nicht wahr sein. Gedankenfetzen rasten durch Grets Kopf. Hier ging es sicher nicht um ein kleines Vergehen, sonst würden nicht gleich drei Gesetzesdiener anrücken. Es musste sich um schwere Anschuldigungen handeln, das war klar. Und wer erst einmal in den Fängen der Justiz gelandet war, kam aus eigenen Stücken so gut wie nie wieder heraus. Zu dicht gesät waren die Fallstricke der Gerichtsbarkeit. Das hatte auch Gret mit ihren sechzehn Jahren schon lernen müssen.

»Gret, nimm dir die Heilsteine. Mach schnell!«, zischte Brigitta ihrer Schülerin noch rasch zu.

Gret zögerte einen Moment zu lange. Und da wurde auch schon die Tür aufgerissen. Die drei Schergen stürmten in die Kammer. Allen voran ein beleibter, kräftiger Mann, der einen dicken Schmähbauch vor sich herschob. Der Dicke war in der Stadt ein bekanntes Gesicht. Als Eisenamtmann schloss er nicht nur Gefangene in Eisen, sondern vollzog auch kleinere Strafen und führte sogar leichtere Torturen aus. Die beiden jüngeren Begleiter wirkten weniger selbstsicher. Auch ihre schmächtige Statur flößte nicht so viel Respekt ein, wie die ihres Anführers. Einer der jüngeren Schergen fühlte sich in seiner Rolle sichtlich unwohl. Er senkte den Blick zu Boden. Brigitta nickte dem jungen Mann zu. Offenbar kannte sie ihn bereits. Kein Wunder, dachte sich Gret, schließlich hatte Brigitta schon eine halbe Kleinstadt entbunden.

»Du bleibst an der Tür, dass uns das Täubchen nicht ausfliegt«, wies der Dickwanst den verlegenen Schergen an. »Und wir beide sammeln unterdessen alle verdächtigen Gegenstände ein«, fuhr er, an den anderen Begleiter gewandt, fort.

Gret stand mit dem Rücken zum Tisch. Sie versuchte, möglichst unauffällig an die Steine zu kommen. Vorsichtig tastete sie mit den Fingern nach dem Beutel. Aus Versehen stieß sie dabei gegen eines der Fläschchen. Mit einem leichten Poltern fiel es um, kullerte quer über den Tisch und zerschellte schließlich mit einem lauten Klirren auf dem Boden. Scherben sprangen in alle Richtungen des Raumes.

»Weg da vom Tisch!«, schrie der dicke Mann Gret mit ohrenbetäubender Stimme an. »Willst wohl etwas mit aller Macht vor uns verbergen? Was sind das für seltsame Tränke da? Vielleicht Gift? Das nehmen wir alles mit. In den Regalen steht ja noch mehr von dem Zeug.«

Ohnmächtig mussten Brigitta und Gret zusehen, wie die Büttel die kleine Kammer rücksichtslos auf den Kopf stellten. Alles, was in ihren Augen unverfänglich war, warfen sie achtlos auf den Boden. Sie zogen Schüsseln, Töpfe, Tiegel, Becher und Karaffen aus den Regalen hervor und durchwühlten auch die sorgsam gefaltete Wäsche in der Truhe. Innerhalb weniger Augenblicke verwandelten sie die behagliche Stube in ein Trümmerfeld. Der Boden war bald mit Scherben, Essensresten, Tüchern und Laken, dem Holzgeschirr sowie zahlreichen Zinnbechern übersät. Verdächtige Gegenstände wie Salben, Kräuter, Wurzeln und Amulette nahmen sie mit. Dann griff sich der dicke Wortführer auch noch das Ledersäckchen mit den Steinen. Er schnürte es auf und warf einen Blick hinein. Ein gieriges Leuchten flammte in seinen Augen auf. Wortlos band er es wieder zu. Kurz sah er sich nach seinen Kumpanen um. In einem unbeobachteten Moment ließ er den Beutel heimlich in seine eigene Tasche gleiten.

Gret riss fassungslos die Augen auf. Sie war entsetzt und nahe dran, dem dreisten Fettsack an die Gurgel zu gehen. Brigitta hielt sie mit einem warnenden Blick davon ab. Keinesfalls wollte sie, dass ihre

Schülerin in diese Sache hineingezogen wurde. Scheinbar unbeteiligt und gelassen verfolgte sie das verhängnisvolle Treiben.

»Das reicht! Ich glaube, wir haben genug gefunden«, brüllte der Eisenamtmann den anderen zu. »Es sieht nicht gut aus für dich, Hebamme. Bei den Unmengen an verdächtigen Gegenständen wird es schwer für dich werden, dich da herauszureden.« Die Schadenfreude stand dem Dicken ins Gesicht geschrieben. Mit einem feisten Grinsen sah er abschätzig auf Brigitta herab. »Bindet ihr die Hände auf den Rücken«, wies er seine Gehilfen im Befehlston an.

Die Schergen packten Brigitta grob und zogen ihre Arme nach hinten. Während der eine Gehilfe sie festhielt, verschnürte der andere ihre Hände mit einem dicken Strick.

»Ich habe deine Frau im letzten Winter von einem strammen Burschen entbunden. Erinnerst du dich noch an mich?«, wandte sich Brigitta an den einen Schergen, der sie noch immer festhielt. »Es war eine schwierige Geburt. Zwei Tage und zwei Nächte harrte ich bei ihr aus. Du würdest mir ewig dankbar sein – das waren damals glaube ich deine genauen Worte, nicht wahr?« Brigitta sah ihn mit einem ruhigen, aber bestimmten, Blick an.

Der angesprochene Mann brachte keine Antwort heraus. Beschämt senkte er die Augen und trat unsicher von einem Bein aufs andere.

»Schluss jetzt mit dem Gerede«, mischte sich der unangenehme Dickwanst wieder ein. »Wir haben hier schon viel zu viel Zeit verschwendet. Meister Abriel wartet bereits auf seine Kundschaft«. Dann wendete er sich Brigitta zu. »Mit Gefühlsduselei kannst du dich auch nicht aus deiner Lage befreien. Oder denkst du vielleicht, du könntest unsere Herzen erweichen, sodass wir dich wieder laufen lassen?«

Brigitta überlegte noch, ob sie etwas zu ihrer Verteidigung vorbringen sollte, entschied sich aber dagegen. Bei diesem grobschlächtigen Menschen würden ihre Worte ohnehin abprallen wie Wassertropfen an einem glatten Stein. Und den Diebstahl ihres Ledersäckchens anzusprechen, käme in ihrer derzeitigen, misslichen Lage einer Wahnsinnstat gleich. Damit würde sie sich ihr eigenes Grab schaufeln. Der Anführer wirkte zwar nicht sehr helle, aber mit ihm war sicher nicht zu spaßen. Er sah wie ein Mensch aus, der seine Macht über andere genoss. Ihm Beschuldigungen an den Kopf zu werfen, war wenig ratsam.

»Und was ist eigentlich mit diesem jungen Weibsbild? Ist das deine Gehilfin oder was hat sie hier zu schaffen? Schwanger sieht sie auf jeden Fall nicht aus«, stieß der Anführer rüpelhaft hervor. Dabei musterte er Gret von oben bis unten mit einem lüsternen Blick.

»Nein, sie gehört nicht zu mir. Sie hat nur einen Botengang erledigt und mir etwas vorbeigebracht«, antwortete Brigitta möglichst unbeteiligt.

Der Dicke gab sich mit ihrer Erklärung zufrieden und hakte nicht weiter nach. »Lasst uns aufbrechen«, rief er den anderen zu und gab Brigitta dabei einen groben Schubs in Richtung Tür.

Die Hebamme wäre fast gestolpert, erlangte aber im letzten Moment ihr Gleichgewicht wieder. Wie eine Stück Vieh trieben die Schergen sie auf die Straße hinaus. Die Tür fiel unsanft ins Schloss und Gret stand plötzlich alleine inmitten der Verwüstung. Nichts war mehr von ihrer freudigen Stimmung übrig geblieben. Wie hatte es nur so weit kommen können? Sie musste etwas unternehmen, aber was? Grets Gedanken überschlugen sich. Am liebsten würde sie dem unseligen Trupp hinterherstürmen, dem Fettsack den Lederbeutel entreißen und Brigitta aus den Fängen der Schergen befreien. Doch eine solche Tat war natürlich von vorneherein zum Scheitern verurteilt. Was konnte sie alleine schon gegen eine Gruppe von bewaffneten Männern ausrichten? Sie musste sich Hilfe holen.

Jacob war der Erste, der ihr in den Sinn kam. Jacob würde ihr sicher helfen. Sie mussten nur einen Plan aushecken und das brauchte Zeit. Aber vielleicht gab es auch noch eine andere Möglichkeit, etwas, das sie gleich versuchen konnte. Sie hatte da schon einen Einfall. Vielleicht gelang es ihr ja, dass die Anschuldigungen fallen gelassen wurden. Sicher steckte der Apotheker hinter den Verleumdungen, da war sich Gret fast sicher. Wenn sie ihn davon überzeugen konnte, dass Brigitta unschuldig war, zog er seine Behauptungen möglicherweise zurück. Einen Versuch war es auf jeden Fall wert. Sie konnte ja zuerst mit Irmia sprechen. Gret zögerte nicht lange, sondern machte sich sofort auf den Weg.

Ella öffnete ihr die Tür. Sie war überrascht, dass die Schuhmachertochter schon wieder vorbeischaute, war sie doch erst am Morgen bei ihnen gewesen.

»Du kannst dich aber auch nicht von deinen Patientinnen trennen. Irmia geht es wirklich besser, Gott sei Dank. Du musst dir bestimmt keine Sorgen machen«, entgegnete sie der Schuhmachertochter fröhlich.

»Nein, es ist etwas passiert. Ich muss unbedingt mit Irmia sprechen. Darf ich reinkommen?«, fragte Gret unruhig.

»Ja, natürlich. Der Herr ist gerade nicht im Haus.«

Der Weg die Stiege hinauf in das obere Stockwerk war Gret inzwischen bestens vertraut. Diesmal erklomm sie die Treppe jedoch nicht langsam, sondern nahm bei jedem Schritt gleich zwei Stufen auf einmal. Ella hatte Schwierigkeiten, hinterherzukommen.

»Du scheinst es heute aber eilig zu haben«, meinte Ella erstaunt.

Als Gret die Schlafkammer der Apothekergattin betrat, saß diese aufrecht im Bett.

»Irmia, es tut mir leid, dass ich dich stören muss, aber es ist wirklich wichtig. Sie haben gerade Brigitta verhaftet. Weißt du etwas darüber? Steckt vielleicht dein Mann dahinter?«, brachte Gret atemlos hervor.

»Mir gegenüber hat er nichts davon erwähnt, wirklich nicht«, versicherte Irmia ihr. »Aber so wütend wie damals, als er die Hebamme hier bei mir erwischt hat, habe ich ihn sonst nur selten gesehen. Er war völlig außer sich und zu allem fähig. Das hast du doch selbst mitbekommen. Zutrauen würde ich es ihm schon, dass er die Hebamme bei der Justiz angeschwärzt hat«, mutmaßte sie.

»Dann gibt es vielleicht eine Möglichkeit, wie wir Brigitta wieder aus dem Gefängnis bekommen. Dein Mann muss die Beschuldigungen zurücknehmen. Wir müssen ihm sagen, dass Brigitta deine Heilung unterstützt hat und dir nicht schaden wollte«, ereiferte sich Gret.

»Mein Mann wird gar nicht auf uns hören. Wenn er einmal von etwas überzeugt ist, bringen ihn keine zehn Pferde mehr davon ab, das kannst du mir glauben.«

»Wir müssen es auf jeden Fall versuchen, sonst hat Brigitta nicht die geringste Aussicht, wieder rauszukommen. Dein Mann hat einen guten Leumund und einflussreiche Freunde. Das könnte wirklich etwas bewirken«, bettelte Gret.

»Caspar wird seine Meinung nicht ändern, egal was wir ihm erzählen. Wenn ich ihm gestehe, dass ihr die Anweisungen der Hebamme weiterhin ausgeführt habt, speit er Gift und Galle. Dass ich ihn hintergangen habe, verzeiht er mir nie. Dann ist mein Leben in Gefahr und eures obendrein.« Die Angst hatte Irmia nun vollends im Griff, ihre Hände begannen heftig zu zittern.

»Das heißt, du wirst mir nicht helfen, deinen Mann umzustimmen?«, versuchte es Gret noch einmal, der Verzweiflung nahe.

»Weil es keinen Zweck hat. Damit machst du alles nur noch schlimmer.« Irmia wirkte in ihrem Bett wie ein eingeschüchtertes Kind.

Von ihr war keine Hilfe zu erwarten, das wurde Gret nun eindrücklich klar. Brigitta hatte recht behalten. Irmia würde sich, wenn es hart auf hart kam, nicht gegen ihren Gatten stellen. Gret wendete ihren Blick Hilfe suchend an Ella. Die Magd blickte ihr traurig ins Gesicht.

»Brigitta ist unschuldig, das steht ganz außer Frage. Aber auch ich bin mir sicher, dass wir den Apotheker nicht auf unsere Seite ziehen können. Da muss ich Irmia leider zustimmen. Ich bin aber bereit, die guten Absichten der Hebamme zu bestätigen«, bot Ella offenherzig an. »Für Brigitta würde ich meine Hand ins Feuer legen.«

»Alles, was ihrem guten Ruf dient, kann in dieser Sache helfen. Ich selbst werde auch für sie eintreten, aber die Aussagen einer Magd und einer Schuhmachertochter werden vor Gericht wohl kaum den Ausschlag geben. Wir brauchen jemanden mit Einfluss, der sich für sie einsetzt«, machte Gret deutlich. »Vielleicht sollte ich selbst mit deinem Mann sprechen?«

»Mach das bitte nicht. Oder möchtest du, dass meine Kinder als Halbwaisen aufwachsen?«, setzte Irmia Gret verzweifelt unter Druck.

Gret hatte das Gefühl, in eine Zwickmühle geraten zu sein. Egal was sie tat, sie würde damit eine Person ins Unglück stürzen. »Ich muss darüber nachdenken. Aber irgendetwas werde ich unternehmen. Ich kann Brigitta doch nicht einfach ihrem Schicksal überlassen?«

Kapitel 6

Der Gang durch die Stadt entwickelte sich für Brigitta zu einem Spießrutenlauf. Mit ihren auf dem Rücken verschnürten Händen wirkte sie bereits jetzt wie eine Straftäterin, obwohl der Prozess gegen sie noch gar nicht begonnen hatte. Der Gefangenentrupp erregte einiges Aufsehen. Brigitta war in der Stadt allseits bekannt. Fast jeder Haushalt hatte ihre Hilfe schon einmal in Anspruch genommen. Neugierige Gaffer krochen aus den entlegensten Winkeln hervor, um nur nichts zu verpassen. Eine Verhaftung vor allen Augen wollte sich keiner entgehen lassen. Immer mehr Schaulustige schlossen sich dem Zug an. Die verurteilenden, abschätzigen Blicke gingen Brigitta durch Mark und Bein. Hie und da wurden ihr auch Beschimpfungen entgegengeschrien.

»Du Hexe, endlich bekommst du das, was du verdienst«, rief eine tiefe Stimme mitten aus der Menge.

»Jetzt ist Schluss mit der Wettermacherei«, ereiferte sich ein kreischendes Weib.

»Ins Feuer mit dir, du Zauberin. Wir wussten schon lange, dass du schwarze Magie benutzt und im Pakt mit dem Teufel stehst!«, wütete ein älterer Mann, der sich auf einen krummen Holzstock stützte.

Einige Bürger spuckten verächtlich vor ihr aus, als Brigitta an ihnen vorbeischritt. Andere wichen einige Schritte zurück, als hätten sie Angst, ein Fluch könnte sie treffen. Der Weg bis zum Gefängnis war eigentlich nicht weit, doch Brigitta empfand ihn wie eine halbe Ewigkeit. Sie versuchte, die schimpfende und geifernde Menge so gut wie möglich auszublenden. Doch die zeternden, giftigen Fratzen der Menschen tauchten auch vor ihrem inneren Auge auf und brannten sich tief in ihr Bewusstsein. Wie konnten sich Menschen nur so schnell verändern? Die Menge hatte sie bereits verurteilt. Sie waren froh, nun endlich einen Sündenbock gefunden zu haben, dem sie die ganze Schuld auf die Schultern laden konnten.

Keiner der Anwesenden schien die Rechtmäßigkeit ihrer Verhaftung anzuzweifeln. Wer gefesselt abgeführt wurde, musste ganz offensichtlich etwas angestellt haben. Selbst über ihr Vergehen war sich der Pöbel einig. In ihren Augen war sie eine Zauberin, Hexe und Giftmischerin, die dem Feuer überantwortet werden sollte. Aber wieso war sich die Menge hier so sicher?, fragte sich Brigitta. Der fette Scherge hatte das Vergehen der Zauberei und Hexerei ihr gegenüber mit keinem Wort erwähnt. Von zahlreichen Anschuldigungen hatte er gesprochen. Konkrete Vorwürfe hatte er jedoch nicht geäußert.

Für die Schergen wurde es immer schwieriger, die Masse von der Verhafteten fernzuhalten. Immer näher drängte sich die Menge heran. Eine Frau schaffte es, Brigitta die Haube vom Kopf zu reißen. Zanksüchtig griff sie nach Brigittas Haaren und bekam eine dicke Strähne zu fassen. Mit aller Gewalt zog sie daran und hielt schließlich triumphierend ein braunes Büschel in ihrer Hand. Ein Jubelgeschrei ging durch die Menge. Ein kläglicher Laut kam über Brigittas Lippen, den jedoch der laute Trubel verschluckte. Der Schmerz trieb Tränen in ihre Augen. Doch im Vergleich zu ihrem seelischen Leid kam ihr die körperliche Qual nahezu unbedeutend vor.

Als Brigitta mit ihren Wärtern schließlich am Gefängnis ankam, machte sich in ihr fast Erleichterung breit. Endlich würde das demütigende Bad in der wütenden Menge ein Ende haben. Hätte sie geahnt, welche Strapazen ihr noch bevorstanden, wäre sie gerne noch länger in der rücksichtslosen Menge geblieben.

Der fette Anführer scheuchte die Leute zurück und schob Brigitta rüde in das alte Amtshaus. Die schwere, eisenbeschlagene Holztür fiel mit einem lauten Schlag ins Schloss. Das Raunen der Menschenmasse drang jetzt nur noch gedämpft herein. Sie durchschritten einen längeren Gang, bis sie an einer Treppe anlangten.

»Da geht's hinunter zu deinen Gespielinnen«, machte sich der Fettsack lustig. »Unsere feine Unterkunft ist voll besetzt. Ihr müsst eben etwas zusammenrücken.« Der Dicke setzte zu einem kehligen, feisten Lachen an und griff nach einer Tranfunzel, die an einem Haken an der Wand hing.

Der spärliche Schein tauchte die groben Steinwände in ein schauriges Licht. Beim Abstieg in die unteren Gewölbe breitete sich der Hall jedes einzelnen Schrittes in den alten Gemäuern aus. Es klang, als würde sich eine ganze Horde in die Unterwelt aufmachen, und nicht nur eine vierköpfige Gruppe. Es geht bergab mit mir, ging es Brigitta durch den Kopf. Unvermittelt ergriff eine unglaubliche Traurigkeit von ihr Besitz. Das kann doch alles nur ein böser Traum sein, sprach sie sich selbst Mut zu. Schließlich kamen sie an einer weiteren schweren Holztür an, die mit einem Eisenriegel verschlossen war. Der fette Anführer wies einen seiner Begleiter an, die Fesseln der Gefangenen zu lösen. Er selbst öffnete das Schloss und schob den Riegel mit einem tosenden Geräusch zurück.

»Den Strick brauchst du jetzt nicht mehr. Wir werden dich besser in Eisen legen, nicht dass du uns noch davonflatterst«, feixte der dickbäuchige Anführer. Er schien Gefallen daran zu haben, sein wehrloses Opfer zu verhöhnen. Mit seiner gewaltigen Pranke packte er sie grob am Oberarm und zog sie in die hintere linke Ecke des düsteren, überfüllten Verlieses. Zwei kalte, schwere Handschellen, die mit einer Eisenkette an der Wand festgemacht waren, schnappten um ihre Handgelenke.

»Ich wünsche noch einen angenehmen Aufenthalt«, spottete der Dicke. Dann blickte er sich kurz im Raum um und rümpfte angewidert die Nase. »Was für ein elendiger Gestank in diesem Drecksloch herrscht«, kam es ihm über die Lippen. Hastig bedeckte er mit seiner rechten Hand die Nase und versuchte, nur noch flach zu atmen. »Bloß raus hier.« Mit schnellen Schritten eilte er dem Ausgang entgegen, sah sich noch einmal um und zog die Tür in Schloss. Hart rastete der Riegel ein.

Der miefige Geruch im Kellerraum verschlug auch Brigitta den Atem. Ein Gemisch der unterschiedlichsten Ausdünstungen drang an ihre Nase. Es roch nach Exkrementen und Schweiß, nach verwesten Essensresten und Fäulnis, aber auch nach Angst. Nahezu vollkommene Finsternis umschloss sie. Ihre Augen mussten sich erst an die Dunkelheit gewöhnen. Sie konnte nur Umrisse des Raumes ausmachen, spürte jedoch die Anwesenheit von vielen Menschen. Nur ein kleiner, zarter Lichtstrahl erkämpfte sich durch eine winzige Luke oben an der Wand den Weg in das Dunkel. Vorsichtig tastete Brigitta mit den Händen ihren nächsten Umkreis ab. Der steinerne Boden fühlte sich kalt und feucht an. An den Wänden klebte irgendein glitschiger Schlick. Angeekelt legte sie ihre klammen Hände in den Schoß.

Brigitta hatte in ihrem Leben schon viele Schicksalsschläge erdulden müssen. Mehrmals war sie am Boden zerstört gewesen und hatte keinen Ausweg mehr gesehen. Doch niemals hatte sie sich oder ihr Leben aufgegeben. Bisher war es ihr immer auf irgendeine Weise gelungen, neuen Lebensmut zu fassen und von selbst auf die Beine zu kommen. Anschuldigungen, Vorwürfe und Beleidigungen waren nichts Neues für sie. Sie wurden ihr schon häufiger entgegengeschleudert. Mit Gleichmut hatte sie bislang allen Anfeindungen getrotzt.

Doch ihre jetzige Lage unterschied sich himmelweit von allem, was ihr aus der Vergangenheit vertraut war. Noch nie in ihrem Leben hatte man sie mit einer solchen Respektlosigkeit behandelt. Und auch ins Visier der Justiz war sie bisher noch nicht geraten. Allmählich wurde Brigitta bewusst, dass es schlecht um sie stand. Es sah wirklich ernst aus. Sie war alleinstehend und hatte niemanden von Ansehen und Einfluss an ihrer Seite, der für sie kämpfen konnte. Eine leise Stimme meldete sich in ihr zu Wort, die die Aussichtslosigkeit ihres Zustandes in Worte fasste: Du bist verloren, Brigitta, aus dieser Geschichte kommst du nicht mehr heraus.

Entmutigt hob Brigitta den Kopf und sah sich in ihrem Kerker um. Das Dunkel um sie hatte sich gelichtet. Sie konnte Umrisse erkennen. An den Wänden kauerten mehrere Gestalten. Einige hatten sich auch in der Mitte des Verlieses ausgestreckt. Offenbar waren nicht alle Häftlinge in Eisen gelegt. Brigitta zählte mit den Augen die Gestalten ab. Mit ihr waren noch zehn andere Frauen in Gefangenschaft.

»Du bist doch Brigitta, die Hebamme«, sprach sie die links neben ihr sitzende Frau vorsichtig an.

Die Stimme klang schon älter und kam Brigitta irgendwie bekannt vor. Nur ein Name wollte ihr nicht einfallen. »Ja, die bin ich. Und wer bist du?«, antwortete sie deshalb mit einer Gegenfrage.

»Du hast bei mir schon öfters etwas gekauft. Ich bin Beth, die Kräuterfrau«, entgegnete die Alte prompt.

»Natürlich, die alte Beth. Es tut mir leid, dass ich dich nicht gleich erkannt habe. Dich haben sie also auch eingekerkert. Wieso das denn? Was wirft man dir vor?«, fragte Brigitta bestürzt.

»Das ist eine schlimme Geschichte«, begann die Alte zu erzählen. »Ich war mit meinem Korb auf dem Rücken in der Stadt unterwegs. Eine jüngere Frau mit einem kleinen Kind an der Hand machte vor mir halt und wollte mir jede Menge Waren abnehmen. Es war noch am frühen Vormittag. Und bisher waren die Geschäfte für mich nicht so gut gelaufen. Da habe ich mich natürlich gefreut.« Beths kratzige, raue Stimme versagte. Sie musste sich räuspern und klopfte sich etliche Male auf die Brust, ehe sie weitersprach. »Sonst kauft mir nur hie und da mal jemand ein kleines Bündel Kräuter ab. Und dann lande ich gleich einen so großen Wurf. Mit den Einkäufen dieser Frau hatte ich noch vor dem Mittagsläuten mein Tagespensum geschafft.« Ein hartnäckiger, rasselnder Husten ergriff die Alte. Ihr Atem ging rasch und unregelmäßig.

»Ist dir nicht wohl?«, fragte Brigitta sie.

»Es geht schon«, winkte Beth ab. Sie war froh, endlich mit einer Vertrauten sprechen zu können. »Ich wollte mich der Frau gegenüber großzügig zeigen. Gute Kundschaft muss man sich schließlich warmhalten. So griff ich mir aus meinen Vorräten eine Handvoll getrocknete Früchte und ein paar Nüsse und reichte sie dem kleinen Jungen. Der stopfte sich die Gaben natürlich gleich recht gierig in den Mund.

Süße Leckereien sind ja auch etwas Feines für Kinder. Noch während ich mit der Mutter ein paar unverbindliche Worte wechselte, schnappte der Bub plötzlich nach Luft. Sein Gesichtchen wirkte ganz aufgedunsen und war knallrot angelaufen.«

»Dann hat er sich wohl an den Nüssen verschluckt?«

»Das dachte ich mir zuerst auch und die Mutter hatte wohl den gleichen Gedanken. Sie legte den Jungen auf den Boden und öffnete ihm den Mund. Dann steckte sie ihren Finger tief in seinen Rachen und versuchte, Essensreste zu erhaschen. Doch da waren keine Nüsse im Hals. Stattdessen war der Rachen hinten richtig zugeschwollen. So etwas habe ich noch nie gesehen.«

Brigitta nickte gebannt. »Und was ist dann geschehen?«, fragte sie.

»Der Junge rang verzweifelt nach Luft. Die Gesichtsfarbe wechselte ins Bläuliche und auch die Lippen färbten sich dunkel. Es dauerte nur wenige Augenblicke, da hauchte der Bub bereits sein kurzes Leben aus. Es war ein schrecklicher Anblick. Die Mutter stand fassungslos daneben und konnte es kaum glauben.« Beth musste schniefen und rang um Fassung. »Inzwischen hatte sich auch eine Menschentraube um uns gebildet. Schaulustige rotten sich in Freising ja schnell zusammen.« Die Erzählung nahm Beth sichtlich mit. Ihre faltigen Augen lagen traurig in tiefen Höhlen. »Dann nahmen die Ereignisse plötzlich eine ganz andere Richtung«, sprach sie weiter. »Die Mutter sprang auf und trommelte wie eine Wahnsinnige mit ihren Fäusten gegen meine Brust. Du hast ihn vergiftet, schrie sie immer wieder. Ich wusste gar nicht, was ich sagen sollte, so abwegig war die Sache. Ich habe wirklich nichts Unrechtes getan«, schwor Beth eindringlich. »Ich würde doch nie jemandem heimlich Gift verabreichen und schon gar nicht einem unschuldigen Kind. Das sagte ich ihr dann auch, doch sie hörte mir gar nicht zu.« Beth war richtig verzweifelt.

»Du musst mir das nicht erzählen«, versuchte Brigitta sie zu beruhigen.

»Doch, es tut gut, sich alles von der Seele zu reden«, erwiderte sie. »Weißt du, meine Unschuldsbekundungen prallten einfach an der Frau ab. Sie war völlig von Sinnen, ganz außer sich.«

»Hat sie die Büttel geholt?«, fragte Brigitta.

»Nein, sie ließ unvermittelt von mir ab, sank vor mir auf den Boden und fing an, mich anzubetteln. Bitte nimm den Zauber von meinem Kind, flehte sie mich an. Irgendwann brach sie völlig zusammen und weinte ohne Unterlass.« Auch Beth kullerten nun hemmungslos die Tränen hinunter.

Brigitta sah voller Anteilnahme zu der Alten hinüber. »Möchtest du mir auch noch das Ende deiner Geschichte erzählen?«

»Es waren die Herumstehenden«, raunte Beth Brigitta zu. »Sie mischten sich plötzlich ins Geschehen ein. Man müsse die Büttel holen, hier gehe es nicht mit rechten Dingen zu, sagten sie. Gleich vier Menschen boten sich als Zeugen an. Sie könnten beschwören, dass ich dem Jungen etwas zu essen gegeben habe und er gleich darauf tot umfiel, versicherten sie voller Inbrunst.«

»Das ist wirklich bitter.« Brigitta musste schlucken. Eine solche Ungerechtigkeit war nur schwer hinzunehmen.

»Die herbeieilenden Schergen zögerten nicht lange. Sie nahmen mir alle meine Sachen ab und steckten mich in dieses Loch. Und da sitze ich nun, zwischen lauter bedauernswerten Kreaturen.« Beth deutete auf die Leidensgenossinnen. »Sieh sie dir nur an«, flüsterte Beth ihr zu, während sie näher an Brigitta heranrückte. »Keine von ihnen ist von hohem Stand. Die meisten kenne ich vom Sehen. Alles einfache, ältere Frauen, die niemandem groß fehlen werden. Findest du das nicht auch reichlich seltsam?«

Ihre traurigen Augen hefteten sich an Brigitta und baten sie stumm um Trost. Doch auf ihre Frage gab es keine Antwort und Hilfe konnte sie Beth auch nicht anbieten.

Brigitta war erschüttert. Beths Geschichte berührte sie und rüttelte sie zugleich auf. Auf keinen Fall traute sie dem alten Weib eine so hinterhältige Tat zu. Beth würde niemals mit Absicht ein Kind vergiften. Vielleicht waren die Nüsse nur schlecht gewesen? Aber konnte man dadurch innerhalb weniger Augenblicke das Zeitliche segnen? Der Vorfall wirkte auch auf Brigitta eigenartig. Sie selbst war unschuldig, das stand außer Frage. Und auch Beth traute sie keine Hexenkünste zu. Wenn nun auch die anderen Frauen zu Unrecht und aufgrund von zweifelhaften Beschuldigungen hier gelandet wären, was dann? Wie sollten sie ihre Unschuld beweisen? Würde man ihnen Glauben schenken, wenn sie die Anschuldigungen einfach abstritten? Wohl eher nicht. Sie würden alle Mittel einsetzen, um die vermeintlichen Missetäter zum Sprechen zu bewegen. Brigitta sah dem nahenden Gerichtsprozess mit gemischten Gefühlen entgegen, schwor sich aber, standhaft zu bleiben. Sie würde sich nicht einschüchtern lassen.

»Du hast schon recht«, stimmte Brigitta der Kräuterfrau nach einer Weile zu. »Die Obrigkeiten haben sich Opfer gegriffen, die sie schnell zur Strecke bringen können. Langsam bereue ich es fast, dass ich nach dem Tod meines Mannes nicht mehr geheiratet habe. Als Frau eines Ratsherrn hätte sich bestimmt niemand getraut, Hand an mich zu legen. Und die Wahrscheinlichkeit, hier wieder heil herauszukommen, wäre um einiges größer.«

»Welches Vergehen wirft man dir eigentlich vor?«, wollte Beth wissen.

»Das ist eine Frage, die mir selbst andauernd durch den Kopf geht. Der Eisenamtmann blieb in dieser Hinsicht sehr vage«, erwiderte Brigitta. »Als Hebamme hat man nun mal viele Feinde. Mütter und auch Kinder sterben mitunter bei der Geburt. Da ist es nur verständlich, dass nicht alle ein Loblied auf mich singen.« Brigitta musste an die heftige Auseinandersetzung mit Irmias Mann denken. »Und dem Apotheker bin ich sowieso ein Dorn im Auge«, dachte sie laut nach. »Er traut mir nicht über den Weg und befürchtet, dass ich ihm die Kundschaft stehle. Als es mit seiner Frau nach der Geburt auf Messers Schneide stand, hat er mir die Schuld an ihrem Zustand zugeschoben. Es ist gut möglich, dass er hinter meiner Verhaftung steckt.« Brigitta streckte ihre Beine aus. Ihre Glieder waren durch die Kälte des Steinbodens ganz steif. »Und wenn du meine Vermutung hören willst, wie die Anklage gegen mich lauten wird, kann ich sie dir gerne mitteilen: Hexerei, ich glaube sie werden mich der Hexenkunst anklagen.«

Beth hatte ihre Augen immer noch fest auf Brigitta gerichtet. Sie setzte den Mutmaßungen der Hebamme nichts hinzu, nickte jedoch mit dem Kopf.

In der Gefängniszelle war es beängstigend ruhig. Kein Klagen, kein Schimpfen, kein Rebellieren war zu hören. Nur gelegentlich drang ein unterdrücktes Schluchzen an Brigittas Ohren. Die Hebamme hatte das Gefühl, dass sich die meisten Mitgefangenen ihrem Schicksal widerstandslos ergeben hatten.

Dann erhob unvermittelt eine der Frauen ihre Stimme. »Sie wollen uns alle auf den Scheiterhaufen bringen«, brachte sie verbittert hervor.

»Woher willst du das wissen?«, hakte Brigitta nach.

»Das habe ich bei meiner Festnahme gehört«, antwortete sie und nahm den anderen damit das letzte Fünkchen Hoffnung. »Es wurde eigens ein Scharfrichter aus Schongau angefordert. In Freising wird ein großer Hexenprozess stattfinden und wir sind mittendrin.«

Kapitel 7

Gret irrte ziellos durch die Stadt. Sie konnte einfach keinen klaren Gedanken fassen, zu erschüttert war sie von den schrecklichen Erlebnissen. Immer wieder spielte sie im Geist verschiedene Möglichkeiten durch. Doch alles, was ihr in den Sinn kam, war waghalsig, unüberlegt und nicht alleine zu schaffen. Sie brauchte unbedingt jemanden an ihrer Seite. Zumindest ihr Ziel hatte sie klar vor Augen: Sie wollte die Hebamme aus dem Kerker befreien und die Heilsteine zurückholen.

Sie entschloss sich, zuerst nur mit Jacob über eine mögliche Befreiung zu sprechen. Ihren Vater wollte sie noch nicht einweihen. Er würde sie nur von überstürzten Handlungen abhalten wollen. Sie konnte ihn immer noch hinzuziehen, wenn Jacob und sie nichts erreichten.

Als sie in der Werkstatt ihres Vaters ankam, arbeiteten alle andächtig. Jost, Jacob und Hansi waren an der Werkbank zugange und Katheryn bereitete bereits das Abendessen vor.

»Da bist du ja, Gret. Ich habe mir schon Sorgen gemacht. Wo steckst du denn so lange?« Jost hob den Kopf. Während er sprach, strich er mit seiner rechten Hand ein Stück Rindsleder glatt.

Sie wussten es also noch nicht. Normalerweise sprachen sich schlechte Neuigkeiten in der Stadt schneller herum. Gret zögerte einen Augenblick. Wenn sie jetzt mit der Nachricht herausrückte, war ihrem Vater ohnehin klar, dass sie nicht tatenlos zusehen würde, wie man ihrer besten Freundin den Prozess machte. Doch völlig verschweigen konnte sie die Angelegenheit natürlich auch nicht. Früher oder später würde Jost ohnehin von der Verhaftung erfahren. Dann also besser aus ihrem Mund.

In knappen Worten schilderte sie, was sich zugetragen hatte. Auch ihre Vermutung, wer die Geschichte wahrscheinlich ins Rollen gebracht hatte, verschwieg Gret nicht. Betreten blickten sie die anderen an. Keiner von ihnen hätte vermutet, dass sich ausgerechnet die hilfsbereite Brigitta vor dem Stadtrichter verantworten müsste.

»Es ist selbstverständlich, dass wir Brigitta in dieser schwierigen Lage zur Seite stehen«, versprach Jost prompt.

Gret atmete erleichtert auf. Erst jetzt merkte sie, wie angespannt sie war. Dass ihr Vater genauso dachte wie sie, rührte sie. Ein warmes Gefühl der Zuneigung überkam sie. Sie musste diese Sache also nicht alleine durchstehen.

»Heute Abend muss ich noch einmal zur Schuhmacherzunft. Es gibt noch einiges zu besprechen. Aber gleich morgen früh werde ich in die Amtsstube gehen und eidesstattlich erklären, dass die Hebamme ohne Fehl und Tadel ist«, sicherte Jost zu.

Gret fiel ihrem Vater um den Hals und drückte ihm einen Kuss auf die Wange. »Danke, dass du das für Brigitta machst.«

»Wir schulden ihr so viel«, meinte Jost. »Sie hat nicht einen Augenblick gezögert, als wir ihre Hilfe benötigten. Sie führt nichts Schlechtes im Schilde, dafür würde ich mich jederzeit verbürgen.«

Gret hatte noch etwas auf dem Herzen. Verlegen druckste sie herum. »Ich habe noch eine Bitte«, wandte sie sich schließlich an ihren Vater. »Ich möchte Brigitta noch heute eine warme Decke und etwas zu essen bringen. Darf ich?«

»Nur wenn du Jacob mitnimmst«, erwiderte Jost. »Aber mach dir nicht zu große Hoffnungen, wahrscheinlich lassen sie dich gar nicht zu ihr vor.«

»Wir könnten ja einen Krug Bier für den Eisenamtmann mitbringen. Vielleicht ebnet uns das ja den Weg?«, schlug Jacob vor.

»Meinetwegen, versuchen könnt ihr es ja«, brummte Jost.

Gret hatte sich schon Gedanken gemacht, wie sie sich am besten heimlich aus dem Haus stehlen konnte und nun ließ sie ihr Vater einfach gehen. Damit hatte sie gar nicht gerechnet. Umso erleichterter war sie nun.

Sie schlang ihre Arme um Josts Körper und legte ihren Kopf an seine Brust. Einige Momente verharrten Vater und Tochter in dieser engen Umarmung. Schließlich löste sich Gret von ihm und sah in sein schon etwas faltiges Gesicht. »Ich danke dir für deinen Beistand«, flüsterte sie ihm zu.

»Mach dir keine Sorgen, Kleines, wir bekommen deine Freundin da schon wieder raus.« Jost versuchte zuversichtlicher zu klingen, als er tatsächlich war. Die Hebamme aus den Fängen der Schergen zu befreien, würde nicht einfach werden.

Mit einem geschnürten Bündel und einem Humpen Bier machten sich Gret und Jacob später auf den Weg zum Amtshaus. Es war ein milder Abend. Die Luft roch nach Frühling, neuem Leben und erblühender Natur. Für Außenstehende sahen die beiden aus, als würden sie noch eine späte Mahlzeit unter freiem Himmel planen. Wäre der Anlass für diesen Ausflug ein anderer gewesen, hätte Gret den Abendspaziergang wahrscheinlich genossen. Doch nun plagten sie dunkle Vorahnungen. Eine tiefe Sorgenfalte grub sich in ihre Stirn.

»Gret, ich sehe es dir doch an der Nasenspitze an, dass du etwas ausheckst. Was geistert dir gerade durch deinen hübschen Kopf? Rück schon raus damit.« Jacob war stehen geblieben und hielt Gret am Arm fest.

»Dir bleibt wohl nichts verborgen?«, entgegnete sie trocken.

»Du bist für mich wie ein offenes Buch. Deine Gedanken zu lesen, ist allerdings auch nicht sonderlich schwer. Du runzelst nämlich immer die Stirn, wenn du dir Sorgen machst. Auf der breiten Furche da oben könnte problemlos ein Kahn entlangschippern.«

Gret musste grinsen. Jacob gelang es immer wieder, ihre trüben Gedanken zu vertreiben.

»Was bin ich froh, dass ich dir nun doch ein Lächeln entlocken konnte«, bekannte er erleichtert.

»Du hast recht, ich zermartere mir schon die ganze Zeit den Kopf, wie ich Brigitta am besten aus dem Kerker hole«, räumte sie ein. »Außerdem muss ich irgendwie an ihre Steine kommen.«

»An ihre Steine?«, wiederholte Jacob.

»Ja, der fette Scherge hat sie ohne mit der Wimper zu zucken eingesackt. Er ist nichts weiter als ein gemeiner Dieb. Eigentlich sollte er im Gefängnis schmoren und nicht die arme Brigitta.«

Jacob dämmerte langsam, was Gret plante. »Und ich dachte, wir bringen nur eine warme Decke und etwas zu essen vorbei. Stattdessen werde ich nun in eine halsbrecherische Befreiungsaktion und einen Raubzug hineingezogen,« meinte er trocken.

»Mach dich nicht über mich lustig. Ich meine das ganz ernst. Wir könnten dem Wärter ein Schlafmittel ins Bier kippen. Sobald er eingenickt ist, befreien wir Brigitta und nehmen dem Dicken die Steine ab.«

»Wie du das erzählst, klingt es, als würdest du mal eben beim Krämer ein paar Besorgungen machen. Denkst du wirklich, man kann so einfach in die Amtsstube hineinmarschieren, den Aufseher überwältigen und Gefangene mitnehmen?«

»Wir sollten es zumindest versuchen. Ich ertrage es einfach nicht, untätig zu bleiben.« Gret baute sich trotzig vor Jacob auf.

»Wäre das wirklich so leicht, hätten es sicher auch andere versucht. Mir ist bislang noch nicht zu Ohren gekommen, dass im Gefängnis die Leute mühelos raus- und reinspazieren können«, meinte Jacob sarkastisch.

»Du musst ja nicht mitkommen. Ich kann es auch alleine versuchen.« Gret riss sich los und ließ Jacob konsterniert stehen.

»So bleib doch stehen«, rief er ihr nach. »Ich möchte doch nur, dass wir nichts überstürzen.« Mit drei großen Schritten hatte er sie eingeholt. »Denk doch nach. Wenn nun mehr als ein Wärter zur Bewachung abgestellt ist? Was machst du dann? Willst du etwa alle Schergen mit vergiftetem Bier betäuben? Dann müssen wir aber erst einen größeren Vorrat besorgen.«

Gret zuckte die Schultern und blieb die Antwort schuldig.

»Selbst wenn dein haarsträubender Plan aufgehen sollte, gibt es noch ein weiteres Hindernis«, warf Jacob ein. »Was machst du dann mit Brigitta? Ein Gefängnisausbruch wird als klares Schuldeingeständnis gedeutet. Brigitta dürfte sich in der Stadt nicht mehr blicken lassen.«

»Sie müsste sich eben verstecken.«

»Und was ist mit uns? Als die Letzten, die das Gefängnis betreten haben, würden sie uns doch sofort auf die Schliche kommen. Wir müssten dann genauso Reißaus nehmen wie Brigitta.«

»Ich weiß, das alles klingt noch etwas unausgegoren«, verteidigte sich Gret.

»Etwas unausgegoren ist ein bisschen untertrieben … «, entgegnete Jacob.

»Eigentlich habe ich auch nur laut gedacht. Aber wenn wir Brigitta nicht helfen, wird man ihr den Prozess machen. Sie ist eine starke Frau, aber bei einem peinlichen Verhör wird auch sie klein beigeben, da bin ich mir sicher.«

»Damit hast du leider nicht ganz unrecht. Den Torturen hält kaum jemand stand.« Jacobs Gesichtsausdruck wurde ernster. »Also gut, spielen wir dein Ansinnen einmal in Gedanken durch. Stellen wir uns vor, ich würde mich tatsächlich zu dieser Wahnsinnstat hinreißen lassen.« Jacob schenkte Gret ein verschmitztes Lächeln. »Wir kommen gemeinsam im Amtshaus an, der dicke Scherge schluckt bereitwillig unser Betäubungsbier und schläft vor unseren Augen selig ein«, spottete er. »Außer dem einen Aufseher wacht glücklicherweise niemand über die gefangenen schwarzen Schafe im Keller. Wir finden sogleich das richtige Verlies und natürlich auch die passenden Schlüssel, um alle Türen, Handschellen und sonstigen Hindernisse zu überwinden.« Jacob überlegte kurz und fuhr dann fort. »Und dann bringen wir Brigitta ganz unauffällig nach oben. Beim Hinausgehen fischen wir nebenbei noch das Säckchen mit den Edelsteinen aus dem Wams des Schlafenden und verlassen dann in trauter Eintracht das altehrwürdige Gebäude. Niemand stellt sich uns in den Weg, keiner hält uns auf. Du hast recht, das ist wirklich das reinste Kinderspiel.«

So überspitzt dargestellt klangen ihre Überlegungen tatsächlich wie ein Hirngespinst, gestand sich Gret ein. Sie ließ sich ihre Enttäuschung jedoch nicht anmerken. »Was schlägst du stattdessen vor?«

»Wir gehen hin und kundschaften erst einmal aus, wie viele Schergen zu welchen Zeiten Wache schieben, wo die Gefangenen festgehalten werden und wie stark das Verlies gesichert ist. Wenn wir das herausgefunden haben, können wir einen genaueren Plan schmieden.« Jacob blickte Gret erwartungsvoll an. Als sie nichts entgegnete, fügte er noch hinzu: »Wir können von mir aus auch deinen Schlaftrunk mitnehmen, wenn du unbedingt darauf bestehst. Vielleicht ist er uns ja tatsächlich noch nützlich.«

Gret wäre Jacob am liebsten gleich um den Hals gefallen, riss sich jedoch zusammen. Sie wollte nicht unnötigerweise Aufsehen erregen. »Jetzt stellt sich nur noch die Frage, wie wir an das Schlafmittel kommen«, gab sie zu bedenken.

»Ach so, darum müssen wir uns also auch noch kümmern. Was für ein Kraut hast du im Kopf?«

»Ich denke an den Milchsaft des Mohns. Brigitta hatte immer ein Fläschchen davon in ihrer Tasche«, erinnerte sich Gret. »Beim Apotheker welchen zu holen, ist wahrscheinlich nicht der beste Einfall. Auf die Schnelle fällt mir nur eine Möglichkeit ein. Wir müssen in Brigittas Kammer nach dem Saft suchen.«

Jacob war wenig begeistert, stimmte jedoch zu.

»Das wird keine Freude werden«, warnte Gret Jacob vor. »Die Schergen haben dort alles kurz und klein geschlagen. Die meisten Kräuter und Salben haben sie eingesteckt, ich kann mich allerdings nicht entsinnen, dass sie Brigittas Tasche mitgenommen haben.«

Als sie die Tür zu Brigittas verlassener Kammer aufschoben, musste Gret schlucken. Die sinnlose Verwüstung tat ihr in der Seele weh. Jacob ergriff dagegen eine unbändige Wut.

»Was fällt diesen Schwachköpfen ein, so ein heilloses Durcheinander anzurichten?«, grollte er.

Gemeinsam durchsuchten sie den Ort der Zerstörung. Sie schoben Scherben und Geschirr beiseite, wühlten sich durch Wäsche und durch Essensreste. Schließlich entdeckte Gret in einer Ecke, unter einem achtlos hingeworfenen Laken, tatsächlich Brigittas Ledertasche.

»Ich wusste es! Wenigstens können wir so ein paar von Brigittas Sachen retten«, entfuhr es ihr. Sie durchsuchte die Tasche und griff sich ein kleines Fläschchen. »Damit haben wir jetzt alles, was wir brauchen. Der Schlafsaft dürfte für mindestens fünf dickbäuchige Aufseher genügen.«

Sie kippte die Flüssigkeit in den Humpen Bier und schwenkte das Gefäß vorsichtig. Ein bitterer, harziger Geruch breitete sich in der Kammer aus. Hoffentlich war das Schlafmittel nicht herauszuschmecken, dachte sich Gret. Dann trieb sie Jacob zur Eile an. Sie wollte so schnell wie möglich bei Brigitta sein. Mehr laufend als gehend legten die beiden den Weg zum Amtshaus zurück. Als sie vor der großen Eingangspforte ankamen, schlug Gret das Herz vor Aufregung bis zum Hals.

»Also gut, versuchen wir unser Glück«, brachte Gret atemlos hervor. Sie nickte Jacob dabei auffordernd zu.

Jacob hielt Gret am Oberarm fest. »Warte noch einen Augenblick. Eines musst du mir noch versprechen, bevor ich mit dir in die Höhle des Löwen gehe. Wenn die Sache brenzlig wird, brechen wir alles ab, in Ordnung?«, verlangte er eindringlich. »Wenn wir alle im Kerker landen, ist niemandem gedient.«

»So blauäugig, wie du denkst, bin ich auch wieder nicht. Wenn es zu gefährlich wird, ziehen wir uns zurück. Dafür gebe ich dir mein Ehrenwort.« Gret sah Jacob treuherzig an, als könnte sie kein Wässerchen trüben.

Jacob war sich längst nicht sicher, ob er Gret das bereitwillig geleistete Zugeständnis abkaufen sollte, hakte jedoch nicht weiter nach.

Gret drückte die Klinke hinunter und betrat als Erste das alte Amtshaus. Es war kühl in dem nur schummrig beleuchten, steinernen Gang. Mehrere schwere Holztüren säumten den düsteren Flur, die meisten davon waren verschlossen. Auf Gret wirkten sie allesamt wie Pforten zur Hölle. Das Gemäuer strahlte etwas Bedrückendes, Trostloses aus. Gret konnte die Verzweiflung der Gefangenen nahezu körperlich spüren. Ihr Blick fiel nach rechts auf einen erleuchteten Spalt. Eine der Türen stand handbreit offen. Aus dem Raum fiel ein schmaler Lichtkegel und malte einen schimmernden Wegweiser auf den Boden. Gret und Jacob folgten dem hellen Strahl. Vorsichtig klopften sie an die offenstehende Tür.

»Wer stört uns noch zu dieser späten Stunde?«, knurrte eine tiefe Stimme von drinnen.

Gemeinsam betraten sie den erhellten Raum. Direkt vor ihnen saß der dickbäuchige Eisenamtmann an einem schweren Holztisch. Die Beine hatte er ausgestreckt und leicht gespreizt. Die großen, schaufelgleichen Hände ruhten auf der Tischplatte. Wie eine fette Spinne fixierte er die späten Eindringlinge. Die Arbeitsfläche vor ihm war übersät mit Gegenständen. Gret erkannte einige von Brigittas Utensilien wieder. Im hinteren Teil des Raumes räumte der verlegene Scherge, den Gret schon von Brigittas Verhaftung kannte, ein Regal ein.

Offensichtlich protokollierten die beiden Amtsdiener haarklein, welche Dinge sie beschlagnahmt hatten. Die Bestandsaufnahme würde nur leider nicht vollständig sein, ging es Gret durch den Kopf. Von Brigittas Edelsteinen war weit und breit nichts zu sehen. Weder auf der Holzplatte noch in den offenen Regalen konnte Gret sie ausmachen. Nur das Wams des Aufsehers beulte sich an einer Stelle unter einer Tasche verdächtig nach außen. Der Dicke wollte die kostbaren

Steine also wirklich für sich behalten. Gret spürte, wie die Wut in ihr hochstieg und sich ihr Hals verengte. Ein dicker Kloß drückte in ihrer Kehle. Mit großer Anstrengung versuchte sie, den Ärger hinunterzuschlucken, doch es gelang ihr nicht.

»Wir möchten uns bloß nach einer Gefangenen erkundigen«, entfuhr es Gret aufmüpfiger, als es in ihrer Lage ratsam war.

Jacob zog die Augenbrauen hoch und blickte sie warnend an. Grets scharfer Ton missfiel ihm. Wollten sie wirklich etwas erreichen, half es sicher nicht, den Aufseher mit ihrem brüsken Verhalten vor den Kopf zu stoßen. Sie waren schließlich von seinem Entgegenkommen abhängig. Stellte er sich quer, würden sie niemals in das Verlies kommen.

Den Eisenamtmann störte das forsche Auftreten von Gret jedoch nicht im Geringsten.

»Dich kenne ich doch. Warst du nicht bei der Verhaftung der Hebamme dabei? Du bist mit ihr wohl doch näher bekannt, als du zuerst zugeben wolltest?« Der Dicke griente in seinen Wanst, als hätte er einen geistreichen Witz zum Besten gegeben. »Oder treibt dich die pure Neugierde hierher? Wir haben ja auch recht aufregende Dinge zu bieten. Und wenn sich morgen erst Meister Abriel an sein Werk macht, wird es noch spannender«, höhnte er.

»Ja, die Hebamme ist mir bekannt und ich kann nur das Allerbeste von ihr berichten. Sie würde niemals einem Menschen Schaden zufügen. Jeden, der das behauptet, nenne ich einen dreisten Lügner. Das kannst du gleich zu Protokoll nehmen«, ereiferte sich Gret.

»Was an den Anschuldigungen gegen unsere Gefangenen dran ist, habe ich nicht zu befinden. Meine Aufgabe besteht nur darin, die Befehle zu befolgen, die mir erteilt werden. Dein übereifriges Gerede ist also verschwendete Liebesmüh«, beschied der dicke Aufseher.

Bevor Gret etwas Vorlautes erwidern konnte, riss Jacob das Gespräch an sich. »Geht es der Hebamme denn gut?«, erkundigte er sich.

»Ganz hervorragend. Wir haben sie äußerst fürstlich im Keller untergebracht«, witzelte der Dicke.

»Wir würden der Hebamme gerne eine Decke und etwas zu essen bringen. Kannst du uns zu ihr lassen?«, fragte Jacob.

»Und welche Gegenleistung habt ihr für ein solch großzügiges Entgegenkommen zu bieten?« Der Blick des Aufsehers blieb an dem Humpen Bier hängen.

Sowohl Gret als auch Jacob entging das gierige Augenspiel des Schergen nicht. Jetzt gab es kein Zurück mehr, das war beiden klar. Der Dickwanst trank offenbar häufiger mal über den Durst. Seine grobporige Haut war um die Wangen gerötet. Mitten im Gesicht prangte eine unschöne Knollennase.

»Gegen ein frisches Bier habe ich nichts einzuwenden. Das könnt ihr mir gerne hierlassen«, brummte der Dicke dann auch gleich borstig.

Das lief ja besser, als sie gedacht hatten. Jacob stellte den Krug mit einem lauten Krachen vor dem Aufseher auf dem Tisch ab. Etwas Bier schwappte über den Rand und bildete einen kleinen See. Der Scherge griff sich den Humpen, setzte an und nahm einen kräftigen Schluck. Mit dem Hemdsärmel wischte er sich ungehobelt über den Mund und stieß aus voller Brust einen Rülpser aus. Nach der kleinen Kostprobe schob er den Krug beiseite.

»Nicht schlecht«, befand er. »Der Gerstensaft wird mir später den wohlverdienten Feierabend versüßen.«

Der Eisenamtmann wollte sich das Bier also nicht gleich genehmigen, schoss es den beiden fast gleichzeitig durch den Kopf. Enttäuscht sahen sich Gret und Jacob an. Zumindest schien der Aufseher nicht abgeneigt zu sein, sie zur Gefangenen zu lassen.

»Zusammen könnt ihr aber nicht hinunter. Wir wollen ja nicht, dass ihr da unten auf dumme Gedanken kommt.« Der Mund des Fettleibigen verzerrte sich zu einem schiefen Grinsen. »Die junge Maid soll alleine gehen, mein Kumpan kann sie begleiten«, entschied er. »Aber alles, was zu den Gefangenen gebracht wird, muss durchsucht werden. Taschen und sonstige Behältnisse sind im Kerker nicht erlaubt. Die müsst ihr hierlassen.«

Gret vertraute Jacob die Tasche der Hebamme an. Dann legte sie das mitgebrachte Bündel auf den Tisch und schnürte es auf. Der Aufseher durchwühlte die Gaben und griff sich das geräucherte Fleisch und ein Stück Brot. Die anderen Lebensmittel entsprachen anscheinend nicht seinem Geschmack. Auch für die alte Decke interessierte er sich nicht. Er gab seinem jungen Kameraden mit einem Wink zu verstehen, dass er sich in Bewegung setzen sollte.

Gret fiel ein Stein vom Herzen, sie hatte schon befürchtet, dass sie alleine mit dem zudringlichen Dicken in den Keller hinabsteigen musste. Doch die Anstrengung wollte sich der Wärter offenbar ersparen. Der junge Scherge wirkte auf Gret weitaus freundlicher. Seine Arbeit hatte ihn noch nicht abgestumpft, das hatte Gret auch bei Brigittas Verhaftung feststellen können. Der junge Mann empfand noch Mitgefühl für andere Menschen. Vielleicht gelang es ihr sogar, ihn auf ihre Seite zu ziehen.

Der Eisenamtmann zog eine Schublade unter dem Tisch heraus und beförderte einen dicken Schlüsselbund zutage, den er seinem Gefährten in einem hohen Bogen zuwarf. Der junge Scherge fing ihn geschickt mit einer Hand auf. Jetzt wussten sie zumindest, wo die Schlüssel aufbewahrt wurden, dachte sich Gret. Ihre Unternehmung trug Früchte, wenn auch nur kleine. Sie packte die verbliebenen Speisen und die Decke notdürftig zusammen und folgte dem jungen Wärter.

Beim Abstieg die steile Treppe hinunter hielt sich Gret an der Steinwand fest. Sie fühlte sich klamm und kalt an. Je tiefer sie kamen, umso unwirtlicher wurde es. Es roch modrig da unten. Ein kleines Tier huschte an Gret vorbei, kreuzte flink ihren Weg und war einen Augenblick später auch schon in einer Mauerritze verschwunden. Neben den Gefangenen beherbergten die alten Gemäuer also auch Mäuse oder gar Ratten. Gret fröstelte und ein leichtes Schaudern ergriff sie. Dann riss sie sich jedoch zusammen. Sie sollte die kurze Zeit mit dem Schergen besser ausnutzen, ermahnte sie sich.

»Du kennst Brigitta, nicht wahr?«, verwickelte sie den Wärter in ein Gespräch. »Sie hat deinem Sohn auf die Welt geholfen.«

»Ja, die Hebamme hat uns damals sehr gute Dienste erwiesen«, antwortete der Scherge förmlich. Die Frage brachte ihn in Verlegenheit. Gret spürte, wie er sich innerlich wand. Der Gewissenskonflikt stand ihm ins Gesicht geschrieben.

»Du musst mich nicht so strafend ansehen«, verteidigte sich der Scherge, »ich mache hier nur meine Arbeit.«

»Aber ein gutes Gefühl hast du nicht dabei, wenn du die Hebamme einsperrst«, bohrte Gret nach.

»Ich habe nichts gegen Brigitta, das kannst du mir glauben. Sie hat sich bei der Geburt unseres Sohnes wirklich ins Zeug gelegt und dafür bin ich ihr auch dankbar«, räumte er ein. »Doch das sind zweierlei Dinge. Mein Leben draußen darf mein Tun hier im Kerker nicht beeinflussen. Die beiden Bereiche muss ich streng voneinander trennen, sonst bin ich meine Anstellung schnell wieder los«, verteidigte er sich.

»So einfach ist das für dich? Und wenn die Hebamme zu unrecht beschuldigt wurde, was dann? Siehst du dann auch tatenlos zu, wie sie ihr den Prozess machen?«, drängte Gret weiter in ihn.

»Soll ich als Amtsdiener etwa lautstark für eine Gefangene eintreten? Wenn die Hebamme wirklich unschuldig ist, wird es der Prozess schon zutage bringen.«

»Ist dein Vertrauen in die Justiz wirklich so unerschütterlich? Ein peinliches Verhör bringt die Leute zum Sprechen, das ist wahr, ob es tatsächlich die Wahrheit ist, möchte ich allerdings bezweifeln«, meinte Gret aufsässig.

Der Scherge blieb eine Antwort schuldig. »Wir sind angekommen«, brummte er einsilbig. »Du hast fünf Minuten. Die Tür muss ich wieder hinter dir verriegeln, das ist Vorschrift.« Er steckte einen langen, schon etwas angerosteten Schlüssel in das Vorhängeschloss und drehte ihn langsam herum. Mit einem leichten Knarren sprang die Eisensperre auf. Dann schob er den Riegel zurück und gab ihr den Weg frei.

Als die Tür hinter ihr ins Schloss fiel, zuckte sie ängstlich zusammen. In dem dunklen Loch konnte sie nicht das Geringste erkennen. Außerdem stank es wirklich erbärmlich. Am liebsten wäre sie augenblicklich wieder nach draußen gestürmt, doch sie riss sich am Riemen. Sie musste Brigitta finden, egal, wie bange ihr zumute war.

»Brigitta, wo bist du?«, flüsterte Gret in das Dunkel.

»Gret?, brachte Brigitta überrascht hervor. »Bist du das etwa? Ich kann leider nicht zu dir kommen.«

Brigittas lieb gewonnene Stimme drang von weit hinten an Gret heran. Das Mädchen tapste unbeholfen in die Richtung, aus der sie die Laute vernommen hatte. Mehrmals stieß sie gegen eine der vielen Gestalten, die sich auf dem Boden ausgestreckt hatten. Sie kam nur schleppend langsam voran. Schließlich zeichnete sich der Umriss einer Hand ab, die sich ihr entgegenstreckte. Sie ergriff den rettenden Anker und ließ sich wenige Augenblicke später in die Arme der Hebamme sinken.

Als sie die schwere Eisenkette spürte, mit der ihre Freundin an der Wand festgemacht war, konnte Gret nicht mehr an sich halten. Aus ihren Augen quollen stumme Tränen hervor. Sie waren einfach nicht mehr aufzuhalten. Die ganze Verzweiflung riss mit einem Mal alle Schutzwälle ein. Sie wollte der Hebamme so viel sagen. Dass sie den Mut nicht verlieren sollte, dass alles gut werden würde, dass alle für ihre Freilassung kämpfen würden, dass sie sogar einen Ausbruch planten. Doch nichts von alledem brachte sie nun über ihre Lippen.

Nach einiger Zeit löste sich Gret aus der Umarmung und schnürte ihr Bündel auf. Sie zog die Decke hervor, breitete sie aus und legte sie fürsorglich um die Schultern der Gefangenen. Dann bettete sie noch die übrig gebliebenen Speisen in Brigittas Schoß und blickte ihr tief in die Augen. Die Hebamme verstand sie auch ohne Worte.

»Du musst dir keine Sorgen um mich machen«, versuchte sie Gret zu beruhigen.

»Ich möchte dir so gerne helfen«, setzte Gret unbeholfen an und verstummte dann wieder.

Brigitta schüttelte abwehrend den Kopf. Sie legte Gret ihre Finger auf die Lippen, als Zeichen, dass sie nicht weitersprechen sollte. »Es gibt nur eines, um das ich dich bitte. Nimm meine Edelsteine an dich.«

»Natürlich«, versprach Gret. »Ich werde alles versuchen, was in meiner Macht steht.«

»Ich habe dir alles über das Heilen mit Steinen beigebracht«, versicherte ihr Brigitta. »Du bist nun soweit, sie dir zunutze zu machen.

Du wirst fühlen, wie du sie am besten einsetzt. Ich weiß, dass du einmal eine gute Heilerin werden wirst.«

»Du sprichst, als würdest du hier nicht mehr herauskommen. Bitte gib die Hoffnung nicht auf«, beschwor Gret ihre Freundin. »Da draußen gibt es viele, denen du etwas bedeutest und die sich für dich verbürgen.«

»Ich bin alt und habe mein Leben gelebt. Es war kein schlechtes Dasein. Wenn Gott mich zu sich holen will, dann soll es so sein«, beschied Brigitta.

»Nein, das lasse ich nicht zu«, schrie Gret verzweifelt auf. »Du musst dich wehren.«

»Was es zu sagen gibt, werde ich sagen, darauf kannst du dich verlassen. Ich habe nicht aufgegeben, wenn du das vermutest. Es ist nur so, dass ich meinem eigenen Leben keine so große Bedeutung beimesse.«

»Aber mir bedeutest du so viel.« Gret konnte es kaum ertragen, Brigitta so sprechen zu hören.

»Verglichen mit der ganzen Menschheit, bin ich nur ein ganz kleines Rädchen in einem großen Gefüge«, meinte sie bescheiden. »Ich kann mir nichts vorwerfen. In meinem kleinen Wirkungskreis habe ich viel Gutes bewirkt. Doch am schönsten ist der Gedanke, dass ich mein Wissen weitergeben konnte. Mein Leben war also nicht umsonst.«

Gret griff nach Brigittas kalter Hand und hielt sie fest, bis der Wärter den Riegel zurückschob. Der Abschied fiel stumm und kurz aus. An der Tür blickte Gret noch einmal zurück in das trostlose Dunkel und folgte dem Schergen dann nach oben.

Jacob hatte den Eisenamtmann in ein Gespräch verwickelt. Als Gret und der junge Scherge die Amtsstube betraten, ermunterte er den Dicken gerade, sich noch einen Schluck zu genehmigen. Der Krug war inzwischen schon zur Hälfte geleert. Der fette Aufseher stierte mit einem seltsamen, glasigen Blick umher. Richtig schläfrig wirkte er jedoch noch nicht. Das Rauschgift betäubte nicht in dem Maße, wie sie es sich gewünscht hatten. Er schien einiges zu vertragen.

»Ihr müsst wirklich gehen. Wir sperren hier jetzt alles ab«, lallte der Eisenamtmann. »Mein junger Freund muss heute Wache schieben und ich werde mir im Wirtshaus noch ein Bier gönnen. Also raus mit euch beiden.«

Gret und Jacob blieb nichts anderes übrig, als klein beizugeben. Der junge Wärter schob sie höflich aber bestimmt nach draußen.

»Wir müssen uns an die Fersen des Schergen heften, um an die Steine zu gelangen«, eröffnete Gret Jacob, als sie vor der Amtsstube standen.

»Lass mich das übernehmen. Ich werde dem Aufseher in das Wirtshaus folgen. Vielleicht gelingt es mir, ihm in einer ruhigen Ecke den Beutel aus der Tasche zu ziehen. Ich kann es kaum fassen, dass ich mich zu einem Diebstahl überreden lasse«, bekannte Jacob ungläubig.

»Genau genommen handelt es sich um keinen Diebstahl. Wir nehmen nur, was uns zusteht – im Namen der Gerechtigkeit«, beschönigte Gret ihr Vorhaben.

»Das hast du schön ausgedrückt. So komme ich mir gleich weniger frevelhaft vor«, schmunzelte Jacob. »Du solltest nach Hause gehen und dich ausruhen. Wir werden unsere Kräfte noch brauchen.«

Gret nickte und drückte ihm zum Abschied noch einen zaghaften Kuss auf die Lippen. »Ich wünsche dir viel Glück bei deiner Diebestat«, sagte sie salbungsvoll.

Jacob wartete in einiger Entfernung vom Amtshaus. Den Eingang hielt er fest im Blick. Er musste nicht lange ausharren. Wenig später öffnete sich die Tür und der Eisenamtmann tauchte im Portal auf. Mit der rechten Hand umklammerte er noch immer den Bierkrug. Kaum befand er sich unter freiem Himmel, setzte er den Humpen an und kippte das Gebräu in einem Zug hinunter. Zumindest besaß er noch so viel Anstand, sich nicht in der Amtsstube volllaufen zu lassen, ging es Jacob durch den Kopf.

Jacob zögerte. Er fragte sich, ob er den Aufseher gleich ansprechen sollte. Das könnte jedoch verdächtig aussehen. Schließlich hatte er ihn nie zu einem Saufgelage begleitet. Der Mann wirkte außerdem noch recht munter. Vielleicht war es ratsamer, ihm in einigem

Abstand zu folgen und später rein zufällig in der gleichen Wirtschaft ein Bier zu bestellen.

Der Wärter setzte sich behäbig in Bewegung. Er schwankte zwar nicht, doch sahen seine Schritte schleppend und schwerfällig aus. Das Schlafmittel begann also doch zu wirken. Jacob gab dem Eisenamtmann etwas Vorsprung und heftete sich dann an seine Fersen.

Der Aufseher steuerte geradewegs auf das Wirtshaus zum Bären zu. Jacob rieb sich erfreut die Hände, besser hätte es nicht laufen können. Im Wirtshaus seines Vaters hatte er leichtes Spiel. Dort konnte er seine Schwester Agnes einweihen. Zu zweit würden sie es schon schaffen, dem Dicken die Steine wieder abzujagen. Als der Aufseher in der Wirtschaft verschwunden war, wartete Jacob noch eine Weile, dann betrat auch er den Schankraum.

Die Gaststätte war an diesem Tag nur mäßig besucht. Die vereinzelten Gäste hatten sich Plätze an den Wänden ausgesucht. Die Tische in der Mitte der Schankstube standen dagegen verwaist da. In der Luft hing ein leicht muffiger Geruch nach gekochtem Eintopf und nach Bier. Jacob ließ seinen Blick über den Schankraum gleiten. In der hinteren Ecke entdeckte er den dicken Aufseher. Er hing bereits über einem frisch gefüllten Bierkrug und stierte tumb vor sich hin. Was in seiner Umgebung vor sich ging, nahm er nicht mehr richtig wahr. Auch Jacobs Eintreten hatte er nicht bemerkt. Jacobs Schwester tischte zwei anderen Gästen gerade gut gefüllte, dampfende Teller mit Eintopf auf. Mit einem freudigen Nicken begrüßte sie ihn und kam auf ihn zu.

»Schön, dass du dich mal wieder bei uns blicken lässt, Bruderherz. Wie man hört, hast du jetzt deinen Lehrbrief in der Tasche.«

»Wie hast du das schon wieder erfahren?«, fragte Jacob erstaunt.

»Nun, hier schnappt man so einiges auf«, gestand sie. »Es wundert mich nur, dass du immer noch hier bist. Kann es sein, dass die hübsche Schuhmachertochter etwas damit zu tun hat?«, neckte sie ihn.

Normalerweise war Jacob nicht auf den Mund gefallen. Doch nun wusste er nicht recht, was er erwidern sollte. Seine Schwester hatte wieder einmal seine wunde Stelle aufgespürt.

»Das trifft den Nagel mehr oder weniger auf den Kopf«, gab er zögerlich zu. »Das Mädchen hat es mir tatsächlich angetan. Ich habe mich sogar breitschlagen lassen, noch eine Weile bei Meister Jost auszuharren.«

»Das freut mich für dich. Sie scheint sehr willensstark zu sein, wie man sich erzählt. Ich habe sie ein paar Mal in Begleitung der Hebamme gesehen. Die Alte hält große Stücke auf das Mädchen.«

»Dann hast du also noch nichts davon gehört?«, fragte Jacob seine Schwester.

»Was meinst du?«, erwiderte sie ihm.

»Sie haben die Hebamme und noch ein paar weitere Frauen verhaftet«, eröffnete Jacob ihr. »Sie wollen Brigitta den Prozess machen. Es wurde sogar eigens der Schongauer Scharfrichter angefordert. Man munkelt, dass es um Hexerei geht. «

Agnes nahm die Neuigkeit mit Bestürzung auf. Sie hatte die Hebamme immer als sehr hilfsbereite und uneigennützige Person erlebt. Dass sie jemandem schaden wollte, konnte sie kaum glauben.

»Das kann doch einfach nicht wahr sein. Ausgerechnet die Wehmutter!«, entfuhr es ihr deshalb. »Das habe ich wirklich nicht gewusst.« Betrübt sah sie ihren Bruder an. »Aber dass der Schongauer Henker in der Stadt ist, ist mir nicht neu. Stell dir vor, wo sie ihn untergebracht haben.«

»Etwa hier im Wirtshaus zum Bären?«, riet Jacob.

»Genau. Vater macht sich schon Sorgen um seine Einnahmen. Doch bisher kann ich eigentlich nichts Schlechtes über den Nachrichter erzählen«, meinte Agnes.

»Er soll recht seltsam sein und unbarmherzig.« Selbst in Freising wussten die Leute einiges über den Schongauer Henker zu erzählen.

»Er reist zwar wie ein vornehmer Herr, doch hier bei uns verhält er sich sehr zurückhaltend«, versicherte Agnes. »Das Essen nimmt die Henkersfamilie in der kleinen Nische dort hinten ein. Ich denke, die Gäste fühlen sich nicht allzu sehr gestört.«

»Agnes, ich bin aus einem ganz bestimmten Grund hier«, wechselte Jacob das Thema. »Ich brauche dringend deine Hilfe. Können wir uns kurz ungestört unterhalten?«

»Natürlich, lass uns rasch nach nebenan gehen.«

Die Geschwister zogen sich in eine kleine Abstellkammer neben der Wirtsstube zurück. Jacob berichtete ohne Beschönigungen, was sich zugetragen hatte. Er ließ auch ihren kläglichen Befreiungsversuch, die Verwüstung von Brigittas Heim und den Diebstahl ihrer wertvollen Steine nicht aus.

»Kannst du mir helfen, dem Dicken die Steine wieder abzunehmen? Ich habe es Gret versprochen und möchte mein Versprechen auf keinen Fall brechen«, flehte er seine Schwester an.

Agnes musste nicht lange überlegen. Die brutale Durchsuchung von Brigittas Zuhause und auch der Diebstahl des Eisenamtmanns entsetzten sie. Wo sollte das nur hinführen, wenn nicht einmal die Amtsdiener mehr ehrlich waren? Bestechlichkeit und Unterschlagung hatten in Freising Einzug gehalten.

»Es wird nicht allzu schwer werden, dem Wärter die Steine abspenstig zu machen«, meinte sie. »Schon als ich ihm sein Bier aufgetischt habe, ist er fast eingenickt. Noch ein weiterer Krug und er schläft sanft und selig wie ein Kind, glaube mir.«

»Vielleicht setze ich mich zu ihm und ermuntere ihn zum Trinken?«, schlug Jacob vor.

»Überlasse die Angelegenheit lieber mir«, wiegelte Agnes ab. »Es ist besser, wenn du keinen Verdacht auf dich ziehst. Schließlich hat dich der Eisenamtmann heute schon einmal im Gefängnis gesehen. Da ist es ein Leichtes, eins und eins zusammenzuzählen. «

»Auf mich wirkt er nicht gerade sehr helle«, setzte Jacob dagegen. Der Mann war in seinen Augen ein Tölpel, wenn auch ein gefährlicher.

»Auch wenn er nicht gerade mit Klugheit gesegnet ist, könnte er sich an dich erinnern«, warnte Agnes ihn.

»Wahrscheinlich hast du recht. Aber Gret wird nicht sonderlich begeistert sein, wenn ich mit leeren Händen nach Hause komme«, gestand Jacob.

»Du wirst schon die richtigen Worte finden, um sie zu besänftigen«, entgegnete Agnes schmunzelnd. »Wenn ich Erfolg haben sollte, bringe ich die Steine gleich morgen Abend bei euch vorbei.«

Als Jacob gegangen war, machte sich Agnes zielsicher an die Umsetzung ihres Versprechens. Der Eisenamtmann wirkte schon etwas angeschlagen, als sie sich ihm näherte. Sein Oberkörper neigte sich verdächtig nach rechts. Es würde sicher nicht mehr lange dauern, bis er seitlich auf die Holzbank kippte, urteilte Agnes mit geschultem Blick.

»Darf es noch ein Bier sein?«, ermunterte sie ihn zum Weitertrinken.

»Nur her mit dem Nachschub«, brachte der Gefängniswärter undeutlich hervor.

»Kommt umgehend«, gab sie zuvorkommend zurück. So leicht gab sich der Mann nicht geschlagen. Offenbar brauchte er noch eine weitere Runde. Der Aufseher war ein härterer Brocken, als sie vermutet hatte. Wenn er nicht vor der Sperrstunde einnickte, könnte es schwierig werden.

Die Wirtsstube war mittlerweile gut gefüllt. Agnes eilte von Tisch zu Tisch und bediente die vielen Gäste. Den Wärter behielt sie währenddessen immer im Blick. Er hielt sich recht tapfer, das musste sie zugeben. Kaum ein anderer würde erst den Schlafsaft und darauf noch mehrere Humpen Bier so gut wegstecken. Und sie hatte in ihrem Leben schon einige Zecher kennengelernt. Als Agnes gerade einer Gruppe Handwerker Bier kredenzte, vernahm sie aus der hinteren Ecke endlich ein dumpfes Geräusch. Der Wärter war auf die Bank gekracht. Gleich darauf mussten einige Gäste an den Nachbartischen herzhaft lachen. Der Betrunkene löste allgemeine Erheiterung aus.

Jetzt oder nie, sprach sich Agnes Mut zu. Zielstrebig trat sie an seine Seite, beugte sich über ihn und ließ ihre Hand in seine ausgebeulte Tasche gleiten. Sie bekam den prallen Lederbeutel zu fassen, zog ihn heraus und stopfte ihn ganz beiläufig in ihren Ärmel. Dann schlug sie dem Schlafenden beherzt auf die Schulter.

»Geschlafen wird zu Hause. Ich denke, es reicht für heute. Du solltest jetzt besser gehen«, forderte sie ihn bestimmt auf.

Mit großem Kraftaufwand richtete sich der Dicke auf und kramte ein paar Münzen aus seiner Hosentasche hervor. Wortlos warf er sie auf den Tisch und versuchte dabei aufzustehen. Nach mehrmaligen Anläufen gelang es ihm schließlich. Wankend peilte er den Ausgang an, blieb jedoch im Türrahmen hängen. Wieder ging ein lautes Gelächter durch die Wirtsstube und einige Gäste zogen den Mann auf. Der Knecht des Bären-Wirtes erbarmte sich schließlich und geleitete den Betrunkenen sicher nach draußen.

Als der Unglücksrabe verschwunden war, zog sich Agnes noch einmal in die kleine Kammer zurück. Sie holte den Beutel hervor und warf einen kurzen Blick hinein. Sie hatte es tatsächlich geschafft. Die Heilsteine der Hebamme waren gerettet.

Kapitel 8

Brigitta wusste, was ihr bevorstand. Der Scharfrichter hatte alle anderen Frauen bereits besichtigt. Was sie berichteten, ließ nichts Ersprießliches erwarten. Nun stand ihr diese schmachvolle Prozedur bevor. Der junge, befangene Wärter beugte sich zu ihr hinunter und befreite sie von den Handschellen. Es war ein erlösendes Gefühl, die kalten Eisenklammern abzustreifen. Eine schwere Last fiel von Brigittas Armen. Sie fühlten sich wieder leicht und frei an. Vorsichtig kreiste sie ihre Handgelenke, um das taube Gefühl zu vertreiben. An einigen Stellen hatte das Eisen die Haut aufgescheuert und rote Druckstellen hinterlassen.

Brigitta stützte sich an der glitschigen Wand ab und richtete sich langsam auf. Schwach und etwas wackelig trat sie von einem Bein auf das andere. Ihre Glieder fühlten sich steif und verspannt an und auch ihr Hals schmerzte. Ein bitterer Geschmack lag in ihrem Mund. Mit ihrer Zunge befeuchtete sie ihre trockenen Lippen. Die kalte, feuchte Luft im Kerker hatte ihr zugesetzt. Sie zog die klamme Decke von ihren Schultern und legte sie um den Körper der Kräuterfrau. Die alte Beth nahm sie dankbar an und drückte Brigitta ermutigend die Hand.

Die Hebamme folgte dem Wärter auf den Gang hinaus. Als die Tür im Schloss einrastete, nahm sie einen tiefen Atemzug und ließ die kühle Luft durch ihren Körper strömen. Im Geiste stellte sie sich vor, wie der Atem sie reinigte und alle schlechten Gerüche und Krankheiten hinwegspülte. Sie versuchte, sich zu sammeln, damit sie dem Scharfrichter möglichst ruhig und zuversichtlich gegenübertreten konnte.

Der junge Scherge führte Brigitta in einen der angrenzenden Räume. Mehrere Tranfunzeln tauchten ihn in helles Licht. Ihr Blick fiel zuerst auf einen langen Holztisch, der von zahlreichen Stühlen gesäumt war. Auf der großen Fläche standen mehrere Becher und Schalen, angefüllt mit sonderbaren Flüssigkeiten und Speisen. Vier Männer hatten sich für die erste Untersuchung versammelt. Der schmächtige, leicht gebeugte Graukopf, der verkrampft seine Schreibfeder umklammerte und bereits eifrig vor einem Stapel Papier am Tisch kauerte, musste der Gerichtsschreiber sein, schloss Brigitta. Den Henker erkannte die Hebamme an seinem Gewand. Er war in Schwarz und Rot gekleidet und musterte sie mit einem durchdringenden Blick. In den dunklen Augen war keine Spur von Mitgefühl zu erkennen. Ganz im Gegenteil, sie strahlten etwas Kaltes und Unnahbares aus und blickten auf sie herab, wie auf ein Tier in der Falle.

Der ihr bereits bekannte Eisenamtmann blieb dem Scharfrichter dicht auf den Fersen. Beflissentlich scharwenzelte der Dickwanst um den Nachrichter herum, bemüht, sich in irgendeiner Weise hervorzutun. Etwas abseits, fast unbeteiligt, stand der Stadtrichter von Freising, Marquart Johann. Offenbar überließ er zunächst dem Nachrichter das Feld.

»Das ist also die letzte der Frauen, die es zu besichtigen gilt«, stellte der Henker sachlich fest. »Richter Johann, Ihr könnt Euch getrost zurücklehnen. Glaubt mir, meine Erfahrung mit diesen Weibern ist profund.« Er trat ein paar Schritte näher an Brigitta heran, nahm ihr Kinn in die Hand und blickte tief in ihre Augen. »Ich habe schon so viele Hexen aufgespürt. Mittlerweile erkenne ich sie bereits an ihrem Äußeren«, prahlte er. »Sie haben allesamt diesen teuflischen, stierenden Blick.« Er gab Brigittas Gesicht wieder frei und rückte etwas von ihr ab. »Aber auch durch ihre absonderlichen Gebärden und ihre groteske Gestalt geben sie sich zu erkennen. Die Hexenmale sind es jedoch, die uns einen sicheren Beweis liefern.«

Der Henker gab dem Eisenamtmann mit einem Nicken zu verstehen, dass er beginnen sollte.

»Hebamme Brigitta Wietholz, du bist hier, weil mehrere Anschuldigungen gegen dich laut geworden sind. Du sollst Hexereien begangen haben«, klärte der dicke Aufseher sie verächtlich auf. »Meister Abriel wird deinen Körper nach verdächtigen Malen absuchen. Also lass deine Hüllen schön fallen. Nur keine Scham«, fügte er spöttisch hinzu.

Brigitta wusste, dass ihr nichts anderes übrig blieb, als diese üble Posse mitzuspielen. Sie legte nach und nach all ihre Kleider ab, bis sie vollkommen nackt vor den Männern stand. Ihr Körper war der einer alten Frau. Ihre Haut hing schlaff an ihr herunter. Um die Hüften wölbten sich breite Speckrollen nach außen und ihr Rücken krümmte sich schon leicht. Die Unzulänglichkeit ihres alternden Leibes war ihr schmerzlich bewusst. Dass männliche Augen sie unbekleidet betrachtet hatten, war schon einige Zeit her. Die eindringlichen Blicke trieben ihr die Schamesröte ins Gesicht. Gedemütigt sah sie zu Boden und hoffte, dass dieses Schauspiel bald ein Ende haben würde.

Jörg Abriel schritt auf sie zu und untersuchte ihren Körper mit peinlicher Genauigkeit. Sobald er ein auffälliges Mal entdeckte, stieß er einen erfreuten Laut aus. Nach einer Viertelstunde hatte er sich einen guten Überblick verschafft. Nun wurde es schwieriger. Er musste jedes vermeintliche Hexenzeichen einer Nadelprobe unterziehen. Dieses Vorgehen war ein heikles Unterfangen, das fachgerecht ausgeführt werden musste. Der Scharfrichter durfte sich hier keinen Fehler erlauben, sonst gefährdete er den ganzen Prozess. Aus seinen Utensilien kramte er eine feine, jedoch äußerst spitze, Nadel hervor. Dann machte er sich daran, die Stigmata vorsichtig anzustechen.

Brigitta entwich nicht ein einziger Ton. Stumm ließ sie die entwürdigende Behandlung über sich ergehen. In Gedanken versetzte sie sich auf die einsame Lichtung im Wald. Sie stellte sich vor, wie sie dort vor ihrer Hütte auf der Frühlingswiese saß und sich die Sonne auf die Haut scheinen ließ. Die Bilder in ihrem Kopf spendeten nicht nur Trost, sondern beruhigten sie auch ein wenig. Ihr Atem ging nun ruhiger und auch ihr rascher Pulsschlag verlangsamte sich.

Der Scharfrichter beendete die heikle Untersuchung. Fast beschwingt wendete er sich an den Gerichtsschreiber. »Du kannst festhalten, dass bei dieser Frau ein ganz eindeutiger Sachverhalt vorliegt. Ihre Haut ist übersäht mit auffälligen Malen und beim Anritzen floss nicht ein einziger Tropfen Blut heraus.«

Der Henker blickte auffordernd zum Stadtrichter hinüber. Doch dieser zollte ihm nicht die gewünschte Anerkennung, sondern starrte nur stumm vor sich hin. So fuhr der Scharfrichter fort. »Es sind eindeutig Hexenzeichen. Außerdem hat sich die Frau beim Anstechen nicht ein bisschen geregt. Sie muss sich durch irgendeinen Zauber vor den Schmerzen geschützt haben«, folgerte Abriel scharfsinnig.

Empört wollte sich Brigitta rechtfertigen. Sie hatte sehr wohl etwas gespürt, wollte sich vor den Männern aber keine Blöße geben. So hatte sie einfach die Zähne zusammengebissen. Dass kein Blut kam, wunderte sie kein bisschen. Meister Abriel hatte ja nur oberflächlich an der Haut herumgekratzt. Hätte er beherzt zugestochen, wäre sicherlich Blut geflossen. Doch der Scharfrichter erwartete offenbar gar keine Stellungnahme. Seine Sorge galt vielmehr den Aufzeichnungen des Gerichtsschreibers. Immer wieder erkundigte er sich, ob er auch alles ordnungsgemäß mitgeschrieben hatte.

Brigitta haderte mit sich. Am liebsten hätte sie ihren Gefühlen freien Lauf gelassen, doch es war vernünftiger zu schweigen. Man würde ihr wahrscheinlich ohnehin nicht glauben. Wie sollte sie auch beweisen, dass sie Schmerzen empfand? Niemand war in der Lage, in ihre Seele zu blicken und ihre wahre Qual zu erkennen.

Der Leidgeplagten stand jedoch noch eine weitere Prüfung bevor. Der Scharfrichter griff bereits in eine der Schalen auf dem Tisch. Mit zwei Fingern nahm er geschickt ein Häufchen des weißen Pulvers heraus und stopfte es der Hebamme gewaltsam in den Mund.

Die anderen Frauen hatten Brigitta zwar auf diesen Teil der Untersuchung vorbereitet, doch der Scharfrichter war einfach zu flink. Sie wusste, dass sie das geweihte Salz auf keinen Fall ausspucken durfte, denn das würde man zu ihren Ungunsten auslegen. Doch sie hatte kaum Zeit, sich zu wappnen, da befand sich das Zeug bereits tief in ihrem Rachen. Verzweifelt versuchte die Hebamme, den aufkommenden Würgereiz zu unterdrücken. Tränen schossen in ihre Augen. Das Salz kratze in ihrem Hals und sie spürte, wie sich ihr Magen zusammenzog. Die Aufregung trug das ihre dazu bei, denn irgendwann konnte sie sich einfach nicht mehr zurückhalten. Vor den Augen ihrer Peiniger erbrach sich die Hebamme im Schwall. Dann rang sie nach Luft und ein heftiges Frösteln ging durch ihren Körper.

Der Nachrichter ließ ihr jedoch keine Zeit zu verschnaufen. Einen kurzen Augenblick später hielt er ihr auch noch einen Becher mit Weihwasser vor die Nase, aus dem sie trinken sollte. Zittrig griff Brigitta nach dem Kelch, setzte ihn jedoch so steil an, dass sie zu viel Wasser abbekam und sich verschluckte. Mit einem heftigen Hustenstoß befreite sich ihre Kehle von der gesegneten Flüssigkeit. Schlimmer hätte es kaum laufen können.

»Ein recht erfolgreicher Abschluss für diesen langen Tag. Es gibt gar keine Zweifel daran, dass diese Frau eine Hexe ist«, stellte der Nachrichter mit überzeugender Stimme fest. »Schon der erste Blick hat gereicht, um mich davon zu überzeugen. Doch nun hat sie uns auch noch eindeutige Beweise an die Hand gegeben.«

Der Stadtrichter blickte Jörg Abriel ernst an. Wohl war ihm nicht bei dieser Angelegenheit. Die Hebamme hatte sich bislang nichts zu Schulden kommen lassen. Vor ihm lag ein großes Stück Arbeit. Schließlich näherte er sich der Gefangenen. »Nun gut, dann ist es also entschieden. Du wirst dich vor Gericht wegen Hexerei und Zauberei verantworten müssen«, eröffnete er ihr.

Gret verließ die Schuhmacherwerkstatt gleich nach dem Abendessen. Sie wollte unbedingt noch einmal nach Brigitta sehen. Bereits beim Aufstehen hatte sie diese unheilvolle Vorahnung ergriffen. Sie machte sich wirklich Sorgen um ihre Freundin. Wenn Brigitta noch lange in dieser Vorhölle ausharren musste, würde sie gewiss ernsthaft krank werden. So hatte sie ihr heute ein besonders dickes Bündel mit stärkenden Speisen gepackt. Sie würden der Hebamme Kraft geben und ihr gleichzeitig zeigen, dass draußen jemand an sie dachte.

Sie war noch keine drei Schritte gelaufen, als sie geradewegs Agnes in die Arme lief.

»Gut, dass ich dich abfange. Zu dir wollte ich nämlich gerade«, begrüßte Agnes die Schuhmachertochter mit einem verschmitzten Lächeln im Gesicht. Es war nicht zu verkennen, dass Jacob und Agnes Geschwister waren. Auch wenn Agnes vom Wesen stiller und ernsthafter war, konnten ihre Augen genauso schelmisch gucken wie die ihres Bruders. Sie zog aus ihrer Tasche den prallgefüllten, ledernen Beutel hervor und streckte ihn Gret freudestrahlend entgegen.

Gret fiel der Wirtstochter überschwänglich um den Hals. »Das werde ich dir niemals vergessen«, bedankte sie sich inniglich. »Ich hoffe, du hast dich dabei nicht selbst in Gefahr gebracht?«

»Mach dir mal keine Sorgen«, beschwichtigte Agnes sie. »Dem Saufkopf die Steine wieder abzunehmen, war kinderleicht.«

»Wie hast du das nur geschafft?«, wollte Gret wissen.

»Es hat nicht lange gedauert, da ist er vor aller Augen umgekippt wie eine gefällte Eiche«, erwiderte Agnes belustigt. »Den Beutel konnte ich ihm in einem unbeobachteten Augenblick ganz einfach aus der Tasche ziehen.«

Der kleine Erfolg hob Grets Stimmung ein wenig. Den ersten Schritt hatten sie geschafft. Die Steine der Hebamme waren in Sicherheit. Zumindest ein Hoffnungsschimmer in ihrer verzwickten Lage. Jetzt mussten sie nur noch Brigitta befreien. Gret verbarg den Beutel unter ihren Rockschößen, ganz so, wie es die Hebamme immer gemacht hatte.

»Ich bin auf dem Weg zum Gefängnis, um nach der Hebamme zu sehen. Jetzt kann ich ihr zumindest eine gute Nachricht übermitteln. Danke, Agnes.«

»Wenn es dir nichts ausmacht, begleite ich dich ein Stück«, schlug Agnes ihr vor.

»Etwas Aufmunterung kann ich gut gebrauchen.« Gret mochte diese mutige und schlagfertige Frau.

»Als Jacob mir von Brigittas Verhaftung erzählt hat, konnte ich es kaum glauben«, bekannte Agnes. »Weißt du, dass der Scharfrichter ausgerechnet in unserem Wirtshaus abgestiegen ist? Er ist ein recht sonderbarer Mensch«, fügte sie nachdenklich hinzu.

»Wie meinst du das?«, wollte Gret wissen, während die beiden Frauen in eine schmale Gasse einbogen.

»Der Henker wirkt so rau und abgestumpft, aber mit seiner Frau geht er sehr liebevoll um«, verriet Agnes ihr. »Sie passt gar nicht zu ihm. Ganz klein und zerbrechlich sieht sie neben diesem Riesen aus.«

»Er hat seine Frau mitgebracht?«, fragte Gret erstaunt.

»Ja, und nicht nur sie. Auch ein Diener reist mit ihm.«

»Die Henkerskunst scheint ja ein einträgliches Geschäft zu sein«, raunte Gret.

»Das kannst du laut sagen. Nicht einen Kreuzer muss er selbst aufbringen, während er sich hier in Freising aufhält. Der Fürstbischof übernimmt alle Kosten für Unterkunft und Verpflegung«, eröffnete Agnes ihr. Sie schüttelte verständnislos den Kopf. »Das nutzt der Nachrichter natürlich mächtig aus«, fuhr sie fort. »Unglaublich, was für einen Heißhunger dieser Mensch an den Tag legt. Aber mir soll es recht sein, schließlich fließt das Geld ja in unsere Tasche.«

»Ich möchte trotzdem nicht mit der Henkersfamilie tauschen. Lieber verdiene ich mein Auskommen auf ehrliche Weise, als mit einem fragwürdigen Gewerbe ohne jedes Ansehen«, meinte Gret.

Die Frauen traten aus der Gasse hervor und erreichten den Marktplatz. Von hier aus war es nicht mehr weit bis zum Amtshaus. Gret schloss Agnes zum Abschied noch einmal fest in ihre Arme, dann schlug jede ihren eigenen Weg ein.

Je näher Gret dem Gefängnis kam, umso schwerer fiel es ihr, weiterzugehen. Alles sträubte sich in ihr, diesen Ort des Grauens noch einmal freiwillig zu betreten. Der Gedanke, abermals in die Kerker hinabzusteigen, machte ihr Angst. Sie hatte das Gefühl, in eine offene Falle zu laufen. Dennoch setzte sie tapfer einen Schritt vor den anderen. Als sie vor der alten Eingangstür stand, nahm sie ihren ganzen Mut zusammen. Sie wollte einen forschen, selbstsicheren Eindruck hinterlassen. So drückte sie beherzt die Klinke hinunter und ging zielstrebig auf die Schergenstube zu.

Gret zwang sich, nur an Brigitta zu denken. Die Hebamme brauchte ihren Zuspruch und Trost. Sie durfte jetzt keine Schwäche zeigen. Gret hoffte nur, dass ihre Freundin wohlauf war.

Als sie den Amtsraum betrat, saß wieder der dicke Aufseher an seinem Tisch. Das nächtliche Saufgelage hatte seine Spuren hinterlassen. Tiefe Ringe lagen unter seinen geröteten Augen und warfen zwei dunkle Schatten auf sein ungepflegtes, stoppeliges Gesicht. Bereits aus einiger Entfernung roch sie die unangenehmen Ausdünstungen des Wärters. Der Mann stank so erbärmlich nach Bier, als hätte er ein ganzes Fass alleine geleert. Von seinem jüngeren Kollegen war nichts zu sehen. Augenscheinlich schob der Dicke heute alleine Wache.

Schwerfällig hob der Eisenamtmann den Kopf und starrte Gret ausdruckslos an.

»Wenn du hier bist, um zu den Gefangenen gelassen zu werden, kannst du gleich wieder abziehen«, beschied er Gret, noch bevor sie ihr Anliegen vorbringen konnte. »Niemand darf mehr zu den Frauen, so lauten die strikten Anweisungen.«

»Ich habe ein Bündel für die Hebamme dabei. Ich bleibe auch nur für einen kurzen Augenblick«, bettelte Gret flehentlich.

Der Wärter zögerte zunächst, bedeutete Gret dann aber mit einem Winken, näherzukommen. »Zeig mir, was du bei dir hast«, wies er sie an.

Gret löste das Band und wickelte ihr Päckchen aus. Der Aufseher betrachtete erst das Bündel, dann fiel sein Blick auf Grets schlanken Körper. Er musterte sie von oben bis unten. Ein gieriges Verlangen blitzte in seinen Augen auf. Gret bekam es plötzlich mit der Angst zu tun. Sie hätte Jacob mitnehmen sollen. Wie konnte sie nur alleine herkommen?

Tatsächlich stemmte sich der dicke Mann langsam aus seinem Stuhl und packte Gret am Handgelenk.

»Es gäbe da vielleicht doch eine Möglichkeit. Wenn du dich ein bisschen entgegenkommend verhältst, könnte ich eventuell eine Ausnahme machen«, bot er verschlagen an.

Er näherte sich Gret und drängte sie mit seiner Leibesfülle immer weiter zurück, bis das Mädchen mit dem Rücken an die Wand stieß. Sein teigiges Gesicht war nur noch wenige Fingerbreit von ihrem entfernt. Schon spreizte er seine fleischigen Lippen, um ihr einen Kuss auf den Mund zu drücken.

Angewidert drehte Gret den Kopf zur Seite und versuchte, sich aus ihrer eingekeilten Lage zu befreien. Doch der übergewichtige Wärter umklammerte sie so fest wie ein Schraubstock.

»Du brauchst nicht so kratzbürstig zu sein. Glaube mir, in diesem unförmigen Körper steckt eine beachtliche Manneskraft. Du wirst deine Freude mit mir haben«, versicherte er prahlerisch. »Aber ich habe es ganz gerne, wenn sich die Weiber zunächst etwas sträuben.« Ein feistes Glucksen entwich seiner breiten Kehle.

Gret musste sich irgendwie aus dieser misslichen Lage befreien. An Körperkraft war ihr der Wärter weit überlegen. Ihr einziger Vorteil lag in ihrer Beweglichkeit. Ihr Gegner war zwar stark, doch sein Körpergewicht stand ihm auch im Weg. Es machte ihn plump und schwerfällig.

Die Schuhmachertochter zögerte nicht lange. Beherzt rammte sie dem Bullen ihr Knie in die Weichteile. Schmerzverzerrt beugte sich dieser nach vorne und lockerte dabei den festen Handgriff. Gret wand sich geschickt aus der Umklammerung, tauchte unter dem Arm des Aufsehers hindurch und stürmte, ohne sich noch einmal umzusehen, aus dem Zimmer und auf die Straße hinaus. Dann rannte sie weiter und machte erst an der übernächsten Straßenecke halt.

In der Amtsstube würde sie sich kein weiteres Mal blicken lassen dürfen, das war klar. Ihre unüberlegte Tat hatte die einzige Möglichkeit, zu Brigitta zu gelangen, für immer zunichtegemacht. Und die Leidtragende ihrer Dummheit war die Hebamme. Das Essen würde jetzt auch der Wärter einstreichen. Der Gedanke an diese himmelschreiende Ungerechtigkeit versetzte ihr einen tiefen Stich ins Herz. Was hatte sie nur getan? Sie hätte Jacob schicken sollen. Mit seiner unbeschwerten, flachsigen Art wäre es ihm sicher eher gelungen, den Schergen um den Finger zu wickeln. Doch nun war es zu spät. Es war ein bitterer Dämpfer, den sie wegstecken musste.

Gret hatte die ganze Nacht kein Auge zubekommen und sich unablässig von einer Seite zur anderen gewälzt. Schreckliche Bilder spielten sich vor ihrem inneren Auge ab. Und auch der gestrige Besuch im Gefängnis verfolgte sie noch. Wie gerädert erhob sie sich im Morgengrauen von ihrer Bettstatt. Sie musste nachdenken und dafür brauchte sie Ruhe.

So schnappte sie sich in aller Frühe den Lederbeutel mit den Steinen und brach zu den Isarauen auf. Gedankenversunken schlenderte sie durch die erwachende Landschaft. Die Morgenluft war kühl und ließ sie frösteln. Das feuchte Gras streifte ihren Rocksaum und hinterließ dort nasse Flecken. Ohne ihr bewusstes Zutun gelangte sie an eben jene Uferstelle, die sie schon einmal gemeinsam mit Brigitta aufgesucht hatte. Dort schnürte sie das lederne Säckchen auf, holte nacheinander alle Steine hervor und wusch sie im frischen Flusswasser. Dann bettete sie die glänzenden Stücke auf ein ausgebreitetes Leinentuch neben dem Gewässer und ließ ihre Gedanken kommen und wieder ziehen.

Später griff sie sich jeden einzelnen Stein und ertastete die unterschiedlichen Formen, Erhebungen und Einkerbungen. Sie betrachtete das bunte Farbenspiel und die zahlreichen Glanzlichter, die die ersten Sonnenstrahlen hervorlockten. Die farbenfrohe Pracht rührte sie, ließ sie aber auch schmerzhaft an Brigitta denken.

Sie versprach sich im Geist, dass sie alles daran setzen würde, einmal eine ebenso geschätzte Heilerin zu werden, wie es Brigitta war. Außerdem nahm sie sich vor, die Wirkungen der Steine besser zu erproben. Gleich heute noch wollte sie ein Heilsteinwasser für Jacob ansetzen, das ihn vor weiteren Anfällen schützen sollte. Vielleicht war es ja auch möglich, mehrere Steine gleichzeitig anzuwenden und so eine stärkere Wirkung zu erzielen?

Doch zuallererst musste sie Brigitta beistehen. Aber wie konnte sie ihrer Freundin am besten helfen? Gab es vielleicht noch eine völlig andere Möglichkeit, Brigitta aus ihrer misslichen Lage zu befreien?

Ein vager Gedanke keimte plötzlich in ihr auf. Ich brauche einflussreiche Verbündete, ging es ihr durch den Kopf. Und der einzige Mensch, den sie kannte, der dieser Vorgabe entsprach, war Merten Behrendt, der Sohn des Tuchhändlers. Die Familie war in ganz Freising bekannt. Sie verfügte nicht nur über Unmengen von Geld, auch in allen städtischen Belangen war ihr Einfluss sehr groß. Mertens Vater gehörte dem inneren Stadtrat an. In dieser Stellung hatte er bei allen wichtigen Entscheidungen das Sagen. Er war ein herausragender Redner, dem es sogar gelang, seine ärgsten Gegner durch seine Darlegungen auf seine Seite zu ziehen. Außerdem nahm er bei Gerichtsverhandlungen die Rolle eines Beisitzers ein. Zwar war es der Richter, der über die Verbrecher urteilte, jedoch konnte er seine Einschätzung offen äußern. Und der Tuchhändler war so überzeugend, dass der Richter sich in vielen Fällen seinem Urteil anschloss.

Vor Aufregung wurde Gret ganz unruhig. Ihr Einfall könnte für Brigitta die Rettung bedeuten. Sie schalt sich einen Narren, dass sie nicht schon früher an die Tuchhändlerfamilie gedacht hatte. Vielleicht hätte es gar nicht so weit kommen müssen. Sie musste sich beeilen. Hastig verstaute sie die Steine wieder in dem Säckchen und band den Beutel unter ihren Rockschößen fest. Dann packte sie noch das Leinentuch ein und machte sich auf den Rückweg nach Freising.

Den Weg hetzte sie im Laufschritt zurück. Ihre Umgebung nahm sie dabei nur schemenhaft wahr. Mit etwas Glück brachte dieser Besuch endlich die erhoffte Wendung.

Als Gret vor dem eleganten Stadthaus ankam, war sie völlig außer Atem. Sie gönnte sich einen Augenblick Ruhe und sah ehrfurchtsvoll an der prächtigen Fassade empor. Der aufwendige Zierrat an der Stirnseite des Hauses schüchterte sie ein. Er hielt jedem Besucher den

Wohlstand der Bewohner bildhaft vor Augen. Als Gret wieder Luft bekam, betätigte sie den goldenen Türklopfer des Hauses.

Kurze Zeit später öffnete eine hagere, abgehärmte Frau mittleren Alters die Tür. Gret kannte sie vom Sehen. Es war Ursula Behrendt, Mertens Mutter. Sie trug ein aufwendig gearbeitetes blaues Kleid mit goldenen Stickereien, das aus einem glänzenden Seidenstoff gefertigt war. Die strahlende Leuchtkraft des kräftigen Blautons verschlug Gret den Atem. Noch nie in ihrem Leben hatte sie ein so edles Gewand zu sehen bekommen. Nur Adlige konnten sich normalerweise eine solche Kostbarkeit leisten. Gret hätte den wertvollen Stoff zu gerne einmal mit ihren Fingern berührt, doch die Frau blickte sie so abweisend an, dass sie sich nicht zu fragen traute.

»Wer bist du und was willst du?«, heischte die Tuchhändlerin sie unfreundlich an, während sie Gret abschätzig musterte.

»Ich bin Gret, die Tochter von Meister Jost, und möchte gerne kurz mit Merten sprechen«, erwiderte sie so zuvorkommend wie möglich.

»Ich wüsste nicht, dass wir noch auf etwas warten. Die neuen Schuhe für meinen Gatten hat euer Lehrbursche bereits vorbeigebracht.« Mertens Mutter wollte sie offenbar so schnell wie möglich loswerden. Resolut schob sie die Tür wieder zu.

So leicht ließ sich Gret jedoch nicht abweisen. Im letzten Moment setzte sie noch ihren Fuß in den Türspalt und blickte die Hausherrin herausfordernd an.

»Ich bringe kein neues Schuhwerk, vielmehr bin ich wegen eines persönlichen Anliegens hier«, entgegnete Gret förmlich.

»Was sollte mein Sohn schon mit einer Schuhmachertochter zu besprechen haben?« Der Tonfall von Ursula Behrendt nahm an Schärfe zu. Sie zog die rechte Augenbraue nach oben, was ihrem Gesicht einen arroganten, schnippischen Ausdruck verlieh. »Eine Kundin, die sich unsere feinen Tuchwaren leisten kann, bist du ganz augenscheinlich nicht«, fuhr sie gehässig fort.

»Merten selbst hat mich gebeten herzukommen«, beteuerte Gret. Ganz falsch war ihre Behauptung nicht. Schließlich hatte Merten tatsächlich vorgeschlagen, dass sie ihn besuchen sollte – wenn auch zu einem völlig anderen Zweck.

»Das kann ich mir nur schwerlich vorstellen. Aber gut, ich werde ihn fragen. Du bleibst genau hier stehen«, wies sie Gret herrisch an.

Wenig später kam sie in Begleitung ihres Sohnes zurück. Merten freute sich, Gret zu sehen, das erkannte sie an dem Funkeln in seinen Augen. Auch wenn er seine Gefühle ganz offensichtlich vor seiner Mutter verbergen wollte.

»Sie spricht die Wahrheit. Ich habe sie tatsächlich ersucht, uns einen Besuch abzustatten«, räumte Merten gespreizt ein.

»In diesem Fall müssen wir die Schuhmachertochter wohl hereinbitten«, brachte Ursula knirschend hervor. Man merkte ihr deutlich an, dass ihr der Besuch missfiel. Für ihren Sohn hatte sie ehrgeizige Pläne geschmiedet. Er sollte einmal in höchste Kreise einheiraten. Eine Verbindung mit einem Mädchen von niederem Stand kam keinesfalls infrage. Dennoch ließ sie Gret schließlich, wenn auch mit einigem Unwillen, eintreten.

Merten nahm Gret an der Hand und zog sie in das Innere des Hauses. Sie schritten durch einen gewölbten Eingangsbereich, der in eine prunkvolle Halle führte. Zum ersten Mal in ihrem Leben betrat Gret das große Stoffkontor. Sie staunte über die vielen Reihen langer Verkaufstische. Bunte Stoffballen mit ausgesuchten Tuchwaren aus Seide, Wolle und Leinen türmten sich dort auf. Es war ein Meer aus Farben, Glanz und Fülle – so prächtig und doch so unerschwinglich.

Ein geschäftiges Treiben erfüllte die Halle. Die wohlhabenden Kunden schritten bedächtig von Tisch zu Tisch und musterten die Stoffe mit kritischem Blick. Hie und da betasteten sie die Gewebe. Zahlreiche Bedienstete priesen die Waren an, rollten Stoffballen und schnitten lange Bahnen ab.

Gret konnte sich an den ausgesuchten Kostbarkeiten kaum sattsehen. Mit offenem Mund und staunenden Augen verfolgte sie den regen Handel. Das Geschäft lief gut für die Tuchhändlerfamilie, das war deutlich zu spüren. Die Käufer gehörten allesamt den oberen Ständen an, reiche Bürger, die sich diesen Pomp leisten konnten.

Viele kamen eigens aus naheliegenden Städten wie München oder Landshut angereist. Selbst Fürstbischof Ernst ließ sich von der Familie Behrendt mit Stoffen beliefern. Einfache Mägde oder Handwerksburschen verirrten sich dagegen kaum in diese stolzen Gefilde, es sei denn, sie hatten Botengänge zu erledigen.

Gewöhnliche Laufkundschaft war im Stoffkontor nicht erwünscht. Gret kam sich in dieser glanzvollen Umgebung seltsam fehl am Platze vor. Sie beobachtete, wie ausgesprochen freundlich und zuvorkommend Mertens Mutter mit den reichen Kunden umging. Keine scharfe Äußerung kam nun über ihre Lippen. Beflissentlich schüttelte sie Hände, umschmeichelte die feinen Damen und katzbuckelte vor den Herren. Doch ihr Verhalten kam nicht von Herzen, sondern wirkte aufgesetzt.

Gret ließ sich von Merten durch die Menge führen, bis sie schließlich an einem Treppenabsatz anlangten, der eine Ebene tiefer führte. Die vielen Eindrücke und bunten Farben machten sie ganz schwindelig.

»Beeindruckend, nicht wahr? Wenn dich der Anblick unseres Verkaufsraums schon so begeistert, wirst du gleich noch größere Augen machen«, prahlte Merten.

»Habt ihr etwa noch mehr Stoffe?«, platzte Gret erstaunt heraus.

»Wir bieten hier oben nur eine kleine Auswahl an. Ein paar Stufen tiefer lagert unser gesamter Stoffvorrat. So können wir jeden Tag mit einer neuen Auslage aufwarten.« Merten wies mit seiner Hand gebieterisch nach unten. »Kunden lassen wir normalerweise nicht hinunter, aber bei dir mache ich gerne eine Ausnahme«, fuhr er großspurig fort.

Gret glaubte zunächst nicht, dass Merten die Wahrheit sprach. Sie vermutete, dass er sie beeindrucken wollte und deshalb ein wenig flunkerte. Doch als sie gemeinsam die Treppe hinabstiegen und den Lagerraum betraten, war sie überwältigt von dem Reichtum, der sich ihr offenbarte. Schon der Verkaufsraum hatte ihre Vorstellungen weit übertroffen. Doch hier unten lagerte tatsächlich ein Vermögen. Ballen über Ballen stapelten sich bis an die Decke.

»Ich hatte keine Ahnung, wie vermögend deine Familie tatsächlich ist«, bekannte sie kleinlaut. »Diese Stoffe müssen unglaublich viel gekostet haben.«

Der Überfluss schüchterte sie ein. Nur allzu gerne hätte sie sich selbst einmal ein aufwendiges Kleid aus einem teuren Stoff geschneidert. Doch sie durfte den Zweck ihres Besuchs nicht aus den Augen verlieren. Sie musste ihr Gespräch nun geschickt auf ihr Anliegen lenken. Vielleicht war es gar nicht schlecht, wenn sie ihm noch etwas Honig um den Bart schmierte. Er war schließlich ein eitler Mann, der gerne bewundert wurde. So würde er sich sicher eher bereit erklären, ihr zu helfen.

»Das Kontor ist wirklich überwältigend. Nicht in meinen kühnsten Träumen hätte ich es mir so prächtig vorgestellt«, würdigte Gret die Räumlichkeiten, mahnte sich jedoch zugleich, es nicht zu übertreiben.

Mertens Augen glänzten vor Stolz. Das überschwängliche Lob tat seine Wirkung. Es bestätigte ihm abermals, dass er zu einer der angesehensten und reichsten Familien der Stadt gehörte und damit auch bei Frauen Eindruck hinterließ.

»Wenn du möchtest, kannst du dir gerne einen Stoff aussuchen«, bot Merten großzügig an. Er gefiel sich in seiner gönnerhaften Rolle.

»Das ist wirklich nett von dir, aber einen solchen Tand kann ich mir nicht leisten.«

»Mach dir darüber keine Gedanken. Der Stoff geht selbstverständlich auf Kosten des Hauses. Nicht alle Tage hat man schließlich die Möglichkeit, ein so schönes Mädchen herauszuputzen«, schmeichelte Merten.

Gret lag schon eine spitze Erwiderung auf der Zunge. Mertens Mutter würde sicher nicht erbaut sein, dass ihr einziger Sohn edle Tuchwaren an ein einfaches Mädchen verschleuderte. Doch sie verkniff sich die scharfe Antwort. Stattdessen ging sie nicht weiter auf sein großzügiges Angebot ein und wechselte das Thema.

»Eigentlich bin ich aus einem ganz bestimmten Grund gekommen. Ich möchte dich um deine Hilfe bitten«, wagte Gret einen Vorstoß.

»Einem so bezaubernden Menschen wie dir kann ich nur schwerlich einen Wunsch abschlagen«, säuselte Merten.

»Warte lieber ab, bis ich dir erklärt habe, worum es geht, bevor du voreilige Versprechungen machst.«

»Also gut, ich hänge an deinen Lippen und lausche dem, was du mir zu sagen hast«, spottete er.

Gret überging die schwülstigen Worte und schilderte eindringlich, was der Hebamme zugestoßen war und in welch aussichtsloser Lage sie sich nun befand. Dann rückte sie geradewegs mit ihrer Bitte heraus. Während ihrer Erzählung wechselte Mertens Gesichtsausdruck von anfänglicher Überraschung über Achtsamkeit bis hin zu äußerster Besorgnis. Das Unbehagen, das ihn im Laufe ihrer Ausführungen ergriff, stand ihm ins Gesicht geschrieben.

»Du möchtest also, dass ich meinen Vater bitte, öffentlich für die Hebamme einzutreten, habe ich dich da richtig verstanden?«, brachte er ihr Anliegen auf den Punkt. Die aufgesetzte Fassade des galanten Verehrers blätterte stückchenweise von ihm ab. Beklommen blickte er die Schuhmachertochter an.

Gret sah ihre Felle davonschwimmen. Wie ein tatkräftiger Mitkämpfer wirkte Merten nun nicht mehr. Von dem lautstarken Getöne war nichts übrig geblieben.

»Bitte, du musst mir einfach helfen. Ich weiß nicht, an wen ich mich sonst wenden sollte«, flehte sie ihn an. »Außer dir kenne ich niemanden, der genügend Einfluss hat, um etwas zu bewegen.«

Merten zögerte mit seiner Antwort. Irgendetwas in seinem Blick beunruhigte Gret, wenn sie auch nicht benennen konnte, was es war. Es lag nicht echte Zuneigung darin, sondern etwas Berechnendes. Doch Gret schob ihre Bedenken beiseite.

»Und, wirst du mich nun unterstützen?«, drängte sie weiter.

»Ja, ich werde dir helfen«, sicherte Merten nach einer Weile zu. »Aber du wirst verstehen, dass ich so einen gewichtigen Schritt nicht ohne Gegenleistung wagen kann. Schließlich setze ich mit dieser Tat den guten Ruf meiner Familie aufs Spiel.« Ein schiefes Grinsen umspielte seine Lippen.

Gret zuckte innerlich zusammen, versuchte sich jedoch nichts anmerken zu lassen.

»Zuerst muss ich meinen Vater davon überzeugen, dass die Hebamme unschuldig ist. Dass er sich in deinem Sinne verhalten wird, kann ich dir jedoch nicht versprechen«, gab er zu bedenken.

Gret nickte stumm. Merten hatte sie in der Hand und das war ihm wohl bewusst.

»Aber ich kann dir zusichern, dass ich alles in meiner Macht Stehende versuchen werde, um ihn zu überreden«, fuhr er fort. »Bist du mit dieser Zusicherung einverstanden?«

»Natürlich. Wenn du dein Bestes gibst, um deinen Vater für diese Sache zu gewinnen, wäre ich dir sehr dankbar«, bekannte sie. »Doch was für eine Gegenleistung stellst du dir für deine Unterstützung vor?« Gret schwante nichts Gutes.

»Ich würde mich freuen, wenn du etwas Zeit mit mir verbringst«, meinte Merten unbestimmt. »Komme doch heute Abend noch einmal ins Kontor. Wir wären hier unten ganz ungestört und könnten die Sache mit der Hebamme in Ruhe besprechen. Was denkst du?«

»Das ließe sich schon einrichten«, stimmte Gret zögerlich zu, obwohl sie ein ungutes Gefühl hatte. »Also gut, ich komme heute Abend noch einmal hierher«, versprach sie. »Danke für deine Hilfe. Nun muss ich aber wirklich gehen. Zu Hause wird man sich sicher schon Sorgen machen, wo ich so lange bleibe.«

Merten führte Gret wieder nach oben. Das Kontor war immer noch gut besucht. Auch Mertens Mutter lief noch eifrig von einem Tisch zum anderen und umschmeichelte die Kundschaft. Als ihr Blick auf Merten und Gret fiel, verfinsterte sich ihre Miene. Es war nur allzu offenkundig, dass die Schuhmachertochter in diesem Haus kein gern gesehener Gast war.

»Es ist vielleicht besser, wenn du heute Abend nicht den Türklopfer benutzt. Ich werde dich abpassen und hineinlassen«, fügte Merten mit einem Blick auf seine Mutter zum Abschied hinzu.

Gret zog kurz die Schultern nach oben, nickte dann aber zustimmend. Es war ihr nur recht, wenn sie nicht noch mal auf die abweisende Mutter stieß. Dann verabschiedete sie sich von Merten und machte sich wieder auf den Heimweg.

»Von dir bekommt man in letzter Zeit nicht mehr viel zu sehen«, begrüßte Jost seine Tochter vorwurfsvoll, als sie am Nachmittag endlich in der Schuhmacherwerkstatt ankam. »Was treibst du nur den ganzen Tag?«

»Ich versuche nur, alles Menschenmögliche zu tun, um Brigitta zu helfen«, gab Gret vage zurück. Jost schien sich mit ihrer Erklärung zufriedenzugeben. Er beugte sich wieder über seine Arbeit und versank bald in seinen eigenen Gedanken.

Jacob dagegen sah sie mit Besorgnis an. Sie spürte, dass ihm die ausweichende Antwort nicht genügte. Mit einem Kopfnicken gab er Gret zu verstehen, dass sie ihm nach draußen folgen sollte. Wie nebenbei legte Jacob sein Werkzeug beiseite und verließ die Werkstatt durch die Hintertür, die in einen kleinen Innenhof führte. Gret warf zuerst noch einige Kienspäne ins Feuer und rückte im Regal ein paar Becher zurecht. Dann folgte sie dem jungen Mann ins Freie. Katheryn, die gerade Gemüse putze, konnte ein Grinsen nicht unterdrücken. Und auch der kleine Hansi sah der Schuhmachertochter erheitert nach.

»Was ist geschehen? Ich sehe dir doch an, dass irgendetwas nicht in Ordnung ist. Konntest du gestern noch mit Brigitta sprechen?«, erkundigte sich Jacob ungeduldig.

Gret war sich unsicher, wie viel sie Jacob verraten sollte. Ein unbestimmtes Gefühl warnte sie davor, ihm von Merten zu erzählen. Dass sie sich abends mit dem Tuchhändlersohn im Kontor treffen wollte, würde ihm sicher nicht gefallen. Schließlich rang sie sich dazu durch, vom gestrigen Abend zu berichten. Sie schilderte ausführlich ihren misslichen Besuch im Gefängnis. Auch die unverschämten Übergriffe des Wärters ersparte sie Jacob nicht. Die Entrüstung trieb dem Schuhmachergesellen rote Flecken ins Gesicht.

»Was bildet sich dieser aufgeblasene Kerl eigentlich ein? Wie kann es sein, dass ein Wärter seine Befugnisse so schamlos ausnützt?«, ereiferte sich Jacob. »Man sollte sich beim Richter über den Eisenamtmann beschweren.«

»Er würde mir nicht glauben. Meine Aussage stände gegen seine.« Gret versuchte, Jacobs Ärger zu besänftigen. Zärtlich strich sie ihm mit ihrer Hand über die Wange.

»Wahrscheinlich hast du recht. Als Vertraute der Hebamme bist du von vornherein verdächtig«, räumte er ruhiger ein.

»Meine allergrößte Sorge ist, dass der Wärter seinen Ärger an Brigitta auslassen könnte«, gab sie zu bedenken. »Sie ist ihm doch schutzlos ausgeliefert. Keiner weiß, was er den Gefangenen nachts antut.«

»Was schlägst du also vor?« Jacob legte wie beiläufig seinen Arm um Grets Schulter.

»Brigitta hat in dieser Stadt schon so viele Kinder entbunden. Es waren sicher auch einflussreiche Bürger darunter. An sie müssen wir herankommen.«

»Sollen wir etwa an jede Haustür klopfen? Uns bleibt nicht viel Zeit. Kennst du denn alle Frauen, denen sie geholfen hat?« Jacob zweifelte daran, dass Grets Vorschlag sie weiterbrachte.

»Nicht alle, aber zumindest einige. Und irgendwo müssen wir doch ansetzen«, meinte Gret mit entwaffnender Zuversicht. »Selbst der junge Wärter im Gefängnis hat Brigittas Hilfe schon in Anspruch genommen. Vielleicht kann er uns noch nützlich sein«, fügte sie hinzu und sah Jacob dabei herausfordernd an.

»Dein Vertrauen ist wirklich nicht zu überbieten. Gerade das liebe ich so an dir. Du gibst einfach nicht auf und trotzt allen Widrigkeiten.« Jacob griff nach ihrem Haar und ließ eine lockige Strähne durch seine Finger gleiten. Dann zog er sie vorsichtig an sich und küsste sie zärtlich auf den Mund.

Grets Pulsschlag beschleunigte sich und ein angenehmes Prickeln überzog ihre Haut. Sie fühlte sich auf einmal selig beschwingt. Alles würde gut werden, da war sie sich sicher.

Kapitel 9

Den ganzen Nachmittag über hatte sich Gret mit Brigittas Steinen befasst. Einige lagen nun in Tonbechern, die sie mit frischem Wasser aufgefüllt hatte. Sie betrachtete die Steine in ihrem feuchten Bett. An den Rändern bildeten sich feine Bläschen. Manche lösten sich und stiegen leicht sprudelnd an die Oberfläche. Brigitta hatte ihr erklärt, dass das frische Wasser den Steinen die heilenden Kräfte entzog. Tatsächlich veränderte Wasser, in das man Steine legte, nach kurzer Zeit seinen Geschmack. Je nachdem, welche man verwendete, schmeckte es metallisch, kalkig oder auch samtig weich. Nach einem Tag konnte man das Heilsteinwasser verwenden, auch das wusste sie von Brigitta. Einen Krug hatte sie eigens für Jacob angesetzt. Sie wollte ihm künftig jeden Morgen einen Becher davon geben. Vielleicht konnte sie sein Leiden damit endlich bezwingen.

Gret ließ ein paar Steine von einer Hand in die andere gleiten. Sie fühlten sich angenehm kühl an. Schmerzlich musste sie an die Hebamme denken. Eigentlich gehörten die Heilsteine in Brigittas erfahrene Hände und nicht in ihre unbedarften eigenen. Sie selbst hatte noch so viel zu lernen und wollte Brigitta noch so viel fragen.

Gret krauste die Stirn. Vielleicht brachte ja dieser Abend die Wendung. Mit etwas Glück konnte sie der Hebamme die Steine bald zurückgeben. Langsam musste sie sich auf den Weg ins Stoffkontor machen, wenn sie nicht zu spät kommen wollte.

Jacob schien ihre Unruhe zu spüren. Seit dem Abendessen ließ er sie kaum aus den Augen. Wo immer sie hinging, folgte er ihr mit den Blicken. Aus irgendeinem Grund hatte er Verdacht geschöpft.

»Ich muss noch einmal kurz aus dem Haus, werde aber nicht allzu spät wieder zurück sein«, kündigte sie beiläufig an und versuchte, möglichst gelassen zu klingen.

Ihr Vater nickte nur kurz, fragte jedoch nicht weiter nach, wohin sie wollte. Er hatte sich längst an ihre nächtlichen Ausflüge gewöhnt.

Nur gelegentlich stellte er sie mit strenger Stimme zur Rede, um zu zeigen, dass er der Herr im Haus war. Doch meist ließ er Gret nach ihrem Gutdünken gewähren.

Auch Katheryn wunderte sich nicht, dass Gret noch einmal fort wollte. Seit die Magd im Haushalt der Schuhmacherfamilie lebte, hatte Gret schon unzählige Male zu später Stunde das Haus verlassen. Katheryn wusste, dass Gret ein unruhiger Geist mit einem sehr eigenen Kopf war, der seine Freiheit brauchte und sich nicht gerne bevormunden ließ.

Nur Jacob sah die Schuhmachertochter beunruhigt an. Sein Blick haftete so fest auf ihr, als fühlte er, dass sie etwas vor ihm verbarg.

»Was hast du denn so spät noch vor?«, fragte er vorsichtig nach.

»Ich möchte versuchen, einflussreiche Mitstreiter für unsere Sache zu gewinnen.« Gret wollte nicht zu viel verraten. Mit dieser ungenauen Aussage blieb sie bei der Wahrheit, gab jedoch nicht genau preis, was sie vorhatte. Sie hoffte nur, dass Jacob nicht weiter nachhakte.

»Ich würde dich gerne begleiten, wenn es dir recht ist«, bot er jedoch willfährig an.

Sie konnte Jacob unmöglich von ihrem Vorhaben erzählen, geschweige denn ihn gar mit zum Kontor nehmen. Jacob hielt den Tuchhändlersohn für einen eingebildeten Emporkömmling und traute ihm nicht über den Weg. Wenn sie sich ihm anvertraute, würde er sie nur aufhalten wollen. Sie musste Jacob auf sanfte, aber bestimmte Weise davon abbringen, sie zu begleiten. Nur wie sollte sie das anstellen? Während sie beklommen auf einen rettenden Einfall hoffte, kam ihr plötzlich ein Gedanke, der auch Brigitta helfen würde.

»Du musst dir keine Sorgen um mich machen. Ich kann sehr gut auf mich selbst aufpassen«, brachte sie schließlich selbstsicher hervor. »Wenn du mir wirklich einen Gefallen tun willst, dann versuche noch einmal dein Glück am Stadtgefängnis. Vielleicht schiebt heute ein anderer Aufseher Wache und lässt dich doch hinunter zu Brigitta.« Gret sah Jacob mit einem flehenden Blick an.

»Also gut, ich werde sehen, ob ich mehr erreiche als du«, lenkte er ein.

»Katheryn soll dir noch ein Bündel für Brigitta packen.« Gret war erleichtert, dass er so rasch nachgab.

»Auf die Gefahr hin, dass es wieder in die Hände des Schergen gelangt«, fügte Jacob schwarzseherisch hinzu. »Aber ein Stück des Weges werden wir doch gemeinsam gehen können?«

»Ja, natürlich«, räumte Gret ein. »Bis zur Pfarrkirche St. Georg kannst du gerne an meiner Seite bleiben, dann biege ich ab in Richtung Domberg.«

Jacob drängte nicht weiter in sie, wem ihr nächtlicher Besuch galt, und Gret war froh darüber. Lange hätte sie seiner Fragerei nicht mehr standhalten können.

Als sie gemeinsam die Schuhmacherwerkstatt verließen, brachten beide zunächst kein Wort über ihre Lippen. Hand in Hand schritten sie still und einträchtig die Gassen entlang und genossen die Nähe des anderen. Erst im Schatten der Pfarrkirche machten sie halt und sahen einander an. Jacob war der Erste, der wieder zu sprechen begann.

»Wünsch mir Glück«, sagte er lächelnd, während er Gret mit seinen kräftigen Armen zärtlich umschloss.

»Du mir auch«, gab Gret sanft zurück. Gerne wäre sie noch länger in dieser innigen Haltung verharrt. Sie fühlte sich von Jacob so beschützt und verstanden, wie noch von keinem anderen Menschen in ihrem Leben zuvor. Ein warmes Gefühl der Zuneigung durchströmte ihren Körper und strich so zaghaft über ihre Haut wie ein lauer Sommerwind. Es fiel ihr schwer, sich aus der Umarmung zu lösen, doch schließlich schob sie ihn sachte von sich, drückte ihm noch einen letzten Kuss auf die Lippen und ließ ihn vor dem Gotteshaus alleine stehen.

Mit schnellen Schritten überquerte sie den zu dieser Abendstunde menschenleeren Marktplatz. Auf ihrem Weg begegnete sie nur einer einsamen, streunenden Katze, die mit ihren staubigen Pfoten den verwesenden Unrat auf den Straßen durchwühlte. Das Tier erhoffte sich wohl eine mildtätige Gabe, denn es heftete sich an ihre Fersen. Mehrmals drehte sich die Schuhmachertochter um, doch die ausgezehrte, schwarze Katze folgte ihr auch nach einigen Abbiegungen noch in einem Abstand von wenigen Schritten. Ein merkwürdiger Begleiter hatte sich ihr da angeschlossen. Wenn diese Begegnung nur kein böses Omen war, argwöhnte sie düster.

Seit sie Jacob zurückgelassen hatte, plagte sie ihr schlechtes Gewissen. Es drängte sich immer mehr in den Vordergrund und hielt ihr ihre Unaufrichtigkeit vor. Sie fühlte sich schuldig und hatte das Gefühl, Jacob zu hintergehen. Dennoch zwang sie sich weiterzugehen. Sie tat es schließlich nicht, weil sie sich einen persönlichen Vorteil erhoffte, sondern einzig und allein für Brigitta, rechtfertigte sie ihr Handeln vor sich selbst.

Nach einer letzten Abbiegung erreichte sie das Haus der Tuchhändlerfamilie. Es lag am Fuße des Dombergs, den viele auch Schlossberg nannten. Von hier aus hatte man einen guten Blick zu den höher gelegenen edlen Behausungen. Die Anwesen oben auf dem Domberg waren allesamt in kirchlichem Besitz. Hier wohnten die Domherren und Angehörigen des Landadels in Freising. Der Bischof selbst verlieh viele der Häuser auf dem Freisinger Berg. Wie eine Stadt in der Stadt riegelten sich die hohen Herrschaften dort von dem niederen Volk ab.

Als Gret auf das Haus der Familie Behrendt zuschritt, lehnte Merten bereits lässig an der Mauer und wartete auf sie.

»Da hast du dir aber eine abschreckende Eskorte ausgewählt«, begrüßte er sie mit einem abschätzigen Blick auf die schwarze Katze.

»Ich glaube fast, die Katze hat mich ausgesucht und nicht andersherum. Sie verfolgt mich nun schon seit dem Marktplatz und lässt sich einfach nicht abschütteln«, entgegnete Gret angespannt. Sie hatte ein ungutes Gefühl bei diesem Besuch. Obwohl Merten durchaus freundlich wirkte, verspürte sie ein beklemmendes Gefühl in der Magengrube.

»Es freut mich, dass du gekommen bist«, sagte Merten trocken. »Meine Eltern haben sich bereits in das obere Stockwerk zurückgezogen und im Kontor ist zu dieser Zeit niemand mehr. Du musst aber trotzdem leise sein«, ermahnte er Gret eindringlich. »Wenn uns meine Mutter hier unten ertappt, gibt es einen riesigen Aufruhr. Du hast ja keine Ahnung, zu welcher Raserei sie fähig ist.«

»Das kann ich mir sehr bildhaft vorstellen. Einen kleinen Vorgeschmack ihrer Freundlichkeit habe ich ja bereits zu spüren bekommen«, erwiderte Gret zynisch und weit selbstsicherer als sie sich tatsächlich fühlte.

Gret folgte dem Kaufmannssohn in das Innere des Hauses. Das Kontor war zu dieser späten Abendstunde in schummriges Licht getaucht. Die langen Reihen mit Verkaufstischen standen verwaist da und eine erdrückende Stille erfüllte den großen Raum. Auf Zehenspitzen durchquerten die beiden die Halle, bemüht, nirgendwo anzustoßen. Merten führte sie noch ein Stockwerk tiefer in den Lagerraum. Er hatte dort unten bereits Vorkehrungen getroffen. Eine einsame Kerze flackerte im Luftzug und warf unförmige, züngelnde Schatten auf die Wände. Sie spendete nur spärliches Licht und ließ die gestapelten Stoffballen größer und bedrohlicher wirken als am Tag. Gret befürchtete, sie könnten jeden Moment auf sie herabstürzen und sie unter sich begraben.

Auf dem kalten Steinboden hatte Merten eine einfache Lagerstätte errichtet. Die achtlos übereinander geworfenen Wolldecken bildeten ein dunkles Oval, so einschüchternd wie ein offener Schlund. Andere Sitzgelegenheiten konnte Gret nirgends ausmachen. Beim Anblick dieses Liebesnestes lief ihr ein kalter Schauer über den Rücken. Es war nur allzu eindeutig, was Merten hier unten von ihr wollte. Wie hatte sie nur so blauäugig sein können? Sie hätte sich niemals auf diesen derben Handel einlassen sollen. Doch nun war es zu spät. Jetzt gab es für sie kein Zurück mehr. Sie stellte sich Brigitta in ihrem Verlies vor und sprach sich Mut zu. Wenn sie hier unten schon ihre Unschuld verlieren sollte, dann sollte es zumindest nicht umsonst gewesen sein.

Merten trat einen Schritt näher an Gret heran. Ein gieriges Verlangen blitzte nun in seinen Augen auf und auch sein Hosenlatz wölbte sich bereits verdächtig nach vorne. Er würde sich nicht lange mit Reden aufhalten, fuhr es Gret durch den Kopf, da drückte er sie bereits gewaltsam zu Boden. Mit einer Hand öffnete er seine Hose, mit der anderen schob er ihre Rockschöße nach oben.

Mit der flachen Hand rieb er rüde an ihrer Scham. Seine Berührungen waren derb und hatten nichts mit der sanften, einfühlsamen Art von Jacob gemein. Dennoch, ohne dass sie dies beabsichtigte, regte sich etwas in ihr. Es war, als hätte Merten in ihrem Körper ein unbekanntes Feuer entzündet. Ein innerer Tumult tobte in ihr und ein Durcheinander von widersprüchlichen Gefühlen. Einerseits plagte sie ihr schlechtes Gewissen, doch andererseits empfand sie auch ein unbekanntes, fleischliches Begehren, das sich nicht niederhalten ließ. Schuldbewusst versuchte sie, den Impuls zu unterdrücken, doch wie von selbst sank sie tiefer in die Decken, öffnete sich und war bereit, ihr Gegenüber zu empfangen.

»So ein schlechter Liebhaber scheine ich nicht zu sein. Gibst du nun endlich zu, dass ich begehrenswert bin?«, fragte Merten um Anerkennung heischend.

Die Worte trafen sie bis ins Mark und trieben ihr die Schamesröte ins Gesicht. Noch bevor sie zu einer Erwiderung ansetzen konnte, drang Merten mit einem kräftigen Stoß in sie ein. Nur einen Augenblick später durchfuhr sie ein stechender Schmerz. Ihr war, als würde irgendetwas in ihr zerreißen und ein erstickter Schrei entfuhr ihrer Kehle. Sie wollte Merten ermahnen, vorsichtiger zu sein, doch er war nicht mehr zu bremsen. Mit ganzer Kraft stieß er immer wieder zu, bis etwas in ihr zerbarst. Dann sank er schließlich mit seiner ganzen Körpermasse schlaff auf sie herab und blieb dort erschöpft liegen. Der schwere Leib drückte Gret die Luft ab. Mit aller Macht schob sie ihn neben sich auf das Lager und atmete tief ein.

Gret fühlte sich wund, innerlich aufgerieben und beschämt. Was hatte sie nur getan? Wie konnte sie Jacob nur so hintergehen? Sie hatte ihren Körper verkauft und würde nun mit dieser Schande leben müssen. Sie schwor sich, Jacob niemals etwas davon zu erzählen. Dann setzte sie sich vorsichtig auf, strich ihre Röcke glatt und blickte argwöhnisch auf Merten herab.

»Wann wirst du mit deinem Vater sprechen?«, wollte sie wissen.

»Was meinst du damit?«, fragte Merten, während er sich ebenfalls aufrichtete und seine Kleidung ordnete. »Erwartest du etwa allen Ernstes, dass ich morgen meine Verlobung mit dir bekannt gebe?«

»Wer redet hier von Verlobung? Du hast mir doch hoch und heilig versprochen, dass du bei deinem Vater ein gutes Wort für die Hebamme einlegst. Du wolltest ihn dazu bewegen, dass er seinen Einfluss geltend macht. Erinnerst du dich denn nicht mehr?«, stieß Gret aufgeregt hervor.

Merten blieb ihr eine Antwort schuldig.

»Du hast ihn also noch nicht einmal gefragt?«, stellte sie bitter fest. Plötzliche Zweifel stiegen in ihr auf und ein leises Gefühl, hintergangen worden zu sein, machte sich in ihr breit.

»Du kannst nicht wirklich geglaubt haben, dass sich mein Vater für Hexen starkmachen wird? Als Stadtrat kann er sich das gar nicht erlauben.« Merten blickte spöttisch auf Gret herab.

»Du hast es versprochen!«, brach es ungestüm aus ihr heraus.

»Die Bürger fordern, dass endlich strenger gegen das teuflische Pack vorgegangen wird«, hielt Merten hartherzig dagegen. »Wenn sich mein Vater gleich bei den ersten Verhaftungen für die Freilassung einer Frau einsetzten würde, könnte ihn das seine Glaubwürdigkeit kosten. Wir haben schließlich einen guten Ruf in der Stadt, den es zu bewahren gilt«.

»Brigitta ist keine Hexe. Sie ist die wertvollste, selbstloseste und liebenswerteste Frau, die ich kenne«, bekundete Gret inbrünstig. »Für ihre Unschuld würde ich meine Hand ins Feuer legen.« Erst als sie es schon ausgesprochen hatte, bemerkte sie, dass sie unbewusst das Bild des Feuers benutzt hatte.

Auch Merten war ihre passende Wortwahl aufgefallen. Dass sie die Hebamme vor dem Flammentod retten wollte und nun dieses Bild benutzte, erheiterte ihn.

»Wenn du dir so sicher bist, dass die Hebamme keine Hexe ist, musst du dir ja keine Sorgen um sie machen. Der anstehende Prozess wird die Wahrheit schon zutage fördern«, brachte er von oben herab hervor.

»Wie kannst du dein Versprechen nur so dreist und ohne den Hauch eines schlechten Gewissens brechen?« Gret schäumte vor Zorn. »Das wirst du noch bereuen«, sprudelte es unbeherrscht aus ihr heraus. »Ich verfluche dich und deine ganze Familie! Ich wünsche euch die schlimmsten Krankheiten an den Hals und hoffe, dass ihr elendiglich daran zugrunde geht! Keine Spur von Freude soll von nun an mehr in eurem kläglichen Leben sein.«

Sie wusste gar nicht, dass sie zu solch schrecklichen Äußerungen fähig war. Doch die Enttäuschung und das Gefühl, ihre letzte Möglichkeit schwinden zu sehen, entfesselten völlig neue Gemütsregungen. Noch nie in ihrem Leben hatte sie eine so unbändige Wut verspürt. Sie entsprang ihrer Ohnmacht und der puren Verzweiflung, das wusste sie insgeheim.

Merten hatte sie in die Enge gedrängt. Er hatte ihre Gutmütigkeit ausgenutzt und sich daraus einen persönlichen Vorteil verschafft. Und sie wiederum hatte dieses Spiel mitgespielt und sich ihm hingegeben. Nun war es zu spät für Reue, sie hatte nichts mehr zu verlieren. Auch sah sie keinen Anlass mehr, ihren Zorn zu bändigen.

Außer sich sprang sie auf und trat mit voller Kraft gegen den nächstbesten Stoffballen. Es tat ihr gut, ihren Gefühlen freien Lauf zu lassen. Dann fuhr sie jählings herum, darauf gewappnet, ihre Entrüstung an Merten auszulassen. Dabei stieß sie mit ihrem rechten Arm gegen den Kerzenleuchter, den Merten auf einem Stoffballen platziert hatte. Der Leuchter samt brennender Kerze kam dabei ins Wanken und kippte auf einen Ballen aus feinster zartblauer Seide, der sofort Feuer fing.

»Bist du besessen?«, schrie Merten sie entsetzt an, während er zu dem Gezüngel stürzte und den Brand mit einer der Decken am Boden erstickte. »Willst du unser ganzes Kontor in Flammen setzen? Du hast durch dein törichtes Handeln bestimmt mehrere Ellen dieses wertvollen Stoffes zerstört. Ich weiß gar nicht, wie ich das meinen Eltern erklären soll«, fuhr er sie aufgebracht an.

»Wenn das deine einzige Sorge ist, bist du noch weit niederträchtiger, als ich vermutet habe. Das hier ist nur ein verkohlter Stoff«, sagte sie und deutete dabei auf das angesengte Gewebe. »Ich jedoch habe dich gebeten, ein Menschenleben zu retten. Offensichtlich bist du innerlich so verroht, dass du kein Mitgefühl empfinden kannst. Ich bereue es zutiefst, jemals dieses verkommene Haus betreten zu haben, das von Geldgier regiert wird und nicht von Barmherzigkeit.«

Nach diesen glühenden Worten stürmte Gret, ohne noch einen weiteren Blick auf Merten zu werfen, die Treppe hinauf und ließ den Kaufmannssohn fassungslos zurück. Sie eilte so schnell sie konnte durch das Kontor, schob die schwere Eingangspforte auf und drängte sich ins Freie. Die Tür fiel mit einem lauten Knall in die Angel. Gret rannte einfach weiter.

Erst am Ende der Gasse bemerkte sie, dass sie in die falsche Richtung gelaufen war. Völlig außer Atem machte sie halt und besann sich. Wenn sie so aufgebracht zu Hause ankam, würde sie sich erklären müssen und das wollte sie auf jeden Fall vermeiden. Vielleicht war es nicht schlecht, einen kleinen Umweg zu machen und sich auf diese Weise noch etwas Zeit zu erkaufen. So bog sie in die Luckengasse Richtung Norden ab.

Langsam wurde sie ruhiger, aber gleichzeitig machte sich in ihr ein Gefühl der Verletztheit breit. Sie fühlte sich beschmutzt und besudelt und verspürte das dringende Bedürfnis, sich zu waschen und damit alle Erinnerungen an diesen verhängnisvollen Abend wegzuspülen. Am besten, sie würde die Erlebnisse vollkommen aus ihren Gedanken verbannen, nahm sie sich vor. Niemand sollte jemals erfahren, was ihr heute Abend widerfahren war.

Doch dann musste sie plötzlich an Jacob denken. Sie hatte ihn getäuscht und betrogen. Aber wenn sie dies alles vor ihm geheim hielt, konnte noch immer alles gut werden. Die zarten Bande, die sie geknüpft hatten, waren noch neu und zerbrechlich. Mit sorgsamer und vorsichtiger Pflege konnten sie jedoch wachsen und stark und beständig werden. Mit diesen tröstlichen Gedanken sprach sich Gret auf dem restlichen Heimweg Mut zu.

Als sie sich ihrem Zuhause im Westteil der Stadt näherte, konnte sie bereits aus einiger Entfernung Jacob ausmachen, der vor der

Schuhmacherwerkstatt auf sie wartete. Er wollte sie noch unter freiem Himmel abfangen. Bei seinem Anblick schoss Gret die Röte in die Wangen. Es drängte sie, sich ihm in die Arme zu werfen und an seiner Schulter auszuweinen. Doch sie musste sich zusammennehmen. So versuchte sie, möglichst unbeschwert und sorglos auszusehen, als sie ihm entgegenging. Doch es gelang ihr nicht so recht.

»Was ist mit dir? Du siehst ganz blass und mitgenommen aus«, entfuhr es Jacob auch gleich, als sich die beiden gegenüberstanden.

»Nein, es ist nichts«, wiegelte Gret rasch ab. Doch sie konnte sich einfach nicht verstellen. Ihre feuchten, wässrigen Augen sprachen eine andere Sprache und widerlegten ihre Beteuerungen sichtbar.

»Du willst etwas vor mir verbergen. Das spüre ich schon den ganzen Tag. Und nun ist etwas geschehen, das dich richtig erschüttert hat. Du musst es mir sagen oder hast du etwa kein Vertrauen zu mir?«, drängte Jacob weiter in Gret. Er umfasste ihr Handgelenk mit festem Griff und zog sie näher zu sich heran. »Du hast jemanden um Hilfe angefleht und es ist nicht so gelaufen, wie du es dir vorgestellt hast – war es so?«

Nun, da Jacob den Nagel auf den Kopf getroffen hatte, konnte sie nicht mehr an sich halten. Ihre Tränen strömten nun wie Sturzbäche hervor und ein herzerweichendes Schluchzen schüttelte ihren Körper.

»Ich bin bei Merten Behrendt gewesen, dem Sohn des Tuchhändlers und Stadtrats«, brachte Gret mit brüchiger Stimme heraus. »Ich dachte, er könnte seinen Vater dazu bringen, für Brigitta einzutreten. Doch ich habe mich in ihm getäuscht. Er möchte in dieser Sache keinen Finger rühren.«

»Das eingebildete Großmaul hast du um Hilfe gebeten?«, brauste Jacob auf. »Das hätte ich dir gleich sagen können, dass aus dieser Richtung nicht mit Unterstützung zu rechnen ist. Aber deshalb musst du doch nicht vor Verzweiflung zerfließen«, fuhr er zärtlicher fort. »Wir werden schon einen Weg finden. Oder hast du noch etwas anderes?«, fragte Jacob zweiflerisch.

»Sonst ist alles in Ordnung«, entgegnete Gret bestimmt, während sie ihre Tränen hinunterschluckte. Sie musste das Gespräch unbedingt in sichere Gefilde lenken. »Und wie ist es dir ergangen?«, stellte sie deshalb eine Gegenfrage. »Haben sie dich zu Brigitta vorgelassen?«

»Nein, leider hatte auch ich keinen Erfolg«, gestand er ein. »Der Eisenamtmann war schrecklich schlecht gelaunt und hat sich stur gestellt.«

»Wahrscheinlich hat er den Verlust der Edelsteine noch nicht verkraftet und trauert diesem kleinen Vermögen hinterher«, mutmaßte Gret.

»Das kann gut sein«, räumte Jacob ein. »Aber es ist schon so, wie du gesagt hast, niemand wird mehr zu den Frauen vorgelassen. Es gibt wohl nur eine Ausnahme und die ist der Scharfrichter«, fügte er schneidend hinzu.

Der Henker, vielleicht mussten sie hier ansetzen, ging es Gret durch den Kopf.

Kapitel 10

Brigitta war in einem schlechten Zustand, als man sie in den Verhörraum führte. Die Gefangenschaft in den feuchten Gemäuern hatte ihr zugesetzt. Ihre schweißbedeckte Haut fühlte sich fiebrig an. Zudem quälte sie seit einigen Tagen ein hartnäckiger Husten. Wehmütig dachte sie an ihre Heilsteine und Kräuter, mit denen sie die Beschwerden rasch hätte lindern können. Doch die hatte sich ja der feiste Wärter unter den Nagel gerissen, erinnerte sie sich bekümmert. Sie hätte sie zu gerne an Gret weitergereicht. Doch wer weiß, vielleicht war es dem jungen Mädchen ja gelungen, sie dem Eisenamtmann wieder abzunehmen, hoffte sie insgeheim.

An dem langen Holztisch ihr gegenüber hatte sich ein wahres Tribunal versammelt. Ganz links kauerte der grauköpfige Gerichtsschreiber über seinen Papieren. Er wirkte heute verschreckt und etwas mitgenommen. Seine rechte Hand umklammerte verkrampft einen langen Gänsekiel, von dem er alle Federn abgerupft hatte. Mir wird es auch bald an den Kragen gehen, schoss es Brigitta beklemmend durch den Kopf. Auch sie würde Federn lassen müssen.

Neben dem Schreiberling saß ein hagerer, hoch aufgeschossener Mann mittleren Alters. Dies musste einer der beiden Stadträte sein, die dem Prozess als Beisitzer beiwohnten. Brigitta hatte ihn schon einmal gesehen, konnte sich jedoch nicht an seinen Namen erinnern. Ebenso wie der Gerichtsschreiber schien er sich in seiner Rolle nicht so recht wohlzufühlen. Unsicher blickte er mehrmals zur Tür, ganz so, als wolle er schnellstmöglich entfliehen.

Zu seiner Rechten saß der Stadtrichter mit seiner imposanten, gedrungenen Statur. Er wirkte zuversichtlich und strahlte an diesem Tag große Durchsetzungskraft aus. Mit Befragungen kannte er sich aus, auch wenn er sich bisher mit dem Vergehen der Hexerei und Zauberei nur selten hatte befassen müssen. Mit Abstand am häufigsten hatte er in Freising über Raub und Diebstahl zu richten. Aber auch Vergehen gegen die Sittlichkeit häuften sich in letzter Zeit in der Stadt.

Der Richter hatte sich auf den Prozess gut vorbereitet und in mehreren Nachtschichten einschlägige Schriften durchgearbeitet. Außerdem hatte er ein sehr machtvolles Werkzeug an der Hand, den Schongauer Nachrichter. Die Erfahrung dieses Fachmanns konnte er sich zunutze machen; der Henker würde ihm schon die entsprechenden Beweise liefern, da war sich Richter Johann sicher.

Der Letzte an der langen Tafel war Johannes Behrendt. Er war in der Stadt mit seinem einträglichen Stoffkontor eine Legende. Aber auch als Stadtrat schätzte man ihn wegen seines Eifers und seiner Wortgewandtheit. Brigitta war sich nicht sicher, ob es nun ein Fluch oder ein Segen war, dass gerade er als zweiter Beisitzer am Verhör teilnahm. Er konnte sehr überzeugend sein und das Ruder in jedwede Richtung herumreißen, dafür war er bekannt. Doch gemeinhin lag die Entscheidungshoheit ohnehin beim Stadtrichter. Die Räte waren vor allem als Zeugen zugegen. Und dass sich der Richter in sein Hoheitsgebiet hineinreden ließ, war mehr als unwahrscheinlich.

Brigitta sah sich im Raum um und konnte keinen weiteren Stuhl oder Schemel ausmachen. Sie würde während des Verhörs also stehen müssen, ein weiteres Mittel, das sie offenbar mürbemachen sollte. Der Eisenamtmann, der sie hierher gebracht hatte, hielt sie noch immer mit seiner großen Pranke am Oberarm fest. Als er den Griff unerwartet lockerte, schwankte Brigitta und wäre beinahe vor den Augen aller zu Boden gestürzt. Im letzten Augenblick gelang es ihr, das Gleichgewicht wiederzuerlangen. Zittrig und geschwächt, aber dennoch aufrecht und mit festem Blick, sah sie ihren Schindern entgegen. So schnell wollte sie sich nicht kleinkriegen lassen. Sie nahm sich vor, den widrigen Umständen zu trotzen. So sammelte sie ihre letzten Kräfte und wappnete sich für das kommende Verhör.

»Brigitta Wietholz«, erhob der Richter unverwandt mit volltönender Stimme das Wort, sodass die Hebamme zusammenfuhr, »gegen dich wurden einige Anschuldigungen vorgebracht. Du sollst mit dem Teufel im Bunde stehen. Mehrere Menschen mit tadellosem Ruf machen dich für die schweren Hagelgewitter der letzten Zeit verantwortlich.«

Der Richter hielt ein langes Schriftstück in Händen, das bis unten vollgeschrieben war. »Du wurdest mehrmals beobachtet, wie du im frühen Morgengrauen die Stadt verlassen und dich in die Wälder aufgemacht hast«, eröffnete er ihr. »Dort sollst du mit dem Teufel gebuhlt und mit deinen Gespielinnen den Hexensabbat gefeiert haben. Auch beim Hexenflug wollen dich einige gesehen haben.«

»Das sind nichts als üble Verleumdungen, denen kein Funken Wahrheit innewohnt«, stieß Brigitta empört hervor.

Der Richter überging ihren Einwurf und fuhr unbeirrt fort. »Ferner wird dir vorgeworfen, dass du mit Tränken, Kräutern, Wurzeln und sonstigem Teufelszeug Schadenszauber gegen deine Mitmenschen bewirkst. In deiner Behausung wurden verdächtige Gegenstände in Beschlag genommen, die kein gutes Bild auf dich werfen.«

»Das sind nur heilende Kräuter, die Geburten erleichtern«, beteuerte Brigitta.

Unbarmherzig sprach der Richter weiter. »Der Apotheker Caspar Gehrmann bezeugt des Weiteren, dass du Beschwörungsformeln aussprichst und mit Steinen eigenartige Symbole auf die Haut von unschuldigen Frauen malst. Dies hast du bei seiner Gemahlin getan, die an den Folgen deiner Hexereien fast gestorben wäre. Nur durch sein umsichtiges Einschreiten konnte Schlimmeres verhindert werden.«

Marquart Johann machte eine bedeutungsschwangere Pause und blickte Brigitta dabei mit finsteren Augen an. Nach einer Weile fuhr er donnernd fort. »Was erschwerend hinzukommt, ist, dass Meister Abriel bei der Besichtigung deines Leibes untrügliche Hexenzeichen gefunden hat. Diese Male fallen schwer ins Gewicht, sind sie doch sichtbare Belege für deine Schuld. Was hast du nun zu diesen Anschuldigungen vorzubringen?«

Brigittas ohnehin blasse Haut wurde aschfahl. Eine ungestüme Angst ergriff von ihr Besitz. Sie legte sich wie eine feste Klammer um ihren Brustkorb und schnürte ihr beinahe den Atem ab. Es stand schlechter um sie, als sie zunächst angenommen hatte. Gegen Vorwürfe, die ihre heilerischen Handlungen verunglimpften, war sie weitgehend gefeit. Schon mehrmals musste sie sich dagegen zur Wehr setzen. Bisher war ihr dies auch immer gelungen. Doch diese Verleumdungen gingen weit darüber hinaus. Vor allem die Zeugen, die bekundeten, sie angeblich beim Hexenflug beobachtet zu haben, machten ihr Sorgen. Ratlos fragte sich Brigitta, wie sie ihren Kopf aus dieser Schlinge wieder herauswinden sollte. Sie durfte jetzt keinen Fehler machen. Der Richter würde sicher mit aller Macht versuchen, ihr ein Geständnis zu entlocken. Wenn sie die Vorwürfe jedoch entkräften wollte, musste sie zuerst einmal wissen, wer ihre Kläger waren.

»Ich habe noch nie in meinem Leben einen bösen Zauber gegen Mensch oder Tier eingesetzt«, bekundete Brigitta feierlich. »Auch mit dem Teufel bin ich nicht im Pakt, das müsst Ihr mir wirklich glauben. Ich habe niemandem Schaden zugefügt. Alle meine heilerischen Fähigkeiten, Kräuter und Salben, verwende ich mit Bedacht und nur zum Wohl meiner Patienten.« Sie hoffte inständig, dass ihre Worte Gehör fanden.

»Herr Richter«, fuhr sie fort, »Ihr nanntet Zeugen, die mich angeblich beim Hexenflug gesehen haben wollen. Doch dies ist purer Unfug. Wer genau wirft mir diese Ungeheuerlichkeiten vor?«

»Diese Anschuldigung stammt von deinen Nachbarinnen, brave Handwerksgattinnen, die sich bisher nichts zu Schulden haben kommen lassen«, räumte der Richter nach kurzem Zögern ein.

Brigitta traf diese Offenbarung tief ins Herz. Sie hatte sich ihren Nachbarinnen gegenüber immer freundlich verhalten und nie Streit mit ihnen gehabt. Zwar war ihr bewusst, dass diese sie äußerst misstrauisch beäugten, doch eine offene Anklage voller Unwahrheiten hätte sie ihnen niemals zugetraut. Sie tuschelten zwar gelegentlich über sie, da Brigitta nach dem Tod ihres Mannes nicht mehr geheiratet hatte, aber ihre Heilkünste hatten sie dennoch immer gerne in Anspruch genommen. Und nun ein solcher Vertrauensbruch.

Bei vielen anderen hätte sie den Hass oder Zorn ihr gegenüber sogar verstehen können, etwa wenn ein Kind bei der Geburt zu Tode kam. Diese Fälle waren immer tragisch, auch wenn sie zum Leben gehörten. Doch ihren Nachbarinnen war ein solches Unglück Gott sei Dank erspart geblieben. Was hatten sie also für einen Nutzen, sie in einer solchen Weise zu belasten? Vielleicht steckten ja Missgunst und auch Neid dahinter, mutmaßte Brigitta.

»Können wir heute noch mit einer Erwiderung rechnen?«, fragte der Richter herausfordernd, als Brigitta keine Antwort gab, und riss die Hebamme damit jäh aus ihren Gedanken.

»Nun, ich würde den Bekundungen dieser Frauen nicht allzu viel Bedeutung beimessen«, spielte Brigitta die Anschuldigung vorsichtig herunter. »Dies sind wohl eher normale Zankereien unter Frauen. Meine Nachbarinnen wollten mir wohl eins auswischen und haben mich deshalb bei Gericht angeschwärzt.«

»Wie viel Bedeutung einer Zeugenaussage beigemessen wird, hast du nicht zu entscheiden«, schleuderte der Richter ihr scharf entgegen. »Das ist immer noch Sache des Gerichts, dies zu bewerten. Und den Vorwurf des Apothekers, willst du den etwa auch als Frauengeschwätz abtun?« Richter Johann lächelte ihr überlegen zu. »Ist es nicht wahr, dass du bei seiner Gattin mit Steinen zugange warst, während er dich dabei erwischte? Und stimmt es nicht, dass du ihr auch Tränke eingeflößt hast?«

»Doch, das ist schon die Wahrheit«, räumte Brigitta kleinlaut ein, »aber ich …«

Der Richter schnitt ihr brüsk das Wort ab, ohne ihr Zeit zu lassen, sich weiter zu verteidigen. »Aha, du gibst es nun also doch aus freien Stücken zu, dass der Apotheker die Wahrheit gesprochen hat«, stellte er erfreut fest, während er dem Gerichtsschreiber mit einem Kopfnicken zu verstehen gab, alles genau niederzuschreiben.

»Ich wollte mit den Steinen und den Heiltränken nur ihre Genesung vorantreiben«, hielt ihm Brigitta mit trotziger Stimme entgegen. »Dabei handelt es sich nicht um Teufelswerk. Vielmehr wird dieses uralte Wissen bereits seit langen Zeiten von einer Heilkundigen zur nächsten weitergegeben.« Brigitta holte kurz Luft und fuhr dann fort. »Das Heilen mit den Kräften der Natur hat nichts Ehrenrühriges und schon gar nichts Diabolisches an sich. Ist es nicht Gott, der uns all diese Geschenke anvertraut hat, damit wir sie weise und zum Wohle aller einsetzen?«

»Willst du dich jetzt auch noch der Blasphemie schuldig machen und dein teuflisches Handeln als gottgegeben darstellen? Deine Bemühungen waren schließlich nicht sehr erfolgreich«, spottete der Richter. »Der Apotheker berichtete, dass seine Frau nach deinem Weggang von einem hohen Fieber befallen wurde, das ihren Leib auszehrte und sie von Tag zu Tag schwächer machte.«

Marquart Johann stand auf und deutete anklagend mit dem Finger auf Brigitta, um seinen Worten mehr Bedeutung zu verleihen. »Du bist sogar noch einmal in sein Haus zurückgegangen, obwohl er es dir ausdrücklich untersagt hat«, polterte er los. »Erst als er dich hochkant hinausgeworfen hatte, wurde seine Frau wieder gesund. Findest du es nicht auch merkwürdig, dass deine Tränke sie immer kränker machten und erst dein Wegbleiben die Gesundung einleitete?«

Der Richter würde ihr nicht glauben, egal was sie ihm darauf entgegnete, ging es Brigitta bange durch den Kopf. Wenn sie die Schuld nun auf den Apotheker schob, würde sie ihre Situation wahrscheinlich noch weiter verschlimmern.

»Nein, es wundert mich nicht«, entgegnete sie ihm schließlich. »Es dauert für gewöhnlich einige Zeit, bis die Heilkräuter ihre Wirkung tun. So ist es nicht verwunderlich, wenn die Heilung erst später einsetzt.« Sie musste ihre Worte weise wählen. »Auch ist es nichts Ungewöhnliches«, fügte sie hinzu, »dass Frauen nach einer Geburt vom Kindbettfieber befallen werden. Hätte ich tatsächlich böse Hexenkräfte, so wie Ihr es behauptet, wäre die Apothekergattin sicher nicht mehr unter den Lebenden.« Brigitta spürte, wie der anstrengende Prozess und das lange Stehen ihr zusetzten. Ihre Beine zitterten bereits bedrohlich. Wenn das Verhör noch lange andauerte, würde sie sicher bald zusammenbrechen, dachte sich Brigitta.

»Es ist doch gar keine Frage, welche der beiden Darstellungen hier die glaubwürdigere ist«, mischte sich nun auch Stadtrat Behrendt ein. »Der Apotheker hat einen tadellosen Leumund, während dieser Frau hier ein recht zweifelhafter Ruf vorauseilt.«

Der Richter ging nicht weiter auf die Bemerkung des Stadtrats ein. Stattdessen wendete er sich wieder der Gefangenen zu. »Und was hast du zu der Anschuldigung zu sagen, dass jedes Mal, wenn du bei Tagesanbruch die Stadt verlassen hast, noch am gleichen Tag ein großes Unwetter über Freising hereinbrach? Gibst du zu, dass du dich draußen in den Wäldern mit anderen Hexen getroffen und Wetterzauber ausgesprochen hast?«, ging der Richter sie weiter an.

»Ich gebe nichts dergleichen zu, weder dass ich eine Hexe bin noch dass ich mit dem Teufel im Bunde stehe. Wer dies behauptet, den nenne ich einen Lügner«, bekundete Brigitta fest.

»Dein Name ist aber auch in den anderen Verhören mehrmals gefallen. Fast jede deiner Mitgefangenen bezeugt, dass du eine Hexe bist. Was hast du dazu zu sagen? Bleibst du dennoch bei deiner Aussage und leugnest alle vorgeworfenen Taten?«, hakte der Richter noch einmal nach.

»Ja, genau so ist es«, bestätigte die Hebamme mit Nachdruck. »Ich habe nichts von alledem verbrochen, was Ihr mir vorwerft.«

»Nun gut, damit besiegelst du selbst dein Schicksal«, eröffnete er ihr. »Lasst den Nachrichter kommen«, wendete er sich an den Eisenamtmann, der bereits auf diesen Augenblick gewartet hatte. Mit einem hämischen Grinsen im Gesicht leistete er der Anweisung geflissentlich Folge.

Nach einer Weile kehrte er mit dem Henker im Schlepptau zurück. Dieser trug eine schwere Truhe herein, die er mit einem scheppernden Geräusch vor dem Richtertisch abstellte. Er öffnete den Deckel und kramte nach und nach eine kleine Auswahl seiner Gerätschaften hervor. Vor den Augen der Gefangenen breitete er sie auf dem langen Holztisch aus.

Darunter befanden sich zugespitzte Spießruten, eine Beinschraube, mehrere Zangen, Daumenschrauben, Pechfackeln, Nägel und Messer. Dieses Zubehör eignete sich für Torturen leichteren Ausmaßes, doch Meister Abriel hatte sicherlich noch weitere Instrumente in der Hinterhand, um Geständnisse abzupressen, mutmaßte Brigitta. Dem hageren Stadtrat zur linken Hand des Richters flößten bereits diese einfachen Geräte Respekt ein, denn er rückte seinen Stuhl weiter nach hinten.

Dann begann der Nachrichter, die Wirkungsweise seiner Hilfsmittel zu beschreiben. Ausschweifend erörterte er, wie er sie gemeinhin einsetzte und welche Schmerzen sie den Gesetzesbrechern zufügten. Bei der Beinschraube blieb er länger hängen und zeigte, wie man die Pein in kleinen Abstufungen steigern konnte. Er schilderte alles bis in die letzte Kleinigkeit, sodass vor Brigittas Augen grausige Bilder erschienen. Dies war auch die Absicht dieses ersten Auftritts des Henkers, das war Brigitta wohl bewusst. Trotz dieser Erkenntnis ließen sie die Ausführungen des Nachrichters erschauern. Ein flaues Gefühl breitete sich in ihrer Magengegend aus. Sie konnte es nicht verhindern, aber die Angst kroch ihr durch die Knochen.

Wenn sie jetzt alles gestand, konnte sie sich den Torturen noch entziehen. Doch dann hätten die anderen gesiegt und sie würde auf dem Scheiterhaufen enden. Wenn sie sich jedoch widersetzte, bestand zumindest noch eine geringe Aussicht, zu überleben. Sie musste dreimal das peinliche Verhör überstehen, ohne ihre Schuld zu bekennen, dann war sie frei. Es wurde immer wieder von Menschen berichtet, denen dies gelang, wenn es auch nicht allzu häufig vorkam. Brigitta wog ihre Lage ab und traf dann ihre Entscheidung.

»Brigitta Wietholz«, wandte sich der Richter wieder an die Hebamme, »bist du nun immer noch so verstockt und leugnest alles? Du kannst deine Meinung noch ändern und dir die Torturen ersparen, schließlich bist du nicht mehr die Jüngste. Es liegt ganz bei dir.«

»Nein, ich bleibe bei meiner Aussage. Ich habe nichts Unrechtes getan«, erwiderte Brigitta mit fester Stimme.

»Wie du willst, Hebamme. Dann übergebe ich dich nun in die erfahrenen Hände des Henkers«, beschied ihr der Richter. Im Klang seiner Stimme schwang ein Hauch Mitleid mit. Diese unerwartete Gefühlsregung ängstigte Brigitta fast noch mehr als der vorherige Anblick der Folterwerkzeuge.

Auf einen Wink des Richters hin führte sie der Eisenamtmann in den nahegelegenen Torturraum. Dort schnallte er sie mit mehreren Lederriemen rücklings auf einem einfachen Holztisch fest und harrte neben ihr aus, während er auf weitere Anweisungen des Nachrichters wartete. Er würde Meister Abriel während der Torturen zur Hand gehen.

Was dann geschah, verschwamm in Brigittas Erinnerung. Während sie die anfänglichen Qualen noch bei vollem Bewusstsein miterlebte, versank sie später in einem nebelhaften Meer aus Schmerz, in das von fern nur die wiederkehrende, dröhnende Stimme des Henkers vordrang. In regelmäßigen Abständen stellte er immer wieder die gleiche Frage. Ob sie nun endlich gestehen wolle, war das Einzige, was er von ihr wissen wollte.

Die erste Welle der Bemühungen des Henkers überstand sie mehr recht als schlecht. Sie hatte sich heiser geschrien und brachte nur noch ein schwaches Krächzen hervor. Ihre Schreie waren bis auf den Friedhof hinaus zu hören gewesen. Doch sie war standhaft geblieben und hatte nicht gestanden. Die Beinschraube hatte ihr Schienbein zersplittert und die Pechfackel ihre Haut versengt. Der Nachrichter hatte sie mit Nägeln und Messern traktiert, doch sie war immer noch am Leben.

Nun löste der Eisenamtmann die Riemen und drehte sie wie ein Stück Fleisch auf den Bauch. Sie spürte, wie er ihr die Füße und Hände mit Stricken zusammenband und sie in den hinteren Bereich des Torturraums schleifte. Dort stand ein großes, einschüchterndes Gebilde aus Holz – eine gigantische Seilwinde. An der Decke war eine große Spule festgemacht, durch die ein dicker Strick lief, an dessen Ende ein Metallhaken hing. Das Seil konnte mit einem großen Holzrad hinabgelassen und wieder hochgezogen werden.

Der Scharfrichter fuhr schwerere Geschütze auf, wurde sich Brigitta in ihrem Dämmerzustand gewahr. Was ihr nun drohte, wurde als Recken bezeichnet. Es war eine einfache und doch äußerst wirkungsvolle Methode, einem Menschen die Arme aus den Schultergelenken zu kugeln.

Während Brigitta mit angezogenen Beinen und vor Schmerzen gekrümmt am Boden kauerte, überprüfte der Henker, ob die Arme hinter ihrem Rücken auch fachkundig verschnürt waren. Dann schritt er auf das Holzrad zu und ließ langsam den Haken herunter. Brigitta hob ihren Blick und verfolgte die glänzende, metallene Befestigung mit ihren Augen, bis sie etwa einen Fuß vor ihrer Nasenspitze haltmachte. Der Eisenamtmann griff sich den Haken und führte ihn hinter ihrem Rücken durch die Handfessel. Als sie wie ein lebendiger Fisch an der Angel hing, setzte der Scharfrichter die Drehkonstruktion in Gang.

Die Seilwinde gab bei jeder Umdrehung ein ächzendes Geräusch von sich. Es klang wie ein menschlicher Klagelaut, fast so, als bedaure das Martergerät, dass es Brigitta solche Schmerzen zufügen musste. Der Haken zog die Arme hinter ihrem Rücken langsam in die Höhe. Da sie nicht mehr stehen konnte, lastete bereits zu Beginn der Tortur ihr ganzes Gewicht an den Armen. Je höher Brigitta jedoch gezogen wurde, umso erbarmungsloser breiteten sich die Schmerzen in ihren Schultern aus. Sie fühlte, wie sich die Muskeln und Sehnen immer straffer anspannten und beinahe zu zerreißen drohten. Doch der Schmerz war immer noch auszuhalten.

Der Henker verfolgte jede ihrer Gefühlsregungen und spürte, dass die Marter noch nicht die gewünschte Wirkung erzielte. »Kann ich dir mit meinen Bemühungen immer noch kein Geständnis entlocken?«, fragte er sie, ohne wirklich eine Antwort zu erwarten. »Dann müssen wir die Tortur wohl noch etwas verschärfen.« Noch bevor der Henker den Satz zu Ende gesprochen hatte, ließ er das Holzrad unvermittelt los, um es nach kurzer Zeit wieder abzubremsen.

Brigitta sackte mit dem Seil ein ganzes Stück nach unten und wurde dann plötzlich in ihrem Fall angehalten. Ihre Schultergelenke hielten dieser starken Beanspruchung nicht mehr Stand. Während sie nah an ihren Ohren ein entsetzliches Knacken vernahm, stieß sie einen lautlosen Schrei aus und wusste, dass sie verloren war.

Sie sehnte sich nur noch nach Ruhe und danach, dass diese Pein endlich ein Ende hatte. Alle ihre hehren Vorsätze schmolzen dahin wie das letzte Eis im Frühling. Sie hatten sie nun genau dort, wo sie sie haben wollten: eingeschüchtert, klein, gefügig und zu allem bereit. Ihr geschundener Leib hing schlaff an dem Seil, zu schwach, um sich noch einmal aufzubäumen. Längst konnte sie den Schmerz nicht mehr einem ihrer Glieder zuordnen, denn in ihrem ganzen Körper tobte inzwischen ein Höllenfeuer. Sie hatte ihre eigenen Kräfte überschätzt, denn diese Marter konnte sie nicht überstehen. Ihre Peiniger würden sie immer wieder nach oben ziehen. Und wenn alles nichts half, standen da ja auch noch die schweren Gewichte in der Ecke, die an den Füßen befestigt werden konnten, um den Druck in den Schultern noch weiter zu erhöhen. Sie bräuchte schon übermenschliche Kräfte, um diese Schmerzen auszuhalten, doch über solche Fähigkeiten verfügte sie nicht.

»Ich gestehe alles, was Ihr hören wollt, aber bitte lasst ab von mir«, hauchte sie schließlich mit letzter Kraft hervor.

»Ach, willst du nun doch endlich deine störrische Haltung aufgeben und redselig werden?«, stellte Jörg Abriel mit Genugtuung fest, während er die schwere Last langsam nach unten absenkte. »Das hättest du auch einfacher haben können, denn irgendwann reden alle, ich verstehe schließlich mein Handwerk«, fügte er mit Nachdruck hinzu.

Brigitta spürte, wie der Druck auf ihren Gelenken nachließ und sie wie ein lebloses Bündel auf dem Boden aufschlug. Sie stellten ihr nun zahlreiche Fragen, doch sie hörte gar nicht mehr richtig zu. Sie nahm alles nur noch aus der Ferne, wie in einem Traumzustand, wahr. Egal was sie fragten, Brigitta bestätigte alles, was sie hören wollten. Es sprudelte nur so aus ihr heraus, lauter Unwahrheiten und Fantastereien, doch ihr war inzwischen alles gleichgültig.

Nur als sie nach weiteren Gespielinnen gefragt wurde, zögerte sie einen kurzen Augenblick. Sie sollte Namen nennen, aber ihr wollten einfach keine in den Sinn kommen. Sie konnte sich selbst ins Verderben reiten, jedoch nicht andere unschuldige Menschen. Plötzlich musste sie an ihre beiden Nachbarinnen denken, die sie angeschwärzt hatten, und war schon nahe daran, deren Namen anzugeben. Doch damit würde sie sich auf die gleiche Stufe wie die beiden herabsetzen und wäre nichts weiter als eine niederträchtige Alte, die Rache sucht. So tat sie es ihren Mitgefangenen gleich und nannte ausschließlich deren Namen, um nicht noch weitere Unschuldige auf den Scheiterhaufen zu bringen.

Brigitta wusste, dass sie ihre Aussagen später in einem gütlichen Verhör bestätigen musste. Wenn sie ihre Schwüre widerrief, würde sie erneut in die Hände des Scharfrichters fallen. Doch sie würde nicht widerrufen und ihren geschundenen Körper erneuten Qualen aussetzen – nun sollte endgültig Schluss sein mit dem Zerren und Reißen an ihrem Leib.

Nachdem der Scharfrichter alles aus ihr herausgelockt und die Befragung endlich ein Ende hatte, glitt die Hebamme langsam in eine Scheinwelt ab. Entfernt nahm sie wahr, dass jemand ihre Glieder einrenkte, ihr Bein schiente und die Wunden notdürftig versorgte, doch es drangen keine Empfindungen mehr in ihr Bewusstsein vor. Eine wohltuende, entrückte Gleichgültigkeit ergriff von ihr Besitz, jenseits aller Pein. Nur die vage Gewissheit, sterben zu müssen, schwang unterschwellig mit. Doch selbst dieser Gedanke ängstigte sie nach den Erlebnissen der letzten Stunden nicht mehr.

Kapitel 11

Alle inhaftierten Frauen würden bereits in drei Tagen dem Feuer überantwortet werden. Gret hatte die Schreckensbotschaft heute Vormittag vor dem Rathaus vernommen. Es blieben ihr also nur noch knapp zweiundsiebzig Stunden, um Brigitta vor dem Verderben zu retten. Wie eine Gefangene lief Gret seit einer geschlagenen Stunde unruhig in der Schuhmacherwerkstatt auf und ab. Weder die einfühlsame, verständnisvolle Art von Jacob noch die tröstenden Worte von Katheryn oder ihrem Vater vermochten sie aus ihren trüben Gedanken zu reißen.

»Du hast jetzt wirklich alles Menschenmögliche versucht. Ich weiß, dass es dir fast das Herz zerreißt, aber du musst dich damit abfinden. Außer zu beten, gibt es nichts mehr, was du noch für Brigitta tun kannst«, versuchte Jost seine Tochter zu beruhigen.

»So lange Brigitta noch am Leben ist, kann ich die Hoffnung auf eine Rettung einfach nicht aufgeben«, stieß Gret ungestüm hervor. Mit dem Ärmel ihres einfachen Leinenkleides wischte sie sich die Tränen von ihren Wangen. »Sie ist für mich nicht nur wie eine Mutter, sondern auch wie eine lieb gewonnene Freundin. Ich weiß einfach nicht, wie ich ohne sie auskommen soll.«

»Dein Vater hat recht, das Lamentieren und Festhalten an Dingen, die du nicht ändern kannst, bringt nichts. Du musst der Wahrheit ins Auge schauen. Auch wenn es hart klingt, Brigitta wird sterben und du kannst den Lauf der Dinge nicht mehr aufhalten«, stimmte Katheryn dem Schuhmachermeister zu.

Gret ergriff eine Welle der Verzweiflung. Sie wusste, dass die nüchterne Einschätzung der anderen vernünftiger war, wollte sich aber nicht geschlagen geben. »Nein, es gibt noch eine letzte Sache, die ich versuchen kann«, erwiderte Gret deshalb eigensinnig. »Ich kann wahrscheinlich nicht mehr verhindern, dass Brigitta stirbt. Aber vielleicht gelingt es mir, dafür zu sorgen, dass sie nicht den Flammen zum Opfer fällt.«

Gret ging auf eines der Wandregale zu und zog eine einfache Holzschatulle hervor. Sie hatte sich selbst einen kleinen Vorrat an getrockneten Pflanzen angelegt und griff sich nun gezielt eine Wurzel heraus, die sie in die Tasche ihres Kleides gleiten ließ.

»Was hast du vor?«, wollte Jost beunruhigt wissen. »Ich hoffe, du bringst dich und uns alle hier nicht in Schwierigkeiten?«

»Keine Sorge, mit euch hat das nichts zu tun. Was ich vorhabe, ist einzig und allein meine Angelegenheit und wird euch nicht in Gefahr bringen.«

Ohne ein weiteres Wort stürmte Gret nach draußen. Sie wollte ihren waghalsigen Plan so schnell wie möglich in die Tat umsetzen. Sie wusste, wenn sie jetzt zögerte, würden die anderen sie womöglich noch umstimmen und mit aller Gewalt davon abbringen.

»Soll ich ihr nicht besser nachgehen? Vielleicht kann ich ihr auf irgendeine Weise beistehen?«, wendete sich Jacob besorgt an den Schuhmachermeister, als Gret bereits zur Tür hinaus war.

»Ich fürchte, sie wird dich abweisen. Sie kann ein ziemlicher Sturkopf sein. Wenn sie sich einmal etwas in den Kopf gesetzt hat, können sie keine zehn Pferde mehr davon abhalten«, erwiderte Jost. Er kannte seine Tochter nun lange genug, um sie einschätzen zu können.

»Wohl ist mir nicht bei der Sache. Wenn sie nun etwas Unüberlegtes tut?«, meinte Jacob.

»Auch wenn ihre Gefühle manchmal mit ihr durchgehen, hat sie bisher immer besonnen gehandelt«, beruhigte ihn Jost. »Es wird ihr schon nichts geschehen.«

Jacob konnte der Einschätzung des Schuhmachermeisters nicht so recht zustimmen, setzte seinen Aussagen jedoch nichts entgegen. Er erinnerte sich noch allzu gut an den Besuch im Stadtgefängnis, als sie den Eisenamtmann mit einem Schlafmittel betäuben wollten.

Von einem wohlüberlegten und besonnenen Handeln konnte man in diesem Fall nicht gerade sprechen.

Was Gret plante, grenzte an Torheit, das war ihr wohl bewusst, doch sie sah keine andere Möglichkeit, ihrer Freundin noch zu helfen. Ihr Vorhaben war gefährlich, denn sie musste sich einer fremden Person anvertrauen, von der sie nichts weiter als den Nachnamen kannte. Sie wusste nicht einmal, ob sie diesem Menschen trauen konnte, geschweige denn, ob es ihr überhaupt gelang, mit der Person ungestört zu sprechen.

Während sie hastig voranschritt, tastete sie nach der Wurzel in ihrer Tasche und zog sie zitternd hervor. Brigitta würde das giftige Gewächs erkennen, da war sie sich sicher. Dieses unscheinbare Ding, die Wurzel des Eisenhuts, brachte den Tod. Wenn es Gret gelang, Brigitta diese Pflanze zukommen zu lassen, konnte ihre Freundin selbst entscheiden, wann sie ihr Leben aushauchen wollte. Dies war dann wohl der letzte Freundschaftsdienst, den sie ihr erweisen konnte. Ein lebenszerstörender Dienst, doch das Gift war immer noch besser als das Feuer.

Als Gret vor dem Wirtshaus zum Bären ankam, verstaute sie die Wurzel wieder in ihrem Gewand, atmete noch einmal tief durch und betrat mit klopfendem Herzen die Gaststube. Es ging auf Mittag zu, sodass schon einige Tische besetzt waren, auch wenn der weitaus größere Teil der Gäste sicher noch kommen würde. Die Schankmagd Marlein nahm gerade Bestellungen auf, während Agnes mit einem Reisigbesen die Scherben eines zerbrochenen Kruges zusammenkehrte. Als Gret auf Jacobs Schwester zuging, hob diese den Kopf und nickte ihr erfreut zu.

»Du möchtest sicher wieder zwei Seidel Bier für die Schuhmacherwerkstatt holen, habe ich recht?«, sagte ihr Agnes auf den Kopf zu.

»Nein, diesmal habe ich ein anderes Anliegen«, antwortete Gret mit niedergedrückter Stimme. »Können wir vielleicht kurz in einen Nebenraum gehen, wo wir ungestört sprechen können?«

Agnes gab Gret mit einem Handzeichen zu verstehen, dass sie ihr folgen sollte. »Du siehst heute so trübsinnig aus, aber ich weiß schon, was mit dir los ist. Die Nachricht von den Schuldsprüchen hat sich in der Stadt wie ein Lauffeuer verbreitet.«

Gret ging nicht auf Agnes' Bemerkung ein, sondern kam schnell zur Sache. »Agnes, ich weiß, es klingt etwas ungewöhnlich, aber ich muss mit der Frau des Henkers sprechen. Weißt du, wo ich sie finden kann?«

Agnes zuckte zusammen. Üblicherweise hielt man sich von den Henkersleuten fern. Zumindest tagsüber ließ man sich nicht mit ihnen sehen, wenn es nicht unbedingt sein musste. Doch sie wusste nur allzu gut, dass viele nach Sonnenuntergang die Familie aufsuchten und ihr heilmagisches Zeug abkauften, das von den Hingerichteten stammte. Agnes konnte sich jedoch kaum vorstellen, dass Gret so etwas vorhatte.

»Nun, die Henkersfrau ist ins Bad auf dem Anger gegangen«, teilte sie Gret mit.

»Aber um diese Stunde ist das Bad doch geschlossen?«, hakte Gret nach.

»Die Frau des Henkers hat der Badertochter eine großzügige Bezahlung versprochen, wenn sie das Bad nur für sie aufheizt«, entgegnete Agnes schmunzelnd. »Das hat sie offensichtlich umgestimmt. Anderen Gästen kann man ihre Gegenwart auch nur schwer zumuten.«

»Ich danke dir für die Auskunft, Agnes. Du hast mir wirklich weitergeholfen«, gab Gret knapp zurück und machte sich geradewegs auf zur Badestube. Agnes blieb kopfschüttelnd zurück.

Das Angerbad lag am östlichen Stadtausgang an der Moosach. Wie viele andere, gewann auch der Bader das Wasser für seine Badezuber direkt aus dem kleinen Flüsschen, wenngleich es in diesem Teil der Stadt nicht mehr das Sauberste war. Bislang hatte sich jedoch noch keiner der Badegäste über die Unreinheit des Wassers beschwert.

Als Gret den Türklopfer am Badehaus betätigte, dauerte es eine Weile, bis das große Portal geöffnet wurde. Gret schwand der Mut, als sie in das mürrische Gesicht der Badertochter blickte. Das dralle Mädchen mit den hängenden Schultern sah unleidlich aus. Dass sie über Mittag nur für einen zahlenden Gast einen Badezuber mit heißem Wasser herrichten musste – und dann ausgerechnet noch für die Henkersfrau – hatte ihre Stimmung sichtlich gedrückt.

»Das Bad ist zu dieser Stunde geschlossen, das solltest du eigentlich wissen«, raunzte sie Gret unfreundlich an.

Gret hatte sich nicht überlegt, wie sie ihr Anliegen am geschicktesten vorbringen sollte. Wenn sie offen nach der Henkersfrau fragte, würde sie wahrscheinlich unnötig Aufsehen erregen. Am besten wäre, wenn sie einen anderen, völlig harmlosen Grund vorschieben könnte, ging es ihr durch den Kopf. Die Badertochter wollte gerade die Tür wieder schließen, als Gret ein rettender Einfall kam.

»Bitte, kannst du vielleicht eine Ausnahme für mich machen? Es ist wirklich dringend.« Gret hielt kurz inne und fuhr dann verschwörerisch flüsternd fort. »Weißt du, ich treffe mich heute nach der Arbeit das erste Mal mit einem Jungen und möchte dabei nicht riechen wie eine Bauernmagd, die gerade aus dem Stall kommt. Ich würde mich die Sache auch etwas kosten lassen.«

Grets Gegenüber zögerte einen Moment mit der Antwort. Für Geld war die Tochter des Baders jederzeit empfänglich, das war kein Geheimnis. Sie liebte aufwendigen Zierrat, Schmuck und kostbare Gewänder und kleidete sich weit besser, als es ihrem Stand entsprach. »Nun, wenn ich dich wirklich einlassen sollte, musst du aber tief in die Tasche greifen. Ich hoffe, du hast genügend Geld bei dir?«, fragte das Mädchen bereits eine Spur entgegenkommender.

Gret holte ein paar Münzen hervor und bot sie der Badertochter auf der flachen Hand dar. »Denkst du, das wird reichen?«

Das stämmige Mädchen steckte das Geld wortlos ein und winkte Gret herein. Erst als sie die Münzen sicher in ihrer Börse verstaut hatte, machte sie ihren Mund wieder auf.

»Du bist zu dieser Stunde allerdings nicht der einzige Gast«, offenbarte sie Gret zögerlich. Das schlechte Gewissen stand ihr ins Gesicht geschrieben.

Gret musste fast schmunzeln. Es lief tatsächlich besser, als sie sich erhofft hatte. Nun durfte sie sich nur nicht anmerken lassen, dass sie bereits wusste, um wen es sich handelte.

»So? Und wer ist dieser andere Gast?«, fragte Gret möglichst unbedarft.

»Es wird dir wahrscheinlich nicht gefallen, aber es ist die Frau des Henkers«, gestand das Mädchen. »Sag bloß nicht weiter, dass sie hier war«, beschwor sie Gret, »das verdirbt uns sonst das Geschäft.«

Gret tat so, als würde die Nachricht sie erschrecken und gab sich bestürzt. Sie spielte ihre Rolle so überzeugend, dass die Badertochter ihr die Furcht ohne Weiteres abkaufte.

»Wenn du es dir jetzt noch einmal anders überlegst, bekommst du dein Geld allerdings nicht zurück«, stellte das Mädchen mit Nachdruck klar. Münzen, die einmal in ihre Taschen gelangt waren, rückte sie so schnell nicht mehr heraus.

Gret runzelte ihre Stirn und gab vor zu zaudern, während sie insgeheim dachte, dass sie wohl eine recht gute Komödiantin abgeben würde.

»Nein, jetzt wo ich bereits bezahlt habe, möchte ich auch die Gegenleistung einstreichen«, entgegnete Gret mit Bedacht. »Aber vielleicht ist es besser, wenn wir beide niemandem davon erzählen, dass ich der Frau des Henkers so nahe gekommen bin«, fügte Gret vorsichtig hinzu.

»Das kann ich dir gerne versprechen. Ich werde es sicher nicht an die große Glocke hängen«, versprach das Mädchen und führte Gret in die Badestube.

Feuchter Dampf erfüllte den wohlig warmen Raum. Es roch angenehm nach frischen Kräutern. Die milchigen Nebelschwaden überzogen die Haut schon nach kurzer Zeit mit feinen Wassertröpfchen und durchnässten auch die Kleidung. Der Dunst trübte die Sicht. Die Umrisse der Gegenstände im Raum verschwammen und erschienen auf seltsame Art unscharf. Drei große, hölzerne Badezuber reihten sich im hinteren Teil der Stube aneinander, jedoch nur aus einem stieg heißer Dampf empor. Gret konnte die Umrisse einer zierlichen Frau ausmachen, die sich sorgsam in der gefüllten Holzwanne wusch. Als sich Gret und die Badertochter näherten, hob die Frau den Kopf und sah die beiden mit einem selbstbewussten, jedoch fragenden Blick an.

»Es hat sich noch jemand eingefunden, der heute unbedingt ein Bad nehmen will. Du hast doch nichts dagegen?«, fragte die Badertochter die Frau des Henkers herausfordernd.

»Wenn sie keine Angst vor mir hat, soll es mir recht sein«, gab diese spitz zurück.

»Ihr Bedürfnis, sich zu reinigen, ist offenbar größer als die Furcht vor dir«, erwiderte die Badertochter spöttisch grinsend. »Und genug Platz im Zuber ist allemal. Dann lasse ich euch jetzt alleine. Wenn ihr etwas braucht, müsst ihr nur rufen. Ich bin gleich nebenan.« Mit forschem Schritt und ohne auf eine Antwort zu warten, ging sie auf die Tür zu und überließ die beiden Frauen sich selbst.

Gret blickte unschlüssig zu der Frau des Henkers hinüber. Sie wollte zwar unbedingt mit ihr sprechen, ein großes Verlangen, gemeinsam mit ihr zu baden, verspürte sie dagegen nicht. Doch nun blieb ihr wohl nichts anderes übrig, als in den Zuber zu steigen. Gret streifte nach und nach ihre Kleider ab, faltete sie sorgsam zusammen und legte sie auf einen der bereitstehenden Schemel. Dann ließ sie sich langsam in das warme Wasser gleiten.

»Du bist ein ungewöhnliches Mädchen«, stellte die Henkersfrau nach einer Weile fest und durchbrach als Erste die unangenehme Stille. »Kaum einer traut es sich, so nah an unsere Familie heranzukommen. Hast du keine Angst, durch ein gemeinsames Bad unrein zu werden?«

Gret wusste nicht, was sie auf diese aufstachelnde Frage antworten sollte und blieb ihr die Antwort schuldig. Obwohl die Frau so zart und zierlich aussah, verhielt sie sich forsch und selbstsicher, was Gret trotz ihres fragwürdigen Standes gefiel.

»Wenn wir schon gemeinsam baden, sollten wir uns auch vorstellen. Ich heiße Jonata und dass ich die Frau des Henkers bin, weißt du ja schon. Und mit wem habe ich die Ehre?«

»Ich bin Gret, die Tochter eines hiesigen Schuhmachermeisters«, erwiderte sie verlegen und verzichtete darauf, ihrem Gegenüber die Hand zu geben.

»Gret heißt du also. Irgendwie habe ich das Gefühl, dass du aus einem ganz anderen Grund hier bist, als nur zu baden«, mutmaßte

Jonata und bewies damit eine erstaunliche Menschenkenntnis. »Das ist für mich nichts Neues, musst du wissen«, fügte sie hinzu. »Auch wenn unsere Familie tagsüber gemieden wird, suchen uns doch viele Menschen heimlich auf. Was ist es nun, was du von mir willst? Den Finger eines Gehenkten, das Blut eines Geköpften oder ein Amulett aus dem Knochen eines Toten?«

»Nein, ich will nichts von alledem. Was mich zu dir führt, ist etwas ganz anderes. Ich möchte dich um etwas bitten«, gestand Gret zögerlich.

»Eine Bitte führt dich zu mir? Und welchen Gefallen gibt es, den dir nur eine Henkersgattin erfüllen kann?«, hakte Jonata weiter nach, während sie sich die Arme abschrubbte.

»Es geht um meine beste Freundin Brigitta, die Hebamme in dieser Stadt ist und in drei Tagen als Hexe verbrannt werden soll«, brachte Gret nun ohne Umschweife heraus.

»Eine der Frauen also, die mein Mann in den letzten Tagen befragt hat«, stellte Jonata trocken und sichtlich ohne große Verwunderung fest.

Andere Menschen würden zurückzucken, wenn die Rede von einer verurteilten Hexe war, nicht jedoch die Gattin des Henkers, ging es Gret durch den Kopf. Der Tod war für sie ein alltägliches Geschäft und schien sie nicht weiter zu erschrecken.

»Wenn du vorhast, deine Freundin aus dem Gefängnis zu befreien oder hoffst, dass mein Mann für sie eintritt, muss ich dich leider enttäuschen. Mein Mann macht nur seine Arbeit und lässt sich da von niemandem hereinreden – auch nicht von mir«, bekräftigte Jonata. »Und ich selbst werde nichts tun, was mich oder meine Familie in Gefahr bringt, schon gar nicht für eine völlig Fremde«, fügte sie hinzu.

»Ich möchte nur, dass du meiner Freundin etwas übergibst, denn sie lassen mich nicht zu ihr«, bat sie die Frau. »Als Gattin des Henkers hast du Zutritt zum Gefängnis. Niemand wird sich wundern, wenn du den Frauen ihre Henkersmahlzeit bringst.« Gret sah die Henkersgattin mit einem flehenden Blick an. »Du könntest sagen, dass es auf Anweisung deines Gatten geschieht«, schlug Gret vor. »Keiner würde sich trauen, die Anordnungen des Nachrichters zu missachten.«

»Und was genau soll ich in den Kerker schleusen?«

Gret erhob sich, stieg vorsichtig aus der Wanne und griff sich eines der bereitliegenden, weißen Tücher, um sich abzutrocknen. Dann holte sie aus ihren Kleidern die Wurzel hervor und hielt sie Jonata direkt vor die Nase.

»Nichts weiter als diese Wurzel sollst du ihr geben«, entgegnete ihr Gret und setzte dabei einen arglosen Gesichtsausdruck auf.

»Du willst mich wohl zum Narren halten mit deinem unschuldigen Gehabe. Denkst du ich weiß nicht, was das für ein Gewächs ist?«, sagte Jonata spitz, während sie sich die Pflanze griff und genau in Augenschein nahm. »Ich kenne mich aus in der Kräuterkunde und was ich gerade in meinen Händen halte, ist alles andere als harmlos. Aber das ist dir wohl bewusst, nicht wahr?«

Gret fühlte sich überführt und blickte betreten zu Boden.

»Diese Wurzel bringt den Tod, und zwar auf äußerst unangenehme Art und Weise«, klärte Jonata Gret auf. »Wenn ich die Wahl hätte, wüsste ich nicht, ob ich nicht lieber den Feuertod vorziehen würde.« Sie starrte Gret eindringlich an. »Wenn ich deiner Freundin tatsächlich dieses Gift überbringen würde, was wäre dann mein Nutzen dabei?«, wollte sie schließlich wissen.

»Es wäre eine barmherzige Tat, denn du würdest einer unschuldigen, alten Frau ihren letzten Weg erleichtern. Ich kann dir darüber hinaus Geld anbieten, auch wenn es nicht allzu viel ist.« Gret kramte ihre letzten Münzen hervor und zeigte sie der Henkersfrau.

»Ich muss darüber nachdenken. Ich möchte nicht, dass Blut an meinen Händen klebt. Die Hebamme wird zwar ohnehin sterben, doch ich möchte es nicht gewesen sein, die ihren Tod zu verantworten hat.« Jonata zögerte und man sah ihr an, dass sie einen inneren Kampf ausfocht. »Was macht dich so sicher, dass deine Freundin unschuldig ist?«, fügte sie nach einer Weile hinzu.

»Ich kenne sie seit Jahren und sie ist der gütigste Mensch, den ich je getroffen habe. Ich spüre es einfach in meinem Innersten, dass sie zu den Taten, die man ihr vorwirft, gar nicht fähig ist. Würde denn nicht jeder unter einem peinlichen Verhör alles gestehen?«, entfuhr es Gret.

Die Frau des Henkers antwortete nicht. Gret wertete ihr Schweigen als stumme Zustimmung.

»Du wärst nicht Schuld an ihrem Tod«, versuchte sie Jonata zu überzeugen. »Über ihr Lebensende haben längst andere entschieden. Es liegt alleine an der Hebamme, ob sie die gebotene Möglichkeit wahrnimmt oder nicht.« Gret blickte erwartungsvoll zu der Frau hinüber und hoffte inständig, dass sie mit ihren Worten ihr Herz erweichen konnte.

Die Henkersfrau wirkte verschlossen und in sich gekehrt. Gret konnte aus ihren Gesichtszügen keine Gefühlsregung ablesen. Jonatas Augen waren auf die dampfende Wasseroberfläche gerichtet. Nach einer längeren Zeitspanne – Gret kam es wie eine Ewigkeit vor – hob die zierliche Frau ihren Blick.

»Ich werde dir helfen, aber bitte hake nicht weiter nach, weshalb ich das mache«, versprach Jonata. »Ich kenne weder dich noch diese bemitleidenswerte Frau, dennoch habe ich das Gefühl, dass es richtig ist, was du tust.«

»Ich danke dir«, war alles, was Gret hervorbrachte.

»Sprich mit niemandem darüber, auch nicht mit deiner Familie oder deinen besten Freunden«, verlangte die Henkersfrau mit Nachdruck. »Und falls wir uns in der Stadt begegnen, musst du so tun, als wären wir uns fremd. Kannst du das versprechen?«

»Ja natürlich, du kannst dir gewiss sein, dass ich mich an diese Vereinbarung halte«, versicherte Gret ohne zu zögern.

»Nun solltest du besser gehen, denn es ist alles gesagt. Und deine paar Münzen kannst du auch behalten, wahrscheinlich brauchst du sie nötiger als ich«, räumte Jonata ein. »Ich denke nicht, dass sich unsere Wege noch einmal kreuzen werden, also lebe wohl.«

Gret schlüpfte in ihre feuchten Kleider, sah noch ein letztes Mal zu der Henkersfrau hinüber, nickte ihr zum Abschied zu und verließ die Badestube.

Kapitel 12

In der Nacht vor der Hinrichtung konnte Gret lange Zeit nicht einschlafen. Rastlos wälzte sie sich von einer Seite auf die andere. Erst in den frühen Morgenstunden glitt sie in einen unruhigen Schlaf, aus dem sie immer wieder schweißnass und mit klopfendem Herzen hochfuhr. Es plagten sie Visionen von gemarterten Leibern, die dem Feuer überantwortet wurden, von Folter, Schmerz und unsagbarem Leid.

In der Früh fühlte sie sich ausgelaugt und erschöpft und wäre am liebsten liegen geblieben. Mit aller Kraft zwang sie sich, aufzustehen und die Morgenmahlzeit zuzubereiten, doch es fiel ihr schwer, bei der Sache zu bleiben. Sie wusste nicht, ob die Henkersfrau Wort gehalten hatte und ob Brigitta überhaupt noch lebte.

Die Stimmung in der Schuhmacherwerkstatt war so gedrückt, als hingen düstere Gewitterwolken an der Zimmerdecke. Keiner sprach ein Wort und selbst die sonst so gut gelaunte Katheryn wich den traurigen Blicken der Schuhmachertochter aus.

Die Strafe sollte mittags vollzogen werden. Jedes Mal, wenn die Glocken draußen zur vollen Stunde schlugen, zuckte Gret zusammen und zählte ab, wie viel Zeit Brigitta noch blieb, sofern sie denn noch am Leben war.

Auch der Schuhmachermeister wirkte bekümmert und fühlte sich beim Anblick seiner verzweifelten Tochter so hilflos wie nur selten.

»Wirst du hingehen?«, sprach er schließlich die Frage aus, die auch Katheryn, Jacob und Hansi, durch den Kopf ging. Seine Stimme klang warm und einfühlsam.

Gret nickte zuerst nur stumm, hatte dann aber das Gefühl, sich rechtfertigen zu müssen.

»Ich möchte sie einfach noch ein letztes Mal sehen«, gestand sie den anderen. »Vielleicht entdeckt sie mich in der Menge. Dann ist es tröstlich für sie zu wissen, dass sie nicht alleine ist.« Die quälende

Ungewissheit darüber, ob Brigitta noch lebte, behielt sie bewusst für sich.

»Du solltest auf keinen Fall alleine hingehen«, entschied Jost mit fester Stimme. »Ich kann dich begleiten, wenn du möchtest«, fügte er hinzu. Er hatte das Gefühl, sie beschützen zu müssen.

»Das musst du wirklich nicht für mich tun. Ich weiß doch, wie sehr du diese öffentliche Schaulust verabscheust«, entgegnete ihm Gret. »Bist du nicht immer über die ganzen Gaffer hergezogen, die sich an dem Leid der anderen ergötzen? Aber es wäre für mich eine Stütze, wenn ich Jacob bei diesem schweren Gang an meiner Seite hätte«, bat Gret ihren Vater inständig.

Jost missbilligte es tatsächlich, wenn sich die Massen bei Hinrichtungen zusammenrotteten. Auch wenn sich die meisten Städter ein solches Spektakel nicht entgehen ließen, zog er es vor, in seiner Werkstatt zu bleiben. Gret hatte diesen Zug an ihrem Vater schon immer geschätzt. Seine feinfühlige Art war ihr weitaus lieber, als das prahlerische Gehabe der anderen.

»Wenn es dir lieber ist, dass Jacob das mit dir durchsteht, habe ich nichts dagegen«, willigte Jost in Grets Vorschlag ein. Es war ihm deutlich anzumerken, dass ihm Grets Wunsch entgegenkam. »Ihr müsst ja nicht unbedingt bis zum unvermeidlichen Ende ausharren«, fügte er noch hinzu.

Als Gret und Jacob am Marktplatz ankamen, herrschte dort bereits ein großes Gedränge. Die Stimmung war aufgeheizt und nahe dran, in einen öffentlichen Aufruhr umzukippen. In vielen Augen glomm die pure Mordlust auf. Die Menschen wollten nun endlich die Schuldigen sterben sehen, die sie für alles Schlechte der letzten Zeit verantwortlich machten. Vor dem Rathaus stand bereits der hölzerne Karren bereit, der die Verurteilten vor die Tore der Stadt zu den Scheiterhaufen bringen sollte. Die Schergen hatten Mühe, die aufgebrachte Masse zurückzuhalten. Die Geduld der Wartenden wurde lange auf die Folter gespannt.

Schließlich ertönte der unheilvolle Glockenschlag und gab dem Scharfrichter das Zeichen, die Frauen in Ketten aus dem Gefängnis zu holen und ein letztes Mal vor das Blutgericht zu stellen. Die Menge vor dem Amtsgebäude wurde immer unruhiger, bis nach einer Weile ein Fenster im Rathaus weit geöffnet wurde. Augenblicklich verstummte die Masse und blickte gebannt zu der Öffnung hinauf. Der grauköpfige Gerichtsschreiber trat ans Licht und las von dort oben mit seiner krächzenden Stimme die Geständnisse der verurteilten Frauen vor.

Gret durchfuhr ein grausiger Schauer, als sie die vorgetragene Urgicht vernahm. Die Gefangenen hatten ausnahmslos gestanden und alle Vorwürfe eingeräumt. Von Hexentanz und Hexenflug war die Rede, aber auch von Schadenszauber und Pakt mit dem Teufel. Schenkte man den erpressten Aussagen Glauben, so hatten sich alle dem Teufel hingegeben und mit ihm gebuhlt. Gret glaubte nichts von alledem, doch die meisten Umstehenden waren von der Schuld der Frauen überzeugt. Das konnte sie an ihren Gesichtern ablesen.

Als der Richter den Angeklagten mit lauter Stimme das gefällte Urteil verkündete und die Worte gedämpft nach draußen drangen, begann die Masse zu jubeln. Nun war das Urteil also besiegelt; keine der Frauen hatte noch einmal widerrufen.

Der Eisenamtmann ermahnte die Menschen, Ruhe zu bewahren, doch die Menge war nicht mehr zu bremsen. Sie riefen lauthals durcheinander und forderten die Obrigkeiten auf, die Hexen nun endlich den Flammen zu übergeben. Sie hatten lange genug vor dem Gerichtsgebäude ausgeharrt.

Gret musste mit den Tränen kämpfen. Sie griff nach Jacobs Hand, drückte sie und blickte traurig zu ihm auf. Auch dem Schuhmacherjungen ging die Sache nahe. Sie hatten viel versucht, um die Hebamme zu retten, doch all ihre Bemühungen waren letztendlich umsonst gewesen. Gret so verzweifelt zu sehen und nichts unternehmen zu können, war für ihn nur schwer zu ertragen.

Wenig später kam Bewegung in die Menschenmenge. Die Schaulustigen drängten sich zum Karren vor, um einen besseren Blick auf die nahenden Gefangenen zu haben. Gret und Jacob wurden mit dem Strom mitgerissen und weiter nach vorne geschoben. Und dann sahen sie auch schon, wie der Scharfrichter die gefesselten Frauen vor sich hertrieb. Sie wirkten allesamt ausgezehrt und mitgenommen. Manche konnten kaum mehr einen Schritt vor den anderen setzen und mussten gestützt werden.

Gret hielt angsterfüllt nach der bekannten Gestalt von Brigitta Ausschau, konnte sie jedoch nicht entdecken. Sollte die Hebamme ihrem Leben tatsächlich selbst ein Ende gesetzt haben? Immer wieder versperrten ihr fremde Menschen die Sicht, schubsten sie beiseite oder drängten sie in eine andere Richtung. Gret wollte unbedingt noch einmal jede der Frauen einzeln in Augenschein nehmen.

Unvermittelt blieb ihr Blick am Gesicht einer der Gefangenen hängen und ein Stich fuhr ihr durchs Herz. Diese gutmütigen, lieben Augen waren ihr so vertraut und sahen doch so fremd aus. Es musste Brigitta sein, doch ihre Freundin war kaum wiederzuerkennen. Die Augen lagen in tiefen Höhlen und waren umwölkt von schwarzen Schatten. Zudem hatte sich ein schmerzverzerrter, kummervoller Ausdruck um sie gelegt, den Gret an ihrer Freundin bisher nicht gesehen hatte. Brigitta hatte sich in kürzester Zeit stark verändert. Sie schien um Jahre gealtert zu sein, zog ein Bein schleppend nach und wirkte abgemagert und gebrechlich. Sie sah so geschwächt aus, als wäre ihr inneres Feuer gänzlich erloschen.

Ein nie gekannter Schmerz legte sich wie eine schwere Eisenrüstung um Grets Brust und schnürte ihr den Atem ab. Sie wollte nur noch, dass Brigitta den Kopf hob und in ihre Richtung sah, damit sich ihre Blicke ein letztes Mal treffen konnten. Gret hatte nur noch dieses eine Ziel vor Augen. Sie drängte sich durch das Gewimmel weiter nach vorne, Jacobs Hand fest in der ihren haltend.

Der Scharfrichter stieß die Frauen grob auf den Karren, tat dies jedoch mit solcher Wucht, dass mehrere Gefangene strauchelten und einige sogar stürzten. Die Menschenmenge verfolgte das Missgeschick voller Schadenfreude. Sie verspotteten die Verurteilten und lachten über sie. Die Empörung schaukelte sich mehr und mehr hoch, bis einige die Frauen bespuckten und mit Unrat bewarfen. Die Rufe wurden immer lauter und böswilliger und die Masse erregter.

Gret und Jacob standen unmittelbar vor dem hölzernen Gefährt, doch Brigitta hatte den Blick gesenkt und starrte auf ihre nackten, blutverkrusteten Füße. Gret rief aus vollem Hals Brigittas Namen, aber ihre Stimme ging im ohrenbetäubenden Geschrei der Menge unter. Aus purer Verzweiflung setzte sie zu einem schrillen, markerschütternden Schrei an. Ein paar Menschen in ihrer Nähe blickten verwundert in ihre Richtung. Und auch Brigitta entging der laute Ton nicht.

Endlich hob die Hebamme den Kopf und schaute Gret geradewegs in die Augen. Als sie ihre Freundin erkannte, breitete sich ein hoffnungsvolles Leuchten auf Brigittas Gesicht aus und sie nickte Gret vorsichtig zu. Ganz zaghaft und fast unbemerkt hob sie die vor ihrem Körper gefesselten Hände, um sie sogleich wieder sinken zu lassen. Doch die kleine Bewegung reichte aus, um Grets Aufmerksamkeit auf die geballten Fäuste der Freundin zu lenken. Brigitta umklammerte mit ihren Händen die Wurzel, die Gret der Henkersfrau anvertraut hatte. Jonata hatte also Wort gehalten und Brigitta das giftige Gewächs gebracht. Doch die Hebamme hatte nicht davon gekostet.

Gret kramte den Beutel mit den Heilsteinen hervor und hielt ihn mit gestrecktem Arm nach oben, sodass Brigitta ihn sehen konnte. Sie spürte, wie es mit einem Mal ganz ruhig in ihr wurde und die Geräusche um sie herum in den Hintergrund rückten. Sie nahm die Geschehnisse nur noch entfernt, wie durch einen Nebelschleier, wahr. Sie hatte alles getan, was in ihrer Macht stand und konnte jetzt loslassen. Sie würde Brigitta in ihrem Herzen tragen und ihre Heilarbeit fortführen, das schwor sie sich feierlich. Brigitta war kein wehrloses Opferlamm mehr, das man zur Schlachtbank führte. Sie hatte noch immer die Wahl und auch die Macht, ihr Leben selbst zu beenden und auf diese Weise den Fängen des Henkers zu entkommen.

Als die Räder des Karrens zu rollen begannen, ließen sich Gret und Jacob zurückfallen. Die Menschenmenge zog lärmend und johlend an ihnen vorbei. In einigem Abstand folgten sie den anderen vor die Mauern der Stadt. Grets Beine fühlten sich bleischwer an und es gelang ihr nur mit Mühe, einen Schritt vor den anderen zu setzen.

Der Weg schien einfach nicht enden zu wollen und kam ihr heute viel länger vor als an anderen Tagen. Insgeheim hoffte Gret, dass sich Brigitta doch noch für das Gift entscheiden würde, doch die Hebamme blieb standhaft und wählte den Feuertod.

Schon von Weitem waren drei große Scheiterhaufen mit Pfählen in der Mitte auszumachen. Die Mahnmale der Vernichtung ragten von der sanften Anhöhe in den Himmel empor wie Speerspitzen und waren ebenso todbringend. Aus der Entfernung beobachteten Gret und Jacob, wie der Scharfrichter die Frauen vom Karren herunterzog und zu der Richtstätte führte. An die ersten beiden Pfähle band er je vier Frauen, an den dritten Pfahl, der für Brigitta bestimmt war, nur drei.

Einige der Frauen wanden und sträubten sich unter den festen Griffen des Scharfrichters, doch sie hatten keinerlei Aussicht, gegen die kräftigen Arme des Henkers anzukommen. Es dauerte nicht lange, bis der Nachrichter den ersten Teil seiner heutigen Aufgabe verrichtet hatte. Alle Frauen waren nun mit dicken Stricken an die Pfosten geschnürt, so zusammengedrängt, dass sich ihre Schultern berührten. Barfüßig und nur mit dünnen, durchlöcherten Hemden bekleidet, gaben sie ein bemitleidenswertes Bild ab.

Die Schergen hatten für die Scheiterhaufen Holz und Reisig aus den umliegenden Wäldern herangeschafft. Durch die vielen Regenfälle der letzten Wochen waren die Äste jedoch feucht und fingen nicht gleich Feuer, als Jörg Abriel die brennende Fackel an den ersten Haufen hielt. Erst nach mehreren Versuchen begann das klamme Holz zu glimmen. Dunkle Rauchschwaden zogen in die Höhe und umhüllten die verschnürten Leiber wie ein großes, schwarzes Tuch. Die Frauen begannen zu husten und zu jammern, doch niemand eilte ihnen zu Hilfe. Dann züngelten die ersten Flammen empor, es knisterte und flackerte, bis das Holz mit einem Mal entflammte und sich in einen roten Feuerball verwandelte.

Zufrieden schritt der Henker zum nächsten Haufen, um auch diesen zu entzünden. Bereits beim zweiten Versuch begannen die ersten Reisigzweige zu brennen. Das Feuer breitete sich schneller aus, als beim ersten Haufen, und griff bereits nach wenigen Augenblicken auf die größeren Äste über. Es dauerte nicht lange, bis auch die zweite Richtstätte in lodernden Flammen stand.

Der Nachrichter verharrte einen Moment vor den beiden Feuersäulen und blickte in die tanzenden Funken. Ein sachter Windstoß fachte den Brand noch weiter an und ließ einen Regen voller Asche auf die umstehenden Menschen fallen. Dann sah der Henker zu den übrig gebliebenen drei Frauen hinüber. Als er die brennende Fackel zum dritten Scheiterhaufen trug, wandte Gret ihren Blick ab und vergrub ihr Gesicht an Jacobs schützender Schulter.

Der Schuhmachergeselle zog das Mädchen fort von dem grausigen Schauspiel und führte sie zurück zur Stadt. Die gellenden Schreie der Frauen verfolgten die beiden einen großen Teil ihres Weges und brannten sich tief in ihr Gedächtnis ein. Sie klangen auch noch in ihren Ohren nach, als die Stimmen der Sterbenden bereits verstummt waren.

Die Woche nach der Hinrichtung verbrachte Gret in einem Zustand tiefster Niedergeschlagenheit. Sie fühlte sich krank, elend und zittrig und verspürte keinerlei Hunger. Wenn sie sich zwang, doch etwas zu sich zu nehmen, konnte sie die Speisen meist nicht bei sich behalten und erbrach sie in eine Schüssel. Ihr Vater, aber auch alle anderen im Haus, sahen mit großer Besorgnis zu, wie Gret immer dünner und zerbrechlicher wurde.

»Du musst aufhören damit. Bitte versinke jetzt nicht in Trübseligkeit«, redete Katheryn Gret mit deutlichen Worten ins Gewissen. Die beiden Frauen erledigten gemeinsam Flickarbeiten in der Schuhmacherwerkstatt. »Wenn du in deiner Schwermut badest, machst du alles nur schlimmer«, fügte Katheryn hinzu. »Man könnte fast meinen, du hast vor, Brigitta in den Tod zu folgen, oder wie sollen wir es sonst deuten, dass du nichts mehr isst?«

Hilfe suchend blickte die Magd zu Meister Jost, Jacob und Hansi hinüber, die von ihren Arbeiten abließen und Gret musterten.

»Da muss ich Katheryn zustimmen. Es ist besser, die Trauer hinter sich zu lassen und nach vorne zu blicken. Es werden auch wieder glücklichere Zeiten auf uns zukommen«, machte Jost seiner Tochter Mut. »Oder kann es sein, dass du vielleicht krank bist? Du siehst so blass um die Nase aus und gefällst mir schon die ganze Woche nicht so recht«, stellte Grets Vater fest. Er ging zu Gret hinüber, hob mit seiner Hand ihr Kinn an und betrachtete sie eingehend.

»Vielleicht sollten wir einen Arzt zurate ziehen«, schlug Jacob besorgt vor.

»Nein, es ist nichts mit mir«, wiegelte Gret ab. »Ich brauche einfach ein bisschen Zeit, um die schrecklichen Bilder aus meinem Kopf zu bekommen. Die Erinnerung daran verschlägt mir die Esslust«, gestand die Schuhmachertochter. »Einen Arzt brauche ich nicht. Wenn es sein muss, kann ich mir auch selbst einen stärkenden Trank zubereiten.«

»Fürs Erste täte dir auch frische Luft gut. Ich muss ohnehin ein paar Besorgungen auf dem Wochenmarkt machen, da kannst du mich gerne begleiten«, schlug Katheryn in ihrer bodenständigen Art vor.

Gret willigte gerne ein. Vielleicht vertrieb die Ablenkung ihre düsteren Gedanken. Zumindest konnte sie den besorgten Blicken der anderen entkommen. Gret hatte das Gefühl, unter ständiger Beobachtung zu stehen und sehnte sich nach Einsamkeit und Ruhe. Das kleine, alte Haus bot kaum eine Möglichkeit, für sich zu sein.

Auf dem Weg zum Markt atmete Gret mehrmals tief durch, konnte die unterschwellige Übelkeit, die sie seit Tagen ergriffen hatte, dennoch nicht vertreiben. Sonst hatten sich Gret und Katheryn auf ihren Besorgungsgängen immer ausgelassen unterhalten. Heute gingen sie jedoch schweigend und in sich gekehrt nebeneinander her. Zum Plaudern waren die beiden nicht aufgelegt.

Noch bevor sie den Marktplatz erreichten, kam ihnen in einer schmalen Gasse Merten Behrendt entgegen. Er wirkte aufgebracht und sah nicht so fein herausgeputzt aus, wie man es sonst von ihm gewöhnt war. Sein zerzaustes Haar stand wirr in alle Richtungen ab, das Hemd hing aus der Hose und einige Knöpfe an seinem Wams waren geöffnet. Er musste sich in großer Eile angekleidet haben, anders war diese Nachlässigkeit nicht zu erklären.

»Müssen wir bei jedem unserer Gänge geradewegs in die Arme dieses Prahlers laufen?«, raunte Katheryn ihrer Wegbegleiterin leise ins Ohr. »Allerdings macht er auf mich heute einen recht mitgenommenen, verwahrlosten Eindruck. Und gereizt sieht er auch aus. Was mag nur hinter seiner merkwürdigen Verfassung stecken?«, fügte sie flüsternd hinzu.

Der Kaufmannssohn ließ die beiden Mädchen nicht lange im Ungewissen darüber, was ihn so erboste. Zielsicher stürmte er auf Gret zu, packte sie grob an den Schultern und schüttelte sie unsanft hin und her.

»Was fällt dir ein, bist du von Sinnen?«, ging Katheryn dazwischen und zog Merten von ihrer Freundin weg«.

»Ich bin nicht von Sinnen, aber dieses Weibsbild ist es unzweifelhaft«, fuhr er die Magd barsch an, während er mit ausgestrecktem Arm auf Gret deutete. »Was hast du getan, du Teufelsbrut?«, wandte er sich tobend an die Schuhmachertochter.

»Ich weiß nicht, was du meinst. Was ist nur in dich gefahren?«, gab Gret ratlos zurück. Sie konnte sich keinen Reim auf Mertens seltsames Verhalten machen. Er hatte keinerlei Grund, sie derart plump und ungehobelt anzugehen. Sicher, ihr letztes Zusammentreffen hatte kein gutes Ende genommen, doch es wäre eher an ihr, ihrem Gegenüber zu grollen. Schließlich hatte Merten sie hintergangen und vorsätzlich getäuscht und nicht umgekehrt.

»Du hast meine Mutter verhext«, sprudelte es aus ihm heraus. »Irgendein seltsames Fieber hat sie befallen. Sie ist schwer krank und liegt im Sterben.« Mertens Gesicht lief puterrot an. »Keiner kann sich diese plötzliche Krankheit erklären und auch der Arzt weiß sich keinen Rat mehr. Er hat meine Mutter mehrmals zur Ader gelassen, doch sie wird jeden Tag nur noch schwächer.«

»Es tut mir leid um deine Mutter«, brachte Gret betroffen hervor.

»Tu nicht so unschuldig, ich weiß genau, dass du hinter ihrer Hinfälligkeit steckst. Im Kontor hast du meine Familie verflucht und ihr die schlimmsten Krankheiten an den Hals gewünscht. Entsinnst du dich daran?« Merten schien vor Erregung fast zu platzen. »Du musst diesen Fluch von uns nehmen, sonst wird es dir noch leidtun, das verspreche ich dir«, fügte er in drohendem Ton hinzu.

»Du kannst nicht wirklich denken, dass ich für ihre Erkrankung verantwortlich bin. Auch wenn ich schlimme Dinge gesagt habe, so habe ich sie doch nicht ernst gemeint. Sie sind mir nur aus Wut über die Lippen gekommen«, erklärte sich Gret.

Katheryn stand mit offenem Mund neben den beiden Streithähnen und wollte ihren Ohren kaum trauen. »Jetzt beruhigt euch beide erst mal und sprecht in Ruhe darüber«, versuchte sie zu vermitteln.

»Es ist besser, wenn du dich heraushältst«, schnitt Merten der Magd kurz angebunden das Wort ab. »Nimmst du den Fluch nun zurück oder nicht?«, wollte er von Gret in forderndem Ton wissen.

»Du bist ja verrückt«, hielt Gret ihm entgegen. »Ich habe deiner Mutter nichts angetan und kann deshalb auch nichts zurücknehmen. Aber wenn du möchtest, kann ich gerne nach ihr sehen. Vielleicht gelingt es mir, sie mit einem heilenden Trank zu stärken«, schlug Gret vor.

»Glaubst du wirklich, ich lasse dich noch einmal in die Nähe unseres Hauses? Wahrscheinlich willst du meiner Mutter nur ein Hexengebräu einflößen und sie damit noch schneller unter die Erde bringen«, mutmaßte der Kaufmannssohn.

»Was hätte ich für einen Grund, so etwas Abscheuliches zu tun?« Gret spürte, wie der Zorn in ihr hochstieg.

»Lass mich einmal überlegen. Wie wäre es damit, dass du es aus Groll getan hast, weil ich deine Hexenfreundin nicht vor dem Scheiterhaufen gerettet habe?«, schlug Merten in einem bitteren Ton vor.

Gret konnte sich nun nicht mehr zurückhalten. »Was fällt dir ein, mir derart abwegige Beschuldigungen an den Kopf zu werfen? Fahr doch zur Hölle!«, schleuderte sie ihm wutentbrannt entgegen.

»Du scheinst mit dem Bösen bestens vertraut zu sein. Ich wusste, dass du mit dem Teufel im Bunde stehst! Ich gebe dir bis heute Abend Zeit. Wenn es mit meiner Mutter dann nicht sichtbar bergauf geht, werde ich die Angelegenheit dem Richter übergeben«, stieß er drohend hervor, machte jählings kehrt und rauschte erhobenen Hauptes davon.

»Ich glaube, der Kaufmannssohn hat den Verstand verloren. Etwas muss seinen Geist vernebelt haben, anders kann ich mir sein seltsames Gebaren nicht erklären«, mutmaßte Gret, als die beiden Mädchen wieder alleine waren.

»So habe ich ihn noch nie gesehen«, entgegnete Katheryn noch immer fassungslos. »Was hast du nur zu ihm gesagt, dass er so die Fassung verliert? Und was bedeutet überhaupt sein ganzes Gerede, du wärst in seinem Haus gewesen?«, wollte die Magd wissen.

»Das war nur einer von mehreren verzweifelten Versuchen, mit denen ich Brigittas Leben retten wollte«, gestand Gret. »Der Besuch bei der Familie Behrendt verlief nicht so, wie ich es mir erhofft hatte.«

»Das hast du noch mit keinem Wort erwähnt«, meinte Katheryn.

»Ich glaube, es ist besser, wenn wir nicht mehr davon sprechen. Mertens Zorn wird sicherlich bald abflauen. Dann wird ihm schon klar werden, wie unhaltbar seine Vorwürfe sind«, versuchte Gret den Streit herunterzuspielen.

»Da bin ich mir aber gar nicht so sicher. Und wenn er seine Drohung nun wahr macht und dir die Schergen auf den Hals hetzt, was tust du dann?«, unkte die Magd.

»Daran will ich lieber gar nicht erst denken. Es wird sich schon wieder alles einrenken, du wirst sehen«, beschwichtigte Gret ihre Freundin. »Bitte sag den anderen nichts von unserer Begegnung mit dem Kaufmannssohn. Sie würden sich sonst nur unnötig Sorgen machen und das möchte ich vermeiden«, fügte sie hinzu.

Katheryn versprach, nichts von dem Gehörten zu erwähnen, doch die Angelegenheit war ihr nicht ganz geheuer. Sie bezweifelte, dass Merten sich innerhalb eines Tages besinnen würde. Blieb nur noch zu hoffen, dass sich der Gesundheitszustand der Kaufmannsgattin bis heute Abend besserte oder zumindest nicht noch weiter verschlechterte, dachte sich die Magd. Sollte Mertens Mutter tatsächlich das Zeitliche segnen, könnte es für Gret gefährlich werden.

Als die Schuhmacherfamilie beim Abendbrot saß, war die Stimmung das erste Mal seit Brigittas Hinrichtung wieder gelöst. Der Alltag kehrte langsam zurück. Hansi, der Lehrbursche, flachste herum und steckte mit seiner guten Laune die anderen an. Selbst Gret musste lächeln, als er die behäbige Art des dickbäuchigen Bäckermeisters nachahmte.

Die Woche hatte der Familie viele Einnahmen beschert, sodass der Tisch an diesem Abend reichlich gedeckt war. Es gab frisches Fladenbrot, ein würziges Gemüse aus Rüben und Kraut und sogar ein Stück geschmortes Rindfleisch. Alle langten kräftig zu, denn ein Fleischgericht stand nicht alle Tage auf dem Speiseplan der Handwerkerfamilie. Die Töpfe waren fast leer gegessen, als es plötzlich donnernd an der Tür klopfte. Erschrocken blickte Katheryn zu Gret hinüber, dann sprang sie ohne zu zögern auf und zog die Schuhmachertochter mit sich.

»Geh schnell durch die Hintertür hinaus und verstecke dich im Innenhof«, raunte sie Gret geistesgegenwärtig zu. »Ich kümmere mich um die Besucher. Lass uns nur hoffen, dass es nicht die Schergen sind«, entfuhr es der Magd.

Gret nickte stumm und verschwand eilends durch den hinteren Ausgang, der auf einen kleinen Hof hinausführte.

»Was hat das zu bedeuten? Müssen wir uns jetzt schon verstecken, wenn abends noch jemand an unsere Tür klopft?«, wollte der Schuhmachermeister verärgert wissen.

»Ich erkläre das später, jetzt muss ich erst sehen, wer uns zu dieser späten Stunde noch besucht«, flüsterte die Magd Meister Jost zu. Forsch ging sie zur Tür und öffnete sie.

»Wir suchen nach Gret Moosrainer, der Tochter des Schuhmachers. Ist sie zu Hause?«, brummte eine tiefe Stimme von draußen herein. Sie gehörte unverkennbar dem übel gelaunten Eisenamtmann. Ohne dass man ihn dazu aufgefordert hätte, betrat er in Begleitung des schüchternen Schergen mit plumpen Schritten die Werkstatt.

»Sie hat einen wichtigen Botengang am anderen Ende der Stadt zu erledigen und wollte danach noch zum Angerbad gehen«, behauptete Katheryn ohne groß nachzudenken.

»Wir werden dem Mädchen jetzt aber nicht durch die ganze Stadt nachlaufen«, blaffte er sie an. »Sie soll sich gleich morgen früh in der Amtsstube für eine Befragung einfinden, richte ihr das aus. Und sie soll das nicht auf die leichte Schulter nehmen. Wenn sie nicht erscheint, kommen wir wieder und holen sie mit Gewalt, verstanden?«, drohte der Dicke mit hämischer Stimme.

»Keine Sorge, sie wird kommen. Sie würde sich niemals einer solchen Anordnung widersetzen«, gab Katheryn beschwichtigend zurück.

»Nun gut, dann lassen wir es für heute dabei bewenden«, erwiderte der Eisenamtmann sichtlich erleichtert. »Das ist mir nur recht, denn dann kann ich auch endlich meinen Feierabend einläuten.«

Polternd verließ er mit dem Schergen die Werkstatt. Kaum war die Tür ins Schloss gefallen, redeten alle gleichzeitig auf die Magd ein. Sie wollten wissen, was es mit dem abendlichen Gastspiel auf sich hatte. Katheryn geriet immer mehr in Bedrängnis und schenkte den anderen schließlich reinen Wein ein.

»Wie es aussieht, hat sich Gret den Unmut von Merten Behrendt zugezogen. Er hält sie offenbar für eine Hexe«, sprach die Magd unverblümt die Wahrheit aus. »Wir müssen sie so schnell wie möglich von hier wegschaffen, bevor noch ein Unglück geschieht«, entfuhr es ihr.

»Es hörte sich nicht so an, als ob er heute noch einmal wiederkommt«, meinte Jost.

»Wenn ihr mich fragt, wandert er geradewegs ins Wirtshaus, um sich volllaufen zu lassen, doch sicher kann man sich nie sein«, mutmaßte Katheryn.

Blass und eingeschüchtert trat auch Gret wieder in die Stube. Sie hatte die Gespräche der anderen von der Hintertür aus mitverfolgt. Der Schrecken, den ihr der abendliche Besuch eingejagt hatte, war ihr deutlich anzumerken.

»Es tut mir leid, dass ich euch so einen Ärger mache«, entschuldigte sie sich bei den anderen, »aber ich konnte doch nicht ahnen, dass Merten seine Drohungen so rasch wahr macht.«

»Ich muss Katheryn recht geben, wenn Merten tatsächlich derartige Vorwürfe gegen dich erhoben hat, schwebst du in großer

Gefahr und musst schnellstmöglich die Stadt verlassen«, bekräftigte Jost.

»Aber wo soll ich denn hin, noch dazu zu dieser späten Stunde? Die Stadttore sind längst geschlossen. Heute komme ich aus Freising nicht mehr heraus«, hielt Gret ihrem Vater bang entgegen.

»Du könntest eine Nacht im Wirtshaus meines Vaters verbringen«, schlug Jacob vor.

»... um dann direkt in die Arme des Eisenamtmanns zu laufen«, beendete Gret Jacobs Gedankenspiel. »Das würde doch äußerst verdächtig aussehen, wenn ich zum Schlafen ins Wirtshaus ginge.«

»Vielleicht solltest du heute Nacht doch besser in der Werkstatt schlafen. Wenn die Schergen wirklich zurückkommen, kannst du immer noch durch den Hinterausgang fliehen. Wir verriegeln die Vordertür, sodass dir genügend Zeit bleibt«, wandte sich Jost an seine Tochter. »Sobald die Stadttore geöffnet werden, musst du jedoch gehen«, beschied er mit einer Stimme, in der große Traurigkeit lag.

Gret blickte in die bekümmerten Augen ihres Vaters und spürte, was ihr unerwarteter Weggang für Jost bedeutete. Er hatte seine Frau verloren und seinen Sohn seit über einem Jahr nicht mehr gesehen. Nun musste er auch noch seiner einzigen Tochter Lebewohl sagen und obendrein mit der Ungewissheit leben, ob es ihr dort draußen, völlig ungeschützt, auch wohlerging.

Auch Jacob fühlte mit dem Schuhmachermeister. Er verdankte Grets Vater viel und verspürte den Drang, ihm zumindest eine Sorge abzunehmen. »Ich kann Gret begleiten und auf sie aufpassen, schließlich wollte ich mich ohnehin auf Wanderschaft begeben«, bot er nicht ganz uneigennützig an.

»Wenn du das für meine Tochter tun könntest, wäre ich dir wirklich dankbar, Jacob«, brachte Jost gerührt hervor und klopfte dem Schuhmachergesellen väterlich auf die Schulter. »Ich kann euch etwas Geld mitgeben. Wenn es auch nicht viel ist, so wird es euch doch in der ersten Zeit von Nutzen sein, bis ihr selbst etwas verdienen könnt.«

»Ich verspreche dir, dass ich gut auf deine Tochter achtgeben werde«, versuchte Jacob den Schuhmachermeister zu beruhigen.

Gret nahm Jacobs kräftige Hände in die ihren und blickte dankbar zu ihm auf. »Ich bin wirklich froh, dass ich mich nicht alleine durchschlagen muss«, entfuhr es ihr erleichtert. »Wir sollten die Stadt aber nicht gemeinsam verlassen, das könnte unnötiges Aufsehen erregen«, gab sie zu bedenken. »Ich werde am Morgen zu Brigittas Waldhütte gehen und dort auf dich warten. Du kannst dann am späten Nachmittag nachkommen«, fügte sie hinzu.

»Wenn du mir erklärst, wie ich die Hütte finde, ist es ein guter Einfall«, erwiderte Jacob. »In den Wäldern kann man sich nämlich leicht verirren.«

Der erste Schreck hatte sich gelegt. Grets Leben würde sich tief greifend verändern. Sie musste ihr schützendes Heim und die gewohnte Sicherheit aufgeben. Doch sie war bei diesem Schritt nicht alleine – Jacob würde an ihrer Seite sein. Trotz der beängstigenden Zukunftsaussichten zeichnete sich in der Ferne bereits ein Hoffnungsschimmer ab.

»Nun muss ich dich also auch gehen lassen. Ich dachte immer, du wirst noch lange Zeit an meiner Seite sein. Aber das Leben hat offenbar anderes mit dir vor«, murmelte Jost und nahm seine Tochter schützend in seine Arme.

»Es muss ja nicht für immer sein«, entgegnete Gret. »Wenn sich der Sturm gelegt hat, kann ich vielleicht zurückkommen.«

»Du wirst uns fehlen, das ist sicher«, meinte auch Katheryn. »Jetzt bin ich die einzige Frau im Haus und habe niemanden mehr, mit dem ich über Weibergeschichten sprechen kann.« Auch wenn sich die Magd unbeschwert und fröhlich gab, war ihr deutlich anzumerken, wie sehr sie die Sache mitnahm. Die sonst so rosigen Wangen wirkten seit dem Besuch des Eisenamtmanns blass und fahl. Und auch Katheryns Hände zitterten etwas – ein deutliches Zeichen dafür, dass der Schreck tiefer saß als vorgegeben.

»Es war ein anstrengender Tag für uns alle«, meinte Jost bestimmt, jedoch mit ruhiger Stimme. »Ich denke, wir sollten versuchen, zumindest ein paar Stunden Schlaf abzukriegen. Der morgige Tag wird früh beginnen und wir werden alle unsere Kraft brauchen.«

Gret kannte ihren Vater lange genug, um zu wissen, dass er nun für sich sein wollte. Das war seine Art, mit Schicksalsschlägen fertig zu werden. Er machte sie am liebsten mit sich selbst aus und ließ dann niemanden mehr an sich heran. Auch die anderen schienen das zu verstehen, denn sie zogen sich stillschweigend in die Schlafkammer im oberen Stockwerk zurück.

Gret blieb alleine in der Werkstatt zurück und wusste, dass sie in dieser Nacht nicht ruhen würde. Ihr Blick fiel auf das heimelige Herdfeuer, das den Raum zwar nur spärlich beleuchtete, jedoch eine wohlige Wärme spendete. Die angenehme Behaglichkeit eines warmen Hauses würde sie in nächster Zeit entbehren müssen, ging es ihr durch den Kopf. Und nicht nur das, auch auf den Halt, den eine Familie gab, würde sie künftig verzichten müssen.

Um sich von den trüben Gedanken abzulenken, begann Gret, ein paar Dinge für ihre Flucht zurechtzulegen. Ein zu großes Bündel könnte verdächtig aussehen, so beschränkte sie sich auf das Nötigste. Sie packte etwas zu essen ein, ein warmes Kleid, ein Unterkleid, einen einfachen Umhang, eine Wolldecke und natürlich die Heilsteine, die sie seit Brigittas Ableben immer bei sich trug. Dann überprüfte sie noch einmal, ob die Tür auch gut verriegelt war, und bereitete sich mit mehreren Decken ein einfaches Lager auf der Eckbank.

Als Gret ausgestreckt auf ihrer kargen Bettstatt lag, starrte sie lange Zeit die Zimmerdecke an. Die Unterlage war hart und unbequem, sodass sie sich mehrmals von der einen Seite auf die andere wälzte. Die ersten Stunden verstrichen schleichend langsam. Bei dem kleinsten Geräusch fuhr sie hoch, voller Angst, dass nun doch die Schergen kommen könnten, um sie zu holen.

Irgendwann siegte die Müdigkeit und sie spürte, wie ihre Augenlider immer schwerer wurden. Gerade als sie nahe daran war, in einen unruhigen Schlaf abzugleiten, vernahm sie auf der Treppenstiege ein tapsendes Geräusch. Offenbar war sie in dieser Nacht nicht die Einzige, die keinen Schlaf finden konnte. Sie setzte sich auf der Eckbank auf und war gespannt, wer nun wohl in der Werkstatt erscheinen würde.

Es war Jacob, der mit zerzaustem Haar und müden Augen in den Wohnraum trat. »Kannst du auch nicht schlafen?«, fragte er sie, während er sich die Augen rieb. »Ich habe mir schon so etwas gedacht und wollte sehen, ob es dir gut geht.«

»Ich bin einfach unruhig und mache mir Sorgen um die Zukunft. Was soll denn jetzt aus mir werden?«, gestand Gret traurig.

»Es bringt nichts, sich darüber den Kopf zu zerbrechen, denn du hast keine andere Wahl. Wenn du hier bleibst, könnte es deinen Tod bedeuten«, entgegnete Jacob mit ruhiger Stimme.

»Ich weiß, aber es fällt mir schwer, gefasst zu bleiben.«

»Das Leben verläuft nur selten so, wie man es sich erträumt, glaube mir, denn ich spreche aus Erfahrung. Schicksalsschläge, Krankheit und Tod gehören ebenso dazu wie Glück, Hoffnung und Lebensfreude«, versicherte er ihr.

»Du klingst mehr wie ein Prophet, als wie ein einfacher Schuhmachergeselle. Bist du sicher, dass du nicht deinen Beruf verfehlt hast?«, neckte sie ihn liebevoll.

»Das glaube ich eigentlich nicht. Es ist ein schönes Gefühl, mit seinen Händen etwas Nützliches zu erschaffen.« Jacob lächelte sie an.

»Dann bist du also zu beneiden?«, fragte sie ihn schelmisch.

»Ja, das bin ich«, bekannte er offenherzig. »Aber auch ich musste schon mehrmals die Schattenseiten des Lebens kennenlernen. Immer wenn ich dachte, jetzt bin ich wirklich am Ende, hat sich plötzlich eine unerwartete Möglichkeit aufgetan.«

»Du meinst, ich soll mich auf das, was mich erwartet, einlassen?«

»Genau, sei voller Vertrauen und Hoffnung«, riet er ihr. »Du wirst einiges verlieren, dein Zuhause, deinen Vater, deine gewohnte Umgebung und die vermeintliche Sicherheit, doch du wirst auch einiges gewinnen.«

»Und welcher Gewinn sollte das sein?«, fragte Gret zweifelnd.

»Nun, du gewinnst die Freiheit«, antwortete er ihr schlicht. »Von nun entscheidest du selbst, wohin du gehst und was du tun willst. Du musst niemandem Rechenschaft ablegen und dich keinem unterordnen.«

»Nicht einmal dir?«, wollte sie wissen.

»Ich biete dir meine Hilfe an, aber ich zwinge dich zu nichts. Wenn du meine Frau werden willst, würdest du mir das größte Geschenk meines Lebens machen, doch es ist deine Entscheidung.«

»So wie du das Leben siehst, klingt es wunderbar«, erwiderte Gret.

»Es ist wunderbar, wenn du es nur zulässt. Komm, steh auf von der harten Bank. Wir breiten ein paar Decken auf dem Boden aus. Das ist zwar auch nicht weicher, doch dann können wir nebeneinanderliegen«, schlug Jacob vor.

Während er den Boden mit mehreren Schichten polsterte, musste Gret an Merten denken. Auch er hatte ihr einmal ein solches Lager bereitet. Doch nun fühlte es sich anders an. Sie war sich gewiss, dass alles seine Ordnung hatte und sie das Richtige tat.

Die beiden kuschelten sich Arm in Arm in die Decken und Gret schmiegte ihren Kopf an Jacobs Schulter. Sie genoss die wohltuende, angenehme Leichtigkeit, die sie plötzlich erfüllte und die alle Ängste und Sorgen fortspülte. Zärtlich strich Gret mit ihrer Hand über das Gesicht des jungen Mannes, dann öffnete sie vorsichtig das einfache Hemd und tastete sich zur muskulösen Brust vor. Ein nie gekanntes Prickeln durchfuhr ihren Körper. Es war ein anregender Schauder, der sie in Schwingung versetzte und ihre Hand an unergründete Orte wandern ließ. Ihre Finger glitten seine Brust hinab bis zu seinem Bauch und verharrten dort eine Weile in der Nähe des Nabels. Liebevoll umkreisten sie die kleine Kuhle wie Fliegen einen Topf voll Honig. Dann bewegten sich ihre Fingerspitzen langsam weiter nach unten. Jacob schloss seine Augen und gab sich den zärtlichen Berührungen hin. Ein leises Stöhnen entwich seinen Lippen. Dann begann auch er, Grets schlanken und jugendlichen Körper zu erkunden. Behutsam zog er ihr das Nachtgewand aus und bedeckte ihre weiche Haut mit unzähligen Küssen. Er liebkoste sie sanft und weit einfühlsamer, als Merten es getan hatte. Seine Hände tasteten nach ihren runden, apfelförmigen Brüsten und strichen über ihre aufgerichteten Brustwarzen. Ganz vorsichtig begann er, den Busen zu kneten – erst zaghaft, dann zusehends entschlossener. Seine Hand wagte sich bald weiter vor und erforschte die jugendliche Scham des Mädchens. Grets Körper streckte sich Jacob entgegen und vibrierte vor Lust und Verlangen. Sie war nun bereit, ihn zu empfangen und ganz in sich aufzunehmen. Jacob spürte ihr innigliches Begehren und glitt mit einem erregten Keuchen über sie. Forsch drang er in sie ein und bewegte sich mit ihr im Gleichklang auf und ab. Die beiden drückten ihre Lippen gierig aufeinander, als wollten sie sich gegenseitig verschlingen.

Nach und nach nahmen ihre Bewegungen an Geschwindigkeit zu. Ihre Körper schwangen im gleichen Rhythmus, der eine verstand den anderen, als wären sie schon lange Zeit aufeinander eingespielt. Eine erhebende Erregung breitete sich in beiden Leibern aus, steigerte sich immer mehr und erreichte schließlich den erlösenden Höhepunkt, bis das Paar erschöpft und außer Atem auf das Lager zurücksank. Eng umschlungen spürten sie noch eine Weile dem ungekannten Gefühlstaumel hinterher. So kann Liebe also auch sein, dachte Gret, bevor sie selig an Jacobs Schulter einschlummerte.

Als Gret in der Früh erwachte, blitzten bereits die ersten Sonnenstrahlen von draußen herein. Der Platz neben ihr lag verwaist da; nur noch die Abdrücke in den Decken ließen erahnen, dass hier vor kurzer Zeit noch eine weitere Person gelegen hatte. Jacob musste noch in der Nacht zurück in die Schlafkammer geschlichen sein, folgerte Gret. Sie erhob sich, faltete die Decken zusammen und verstaute sie wieder sorgsam in der großen Wäschetruhe.

Sie nahm sich vor, den Abschied so kurz wie möglich zu halten. Je schneller sie es hinter sich brachte, umso leichter würde es für alle werden. Schweigend und in sich gekehrt kleidete sie sich ein letztes Mal in ihrem Elternhaus an und ließ dabei ihren Blick noch einmal über alle Gegenstände im Raum schweifen. Sie wollte sich jede Kleinigkeit einprägen und selbst die gewohnten Gerüche in ihrem Gedächtnis behalten.

Als die anderen zur morgendlichen Mahlzeit die Treppe hinabstiegen, stand Gret schon aufbruchsbereit in der Mitte der Werkstatt und blickte ihnen niedergeschlagen entgegen.

»Willst du nicht noch ein letztes Mal mit uns essen?«, fragte ihr Vater mit einem Blick, der Gret die Knie weich werden ließ. Josts Augen waren rotgerändert und sahen entsetzlich traurig aus.

»Nein, es ist besser, wenn ich gleich aufbreche. Wir sollten den Abschied nicht unnötig in die Länge ziehen«, entgegnete sie ihm mit fester Stimme.

Gret umarmte ihren Vater noch einmal inniglich und verharrte so für mehrere Minuten, dann drückte sie Katheryn und danach den Lehrburschen Hansi. Zuletzt ging sie zu Jacob hinüber, umfing ihn mit ihren Armen und gab ihm einen sachten Kuss auf die Wange. Dann drehte sie sich ohne ein Wort um und verließ mit eiligen Schritten die Schuhmacherwerkstatt.

Kapitel 13

So früh am Morgen trieben sich noch kaum Menschen auf den Straßen herum. Gret hatte sich in ein großes Umhängetuch gehüllt und es tief in die Stirn gezogen, damit sie niemand erkennen konnte. Ihren Blick hielt sie gesenkt und hoffte inständig, dass sie die Stadt unbehelligt verlassen konnte und kein größeres Aufsehen erregte. Am gefährlichsten würde es sein, das Stadttor zu passieren. Für die Torwärter war sie ein bekanntes Gesicht und Gret wollte unbedingt vermeiden, dass sich die Wächter später an sie erinnerten und bezeugen konnten, in welche Richtung sie sich aufgemacht hatte.

Es war möglich, dass die Schergen nach ihr suchen würden, wenn sie nicht in der Amtsstube auftauchte. Und auch von Merten ging eine unvorhersehbare Gefahr aus. Er war so in Rage gewesen, dachte sich Gret. Nie zuvor hatte sie den Kaufmannssohn derart aufgebracht erlebt.

Als sie am südlichen Münchner Tor ankam, zögerte sie und verharrte im Schatten der Stadtmauer. Das Tor war bereits geöffnet, doch

Der Wächter stand mitten im Durchgang. Er blickte mit verschlafenen Augen ins Leere und versperrte ihr den Weg in die Freiheit. Gret war sich unsicher, ob sie einfach unbeschwert hindurchschreiten oder besser auf einen günstigeren Augenblick warten sollte.

Gerade als sie sich dazu durchgerungen hatte, noch etwas auszuharren, setzte sich der Torwärter gelangweilt in Bewegung und trottete behäbig an der Stadtmauer entlang. Noch kehrte er ihr den Rücken zu, doch er konnte sich jederzeit umdrehen und hätte sie dann unmittelbar im Blick. Eine günstigere Gelegenheit würde nicht kommen, sprach sich Gret Mut zu, löste sich von der schützenden Steinmauer und ging schnellen Schrittes auf den Ausgang zu. Sie wollte gerade nach draußen entschwinden, als der Wächter plötzlich kehrtmachte und ihr geradewegs in die Augen sah.

»So früh am Morgen schon unterwegs? Wo soll es denn hingehen?«, sprach er sie neugierig an.

Nun verwickelt er mich auch noch in ein Gespräch, ging es Gret durch den Kopf. Blieb nur zu hoffen, dass er sich später nicht mehr an diese Zusammenkunft erinnerte. Sie nahm sich vor, die unvermeidbare Unterhaltung möglichst kurz zu halten.

»Ich möchte nur Feuerholz sammeln«, war das Erste, was Gret einfiel. »Uns sind die Scheite ausgegangen«, fügte sie noch hinzu, als er sie zweiflerisch ansah.

»Du bist ja bereits recht gut bepackt, wie willst du dann auch noch Brennholz tragen?«, wendete er ein. »Wenn du noch wartest, kann ich dich begleiten. Meine Wachablösung müsste bald anrücken und ein schönes Mädchen wie du sollte nicht alleine durch die Wälder streifen.«

Das hatte ihr gerade noch gefehlt – ein liebeshungriger Verehrer, der sich an ihre Fersen heftete. »Danke für das freundliche Anerbieten, doch ich bin wirklich sehr in Eile. Und ein paar Reisigzweige und etwas Klaubholz kann ich sehr gut alleine tragen«, wiegelte sie den Vorschlag des Torwächters forsch ab. »Aber wenn der Ofen zu Hause nicht bald angefeuert ist, bekomme ich mächtigen Ärger.«

Gret drängte sich am Wärter vorbei durch den Torbogen, wurde jedoch am Arm festgehalten. »Verrätst du mir wenigstens deinen

Namen und sagst mir, wo ich dich finden kann?«, ließ der junge Mann nicht locker.

»Vielleicht ein anderes Mal«, gab Gret kurz angebunden zurück, während sie den Arm abschüttelte und sich endlich auf den Weg machte.

Als sie sich nach einem Stück des Weges noch einmal umsah, bemerkte sie, dass ihr der Torwächter noch immer mit seinen Augen folgte. Gret ließ sich jedoch nicht beirren. Ein letztes Mal wanderte ihr Blick über ihre Heimatstadt. Widersprüchliche Gefühle kämpften in ihrem Inneren gegeneinander an. Einerseits verspürte sie das starke Verlangen, wieder zurückzugehen. Auf der anderen Seite aber zog es sie weg von den Begrenzungen ihres bisherigen Lebens. An Jacobs Seite konnte sie sich ein neues Leben aufbauen. Sie malte sich bereits aus, wie erfüllt und aufregend es werden könnte, und schob schließlich alle Bedenken beiseite. Jacob hatte recht, auf sie wartete die Freiheit.

Gret folgte dem Lauf der Isar, bis sie die Stelle wiederfand, an der sie mit Brigitta die Heilsteine gewaschen hatte. Es kam ihr vor, als wäre seitdem eine Ewigkeit verstrichen. Der kraftvolle Fluss begrüßte sie mit einem freudigen Rauschen. Hie und da trug er dürre Äste und auch größere Holzstücke mit sich, brach sich an Steinen und bildete kleine Wirbel. Die Morgensonne suchte ihren Weg durch das dichte Blattwerk der umstehenden Bäume und malte helle, glitzernde Lichtflecken auf die Wasseroberfläche.

Versunken hing die Schuhmachertochter ihren Gedanken nach und genoss das erhebende Gefühl der Unabhängigkeit. Schließlich klaubte sie vom Ufer zwei Handvoll Steine auf und legte sie am Boden zu einem Pfeil aus, der Jacob später die Richtung weisen sollte. Dann verließ sie den Flusslauf und machte sich auf in das angrenzende Waldgebiet.

Immer tiefer drang sie in das Dickicht vor, war sich aber nach einiger Zeit nicht mehr sicher, ob sie auch in die richtige Richtung lief. Sie hielt nach der großen, auffälligen Eiche Ausschau, von der aus der kleine Pfad zu Brigittas Hütte abzweigte, konnte sie jedoch nicht entdecken. Irgendwann hatte sie sich vollkommen verirrt und ließ sich erschöpft auf dem Waldboden nieder. Wenn sie selbst schon Schwierigkeiten hatte, die Hütte zu finden, wie sollte es dann Jacob gelingen, der den Weg noch nie gegangen war? Langsam zweifelte sie daran, dass es ein guter Einfall gewesen war, sich mitten im Wald zu treffen. Sie hätten besser einen einfacheren Treffpunkt vereinbaren sollen, doch nun war es zu spät. Sie konnte nur hoffen, dass Jacob nicht lockerließ und unermüdlich nach ihr suchen würde.

Gret zwang sich zur Ruhe und versuchte, sich am Stand der Sonne auszurichten. Dann brach sie in die Richtung auf, in der sie die Isar vermutete. Wenn sie dem Flusslauf folgte, konnte sie zumindest ihren Ausgangspunkt wiederfinden und es ein weiteres Mal versuchen. Tatsächlich vernahm sie nach einer Weile das beruhigende Rauschen des Flusses, erreichte abermals die Isar und fand sogar ihr steinernes Zeichen wieder. Diesmal wollte sie vorsichtiger sein und hinterließ in regelmäßigen Abständen einen Richtungsweiser aus Ästen auf dem Waldboden.

Als sie endlich auf die kleine Waldlichtung mit der Hütte trat, stand die Sonne bereits hoch oben am Himmel und zeigte Gret an, dass die Mittagszeit schon verstrichen war. Das lange Umherwandern hatte sie müde und hungrig gemacht. Sie ging zu der kleinen Behausung hinüber, öffnete die Tür und ließ frische Luft und Licht in den Unterschlupf fluten. Ihr Blick schweifte über alle Kleinigkeiten. Erleichtert nahm sie wahr, dass alles noch so aussah, wie sie es zuletzt mit Brigitta zurückgelassen hatte. Sie legte ihr schweres Bündel auf dem kleinen Tisch ab und holte ihre Decke und etwas von dem mitgebrachten Essen hervor.

Auf der saftigen, grünen Wiese bereitete sie sich eine weiche Lagerstätte, ließ sich dort nieder und verzehrte in Ruhe ihre Verpflegung. Die Sonnenstrahlen wärmten angenehm ihre Haut und ein leichter Luftzug streichelte ihre Wangen. Als sie gesättigt war, streckte sich Gret auf der Decke aus und richtete ihren Blick auf den Himmel. Vereinzelt zogen bauschige Wolken vorbei, veränderten ihre Form, ordneten sich neu an oder lösten sich ganz auf. Alles ist im Fluss, der Himmel, das Wasser und auch mein Leben, ging es Gret durch den Kopf. Langsam verschwamm die Umgebung vor ihren Augen und eine Welle von Müdigkeit überrollte sie. Gret kämpfte nicht dagegen an, sondern ließ sich einfach fallen. Wenige Augenblicke später war sie eingeschlafen.

Als plötzlich mehrere, raue Stimmen um Gret herum laut wurden, dachte sie zunächst, sie befände sich noch immer in einer Traumwelt. Langsam hob sie ihre Lider und sah sich unvermittelt von einer Gruppe verdreckter, verwahrloster Gestalten umringt. Sie war noch nicht ganz bei sich, als sie bereits einer der Männer mit seiner schmutzigen Pranke an der Schulter schüttelte und unsanft nach oben zog.

»Was haben wir denn hier mitten im Wald Hübsches aufgegriffen?«, stieß er aus einem erbärmlich stinkenden Mund hervor. »Wie die alte Kräuterhexe Brigitta siehst du allerdings nicht aus. Oder bist du es doch und hast nur deine Gestalt geändert?«, wollte er von Gret wissen.

Der schaurige Anblick ihres Gegenübers verstörte Gret dermaßen, dass ihr keine taugliche Erwiderung in den Sinn kam. Der kräftig gebaute Mann starrte sie mit eindringlichen Augen an, die ihr seltsam bekannt vorkamen. Sein zerzaustes Haar stand in alle Richtungen ab und ein ungestutzter, dreckiger Bart umrahmte sein Kinn und ließ ihn wild und unbezähmbar erscheinen. Am abschreckendsten wirkte jedoch das dunkle Brandmal auf seiner rechten Wange. Man hatte ihm dort das Bild eines schreitenden Bären eingebrannt. Die Verletzung kennzeichnete ihn für jedermann sichtbar als ehemaligen Einwohner ihrer Heimatstadt. Doch offenbar hatte er dieses Privileg durch eine Straftat verspielt und musste fortan als Gebrandmarkter herumlaufen. Der Stadt Freising durfte er sich mit diesem auffälligen Zeichen nicht mehr nähern, sonst drohte ihm die Todesstrafe.

»Hat es dir etwa die Sprache verschlagen? Ich sehe schon, wie dich mein gelungenes Brandzeichen fesselt. Da war ein echter Meister am Werk«, entgegnete er ihr spöttisch. Er verharrte einen Augenblick, dann nahm er rüde Grets Kinn in seine Hand und drehte ihre linke

Gesichtshälfte ins Sonnenlicht. »Dir hat man anscheinend ebenfalls etwas in die Wange gebrannt. Also, raus damit, wer bist du und was hast du ausgefressen? Warum treibst du dich so mutterseelenallein im Wald herum?«, wollte das Bärengesicht wissen.

Wenn sie diesen ungehobelten Klotz beeindrucken wollte, musste sie sich forsch und unerschrocken geben, das erkannte Gret augenblicklich. »Das sind ein bisschen viele Fragen auf einmal, findest du nicht?«, gab sie deshalb frech zurück.

Die unerwartete Dreistigkeit brachte den Mann kurz ins Stocken, doch dann verzogen sich seine Mundwinkel zu einem breiten Grinsen und er verfiel in ein tiefes, volltönendes Lachen. »Das gefällt mir, du lässt dich nicht einschüchtern und gibst rotzige Widerworte«, stellte er erstaunt fest, »doch um eine Antwort kommst du mir dennoch nicht herum.«

Gret überlegte erst, ob sie ihm irgendeine erfundene Geschichte auftischen sollte, entschied sich dann aber dagegen. Wenn sie bei der Wahrheit blieb, bestand die Möglichkeit, dass er erschreckt von ihr abließ.

»Nun, wenn du es genau wissen willst, dann hör gut zu«, machte Gret ihn neugierig. »Ich bin eine Schülerin von Brigitta und heiße Gret. Die Hebamme wurde auf einem Scheiterhaufen vor der Stadt verbrannt. Und ich musste Freising verlassen«, fügte sie herausfordernd hinzu, »weil man mich dort als Hexe sucht.«

Ein paar der umstehenden Gestalten wichen einen Schritt zurück, doch der Mann mit dem Bärenmal ließ sich nicht beeindrucken. »Und, bist du eine Hexe?«, fragte er sie ungläubig.

»Ja, das bin ich«, behauptete Gret mit lauter, unerschütterlicher Stimme.

»Was sollen wir jetzt mit ihr machen, Wilbolt?«, meldete sich ein hagerer Mann mit einer verstümmelten rechten Hand zu Wort. Es fehlten ihm dort Daumen, Zeige- und Mittelfinger. Die Hand steckte in einer seltsamen Halterung aus Leder, die ihm die fehlenden Glieder passgenau ersetzte.

Wilbolt, als Gret diesen Namen vernahm, durchfuhr sie ein Blitz des Erkennens. Dieses ungehobelte Raubein war der Vater des kleinen

Jungen, den sie mit Brigitta im Wald getroffen hatte. Nun wurde ihr auch klar, warum ihr der Mann so bekannt vorkam.

»Wir nehmen sie mit in unser Versteck. Ob Hexe oder nicht, eine Lagerhure können wir gut gebrauchen«, befand Wilbolt und unterbrach damit roh Grets Gedankenspiel. »Mit weiblicher Gesellschaft sind wir schließlich nicht gerade im Übermaß versorgt, noch dazu mit so ansehnlicher.«

In Gret schäumte die Wut hoch. Es war ein schwerer Schlag, dass ihrem Leben in Freiheit bereits nach wenigen Stunden wieder ein jähes Ende gesetzt wurde. Doch sie sah keine Möglichkeit, sich allein aus ihrer misslichen Lage zu befreien. Die Männer um sie herum waren weit in der Überzahl, und auch wenn die meisten von ihnen zerlumpt und ausgezehrt aussahen, verfügten sie doch über mehr Körperkraft als sie selbst. Gret musste an Jacob und ihre gemeinsamen Pläne für die Zukunft denken. Wie sollte er sie nur finden, wenn die Männer sie tief in die Wälder, abseits der bekannten Pfade, verschleppten? Verzweifelt blickte sie zu der Stelle hinüber, an der sie selbst die Lichtung betreten hatte. Doch von Jacob war weit und breit keine Spur zu entdecken.

»Du hoffst wohl inbrünstig, dass dir jemand zu Hilfe eilt«, griente Wilbolt wissend. Er hatte Gret nicht aus den Augen gelassen und ihren eindringlichen Blick richtig gedeutet. Auch er selbst sah nun zum Waldrand hinüber, um sich zu versichern, dass dort nicht plötzlich ein Retter auftauchte.

»Es sieht nicht so aus, als ob ihr jemand gefolgt ist, aber man kann sich da nie sicher sein. Wir sollten besser verschwinden, bevor uns noch die Schergen der Stadt aufgreifen«, wies Wilbolt seine Kumpane an. »Bindet ihr zur Sicherheit die Hände auf den Rücken, denn den Weibsbildern ist nicht zu trauen. Und eine Augenbinde wäre auch nicht schlecht«, setzte er noch hinzu.

Zwei der Männer lösten sich aus der Gruppe und näherten sich ihr vorsichtig. Sie waren sich nicht sicher, ob sie es wirklich mit einer Hexe zu tun hatten oder nicht. Einer von ihnen wirkte so verschreckt, als würde er jeden Augenblick mit einer Verwünschung rechnen. Gret überlegte, ob sie sich mit aller Kraft wehren und schreckensvolle

Drohungen aussprechen sollte, doch dann würden sie sie sicher mit Gewalt bändigen. So ließ sie sich ohne Gegenwehr die Arme auf den Rücken ziehen und dort verschnüren.

Dann riss einer der Männer von seinem zerschlissenen Hemd einen Streifen Stoff ab und band ihn ihr ungelenk über die Augen. Der Fetzen roch unangenehm nach Dreck und Schweiß und löste in Gret einen starken Widerwillen aus. Sie spürte, wie sich ihr Bauch zusammenkrampfte und sie eine heftige Übelkeit übermannte. Ohne Vorwarnung erbrach sie sich im Schwall. Der Mann ihr gegenüber wich entsetzt zurück und blickte angeekelt auf sein besudeltes Hemd. Gret hatte ihm mitten auf die Brust gespuckt.

»Was fällt dir ein, du verkommenes Luder«, stieß der beschmutzte Mann ungestüm hervor. »Das stinkt erbärmlich«, fügte er verärgert hinzu.

»Nun sei nicht so zimperlich wie ein Mädchen«, zog ihn Wilbolt mit Genugtuung auf. »Geh dich im Fluss waschen. Du kannst später nachkommen, wenn du wieder einen besseren Duft verströmst.« Das Bärengesicht stieß dabei ein belustigtes, tiefes Lachen aus und gab den anderen Männern mit der Hand das Zeichen zum Aufbruch.

Gret konnte nicht sehen, was sie dem Mann angetan hatte. Die Binde über ihren Augen war fest verknotet. Nur über dem Nasenrücken blitze etwas Licht hindurch. Wenn sie ihren Blick senkte, konnte sie zumindest verschwommen die Spitzen ihrer Schuhe wahrnehmen. Sie fühlte sich zittrig und hätte sich gerne für einen Augenblick gesetzt und den säuerlichen Geschmack im Mund mit frischem Wasser weggespült, doch man ließ ihr keine Ruhezeit. Zwei Männer griffen sie fest an den Oberarmen und zogen sie mit sich. Da sie nahezu blind war, stolperte sie immer wieder, wurde jedoch durch die festen Hände ihrer Bewacher vor Stürzen bewahrt.

Sie versuchte anfangs noch, sich den Weg einzuprägen, merkte jedoch bald, dass es ohne ihr Augenlicht aussichtslos war, jede Abzweigung im Kopf zu behalten. Bereits nach kurzer Zeit konnte sie nicht mehr sagen, in welche Himmelsrichtung sie liefen. Nach einem endlosen und sehr mühsamen Marsch machte die Gruppe plötzlich halt.

»Ihr könnt ihr die Binde und die Handfesseln jetzt abnehmen«, wies Wilbolt seine Leute an. »Sie soll ihr neues Zuhause in Augenschein nehmen.«

Als der Stoffstreifen und die Fesseln von ihr genommen wurden, mussten sich Grets Augen erst wieder an die Helligkeit gewöhnen. Sie rieb sich mit ihren Händen über ihre schmerzenden Lider. Nach und nach drangen seltsame Bilder in ihr Bewusstsein vor. Sie befand sich inmitten eines großen Lagerplatzes im Unterholz. Die Menschen hatten alles, was Wald und Fluss an Baustoffen hergaben, für die Errichtung einfacher Hütten genutzt: Äste, Zweige, Strauchwerk, Steine, Moos und Tierhäute. Die Behausungen sahen erbärmlich aus und boten im Winter sicherlich nicht ausreichend Schutz vor Wind und Kälte. Im Vergleich zu diesen einfachen Unterkünften glich Brigittas Waldhütte mit einem richtigen Fenster und einer Tür einem herrschaftlichen Anwesen.

Neugierig traten mehrere Gestalten aus den Hütten hervor und begafften sie erstaunt. Gret blickte ebenso gebannt zurück. Der grausige Anblick, den diese Wesen boten, erschütterte sie. Fast alle trugen irgendwelche Verletzungen, Verstümmelungen oder Brandmarkungen mit sich herum. Aufgeschlitzte Ohren, abgeschlagene Finger oder Hände und Narben kennzeichneten sie für ihr restliches Leben als Ausgestoßene. Mitsamt den Männern in ihrer Begleitung zählte Gret zwanzig Menschen, darunter auch zwei Frauen mittleren Alters. Nur den kleinen Jungen konnte sie nirgends entdecken.

»Wen schleifst du da schon wieder an?«, fuhr eine der Frauen in einem durchlöcherten Kleid Wilbolt erbost an. »Was willst du mit der? Denkst du nicht, wir haben hier schon genug Mäuler zu stopfen?«

»Das hast du nicht zu entscheiden, Elsslin«, schnitt ihr Wilbolt grob das Wort ab. »Ein Weibsbild, noch dazu ein junges, können wir hier gut gebrauchen. Und wer im Lager ein Wohnrecht hat, bestimme immer noch ich. Wenn es dir nicht passt, kannst du gerne das Weite suchen«, schleuderte er ihr herausfordernd entgegen und wappnete sich bereits für eine freche Erwiderung.

Elsslin zeterte noch eine Weile leise vor sich hin, gab dann aber doch klein bei. Es war nur allzu offensichtlich, wer hier im Lager das Sagen hatte. Auch keiner der anderen schien Wilbolts Entscheidung infrage zu stellen; er war ohne Zweifel der Herrscher hier im Wald.

Als alle noch gebannt auf Wilbolt und Elsslin starrten, regte sich plötzlich etwas im Unterholz. Grets Augen wanderten zu der Stelle hinüber, an der sie eine flüchtige Bewegung und ein leises Rascheln wahrgenommen hatte, und auch ein paar der Umstehenden blickten in das Dickicht. Wenige Augenblicke später tauchte dort ein mürrisch blickender Mann mit bloßem Oberkörper auf. In einer Hand hielt er ein triefend nasses Hemd, aus dem ein schmales Rinnsal Wasser tropfte und auf dem Waldboden eine dunkle Spur hinterließ.

»Schön, dass auch du endlich wieder zu uns stößt – und diesmal hoffentlich mit einem angenehmeren Geruch«, machte sich Wilbolt über den Nachzügler lustig.

Der Neuankömmling war der Mann, den Gret mit ihrem Erbrochenen besudelt hatte. Er ging nicht auf die schmachvolle Anspielung ein, sondern wrang mit ganzer Kraft das nasse Kleidungsstück aus und hängte es dann zum Trocknen über einen dicken Ast. Auch wenn er sich unbeeindruckt gab, war aus seinen Bewegungen abzulesen, wie gedemütigt er sich fühlte. Als er den anderen den Rücken zukehrte, sah Gret seinen verunstalteten Rücken. Dicke, vernarbte Striemen überzogen ihn und hatten sich tief wie Ackerfurchen in seine Haut eingegraben.

»Vielleicht sollten wir dir als Ausgleich für die Unannehmlichkeit den Vortritt bei unserer Schönheit lassen«, bot Wilbolt dem Mann freizügig an.

Gret zuckte leicht zusammen und blickte voller Schrecken zu dem griesgrämigen Gesetzlosen hinüber. Fast wünschte sie sich, sie wäre in Freising geblieben und hätte sich den Anschuldigungen, die gegen sie erhoben wurden, gestellt. Das Schicksal, das ihr fortan beschieden war, erschien ihr in diesem Augenblick noch Furcht einflößender als ein möglicher Gerichtsprozess. Sie überlegte verzweifelt, wie sie sich aus dieser verzwickten Lage retten könnte, doch in ihrem Kopf kreisten nur wirre, zusammenhanglose Gedanken. Da müsste schon ein Wunder geschehen, wenn ich jetzt verschont bliebe, dachte sich Gret.

»Die kannst du gerne für dich behalten«, lehnte der Mann mit dem nackten Oberkörper Wilbolts Angebot dankend ab. »Dem Weib nähere ich mich keine zehn Schritte mehr. Und was ist, wenn sie uns alle verhext? Wir sollten sie lieber im Fluss versenken, als sie in unser Lager aufzunehmen. Das ist meine Meinung und ich bin sicher nicht der Einzige, der hier so denkt.« Herausfordernd blickte er in die Runde.

»Was seid ihr nur alle für Hasenfüße, dass ihr vor solch einer zierlichen Person zittert, als wäre sie ein Ritter in eiserner Rüstung? Das Mädchen ist harmlos und jagt mir überhaupt keine Angst ein. Aber bitte, wenn ihr sie nicht wollt, ich nehme sie mir gerne vor«, verkündete der Anführer der Gruppe verächtlich und ging mit großen Schritten auf Gret zu.

»Sie ist eine Heilerin und kann zaubern!«, tönte eine hohe, piepsige Stimme plötzlich dazwischen. Fridel, der kleine Junge, den Gret bereits kannte, schob sich selbstsicher zwischen den großen Gestalten hindurch und trat seinem Vater breitbeinig gegenüber.

»Wer hat dich Krümel um deine Meinung gefragt?« entgegnete ihm Wilbolt überrascht. »Zumindest scheinst du keine Angst vor dem Mädchen zu haben. Ein paar meiner Eigenschaften wurden dir wohl doch in die Wiege gelegt. Aber was faselst du da vom Heilen und Zaubern?«

»Ich lüge nicht, es ist wahr. Sie hat Brigitta geholfen, meinen Fuß wieder heil zu machen. Außerdem ist sie meine Freundin und deshalb darfst du ihr nichts tun!«, plusterte sich der Winzling auf.

»Willst du mir jetzt etwa auch Befehle erteilen? Was ich tue oder nicht, ist ganz allein meine Sache und da lasse ich mir von niemandem hereinreden, schon gar nicht von einem so kleinen Wicht wie dir!«, brüllte sich Wilbolt in Rage. Erbost wandte er sich wieder seiner Gefangenen zu. »So mein Täubchen, jetzt wollen wir mal sehen, ob du gut ausgestattet bist«, entfuhr es ihm. Mit einer kraftvollen Bewegung riss er ihr mit beiden Händen das Kleid samt Unterkleid auf und starrte dann ungeniert auf ihre entblößten, jugendlichen Brüste. Gret wich bestürzt zurück und versuchte, sich mit ihren Händen dürftig zu bedecken.

Es war Elsslin, die sich völlig unerwartet zwischen Gret und Wilbolt drängte und Grets Hände beiseiteschob. »Die Pflaume ist schon gepflückt«, stieß sie hämisch hervor. »Dieses Mädchen ist keine Jungfrau mehr, das ist ganz eindeutig. Sie erwartet ein Kind. Sieh dir nur das Adergeflecht um die geschwollenen Brüste an«, fügte sie hinzu, während sie auf Grets Oberkörper zeigte.

»Du hast recht, sie ist längst nicht so tugendhaft, wie sie sich gibt«, stellte nun auch Wilbolt fest, als er Grets Oberkörper gewissenhaft musterte. »Aber das wird mich nicht von dem abhalten, was ich mir vorgenommen habe. Ganz im Gegenteil, wenn der Weg bereits geebnet ist, gefällt es mir ohnehin besser«, schnaubte er höhnisch.

»Lass sie los oder du bekommst es mit mir zu tun«, schrie hinter Gret plötzlich lauthals eine feste und durchdringende Stimme auf. Wie eine Herde aufgeschreckter Tiere drehte sich die Bande in die Richtung des unerwarteten Rufs und starrte den nahenden Eindringling an. Mit einem dicken Ast als einzige Waffe in den Händen stürmte Jacob furchtlos auf die Gesetzlosen zu, ohne sich groß über deren deutliche Überzahl Gedanken zu machen.

Gret blickte dankbar zu ihm hinüber. Fürs Erste war es ihm zwar gelungen, die allgemeine Aufmerksamkeit auf sich zu ziehen, doch eine wirkliche Rettung brachte sein beherztes Einschreiten sicher nicht, ging es ihr durch den Kopf. Auch wenn er noch so furchtlos auftrat, einer gegen zwanzig, das konnte einfach nicht gut gehen.

Im ersten Augenblick gelang es Jacob, die anderen zu überrumpeln, da sie auf einen Angriff nicht vorbereitet waren. Draufgängerisch schlug der Schuhmachergeselle wie besessen um sich, sodass gleich drei der Männer zu Boden gingen. Doch die Gesetzlosen verharrten nicht lange in ihrer Verblüffung. Als hätte ihnen jemand ein stummes Zeichen gegeben, setzten sie fast gleichzeitig zu einem Gegenschlag an und gingen dabei wenig zimperlich vor. Voller Wut traten und prügelten sie auf Jacob ein. Die Schläge und Tritte prasselten auf ihn hernieder wie ein schweres Hagelgewitter und wollten einfach nicht enden – ein barbarischer Rachefeldzug für den unüberlegten Angriff. Als Jacob schließlich ein harter Faustschlag an der Schläfe traf und er bewusstlos zusammensackte, stieß Gret einen gequälten Schrei aus.

Sie wollte zu Jacob stürmen, doch Elsslin hielt sie zurück. »Es ist besser, wenn du dich nicht einmischst, sonst ergeht es dir wie ihm«, raunte sie Gret ins Ohr.

Als sich der Schuhmachergeselle nicht mehr rührte, ließen die Gesetzlosen endlich von ihm ab. Sie hatten ihm eine Lehre erteilt, an die er sich lange erinnern würde, sofern er sie überlebte. Gret löste sich aus den Griffen der Frau und ging neben ihrem Freund in die Knie. Vorsichtig schob sie ihm eine dunkelblonde Haarsträhne aus der Stirn. Jacobs Augenlider zuckten verdächtig. Er war am Leben, doch sie konnte nicht abschätzen, wie schlimm ihn die Bande zugerichtet hatte. Sie schüttelte ihn leicht und redete auf ihn ein, hatte jedoch den Eindruck, dass er nichts von alledem mitbekam.

Ihre rechte Hand ruhte auf seiner Schulter, als sie spürte, dass sich etwas Schreckliches anbahnte. Die Anspannung seiner Muskeln änderte sich und Gret wusste, was das zu bedeuten hatte. Es dauerte nicht lange, da begann sein Körper unbändig zu zucken. Ein lauter Aufschrei ging durch die Gruppe und die Umstehenden wichen mehrere Schritte zurück. Für die Gesetzlosen sah es so aus, als wäre Gret für Jacobs Zustand verantwortlich. Auch wenn einige der Gebrandmarkten vorher noch gezweifelt hatten, ob Gret tatsächlich eine Hexe war, so wurde diese Ungewissheit nun mit einem Schlag aus dem Weg geräumt. Selbst Wilbolt sah sie plötzlich mit wachsamen und überraschten Augen an.

Gret ließ sich nicht beirren. Sie wusste, dass sie schnell handeln musste, wenn sie Jacobs Anfall noch in den Anfängen unterbinden wollte. Sie war sich gewahr, dass alle Augen nun auf sie gerichtet waren und sie die Heilsteine nur schwerlich unbeobachtet hervorholen konnte. Doch sie hatte keine andere Wahl.

Sie griff beherzt und wie selbstverständlich nach dem kleinen, ledernen Beutel, der unter ihren Röcken verborgen war, und löste die Schnur, die ihn dort befestigte. Sie hatte Glück, denn der grüne Smaragd lag oben auf, sodass sie den Beutelinhalt nicht ausschütten musste. Sie verbarg den Stein geschickt in ihrer rechten Hand und schob ihn dann hastig unter Jacobs Zunge. Eilends verschnürte sie den Lederbeutel wieder und ließ ihn dann unter ihren Schößen verschwinden. Sie hatte ihre Bewegungen so rasch und zielstrebig ausgeführt, dass kaum einer wirklich begriff, was sie mit dem geschundenen Leib anstellte. Nur wenige Lidschläge hatte sie für ihren Handstreich gebraucht und nun galt es nur noch abzuwarten.

Es dauerte nicht lange, bis sich der bebende Körper langsam beruhigte und schließlich ganz zur Ruhe kam. Jacobs Atem ging wieder ruhiger, doch er schlug seine Augen nicht auf. Er war in einen tiefen Traumzustand hinübergeglitten, was in seiner Lage auch das Beste war. Sein Körper nahm sich die Ruhezeit, die er nun dringend benötigte.

»Habe ich es euch nicht gesagt, sie ist doch eine Heilerin!«, verkündete der kleine Fridel selbstsicher, drängte sich an den anderen vorbei und ließ sich an Grets Seite nieder.

Kapitel 14

Merten schäumte vor Wut. Gret war es tatsächlich gelungen, noch rechtzeitig zu fliehen und damit ihrer Gefangennahme zu entgehen. Sowohl sie als auch der Schuhmachergeselle hatten sich aus dem Staub gemacht. Sie war noch früh am Morgen durchs südliche Stadttor geschlüpft, das hatte er bereits ausfindig gemacht. Der diensthabende Torwächter wollte zwar zunächst nicht mit der Sprache herausrücken, doch ein paar Geldstücke konnten ihm recht schnell die Zunge lösen. Der Handwerksgeselle war ihr wahrscheinlich wenig später gefolgt, auch wenn es dafür keine Zeugen gab. Es war kein großes Geheimnis, dass er schon seit langer Zeit in Gret vernarrt war.

Er hätte sie selbst aufgreifen und eigenhändig den Schergen übergeben sollen, quälte sich Merten mit Selbstvorwürfen. Stattdessen hatte er sich auf die Mühlen der Gerichtsbarkeit verlassen – ein schwerer Fehler, denn die Amtsdiener hatten sie entwischen lassen. Er blickte zum Totenbett seiner Mutter hinüber und spürte, wie sein Hals eng wurde, als drückte ihm jemand die Kehle zusammen. Sie war so elendiglich gestorben. Stunde um Stunde hatte sie an Lebenskraft und Stärke verloren, glühend heiß und in Fieberträumen gefangen, bis sie schließlich qualvoll ihr Leben aushauchte. Sein Vater saß seit ihrem Tod wie versteinert und mit abgehärmtem Blick an ihrer Seite. Nicht ein Wort war seitdem über seine Lippen gekommen und auch keine Träne hatte er bislang vergossen. Er saß nur da und starrte stumpfsinnig vor sich hin.

Doch Merten wollte diesen Schicksalsschlag nicht einfach als gottgegeben hinnehmen, denn er wusste, wer die Schuld daran trug. Und dieser Mensch musste zur Rechenschaft gezogen werden.

Gehetzt und getrieben von Gefühlen der Wut und des Hasses schritt er unruhig im Raum auf und ab. Schließlich konnte er sich nicht mehr beherrschen.

»Ich werde die Schuhmachertochter zurückholen, und wenn ich sie an den Haaren nach Freising schleifen muss«, riss er seinen Vater mit tosender Stimme aus seinem Trauerzustand.

Johannes Behrendt hob schleppend langsam seinen Kopf und sah gleichgültig zu seinem Sohn hinüber. »Das ändert nun auch nichts mehr. Du hättest dich nie mit diesem niederen Gesindel einlassen dürfen.«

»Sie hat mir schöne Augen gemacht und mich dann mit ihren unschuldigen Rehblicken verhext. Es müssen übernatürliche Kräfte im Spiel gewesen sein, mit denen sie mir den Kopf verdreht hat, anders kann ich es mir nicht erklären«, rechtfertigte sich Merten.

Sein Vater blieb ihm eine Antwort schuldig. Merten hatte das Gefühl, sich weiter erklären zu müssen.

»Als sie unser Haus verflucht hat, konnte ich in ihren Augen den Teufel aufblitzen sehen«, meinte er zu wissen. »Mit bloßen Blicken hat sie einen Stoffballen entzündet.« Er war fest überzeugt, dass seine Behauptungen der Wahrheit entsprachen.

Mertens Vater blickte seinen Sohn ausdruckslos an und zog sich dann wieder in seine versteinerte Haltung zurück. Der sonst so kämpferische Mann wirkte in seiner Trauer verletzlich und still. Merten wusste nicht, wie er mit dieser Reglosigkeit umgehen sollte. Er war es gewohnt, dass sein Vater die Dinge in die Hand nahm, aufbegehrte, heftig und lautstark stritt und gegen Ungerechtigkeiten ankämpfte. Doch das Feuer schien ihn plötzlich verlassen zu haben. Merten fühlte sich in der Schuld und hatte das drängende Bedürfnis, seinen Fehler wiedergutzumachen.

»Ich werde das Dreckstück aufspüren und dem Richter überantworten«, versprach er. »Der Tod meiner Mutter muss gesühnt werden. Ich werde nicht aufgeben, auch wenn ich ihr kreuz und quer durch das Land folgen muss«, stieß Merten leidenschaftlich hervor. Er wollte seinen Vater aufrütteln und heischte verzweifelt um Vergebung. Doch Johannes Behrendt rührte sich nicht.

»Eines Tages wird sie mir in die Fänge laufen und dann werde ich sie zwingen, den Fluch von uns zu nehmen«, redete er weiter auf seinen Vater ein. »Wenn sie erst auf dem Scheiterhaufen winselt, wird sie schon klein beigeben. Du wirst sehen, wir können ihren Willen brechen – und wenn es unter Mithilfe des Scharfrichters geschieht.« Merten baute sich vor seinem Vater auf, legte ihm die Hände auf die Schultern und zwang ihn auf diese Weise, ihm Beachtung zu schenken.

Der Stadtrat hob langsam seinen Blick und sah seinen Sohn verwirrt an. Die brennenden Worte waren wie aus weiter Ferne durch seine Betäubung gedrungen und hatten ihn unsanft aus seiner Trauer gerissen.

»Es tut mir leid, aber ich habe mich von meinen Gefühlen übermannen lassen«, gestand er seinem Sohn. »Das ist mir in meinem fünfzigjährigen Leben noch nie geschehen und wird nicht wieder vorkommen.«

»Dann stimmst du mir also zu, dass wir das Mädchen zur Rechenschaft ziehen müssen?«, wollte Merten wissen.

»Ja, das sind wir deiner Mutter schuldig. Wenn du sie suchen willst, so hast du meinen Segen«, erwiderte er.

»Ich glaube, wenn die Verwünschung erst von uns genommen ist, kann auch wieder Frieden in unser Leben einkehren«, gab sich Merten zuversichtlich. Er stand noch immer dicht neben seinem Vater.

»Du solltest nicht alleine gehen«, riet ihm der Stadtrat. »Nimm unseren Knecht Jerg mit, denn eine solche Reise kann länger dauern und auch gefährlich werden.«

Sein Blick wanderte über den Leichnam seiner Ehefrau. Mit gefasster Stimme fuhr er fort. »Du kannst das Gespann nehmen. Ich bin ohnehin nicht soweit, schon wieder in anderen Städten Handel zu treiben.«

»Ich kann das für dich übernehmen«, bot Merten bereitwillig an. »Ich werde unsere Stoffe feilbieten und neue Ware besorgen.« Bislang hatte ihn sein Vater noch nie mit einer solchen Aufgabe betraut. Er konnte kaum glauben, dass er ihm nun endlich etwas zutraute.

»Du würdest mir damit einen großen Gefallen erweisen«, gestand sich der Stadtrat ein. Er wirkte gebrochen und war nicht mehr er selbst. Es kostete ihn sichtliche Überwindung, mit seinem Sohn über Geschäftliches zu sprechen.

»Mach dir keine Sorgen, du kannst dich auf mich verlassen«, versprach ihm Merten. »Ich werde mich gleich nach der Beerdigung auf den Weg machen.«

Merten hatte die Zeit bis zur Beerdigung genutzt, um ein paar Erkundigungen einzuholen. Im Nachhinein zahlte es sich aus, dass er Gret nicht einfach Hals über Kopf nachgestürmt war. Er konnte seine Suche nun auf drei Ziele beschränken, die als mögliche Zufluchtsorte der beiden infrage kamen. Falls die Suche dort erfolglos blieb, konnte er sie immer noch auf weitere Städte ausdehnen. Die Schuhmacherinnung hatte ihm verraten, dass der Geselle erst vor Kurzem seinen Lehrbrief erhalten hatte und sich auf Wanderschaft begeben wollte. Nach längerem Drängen hatten sie ihm die Städte München, Landshut und Straubing genannt. Ein Glücksgriff, denn einfacher hätten die Flüchtigen ihm die Suche nicht machen können. Er musste sich in den Städten nur an die Zünfte wenden und nach einem neuen Gesellen fragen. Mit dem Pferdewagen würde er dafür nicht allzu lange brauchen. Wenn alles gut ging, konnte er bereits binnen zwei Wochen wieder in Freising sein.

Von den drei Möglichkeiten erschien ihm die Stadt München am aussichtsreichsten. Gret hatte Freising in Richtung Süden verlassen, so war es nur naheliegend, dass die beiden nach München geflohen waren. Dort wollte er zuerst sein Glück versuchen.

Der Pferdewagen stand bereits angespannt vor dem Stadthaus der Familie Behrendt. Jerg hievte die letzten Gepäckstücke auf die Ladefläche und pfiff dabei ein fröhliches Liedchen. Eine längere Reise war genau nach seinem Geschmack. Sie unterbrach den immer gleichen, meist recht trostlosen Alltag seines einfachen Knechtdaseins. Im Haushalt der Behrendts schleppte er tagein tagaus nur Stoffballen vom Lager ins Kontor und wieder zurück, so kam ihm die Abwechslung gerade recht. Er hoffte nur, dass sie das Mädchen nicht allzu schnell finden würden. Wenn es nach ihm ginge, konnte sich das kleine Abenteuer gerne über mehrere Monate hinziehen. Er war noch jung, stark und kräftig wie ein Bulle und fürchtete sich vor nichts. Nur eine Sache machte ihm Sorgen – er fragte sich, ob der Kaufmannssohn auch die richtige Reisebegleitung für ein derartiges Unterfangen war.

Jerg hielt nicht viel von dem eingebildeten Prahler. Bislang hatte der verwöhnte Sohn nicht allzu viel Begeisterung für die Geschäfte seines Vaters gezeigt. Er zog zwar Nutzen von dem Reichtum, den das Tuchgeschäft abwarf, trug jedoch selbst nicht viel zum Erfolg der Familie bei. Ganz im Gegenteil, meist war Merten sogar damit beschäftigt, das hart verdiente Geld seiner Eltern zu verschleudern. Doch diese ließen ihn gewähren, war er doch der einzige Sohn und damit auch späterer Erbe des Tuchkontors.

Der Knecht überprüfte noch einmal, ob die Ware auch gut verstaut war. Er hatte einige Ballen Stoff, ausreichend Verpflegung, Kleidung, Decken und mehrere Weinschläuche aufgeladen. Schon mehrmals hatte Jerg Mertens Vater auf Reisen in die nächstgelegenen

Städte begleitet. Wenn sie weiter entfernte Ziele ansteuerten, hatten sie sich immer einer größeren Gruppe von Kaufleuten und Krämern angeschlossen, die meist von Bewaffneten begleitet wurden. Die Straßen führten durch unwegsames Gelände und waren alles andere als sicher. Immer wieder kam es auf den Reisen zu Achs- oder Wagenbrüchen und jeder Halt auf freier Strecke bedeutete ein Wagnis. Im Schutz einer Gruppe war die Gefahr deutlich geringer, denn wer alleine auf den Straßen unterwegs war, geriet schnell in die Hände von Diebesbanden.

Für ihre Unternehmung war es ohnehin ratsam, sich auf Gegenwehr einzustellen. Jerg hatte deshalb vorgesorgt und unter seinem Sitz eine schwere Axt verstaut. Zudem trug er einen scharfen Dolch eng am Körper. Er konnte nur hoffen, dass sich auch Merten gerüstet hatte, wie es ihm sein Vater nahegelegt hatte. Als Jerg alle Vorbereitungen zu seiner Zufriedenheit abgeschlossen hatte, schwang er sich behände auf den Wagen, griff nach den Zügeln und wartete auf den Tuchhändlersohn. Dieser trat wenige Augenblicke später in Begleitung seines Vaters auf die Straße hinaus.

Jerg atmete auf – der Großtuer hatte sich für die Reise nicht herausgeputzt, wie er es sonst zu tun pflegte, sondern trug an diesem Tag angemessene und einfache Kleidung. Und auch den Rat seines Vaters, sich ausreichend zu wappnen, hatte er offenbar beherzigt. Je ein Dolch und ein Messer steckten in zwei ledernen Scheiden, die mit einem Gürtel um seine Hüfte geschnallt waren. Nach einem kurzen Abschied kletterte Merten zu Jerg auf den Bock. Der Knecht zögerte nicht, sondern ließ sogleich die Peitsche knallen. Die beiden gefleckten Pferde setzten sich gemächlich in Bewegung.

Die beschlagenen Hufe gaben bei jedem Aufsetzen auf den Boden einen kurzen, harten Ton von sich. Das klackernde Geräusch überdeckte die befangene Stille, die zwischen den beiden jungen Männern herrschte. Erst als sie das südliche Stadttor weit hinter sich gelassenen und bereits die nahe gelegenen Wälder erreicht hatten, durchbrach Merten das unangenehme Schweigen.

»Vielleicht sollten wir zuerst die Umgebung rund um Freising durchkämmen, ehe wir nach München aufbrechen. Wer weiß, viel-

Vleicht hat sich die Hexe ja in den Waldungen versteckt. Einen Versuch ist es allemal wert«, schlug Merten mit selbstsicherem Auftreten vor.

Jerg runzelte die Stirn. Merten fehlte es ganz offensichtlich an Lebenserfahrung, sonst hätte er nicht einen so törichten Vorschlag machen können. Niemand hielt sich freiwillig länger als er musste im dichten Gehölz auf. Die Wälder um Freising herum waren weitläufig und vollkommen unübersichtlich. Dort jemanden zu suchen, war ebenso schwierig, wie während einer Dürre einen Tropfen Wasser zu finden. Außerdem konnten sie die engen Pfade nicht mit dem Pferdewagen passieren. Sie hätten dann zwei Möglichkeiten: Entweder sie ließen den Wagen alleine zurück oder sie trennten sich. Während einer die Ladung bewachte, konnte sich der andere in die Wälder schlagen. Beide Möglichkeiten behagten Jerg nicht besonders.

Er wollte Merten nicht gleich zu Beginn der Reise vor den Kopf stoßen, dennoch blieb ihm nichts anders übrig, als seine Bedenken zu äußern.

»Ich bin mir nicht sicher, ob es klug ist, die großen Straßen zu verlassen. In den Wäldern treibt sich so manches Gesindel herum«, brachte Jerg vorsichtig hervor.

»Denkst du vielleicht, dieser Gedanke versetzt mich in Angst und Schrecken?«, fühlte sich Merten angegriffen. »Wir sind schließlich genau solchem Gesindel auf den Fersen. Dann ist es doch nur vernünftig, gerade dort zu suchen, wo es gemeinhin Unterschlupf sucht.«

Jerg blieb dem Kaufmannssohn die Antwort schuldig, fühlte sich jedoch in seinen Befürchtungen mehr als bestätigt. Nun gut, dachte er, vielleicht musste der verwöhnte Spross erst seine eigenen Erfahrungen machen, um zur Vernunft zu kommen. Er selbst würde auf jeden Fall auf der Hut sein.

»Lass uns hier halt machen«, befahl Merten wenig später gebieterisch. Aus seiner Stimme sprachen kindlicher Trotz und der ungebrochene Wille, recht zu behalten.

Die Landstraße führte an dieser Stelle durch dichten Mischwald; die Äste der umstehenden Bäume ragten wie kräftige Arme auf die

Schneise, die ihren Weg durch das Dickicht schnitt. Es war ein wenig einladender und, darüber hinaus, unüberschaubarer Rastplatz, den Merten ausgesucht hatte. Wäre es an ihm gewesen zu entscheiden, hätte er lieber eine leichte Anhöhe, die einen besseren Überblick bot, gewählt. Jerg widersetzte sich den Anweisungen seines Herrn jedoch nicht. Mit ausdrucksloser Miene zügelte er die Pferde und befestigte die straffen Lederriemen an der Halterung links neben dem Bock. Dann sah er den Kaufmannssohn mit nichtssagendem Blick an.

»Du bleibst hier und passt auf unsere Ladung auf und ich werde mich umsehen. Vielleicht finde ich eine Spur von dem Miststück und dem Schuhmachergesellen«, wies Merten den Knecht an.

Jerg nickte ihm stumm zu und dachte sich im Stillen, dass Merten zumindest nicht so unvorsichtig war, die wertvolle Ladung alleine zurückzulassen.

Merten zog wie ein verwegener Rächer seinen Dolch aus der Scheide und schlug sich eine Bresche in das Unterholz. Nach wenigen Augenblicken verschluckte ihn das dichte Laubwerk. Als er etwa eine halbe Stunde kreuz und quer durch die Wälder gestrichen war, dämmerte auch ihm, dass sein Einfall vollkommen nutzlos war und darüber hinaus auch wertvolle Zeit kostete. Wenn er jedoch bereits nach so kurzer Zeit wieder beim Pferdewagen auftauchte, würde er sich vor seinem Dienstbefohlenen restlos lächerlich machen. So setzte Merten sein aussichtsloses Vorhaben fort, jedoch nicht ohne dabei ausgiebig vor sich hinzufluchen. Die wild wuchernden Äste zerkratzten ihm Hände und Gesicht und entfachten in ihm eine unbändige Wut.

Die Schimpftiraden des ahnungslosen Kaufmannssohns blieben nicht unbemerkt. Drei Männer aus Wilbolts Gruppe hörten das laute Wettern des jungen Mannes bereits aus einiger Entfernung. Sie durchstreiften täglich das Waldgebiet rund um Freising und hielten nach lohnender Beute Ausschau. Besonders die größeren Landstraßen behielten sie im Auge. Unbemerkt schlichen sie Merten in ausreichendem Abstand hinterher. Sie waren geschickte Jäger und kannten sich in den unwirtlichen Gefilden aus. Stichwaffen trugen sie nicht bei sich, doch mit den dicken Holzprügeln in ihren Pranken konnten sie mindestens genauso großen Schaden anrichten wie mit einem Eisenschwert. Die abgerissenen Gestalten verbargen sich hinter Baumstämmen oder Sträuchern, ließen ihr Opfer jedoch nie aus den Augen.

Merten bemerkte nichts von seinen Verfolgern, denn er war in seine eigenen Gedanken versunken und schalt sich einen Narren. Nach einer Weile stieß er endlich wieder auf die Landstraße nach München, allerdings musste er ein großes Stück des Weges zurücklaufen. Gedemütigt trottete er die Straße entlang. Als er den Umriss des Pferdewagens mit Jerg auf dem Bock ausmachen konnte, atmete er erleichtert auf und beschleunigte seinen Schritt. Er war heilfroh, als sich das Gefährt in Bewegung setzte und auf ihn zukam.

Der Knecht konnte nur schwer ein Lächeln unterdrücken. Sein Herr sah mitgenommen, aber auch ein wenig geläutert, aus. Vor Merten brachte er den Wagen zum Stehen und reichte ihm wortlos die Hand zum Aufstieg.

Gerade als der Kaufmannssohn den rettenden Anker ergreifen wollte, tauchten mit lautem Gebrüll drei wüste, kämpferisch dreinblickende Gestalten am Wegesrand auf. Binnen kurzer Zeit hatten sie den Wagen umstellt. Einer griff in die Zügel und hielt die Pferde auf, ein anderer machte sich bereits an der Ladung zu schaffen und der dritte schlug Merten mit einem Knüppel den Dolch aus der Hand. Sie arbeiteten Hand in Hand und es war offensichtlich, dass sie nicht zum ersten Mal über Reisende herfielen.

Verblüfft und völlig überrumpelt hob Merten beide Hände, bereit, sich den Angreifern zu ergeben. Doch Jerg wollte nicht so schnell klein beigeben. Mit einer flinken Bewegung holte er die Axt unter seinem Sitzplatz hervor und schlug sie dem Mann, der Merten bedrohte, mit aller Wucht in den rechten Arm. Dieser stieß einen markerschütternden Schrei aus, ließ den Knüppel sinken und starrte voller Entsetzen auf die barbarische Waffe in seinem Fleisch. Jerg umklammerte noch immer mit beiden Händen den Schaft und zog ihn nun jählings mit einem Ruck aus der Wunde. Eine spritzende Fontäne hellroten Bluts schoss aus der Verletzung und besudelte nicht nur den Gesetzlosen, sondern auch Merten.

Der Kaufmannssohn sah voller Abscheu an sich hinunter, unfähig sich zu bewegen.

»Steigt auf Herr, aber macht schnell!«, schrie Jerg seinem Dienstherren zu.

Zitternd erklomm Merten den Wagen und sackte neben dem Knecht nieder. Jerg schwang sogleich die Peitsche und ließ sie auf den Mann, der die Pferde hielt, niedersausen. Dieser schreckte zurück, tastete nach dem blutigen Striemen, den die Peitsche in seinem Gesicht hinterlassen hatte, und ließ dabei die Zügel sinken. Jerg nutzte den günstigen Augenblick und trieb die Pferde so heftig an, wie er konnte. Sie machten einen großen Satz und fielen sofort in Trab.

Nach kurzer Zeit hatten sie die Diebesbande hinter sich gelassen. Merten blickte noch einmal zurück. Der verletzte Mann lag zusammengekrümmt am Boden und seine beiden Kumpane beugten sich über ihn. Neben den Dreien lagen ein großer Sack und ein Weinschlauch. Die Gauner hatten es geschafft, sich ihre Verpflegung unter den Nagel zu reißen. Dieser Verlust war zu verschmerzen, dachte sich Merten, denn er hatte genug Geld bei sich. Doch er schwor sich, in Zukunft vorsichtiger zu sein. Dieses kleine Abenteuer hätte ihnen beiden leicht das Leben kosten können. Seine Augen wanderten zu Jerg; er konnte dessen beherztes Eingreifen nur bewundern und sah ihn nun mit anderen Augen. Eine Anerkennung oder gar ein Lob kamen ihm dennoch nicht über die Lippen.

Kapitel 15

Gret war seit drei Tagen nicht von Jacobs Seite gewichen. Die Bande hatte den Schuhmachergesellen auf ihre Anweisung hin in eine der Hütten geschleppt und auf eine einfache Lagerstätte gebettet. Es wunderte Gret noch immer, dass sich ihr niemand widersetzt hatte. Sie schien den anderen plötzlich auf eine unerklärliche Weise Respekt einzuflößen. Doch ihr war es nur recht, sollten die Gesetzlosen ihrethalben glauben, sie wäre eine gefährliche Zauberin. Zumindest hatte sich niemand an ihr vergriffen, auch wenn sie ihr Kleider und Schuhe genommen hatten. Doch das fiel nicht ins Gewicht, schließlich waren sie und Jacob noch am Leben und auch die Heilsteine besaß sie nach wie vor. Niemand hatte sich getraut, ihr den eigenartigen Lederbeutel, den sie fest umklammerte, zu entreißen.

Gret sah an sich hinunter und musste den Kopf schütteln. Sie war barfüßig und trug den Lumpen, den vormals Elsslin ihr Eigen nannte. Als Kleid konnte man das durchlöcherte Etwas nur schwerlich bezeichnen, war es doch an den meisten Stellen abgenutzt oder ganz durchgerieben. Elsslin hatte sich stattdessen Grets Kleid geschnappt. Die Frau glich ihr im Körperbau, war jedoch etwas größer als die Schuhmachertochter. Gret tat sich schwer, Elsslins Alter zu schätzen. Sie wirkte mit ihrer wettergegerbten Haut, den aufgeriebenen Händen und dem störrischen Blick wie eine verwahrloste Wilde. Ihr forsches Auftreten ließ sie älter erscheinen, als sie tatsächlich war, denn ihre Haut wies noch keine Falten auf. Wahrscheinlich stand Elsslin erst in der Mitte ihres Lebens, ging es Gret durch den Kopf.

Sie musste wieder an die Worte denken, die ihr die Frau so grob entgegengeschleudert hatte. Sollte es tatsächlich wahr sein, dass sie ein Kind zwischen ihren Lenden trug? Wie konnte Gott ihr das nur antun? Warum musste gerade aus dieser unheilvollen Vereinigung mit Merten ein neues Leben entstehen?

Insgeheim hatte sie es schon geahnt, dass etwas nicht stimmte. Doch sie hatte alle Gedanken daran, dass in ihr ein Kind wachsen könnte, von sich geschoben. Es war so viel geschehen in den letzten Wochen – da war einfach kein Raum gewesen, an sich selbst zu denken. Doch nun hatte sie die Wirklichkeit gnadenlos eingeholt. Nun war es offenbar an der Zeit, Bilanz zu ziehen – auch wenn es noch so schmerzlich war.

Sie hatte binnen kürzester Zeit nahezu alles verloren, was ihr lieb und teuer war: ihre beste Freundin Brigitta, ihr Zuhause, ihre Familie, ihre Unschuld und zuletzt sogar noch ihre Freiheit. Und Jacob würde sich sicher auch bald von ihr trennen, wenn er wieder ganz bei Kräften war. Diesen Vertrauensmissbrauch konnte er einfach nicht wegstecken, da war sie sich sicher. Dass sie sich mit Merten eingelassen hatte, würde sie noch teuer bezahlen müssen.

Ein unvermitteltes Stöhnen an ihrer Seite riss Gret aus ihren Gedanken. Jacob wälzte sich auf seinem Lager hin und her und stieß dabei Schmerzenslaute aus. Langsam schien seine Kraft zurückzukehren, denn es fiel Gret immer schwerer, den muskulösen Mann dazu zu bringen, ruhig liegen zu bleiben. Sie entschied sich dazu, Jacobs Verbände erneut zu wechseln. Die Gesetzlosen hatten ihr mehrere alte Leinenstreifen und einen Holzeimer mit frischem Flusswasser überlassen. Mehr brauchte Gret für ihre Bemühungen auch nicht.

Im schummrigen Licht der Hütte wickelte sie die Stoffstreifen von seinen Gliedern und tastete über die zahlreichen Wunden und Schwellungen. Es grenzte an ein Wunder, dass ihm die Männer weder Knochen noch Rippen gebrochen hatten, obwohl sein Körper von blauen Flecken übersät war. Nur der Schlag auf den Kopf schien ihn stärker getroffen zu haben. Obwohl er bereits mehrere Male seine Lider geöffnet hatte, wurde er nicht richtig wach und brachte nur unverständliche Worte heraus. Es kam Gret so vor, als wäre sein Geist in dichtem Nebel gefangen.

Gret benetzte ein Tuch mit dem kühlen Wasser und wusch Jacobs Körper sorgsam ab. Dann öffnete sie den Lederbeutel mit den Heilsteinen und breitete die Kostbarkeiten mit Bedacht in ihrem Schoß aus. Ein ehrfurchtsvolles Kribbeln durchfuhr ihren Körper, als sie die Steine betrachtete. Sie konnte es sich nicht erklären, aber eine plötzliche innere Gewissheit ließ sie gezielt nach drei Stücken greifen: einem grünen Stein mit einer auffallenden Maserung, den Brigitta immer als Prasem bezeichnet hatte, einem leuchtenden, violetten Amethysten und einem wunderschönen, klaren Kristall, der einem Eisstück glich. Die anderen Steine gab sie wieder zurück in den schützenden Beutel.

Den durchscheinenden Kristall legte sie Jacob auf die Stirn, die anderen beiden Steine tauchte sie in das frische Wasser und ließ sie dann mit sanften, kreisenden Bewegungen über seine Haut gleiten. Es war eine angenehme, beruhigende Tätigkeit, die sie ganz gefangen nahm. Tief versunken fuhr sie mit der Behandlung fort, bis sie jede Verletzung mit den heilenden Steinen berührt hatte. Zuletzt reinigte sie noch die Leinenstreifen im Wasser, wrang sie mit aller Kraft aus und wickelte sie wieder über die schlimmsten Wunden.

Gerade als sie die letzte Binde angelegt hatte, schlug Jacob die Augen auf und sah sie endlich wieder mit klarem Blick an. Ungelenk hob er eine Hand und tastete mit fahrigen Bewegungen nach dem Stein auf seiner Stirn.

»Du musst ruhig liegen bleiben«, ermahnte ihn Gret mit leiser Stimme, während sie Jacobs Arm mit sanftem Druck zurück auf den Boden führte und den Kristall von seiner Stirn nahm.

»Was ist geschehen? Ich fühle mich, als hätte mich ein Ochsenkarren überrollt«, brachte Jacob stockend hervor.

»Erinnerst du dich denn nicht mehr? Du bist von einer Horde Gesetzloser zusammengeschlagen worden. Was ist das Letzte, das dir noch im Gedächtnis geblieben ist?«, wollte Gret wissen. Die Erleichterung über Jacobs wachen Zustand vertrieb endlich die Anspannung der letzten Tage. Die Nebel um Jacobs Geist hatten sich gelichtet.

Jacob sah Gret eine Weile wortlos an, fast so, als würde er sie zum allerersten Mal erblicken. Seine Augen glitten über ihre schlanke Gestalt, musterten die schäbige Kleidung an ihrem

Körper und wanderten dann zu dem armseligen Unterschlupf, in dem er untergebracht war. Gret drängte ihn nicht und ließ ihm alle Zeit, die er brauchte. Schließlich begann er mit brüchiger Stimme zu sprechen.

»Ich weiß noch, wie ich mich von Freising aufgemacht habe. Die Stelle am Wasser habe ich recht schnell gefunden und dann hast du mir ja diese wunderbaren Spuren hinterlassen«, berichtete Jacob. »Ich bin deinen Zeichen im Wald gefolgt«, fuhr er fort, »und habe sie immer wieder sorgsam verwischt, um jede Suche nach uns zu erschweren. Es hat etwas gedauert, bis ich auf die große Eiche gestoßen bin und den richtigen Pfad zur Waldlichtung eingeschlagen habe.«

»Ich hatte selbst Schwierigkeiten, mich im Wald zurechtzufinden«, gab Gret zu. »Aber du hast die Waldhütte gefunden?«

Jacob nickte. »Als ich dort ankam, stand die Tür offen und dein Bündel lag auf dem Tisch. Im Gras fand ich eine Decke, die nach Erbrochenem roch.«

Das viele Sprechen erschöpfte ihn. Er schloss kurz die Lider und ruhte sich eine Weile aus. Dann schlug er die Augen wieder auf und fuhr mit seiner Erzählung fort.

»Ich dachte, du hast dich übergeben und bist dann zum Fluss zurückgegangen, um dich zu reinigen. So machte ich wieder kehrt, um nach dir zu suchen.«

»Die Bande hat mich verschleppt«, platzte Gret erregt heraus. »Wie konntest du mich nur finden?«

»Am Fluss stieß ich auf einen zerlumpten Mann mit bloßem Oberkörper, der am Wasser kniete und sich wusch«, erklärte ihr Jacob.

»Das war einer der Gesetzlosen aus Wilbolts Gruppe. Hat er dich nicht gesehen?«

»Ich habe mich hinter den Büschen verborgen, denn er kam mir nicht sehr geheuer vor.«

»Eine weise Entscheidung«, warf Gret ein.

»Als der Mann zielstrebig einen bestimmten Pfad im Wald einschlug, bin ich ihm, ohne groß nachzudenken, in sicherem Abstand gefolgt«, gestand Jacob. »Und mein Gefühl hat mich offenbar nicht getäuscht, denn der Mann führte mich geradewegs in dieses Lager mitten im Gehölz.«

»Und dann fällt dir nichts Besseres ein, als es alleine mit zwanzig Männern aufzunehmen.« Gret schüttelte den Kopf.

»Das Letzte, was ich noch weiß, ist, dass dir irgendein Rohling das Kleid aufgerissen hat. Ich hatte nur einen Wunsch: dir zu Hilfe zu eilen. Dann setzt meine Erinnerung schlagartig aus.«

»Hast du noch gehört, was die Gebrandmarkten zu mir gesprochen haben?«, fragte Gret ihn besorgt.

»Nein, an einen Wortwechsel kann ich mich nicht entsinnen. Was meinst du damit? Was haben sie zu dir gesagt?«

»Nichts von Bedeutung«, wiegelte Gret rasch ab.

Sie spürte, wie ihr die Schamesröte ins Gesicht schoss. Sollte sie ihm gestehen, dass sie ein Kind von einem anderen Mann unter dem Herzen trug? Ihr Verstand sagte ihr, dass es vernünftiger wäre. Irgendwann würde es sich ohnehin nicht mehr verheimlichen lassen. Zudem bestand die Gefahr, dass er es von einem der Gesetzlosen erfuhr. Sie konnten ja nicht ahnen, dass es nicht Jacobs Kind war.

Um ihr Gewissen zu beruhigen, redete sie sich ein, dass Jacob noch zu schwach war und dringend geschont werden musste. Jede Aufregung konnte ihn erschöpfen und einen erneuten Anfall heraufbeschwören. Wäre es also nicht besser, ihn in Unwissenheit zu lassen?

Während sie noch um eine Entscheidung rang, brach draußen vor der Hütte ein Tumult los. Irgendetwas musste geschehen sein, denn sie vernahm laute, aufgeregte Stimmen, die wild durcheinander schrien. Wenig später trat eine kräftige Gestalt vor den Eingang der Hütte und baute sich dort breitbeinig auf. Es war Wilbolt, der Anführer der Bande, der mit seinem massigen Körper auch noch die letzten Lichtstrahlen abschirmte. In ihrem Unterschlupf wurde es noch düsterer. Der kräftige Körper war von einer hellen Umrisslinie aus Tageslicht umrahmt, die sein ohnehin bedrohliches Aussehen weiter verstärkte.

»Hexe, es gibt Arbeit für dich. Jetzt kannst du uns beweisen, wie sehr du wirklich in den Heilkünsten bewandert bist«, wandte sich

Wilbolt hämisch an Gret und zerrte sie grob nach draußen. Sie blickte zu Jacob hinüber und sah, wie er versuchte, sich aufzurichten, jedoch wieder kraftlos zu Boden sank. Sie schüttelte nur kurz den Kopf und gab ihm dadurch zu verstehen, dass er nicht einschreiten sollte. Dann ließ sie sich widerstandslos nach draußen ziehen.

In der Mitte des Lagerplatzes krümmte sich ein blutbespritzter Mann vor Schmerzen auf dem Waldboden und presste seine linke Hand verzweifelt auf seinen rechten Oberarm. An der rechten Seite hatte er sich eine schwere Verletzung zugezogen. Der verwundete Arm war notdürftig mit einem Hemd umwickelt, doch der durchtränkte Stoff hatte sich bereits mit Blut vollgesogen und konnte nun keine weitere Flüssigkeit mehr aufnehmen. Ein rotes Rinnsal lief den Arm hinunter, tropfte auf den Waldboden und bildete dort eine kleine Lache. Der Mann war aschfahl und zitterte, als wäre es tiefster Winter. Kleine, runde Schweißperlen bedeckten seine Stirn und seine Augen schienen in den dunklen Höhlen zu versinken.

Die anderen Gesetzlosen hatten sich um den Verletzten geschart, verharrten dort jedoch tatenlos und sahen erwartungsvoll zu Gret hinüber. Die Schuhmachertochter zögerte nicht lange, ging vor dem Mann in die Knie und betastete mit ihrer Hand den Hals des Verwundeten. Der Puls raste, war jedoch schwach und hatte längst nicht mehr die Schlagkraft, die er bei einem Mann seines Alters haben sollte. Der Verletzte musste viel Blut verloren haben. Es stand nicht gut um ihn.

»Was ist mit diesem Mann geschehen?«, fragte Gret gehetzt in die Runde, denn sie wusste, dass die Zeit drängte.

»Im Wald ist uns ein junger Kaufmann aus der Stadt geradewegs in die Hände gelaufen«, meldete sich eine der zerlumpten Gestalten zu Wort, »keine Ahnung, was der dort zu suchen hatte. Wir folgten ihm bis zu einem Pferdewagen, der bis oben hin mit den feinsten Stoffen beladen war.«

Gret blickte bestürzt zu dem Mann hinüber. Die Schilderung beschwor ein beängstigendes Bild in ihr herauf. Der junge Kaufmann, von dem er sprach, konnte kein anderer als Merten gewesen sein. Für einen Augenblick drückte sie eine lähmende Furcht nieder; der Tuchhändlersohn hatte sich also an ihre Fersen geheftet.

»Da mussten wir natürlich zugreifen«, erzählte der Gesetzlose weiter. »Nur leider war der Knecht am Kutschbock wenig zimperlich. Er setzte sich unerbittlich zur Wehr und schlug unserem armen Kumpan mit aller Wucht eine Axt in den Oberarm.«

Ein erschrecktes Raunen ging durch die Gruppe.

»So mussten wir die beiden wohl oder übel ziehen lassen«, fuhr der Mann fort. »Das Einzige, was wir erbeuten konnten, waren ein Sack voll Essen und ein Weinschlauch.«

Gret schob alle bedrückenden Gedanken beiseite. Es war an der Zeit, zu handeln. Mit ihrem Verfolger konnte sie sich auch noch später befassen.

»Ich brauche einen festen Strick, mehrere Stoffstreifen zum Verbinden, ein paar Decken und einen Eimer Wasser«, wies sie die Umstehenden eilends an. »Und den Weinschlauch könnt ihr mir auch gleich bringen«, fügte sie noch hinzu.

Folgsam und ohne zu murren erfüllten die Gesetzlosen ihre Wünsche. Es fühlte sich für Gret ungewohnt an, anderen Anweisungen zu geben. Noch seltsamer war es jedoch, dass ihre Befehle auch tatsächlich befolgt wurden. Trotz der widrigen Umstände hatte sie sich in ihrem Leben noch nie zuvor so stark und auch so nützlich gefühlt.

Den Strick schlang sie oberhalb der Wunde eng um den Arm des Kranken und zog ihn fest zu, um die Blutung schnellstmöglich zu unterbinden. Der Mann wehrte sich mit aller Kraft gegen die Behandlung und so bat Gret zwei Männer, ihn festzuhalten. Langsam wickelte sie den blutgetränkten Stoff ab und betrachtete die frische Wunde. Der Hieb hatte eine tiefe Kerbe in den Arm geschlagen. Der Knochen schien nicht verletzt zu sein, doch die Axt hatte den Muskel durchtrennt.

Eine solche Verletzung konnte nicht von alleine zusammenwachsen, sondern musste genäht werden, das sah Gret auf den ersten Blick. Der Mann gehörte in die erfahrenen Hände eines Wundarztes oder eines gut ausgebildeten Baders. Sie selbst würde nicht viel für ihn tun können. Doch sie befanden sich nicht in der Stadt, sondern mitten im Wald. Einen Wundarzt würden sie an diesem Ort nicht auftreiben können, wurde sie sich gewahr. Wenn sie verhindern wollte, dass der Mann starb, musste sie wohl oder übel selbst etwas unternehmen. Plötzlich keimte in Gret eine vage Idee auf.

Sie packte den Mann in mehrere Decken, um ihn zu wärmen, und flößte ihm zur Stärkung von dem Wein ein. Schluck für Schluck trank er gierig die rote Flüssigkeit, bis schließlich etwas Farbe in seine Wangen zurückkehrte.

»Diese Wunde muss genäht werden«, wandte sich Gret an die Gesetzlosen. »Dazu brauche ich Nähnadeln aus Schweineborsten und einen Leinenfaden. Ein paar Wegerichblätter wären auch hilfreich«, fügte sie hinzu.

»Hast du so etwas schon einmal gemacht?«, wollte Wilbolt zweifelnd wissen.

»Ich habe Brigitta schon mehrmals bei der Versorgung von schweren Wunden geholfen. Und als Schuhmachertochter sind mir verschiedene Nahttechniken vertraut. Leder hat eine ähnliche Beschaffenheit wie die menschliche Haut«, behauptete Gret bestimmt.

»Wenn du dir das zutraust, dann versuch es«, meinte Wilbolt trocken.

»Eins ist sicher, wenn diese Wunde nicht versorgt wird, könnt ihr für den armen Mann gleich ein Grab schaufeln«, meinte Gret warnend. Sie trat weit selbstsicherer auf, als sie sich fühlte.

»Die Frauen im Lager sollen dir bringen, was du brauchst«, entschied Wilbolt. »Auch die Wegerichblätter können sie pflücken, wenn du ihnen erklärst, wie sie aussehen.«

»Wegerich erkenne ich auch selbst. Die ganze Waldlichtung ist voll von dem Gewächs«, mischte sich Elsslin vorlaut ein. Ihr passte es nicht, dass plötzlich alle nach der Pfeife der jungen Schuhmachertochter tanzten. Aus ihrer finsteren Miene sprach der pure Neid. Sie warf Gret ein paar bitterböse Blicke zu, machte sich dann aber doch auf den Weg, um die Heilpflanzen zu bringen.

Wenig später legte Elsslin der Schuhmachertochter das gewünschte Kraut und das Nähzeug wortlos vor die Füße. Gret nickte der mürrischen Frau stumm zu und machte sich gleich an die Arbeit. Brigitta hatte ihr immer eingeschärft, sich gut die Hände zu waschen, wenn sie mit Wunden in Berührung kam, damit kein Dreck hineingelangte. Waren Wunden stark verschmutzt, pflegte die Hebamme diese immer mit Wein auszuwaschen.

Grets Blick fiel auf den schmutzigen Faden und die verdreckte Nähnadel, die vor ihr auf dem Waldboden lagen. Sie wusch beides im Wassereimer aus und legte Faden und Nadel aus einer inneren Eingebung heraus in den Becher mit dem restlichen Rotwein. Dann rieb sie auch ihre Hände mit der roten Flüssigkeit ab, fädelte den Faden vorsichtig in das feine Öhr der Schweineborste und holte noch einmal tief Luft.

»Ihr müsst ihn jetzt gut festhalten«, wies sie die Umstehenden mit Nachdruck an. »Vielleicht stopft ihr dem Mann auch ein Stück Stoff in den Mund, damit er sich nicht auf die Zunge beißt. Wie heißt du?«, wendete sich Gret dann mit betont ruhiger Stimme an den Verletzten.

»B-Barthel …«, brachte der Mann atemlos hervor. Seine Augen waren vor Angst weit aufgerissen und seine Unterlippe zitterte, während er sprach. »Werde ich meinen Arm verlieren oder sogar mein Leben?«, wollte er wissen und ließ Gret dabei nicht aus den Augen.

»Ich werde mein Bestes geben, um das zu verhindern, das verspreche ich dir. Versuche einfach, den Arm möglichst stillzuhalten, während ich ihn versorge.«

Der Verletzte wimmerte leise vor sich hin.

»Es wird höllisch wehtun, das lässt sich leider nicht vermeiden«, sprach Gret weiter auf ihn ein. »Dennoch musst du dich dazu zwingen, den Arm nicht zu bewegen. Du kannst schreien und auch mit den Füßen treten, solange du nur deinen verletzten Arm ruhig hältst. Hast du mich verstanden?«

»Ja«, hauchte ihr der Mann tonlos entgegen.

Gret gab den anderen mit dem Kopf ein Zeichen, dass sie nun loslegen wollte. Wilbolt schob Barthel ein zusammengeknülltes Stück Stoff zwischen die Zähne, während zwei Gesetzlose den Verletzten mit aller Kraft zu Boden drückten.

Gret schob alle hinderlichen Gedanken beiseite und richtete ihr ganzes Augenmerk auf die herausfordernde Aufgabe, die vor ihr lag. Sie stellte sich im Geist vor, sie würde ein zerrissenes Stück Leder wieder zusammenflicken. Beherzt trieb sie die spitze Borste samt Faden in das rohe Fleisch und zog sie ein Stück weiter wieder hervor. Sie spürte, wie der Körper des Mannes vor Schmerzen bebte. Barthel unterdrückte krampfhaft jedwede Bewegung und biss tapfer die Zähne zusammen. Kein Laut kam über seine Lippen.

Gret arbeitete schweigsam weiter. Nach den ersten Stichen und der anfänglichen Überwindung fiel ihr das Nähen menschlichen Fleisches um einiges leichter. Es dauerte nicht lange, da hatte sie die tiefen Muskelschichten und wenig später auch die obere Haut sorgsam vernäht. Aus der Wunde ragten nun die beiden Enden des Leinenfadens heraus, die sie gut miteinander verknotete.

Sie hatte für die Naht nur einen einzigen Faden verwendet, doch dieser würde nicht ewig in der Wunde bleiben können. Nach ein paar Tagen wollte sie ihn wieder herausziehen. Sie hoffte inständig, dass ihr das auch gelingen würde. Bis dahin musste die Wunde so gut verheilen, dass sie nicht mehr aufplatzte. Nun blieb nur noch zu hoffen, dass der Arm nicht brandig wurde.

Um dies zu verhindern, brauchte Gret die Wegerichblätter und ihre Heilsteine. Sie weichte die Pflanzenblätter im Wassereimer ein und knetete sie mit den Händen zu einem feinen, grünen Brei. Diesen verstrich sie auf den Wundrändern. Aus ihrem Lederbeutel wählte sie zwei Steine aus: einen leuchtend roten Karneol, der die Blutung stillen sollte, und einen grünlichen Prasem, der die Schmerzen lindern und die Heilung unterstützen sollte. Die beiden Steine bettete sie in den grünen Pflanzenbrei und umwickelte den Arm dann straff mit mehreren Leinenstreifen. Zuletzt löste sie noch den Strick von Barthels Oberarm. Die Adern füllten sich wieder mit Blut und die Haut am Arm wurde rosig.

Barthel lag schlaff und erschöpft am Boden. Die Männer mussten ihn nun nicht mehr niederdrücken, da er das Schlimmste überstanden hatte. Gret wies die Umstehenden an, ihn vorsichtig in seine Hütte zu tragen, damit er sich ausruhen konnte. Sie wollte ihnen gerade folgen, als Wilbolt nach Grets Arm griff und sie zurückhielt.

»Warte einen Augenblick. Dein Auftritt eben war sehr beeindruckend. Das hast du recht gut gemacht«, lobte er sie.

»Wie gut meine Arbeit wirklich ist, wird sich erst in den nächsten Tagen zeigen«, entgegnete ihm Gret. »Wollen wir hoffen, dass sich Barthel gut erholt und die Wunde ohne Schwierigkeiten zusammenwächst.«

Wilbolt ging nicht auf ihre Erwiderung ein. »Ich habe beschlossen, dass du hier im Lager bleiben wirst, um dich um die Gesundheit meiner Leute zu kümmern«, teilte er ihr bestimmt mit.

Gret sah den Anführer herablassend an. Sie verspürte wenig Lust, unter Dieben zu hausen.

»Mit Verletzungen jeglicher Art, Fieber und sonstigen Seuchen sind wir immer wieder geschlagen«, sprach Wilbolt unbeeindruckt weiter. »Besonders in der kalten Jahreszeit haben wir ständig damit zu kämpfen. Die Arbeit wird dir also nicht ausgehen.«

»Und wenn ich nicht bei euch bleiben will?«, fragte Gret keck.

»Du wirst sehen, wenn du dich erst einmal daran gewöhnt hast, ist es kein schlechter Ort, um zu leben. Wer zu uns gehört, genießt den Schutz der Gruppe. Wir halten eng zusammen, denn wir sind alle aufeinander angewiesen.« Während er sprach, sah Wilbolt zu Elsslin hinüber, die ihre Nase rümpfte, sich aber eine bissige Bemerkung verkniff.

»Und nun zu deinem übereifrigen Freund, der meinte, sich mit zwanzig Mann auf einmal anlegen zu müssen. Ich nehme an, es ist der Vater deines Kindes, habe ich recht?«, wandte sich Wilbolt wieder an Gret und konnte dabei ein wissendes Grinsen nicht unterdrücken.

Gret nickte nur stumm. Es war wahrscheinlich das Beste, wenn sie die anderen in diesem Glauben ließ. Umständliche Erklärungen würden nur weitere Fragen nach sich ziehen.

»Wie hat dein Freund bislang sein Brot verdient?«, erkundigte sich Wilbolt.

»Er hat bei meinem Vater das Schuhmacherhandwerk gelernt«, erwiderte Gret in trotzigem Ton. »Er wollte auf Wanderschaft gehen, bevor deine Diebesbande ihn halb totgeschlagen hat.« Sie konnte es nicht lassen, den Anführer aufzustacheln. Er sollte nur merken, dass sie nicht aus freien Stücken hier war.

»Ein Handwerksbursche ist er also«, stellte Wilbolt erfreut fest. »Das passt ja ganz gut. Handwerkliche Fähigkeiten sind bei uns immer gefragt.

»Du meinst wohl eher Diebe, Halunken und Halsabschneider.« Gret genoss es, sich Wilbolt zu widersetzen.

Ihre Dreistigkeit brachte den stämmigen Mann zum Lachen. Er stieß mehrere kehlige Laute aus. »Da hast du nicht ganz unrecht«, stimmte er ihr zu, »jeder verfügt hier über besondere Fertigkeiten.«

»Welchen Nutzen hättest du schon von einem Schuhmacher?«, fragte Gret spöttisch.

»Schuhe zu flicken gibt es hier mehr als genug«, erwiderte Wilbolt. »Darüber hinaus scheint mir dein Freund recht gut gebaut zu sein. Wenn er wieder ganz bei Kräften ist, kann er sicher kräftig zupacken.«

Gret spürte, wie die Wut in ihr hochstieg. Dachte dieser anmaßende Mensch tatsächlich, dass sie und Jacob ihr weiteres Dasein in diesem erbärmlichen Lager fristen würden? Sobald es Jacob besser ging, würden sie zusammen die Flucht ergreifen. Auf Dauer konnten die Gesetzlosen sie hier nicht festhalten. Gret würde aufbegehren und gegen die Gefangennahme ankämpfen. Wenn es sein musste, würde sie ihre Freiheit auch bis ans Messer verteidigen.

Wilbolt schien ihr die aufwieglerischen Gedanken anzusehen, denn er erstickte von vorneherein alle aufkommenden Hoffnungen im Keim. »Wenn du denkst, du kannst hier so einfach wieder verschwinden, muss ich dich leider enttäuschen. Dieses Lager werdet ihr nicht mehr lebend verlassen.«

Gret durchfuhr ein kalter Schauer. »Was willst du damit sagen?«, fragte sie ihn mit zitternder Stimme.

»Ihr kennt nun unser Versteck und das ist eine Gefahr für die Gruppe«, eröffnete er ihr.

»Wir werden euch nicht verraten«, versprach Gret verzweifelt.

Wilbolt überging ihren Einwand. »Wenn ihr mit uns zusammenarbeitet, wird euch nichts geschehen. Versucht ihr jedoch zu fliehen, habt ihr keine Aussicht, zu entkommen«, drohte er mit donnernder Stimme. »Wir kennen die Wälder weit besser als ihr und werden euch finden, egal wie weit ihr kommt.«

Gret verschlug es die Sprache. Nun war nicht nur Merten hinter ihr her, sondern auch noch diese Horde Wilder, die im Wald lebten und sich wie Könige aufspielten. Ihre heile Welt geriet völlig aus den Fugen. Noch vor wenigen Wochen hatte sie ein beschützendes Heim und eine liebevolle Familie um sich gehabt und einer vielversprechenden Zukunft ins Auge geblickt. Doch nun schien nichts mehr so wie früher zu sein.

»Ich sehe, du bist vernünftig und gibst nun doch klein bei. Schließlich trägst du auch die Verantwortung für dein ungeborenes Kind«, stellte Wilbolt zufrieden fest.

»Du weißt rein gar nichts von mir«, begehrte Gret auf.

»Das ist gleichgültig, denn von nun an gibt es für dich keinen Weg mehr zurück in ein bürgerliches Leben«, offenbarte er ihr. »Wenn du hier lebst, wirst du dich mir als dem Anführer der Gruppe vollkommen unterordnen und unsere Lagerregeln befolgen müssen.«

Wilbolt baute sich breitbeinig vor Gret auf, um ihr seine Macht aufzuzeigen. Neben dem Riesen kam sich Gret wie ein Hänfling vor.

»Nichts geschieht hier, ohne dass ich davon Kenntnis habe«, machte Wilbolt ihr begreiflich. »Egal wohin du gehst, auch wenn du dich nur wenige Schritte vom Lager entfernst, wirst du dich bei mir abmelden.«

Gret brachte keinen Ton heraus. Ihre Kehle fühlte sich vor Wut ganz eng an.

»Da ich noch nicht weiß, ob ich dir trauen kann, wird in der ersten Zeit immer jemand an deiner Seite sein.« Wilbolt ließ seine Blicke über die Runde schweifen. »Nickel«, rief er einem hageren Burschen zu, den Gret bereits kannte.

Der Mann war bei der Gruppe gewesen, die sie im Wald aufgegriffen hatte. Die Gestalt hatte sich tief in Grets Gedächtnis eingebrannt, da dem Kerl an der rechten Hand drei Finger fehlten. Es sah so aus, als wären sie ihm abgehackt worden. Vielleicht hatte er einen Meineid geschworen oder sonst etwas Ehrenrühriges begangen, ging es ihr durch den Kopf.

»Du bist mir dafür verantwortlich, dass unsere kleine Heilerin auch bei uns bleibt und nicht auf dumme Gedanken kommt«, wies Wilbolt den Mann ruppig an.

»Geht in Ordnung«, antwortete er unterwürfig.

»Du folgst ihr auf Schritt und Tritt und lässt sie nicht aus den Augen«, fügte Wilbolt hinzu. »Sollte ihr die Flucht gelingen, werde ich dich zur Verantwortung ziehen. Habe ich mich klar genug ausgedrückt?«

»Ich werde sie hüten wie einen Goldschatz«, versprach Nickel beflissentlich. »Du kannst dich voll und ganz auf mich verlassen.«

Nun teilt mir Wilbolt auch noch einen eigenen Bewacher zu, dachte sich Gret verstimmt. Noch dazu diese beklemmende Gestalt mit der verunstalteten Hand. Sie beschloss, das Beste aus ihrer Lage zu machen und ihren Beschützter einfach nicht zu beachten.

Gret kehrte Wilbolt und Nickel ohne ein weiteres Wort den Rücken zu und ging zu ihrer kärglichen Unterkunft zurück, um nach Jacob zu sehen.

»Wo willst du hin? Habe ich dir nicht eben klargemacht, dass du hier keinen Schritt mehr ohne meine Erlaubnis machen kannst?«, rief ihr Wilbolt zornig nach.

»Du hast nur gesagt, dass ich dir Bescheid geben muss, wenn ich das Lager verlasse. Die paar Schritte zu meiner Hütte werde ich doch wohl noch ohne deine Erlaubnis zurücklegen dürfen?«, erwiderte Gret aufsässig.

Die Dreistigkeit des Mädchens erstaunte den Anführer der Bande. Keiner seiner Gefährten traute es sich, ihm offen zu widersprechen. Nur Elsslin meinte immer wieder, sich mit ihm anlegen zu müssen. Doch mit ein paar harschen Worten konnte er sie meist rasch bändigen. Nun hatte er sich offenbar noch eine widerborstige Frau ins Lager geholt, die ihn ständig herausfordern wollte. Wilbolt fiel es schwer, ein aufkommendes Grinsen zu unterdrücken. Mit dem weiblichen Geschlecht zurechtzukommen, war wirklich eine Herausforderung.

Da lobte er sich die angenehme Zurückhaltung der dritten Frau hier in ihrer Gruppe, der stummen Barbel. Ihr kamen niemals Widerworte über die Lippen, was allerdings nicht daran lag, dass sie besonders sanftmütig war. Vielmehr konnte sie nicht mehr richtig sprechen, seit ihr der Freisinger Eisenamtmann die Zunge aus dem Mund geschnitten hatte. Vor dieser harten Strafe war sie ein recht geschwätziges Weib gewesen und eben diese Beredsamkeit war ihr dann zum Verhängnis geworden. Sie hatte mehrmals zu Unrecht andere Menschen angeschwärzt, war uneinsichtig geblieben und hatte schließlich für ihre Schwatzhaftigkeit und Lügen bitter bezahlen müssen. Nun konnte sie nur noch lallende Laute von sich geben, die nur mit Mühe zu verstehen waren. Vielleicht wäre es ja besser, dachte sich Wilbolt im Stillen, wenn man allen Frauen im Lager die Zunge herausschneiden würde. Dann gäbe es sicher weniger Streit und Zwietracht unter seinen Leuten.

Für heute wollte er Grets Widerborstigkeit jedoch auf sich beruhen lassen. Es gab Wichtigeres zu tun. Sie hatten zwei Verletzte im Lager und brauchten dringend einen größeren Vorrat an Essen. Der erbeutete Proviantsack war ein guter Fang, würde für die ganze Gruppe aber nicht lange reichen. Sie mussten unbedingt für Nachschub sorgen. Mit einem Nicken gab er der Schuhmachertochter zu verstehen, dass sie gehen konnte.

Gret wunderte sich, dass sie ungeschoren davongekommen war. Sie hatte Wilbolt bewusst gereizt und sich schon auf eine herbe Zurechtweisung eingestellt. Als die Schelte ausblieb, zögerte sie nicht lange, sondern ging schleunigst zurück zu ihrer Hütte, bevor Wilbolt seine Meinung änderte. Aus den Augenwinkeln nahm sie wahr, dass Nickel ihr in einigem Abstand folgte.

Es waren noch etwa drei Schritte bis zu ihrem Unterschlupf, als eine Frauengestalt aus dem Inneren der Hütte hervortrat. Es war Elsslin, die ihr mit einem zufriedenen Grinsen entgegenkam. Gret schwante nichts Gutes, denn die gute Laune der Frau hatte nichts Herzliches an sich. Ganz im Gegenteil, es sprach die pure Gehässigkeit aus ihrem Gebaren. Irgendetwas hatte sie ausgeheckt, da war sich Gret sicher.

»Was hast du da drinnen bei meinem Freund zu schaffen?«, entfuhr es Gret. Ihr Ton klang barscher, als sie beabsichtigt hatte.

»Du fühlst dich wohl schon sehr heimisch bei uns? Prahlst mit deinen Fähigkeiten herum und spielst dich als große Heilerin auf. Aber du bist nichts weiter als eine Gefangene«, giftete Elsslin sie an.

»Ich sehe keinen großen Unterschied zwischen dir und mir«, stellte Gret trocken fest. Sie konnte nicht verstehen, warum die Frau so wütend auf sie war.

»Im Gegensatz zu dir habe ich das Recht, mich frei im Lager zu bewegen, also schneide nicht so groß auf. Ich lasse mir von dir nichts befehlen, wie all die anderen Dummköpfe hier.«

Elsslin war nicht zufällig hier, das spürte Gret deutlich. »Was wolltest du in der Hütte?, hakte sie nach.

»Ich habe nur nach deinem Geliebten gesehen und mich ein bisschen mit ihm unterhalten. Ich glaube, dass ich aus Versehen dein Geheimnis gelüftet habe«, machte die Frau rätselhafte Andeutungen.

»Ich weiß nicht, wovon du sprichst«, entgegnete Gret, wobei ihr die Verunsicherung deutlich anzumerken war.

»Du musst wissen, dass hier im Lager so gut wie nichts geheim bleibt. Die Hütten haben schließlich keine richtigen Wände. So kommt es schon mal vor, dass man im Vorbeigehen etwas aufschnappt.« Die Frau ließ sich mit ihren Ausführungen bewusst Zeit. »Obwohl ich in deinem Fall gestehen muss, dass ich absichtlich gelauscht habe«, fügte sie hinzu. »Aber ich hoffe, das verzeihst du mir, denn sehr viel Abwechslung wird hier nicht geboten.« Elsslin lächelte Gret scheinheilig an.

»Kannst du vielleicht etwas deutlicher werden? Ich weiß nämlich immer noch nicht, worauf du hinaus willst. Und wenn du nichts weiter zu sagen hast, geh mir am besten aus dem Weg«, erwiderte Gret ungeduldig.

»Nun, wenn du unbedingt willst, dann werde ich eben ganz deutlich. Ich habe gehört, wie du dich mit deinem Liebsten unterhalten hast.«

»Das kommt unter Paaren bisweilen vor«, stellte Gret spröde fest.

»Du wolltest wissen, an was er sich noch alles erinnern kann. Besonders wichtig schien dir dabei zu sein, was vor seinem Zusammenbruch gesprochen wurde.«

»Ich wollte nur prüfen, ob sein Gedächtnis in Mitleidenschaft gezogen wurde«, schob Gret vor.

»Ich kann eins und eins zusammenzählen, so einfältig bin ich nicht«, hielt Elsslin ihr entgegen. »Mir war augenblicklich klar, dass der junge Mann keine Ahnung von deiner Schwangerschaft hat. Und so verschreckt, wie du geklungen hast, war ich mir fast sicher, dass er nicht der Vater des Kindes ist.«

»Selbst wenn es so wäre. Was geht dich das an?«

»Ich trage mein Herz auf der Zunge und verabscheue nichts so sehr wie Heimlichkeiten«, behauptete Elsslin dreist. »Und so habe ich dem Mann die Augen geöffnet. Ich muss sagen, er war schon etwas überrascht, dass du Mutter wirst. Auch wenn er nichts gesagt hat, hatte ich den Eindruck, dass ihn meine Eröffnung etwas erregt hat.« Sie genoss ihre Überlegenheit.

»Wie konntest du das nur tun?«, entfuhr es Gret.

»Ich glaube, er muss sich erst einmal von der Neuigkeit erholen. Du solltest ihn vielleicht besser alleine lassen.« Elsslin lachte abfällig und schritt dann erhobenen Hauptes an Gret vorbei.

Elsslins Geständnis traf Gret bis ins Mark. Diese Frau war ihr eindeutig nicht wohlgesinnt. Wie hatte sie sich nur in so kurzer Zeit den Hass dieser böswilligen Person zuziehen können? Nun gab es kein Zurück mehr, sie musste sich Jacob offenbaren. Gret holte noch einmal tief Luft, bevor sie mit einem unangenehmen Gefühl im Bauch die Hütte betrat.

Jacob hatte den Oberkörper aufgerichtet und stützte sich auf seine Unterarme. Sein Gesicht sah eingefallen und erschöpft aus. Gret gelang es nicht, von seinen Augen seine Stimmung abzulesen. Sie spürte Jacobs Verunsicherung, war sich jedoch nicht sicher, ob er verärgert, enttäuscht oder eher bekümmert war.

»Ist es wahr, was mir diese gehässige Frau weismachen will, trägst du ein Kind in dir?«, fragte er sie in einem ausgesprochen gefühlskalten Ton.

»Ja, es stimmt. Ich wollte es mir selbst zunächst nicht eingestehen, aber ich bin offenbar wirklich schwanger«, gab Gret kleinlaut zu.

»Ich hätte auch eher draufkommen können. Anzeichen gab es schließlich genügend – diese ungewohnte Übelkeit der letzten Wochen oder die Veränderungen an deinem Körper. Aber man sieht eben immer nur, was man auch sehen möchte«, meinte er bitter.

Gret sah betrübt zu Jacob hinüber und fühlte sich mit einem Mal wie eine Verbrecherin.

»Ich nehme nicht an, dass ich der Vater deines Sprösslings bin, also sag mir, mit wem du dich eingelassen hast«, forderte Jacob mit Nachdruck. Sein Ton klang scharf. Er hatte Mühe, seine Fassung zu wahren.

»Es ist Mertens Kind, das ich austrage, aber es ist nicht so, wie du denkst«, versuchte sich Gret zu rechtfertigen.

»Was gibt es da noch herumzureden? Du hast dich einem anderen Mann hingegeben.«

Gret schwieg und senkte betreten den Blick.

»Oder hat dich Merten mit Gewalt genommen? Dann wird er dafür büßen«, erzürnte sich Jacob.

»Nein, ich bin aus freien Stücken zu ihm gegangen«, gestand ihm Gret. »Ich wollte ihn anflehen, dass er sich für Brigittas Freilassung einsetzt und seinen Vater um Hilfe bittet. Und genau das hat er mir dann auch hoch und heilig versprochen.« Zögernd setzte sie noch hinzu: »… allerdings nicht, ohne für seine Unterstützung eine Gegenleistung zu fordern.«

Sie brach ihre Erläuterungen unvermittelt ab. Es würde ihm nicht helfen, wenn sie genauer beschrieb, was sich an dem Abend abgespielt hatte. Sie hatte alles gesagt, was wichtig war. Nun war es an Jacob, zu sprechen.

Vorsichtig hob Gret den Blick und sah dem Schuhmachergesellen offen ins Gesicht.

»Wie konntest du dich nur mit diesem Prahler einlassen? War dir nicht klar, dass von dieser Seite keine Hilfe zu erwarten ist?«, erwiderte er erregt.

»Ich habe es nur für Brigitta getan.«

»Ich nehme an, dass der feine Herr keinen Finger gerührt hat, sobald er bekommen hatte, was er wollte.« Jacob erwartete keine Antwort auf seine Schlussfolgerung, da die Ereignisse der letzten Wochen für sich sprachen.

Gret nickte vorsichtig. Sie spürte, dass Jacob verärgert war, jedoch schwang in seiner Stimme auch ein Hauch von Verständnis mit. Vielleicht bestand ja doch noch Hoffnung, dass zwischen ihnen wieder ein Band des Vertrauens wachsen konnte.

»Du musst mir etwas Zeit lassen«, bat er Gret schon freundlicher. »Unser Aufbruch aus Freising, deine Gefangennahme, die Schlägerei mit den Gesetzlosen – das war bereits mehr als genug Aufregung. Und es gibt Dinge, die jetzt dringlicher sind.«

»Du hast recht, zuerst musst du wieder vollständig genesen und dann werden wir uns Gedanken darüber machen, wie es weiter geht«, stimmte sie ihm zu.

»Wurzeln fassen möchte ich hier jedenfalls nicht«, verkündete Jacob mit Nachdruck.

»Wilbolt, der Anführer der Bande, hat uns mit dem Tod gedroht, falls wir eine Flucht versuchen«, gestand ihm Gret. »Er möchte, dass wir hier im Lager bleiben. Und was er anordnet, scheint in diesem Wald Gesetz zu sein.«

»Wir werden eine Lösung finden, doch jetzt muss ich mich wirklich ausruhen. Du wirst sehen, alles wird sich für uns noch zum Guten wenden.« Jacob ließ sich erschöpft auf sein Lager sinken.

»Eine Sache solltest du dennoch wissen«, meinte Gret. »Wie es aussieht, haben es nicht nur die Gesetzlosen auf uns abgesehen. Wir werden auch noch von jemand anderem verfolgt.«

»So? Von wem denn?«

»Merten sucht offenbar nach uns. Er ist im Wald auf ein paar von Wilbolts Männern gestoßen. Wir müssen wirklich vorsichtig sein.«

»Merten, der soll nur kommen«, entgegnete Jacob verächtlich. »Es würde mir sogar eine außerordentliche Freude bereiten, ihm eine Lehre zu erteilen, die er so schnell nicht mehr vergisst.«

Kapitel 16

Das Leben wurde für Gret immer beschwerlicher. Es grenzte an ein Wunder, dass sie nach den Anstrengungen der letzten Monate noch immer das Kind in sich trug. Es schien ein zäher Sprössling zu sein, der sich nicht so leicht unterkriegen ließ.

Lange würde es nicht mehr dauern, bis sich ihr Nachwuchs seinen Weg nach draußen bahnte. Immer häufiger verspürte sie leichte, ziehende Schmerzen im Unterleib, die jedoch schnell wieder abflauten. Auch wenn es noch keine kräftigen, regelmäßigen Wehen waren, so kündigten sie eindeutig die nahende Geburt des Kindes an.

Es war ein langer, kalter Winter gewesen, der sich nun endlich dem Ende zuneigte. Auch wenn es reichlich Decken und Felle im Lager gab, waren diese meist klamm vor Feuchtigkeit und spendeten nicht genug Wärme. Wie oft hatte sie sich in letzter Zeit nach einem schützenden Heim mit einem warmen Herdfeuer gesehnt!

Der Hunger und die Kälte hatten allen im Lager zugesetzt. Viele quälten hartnäckiger Husten und Fieber. Dazu kamen noch verschiedene Arten von Ungeziefer, die sich auf der Haut und in den Haaren eingenistet hatten. Gret hatte alle Mühe, gegen die fortwährenden Krankheiten anzukämpfen. Seit Wochen hatte sich im Lager keiner mehr richtig satt essen können. Das Fasten schlug sich auf die Stimmung der Leute nieder und entlud sich immer wieder in Streitigkeiten und kleinen Schlägereien.

Trotz dieser Widrigkeiten erstaunte es Gret, dass sie sich so rasch an das einfache Leben im Wald gewöhnt hatte. Die Aufgabe, die man ihr zugedacht hatte, bereitete ihr sogar Freude. Inzwischen vertrauten ihr nahezu alle Leute aus Wilbolts Gruppe. Ihre heilerischen Erfolge trugen dazu bei, dass man ihr immer mehr Freiheiten gewährte und in gesundheitlichen Fragen vollkommen freie Hand ließ – eine Entwicklung, die Elsslin missfiel.

Die Heilsteine waren aus Grets Arbeit längst nicht mehr wegzudenken. Sie erprobte immer wieder neue Anwendungen. Dabei hatte sie ein feines Gespür entwickelt, welche Steine für die unterschiedlichsten Beschwerden passend waren.

Jacob hingegen fiel es deutlich schwerer, sich in die Gruppe einzufügen. Es widerstrebte ihm, an räuberischen Überfällen teilzuhaben und seinen Lebensunterhalt auf unehrliche Weise zu verdienen. Er war ein Handwerker mit Leib und Seele und wollte neue Dinge erschaffen. Stattdessen war er gezwungen, sich fremden Besitz anzueignen. Nicht immer waren es reiche Reisende, die sie beraubten. Oftmals überfielen sie auch arme Menschen, die selbst kaum das Nötigste zum Überleben besaßen. In solchen Fällen quälten Jacob über mehrere Tage Scham und Gewissensbisse.

Gret und Jacob waren übereingekommen, dass sie die Geburt des Kindes abwarten wollten. Sobald der Nachwuchs kräftig genug war, würden sie jedoch einen Fluchtversuch unternehmen. Auch die schlimmsten Drohungen von Wilbolt konnten sie nicht von diesem Entschluss abhalten, denn es war für beide undenkbar, ihr restliches Leben als Gesetzlose im Verborgenen zu fristen.

Ein großes Hindernis sah Gret jedoch in den Bewachern, die man ihnen an die Seite gestellt hatte. Nickel, ihr ständiger Schatten, war ihr inzwischen ans Herz gewachsen. Und auch Barthel, der auf Jacob aufpassen sollte, war kein schlechter Kerl. Seit sie ihn erfolgreich zusammengeflickt hatte, fühlte sie sich ihm eng verbunden. Auch Barthel empfand neben der Dankbarkeit inzwischen echte Freundschaft für Gret.

Sollte ihnen die Flucht gelingen, würde man wahrscheinlich Barthel und Nickel zur Rechenschaft ziehen. Sie mussten es also so anstellen, dass man den beiden keine Schuld geben konnte. Aber darüber konnten sie sich auch noch Gedanken machen, wenn es soweit war.

Die dichte Schneedecke, die sich wie ein weißer Teppich über die Landschaft gelegt hatte, begann endlich dahinzuschmelzen. Seit einer Woche hatte Gret das Lager schon nicht mehr verlassen, da das Vorankommen im tiefen Schnee für sie zu anstrengend wurde. Heute traute sie sich endlich wieder einen kurzen Ausflug zu. Gemeinsam mit Nickel stapfte sie durch die letzten weißen Flecken und suchte das Unterholz nach heilenden Wurzeln ab. Sie genoss diese Erkundungsmärsche und ließ ihren Gedanken hierbei immer freien Lauf. Zu dieser kalten Jahreszeit war es schwer, dem gefrorenen Boden Heilpflanzen abzuringen. Die Ausbeute fiel deshalb nicht gerade üppig aus. Dennoch gelang es ihr, mit einem spitzen Stein die Erde wegzuscharren und ein paar Wurzeln auszugraben.

»Meinst du, wir können noch kurz zu Brigittas alter Hütte gehen?«, fragte sie Nickel unschuldig und legte dabei den Kopf etwas schief.

»Das wird mich noch einmal Kopf und Kragen kosten«, prophezeite Nickel. »Wilbolt verabscheut Heimlichkeiten.«

»Ich wüsste nicht, wie er unser Geheimnis herausfinden sollte«, besänftigte ihn Gret. »Wenn uns jemand bei der Hütte sieht, können wir immer noch sagen, dass auf dieser Lichtung Pflanzen wachsen, die es nirgendwo sonst im Wald gibt.«

»Wenn Wilbolt erfährt, dass ich dir heimlich das Lesen und Schreiben beibringe, wird er mir eigenhändig den Kopf abschlagen«, entgegnete Nickel mit Nachdruck.

»Du wirst doch jetzt, nach den vielen Malen, die wir schon hier waren, nicht plötzlich Gewissensbisse bekommen?«

Nickel zögerte einen Augenblick. Man sah ihm an, dass er mit sich rang.

»Ich weiß genau, dass dir das Unterrichten Freude bereitet«, drängte Gret weiter in ihn. »Ist es nicht eine angenehme Abwechslung zu dem immer gleichen Lagerleben?« Sie sah ihn mit großen Augen an. Viel brauchte es nicht mehr, um ihn zu überzeugen.

»Du schaffst es immer wieder, mich umzustimmen. Du bist eben doch eine Hexe, die andere alleine durch ihre Worte einlullt«, meinte Nickel schmunzelnd.

»Wenn dir das ohnehin klar ist, solltest du dich nicht so sträuben«, entgegnete ihm Gret mit entwaffnender Offenheit.

»Du weißt, wie empfindlich Wilbolt ist, gerade was das Lesen und Schreiben betrifft«, gab er zu bedenken.

»Das liegt wahrscheinlich daran, dass er diese Fertigkeiten selbst nicht beherrscht«, vermutete Gret.

»Deshalb macht er sich auch immer über mich lustig und nennt mich abfällig den Schreiberling. Für ihn zählt eben nur die reine Körperkraft«. Nickel tat sich schwer, eine Entscheidung zu fällen. »Nun gut, ich lasse mich noch einmal von dir breitschlagen. Du sollst deine Lehrstunde bekommen«, willigte er schließlich in ihre Bitte ein.

Nickel hatte sich früher in Freising als Gerichtsschreiber verdingt – eine durchaus ehrenwerte Tätigkeit. Bis er eines Tages auf den Gedanken kam, sein kärgliches Gehalt mit kleinen Gefälligkeitsarbeiten aufzubessern. So stellte er über Jahre hinweg falsche Zeugnisse und Urkunden aus und entwickelte auf diesem Gebiet eine wahre Kunstfertigkeit.

Seine Dokumente waren so täuschend echt ausgearbeitet, dass sie kaum von den Originalen zu unterscheiden waren. Die ganze Sache flog auf, als einer seiner Kunden nicht zahlen wollte. Nickel versuchte, das Geld bei dessen Ehefrau einzutreiben. Diese zögerte nicht lange und schwärzte ihn vor Gericht an. Die Sache kam ihn teuer zu stehen. Er verlor für seine Unehrlichkeit nicht nur drei Finger, sondern musste der Stadt auch für immer den Rücken kehren.

Als Nickel der Schuhmachertochter bei einem ihrer Ausflüge etwas aus seinem früheren Leben erzählte, horchte sie auf. Dieser Mann trug ein unschätzbares Wissen in sich, das ihr bei der Entschlüsselung der Schriften in Brigittas Hütte behilflich sein könnte. So hatte sie den Mann beharrlich bearbeitet, bis er sich schließlich bereit erklärt hatte, sie zu unterrichten. Als sie das Gefühl hatte, ihm vertrauen zu können, zeigte sie ihm auch die alten Aufzeichnungen der Äbtissin Hildegard. Nickels Augen leuchteten auf, als er die Schriftstücke zum ersten Mal zu sehen bekam.

Die Dokumente waren kostbar, das erkannte sein geschulter Blick sogleich. Ehrfurchtsvoll strich er damals mit seiner verunstalteten

Hand über die Papierstücke. Es war ein Schatz von unfassbarem Wert, den ihm Gret mitten im Wald offenbarte.

Seit dieser Zeit gingen Gret und Nickel immer wieder heimlich zu Brigittas Hütte, um die Aufzeichnungen zu studieren. Nickel übersetzte Zeile für Zeile und vermittelte Gret dadurch sein wertvolles Wissen. Gret hing dem Fälscher an den Lippen und ließ sich Sätze, die ihr wichtig vorkamen, mehrmals wiederholen, damit sie sich alles einprägen konnte.

Nickel hatte ihr nach und nach alle Buchstaben des Alphabets beigebracht. Sie malte die Schriftzeichen unablässig in den Waldboden, um sie nicht zu vergessen. Auch einzelne lateinische Wörter konnte sie schon entziffern, selbst wenn ihr die Bedeutung meist noch verborgen blieb.

Als Gret und Nickel an diesem Tag an Brigittas Hütte ankamen, konnte es die Schuhmachertochter kaum erwarten, die Schriftstücke endlich wieder aus dem geheimen Versteck hervorzuholen. Ungeduldig entriegelte sie die Tür und hastete, leicht außer Atem, in das kleine Häuschen. Eilig schob sie den alten Strohsack beiseite und entfernte auch die Bruchstücke im Boden. Doch als sie in die tiefe Versenkung blickte, stellte sie überrascht fest, dass sie leer und das kostbare Lederbündel verschwunden war.

»Was hat das zu bedeuten? Die Schriftstücke sind nicht mehr hier. Wie kann das sein?«, fragte Gret bestürzt und blickte Nickel ratlos an.

»Ganz offensichtlich ist unser wohlbehütetes Geheimnis doch nicht so geheim, wie wir dachten«, stellte er trocken fest.

»Dann muss uns irgendjemand aus der Gruppe gefolgt sein, anders lässt sich der Verlust nicht erklären.« Gret dachte angestrengt nach und legte dabei ihre Stirn in Falten. »Die Hütte ist sehr gut verborgen und nicht leicht zu finden«, fuhr sie fort. »Dass jemand zufällig darauf stößt und dann auch noch die Versenkung im Boden entdeckt, ist mehr als unwahrscheinlich.«

»Ich habe kein gutes Gefühl bei der Sache«, erwiderte Nickel unheilschwanger. »Wahrscheinlich hast du recht, es war jemand von unseren Leuten. Die Frage ist nur, wer.«

»Mir fällt schon jemand ein, der sich hier häufiger herumtreibt«, meinte Gret mit einem wissenden Blick.

»An wen denkst du?«, wollte Nickel wissen.

»Es könnte Fridel gewesen sein. Kinder sind neugierig und suchen gerne Schätze. Vielleicht hat er sich nichts Böses dabei gedacht und empfindet das Ganze als Spiel«, beruhigte Gret ihren Begleiter. Sie kniete noch immer neben der leeren Versenkung.

»Der Sohn des Anführers – das klingt in meinen Ohren brandgefährlich. Wenn es tatsächlich der Junge war, steht es nicht gut um uns.«

»Fridel ist ein netter Junge. Er will uns sicher nicht schaden«, meinte Gret.

»Kinder können Geheimnisse nicht besonders gut wahren und plaudern gerne mal etwas aus. Wenn er nun mit seiner Entdeckung vor seinem Vater herumprahlt, sind wir erledigt«, stellte Nickel bitter fest.

»Wir wissen ja noch nicht einmal sicher, ob er es war. Es ist vielleicht am besten, wenn ich ihn ganz vorsichtig darauf anspreche«, schlug Gret vor.

»Dann musst du aber geschickt vorgehen und ihn nicht auf Sachen stoßen, die er noch gar nicht weiß«, ermahnte er sie. »Lass uns schnell zurückgehen. Ich habe einfach keine Ruhe, bevor wir nicht wissen, wer hinter dem Verschwinden der Schriftstücke steckt.« Nickel reichte Gret seine unverletzte Hand und zog sie mit einem kräftigen Schwung nach oben. Dann deckte er die Versenkung im Boden ab und rückte den Strohballen wieder an die richtige Stelle.

Gret verließ das Häuschen als Erste. Sie hatte kaum die Schwelle überschritten, als sie ein seltsames Gefühl im Unterleib verspürte. Durch das rasche Aufstehen aus der Hockstellung hatte sich irgendetwas verändert, sie konnte nur nicht sagen, was. Schmerzen empfand sie keine, doch mit einem Mal floss zwischen ihren Beinen ein Schwall warmen Wassers hervor. Egal wie sehr sie sich auch bemühte, sie konnte den Strom nicht aufhalten. An der Stelle, an der sie gerade stand, bildete sich eine kleine Pfütze. Überrascht sah Gret an ihrem

Körper herab. Es dauerte eine Weile, bis ihr bewusst wurde, was die viele Flüssigkeit zu bedeuten hatte.

»Was ist mit dir? Du siehst so erschrocken aus, als hättest du den Leibhaftigen erblickt«, wandte sich Nickel besorgt an Gret.

»Ich glaube, es ist soweit. Das Wasser fließt schon aus meinem Bauch. Wir sollten schnell zurückgehen, bevor die Wehen einsetzen«, erwiderte Gret mit zittriger Stimme. Bei einer Geburt zu helfen war etwas völlig anderes, als selbst betroffen zu sein, dachte sie beklommen.

Nickels rosige Gesichtsfarbe wechselte in ein fahles Blassgrau. Mit diesen Frauenangelegenheiten kannte er sich nicht aus. Kinderkriegen war in seinen Augen eine Sache, aus der sich Männer tunlichst heraushalten sollten. Am liebsten hätte er das Weite gesucht, doch er riss sich zusammen. Hilfsbereit griff er nach dem Arm des Mädchens.

»Du musst mich nicht stützen. Ich kann noch sehr gut alleine laufen. So blass wie du aussiehst, könntest eher du ein bisschen Hilfe brauchen«, neckte Gret ihren Begleiter.

Nickel fühlte sich ertappt, ging jedoch nicht weiter auf ihre kleine Stichelei ein. Vor einem Mädchen, noch dazu einem so jungen, wollte er sich keine Schwäche eingestehen.

So schritten sie eine Weile nebeneinander her, jeder in seine Gedanken versunken. Der Fußmarsch strengte Gret mehr an, als sie zugeben wollte. Schon nach wenigen Minuten spürte sie, wie sich ihr Unterleib verhärtete. Auch nahm sie bereits einen leichten, ziehenden Schmerz wahr, der nach einer Weile wieder abflaute. Wie gerne hätte sie jetzt Brigitta an ihrer Seite gehabt, die ihr die Hand hielt und Mut zusprach. Doch sie durfte nicht zu rührselig werden und in Selbstmitleid zerfließen. Für die bevorstehende Geburt würde sie all ihre Kräfte brauchen. So stapfte sie tapfer weiter durch die winterliche Landschaft.

Als sie endlich das Lager erreichten, verspürte Gret nur noch einen Wunsch – sie wollte sich hinlegen und etwas ausruhen. Doch sie würde Hilfe brauchen, ganz alleine konnte sie die Entbindung nicht durchstehen. Das Lager wirkte seltsam still, fast wie ausgestorben.

Wahrscheinlich hatten sich die Männer wieder auf einen Raubzug begeben.

Sie konnte nur hoffen, dass zumindest eine der beiden Frauen im Lager geblieben war und ihr in den nächsten Stunden beistehen konnte. Selbst mit der mürrischen Elsslin würde sie in dieser Zwangslage vorlieb nehmen – auch wenn sich die beiden Frauen sonst eher aus dem Weg gingen. Wenn sich ein Zusammentreffen nicht vermeiden ließ, behielt jede die andere misstrauisch im Auge. Vielleicht war es ein guter Zeitpunkt, um endlich Frieden zu schließen, nahm sich Gret vor.

Lieber hätte sie bei der Geburt die stumme Barbel an ihrer Seite. Auch wenn sich die Frau nur mit Handzeichen verständigen konnte, kam Gret inzwischen sehr gut mit ihr zurecht. Barbel war ihr zumindest nicht feindlich gesinnt, das spürte sie deutlich.

»Du siehst ganz blass aus«, stellte Nickel nach einer Weile unsicher fest. »Ich hole dir lieber eine der Frauen, denn eine große Hilfe werde ich dir in dieser Angelegenheit sicher nicht sein. Du kannst schon in deine Hütte gehen, ich schicke sie zu dir.«

Gret widersprach der Anweisung nicht. Auch wenn sie sonst immer recht forsch auftrat, fühlte sie sich heute so verletzlich wie kaum in ihrem Leben. Eine schmerzhafte Woge durchfuhr ihren Körper und raubte ihr unvermittelt den Atem. Sie hielt kurz inne und wartete, bis der Schmerz verging. Dann machte sie sich leicht gekrümmt zu ihrer kargen Unterkunft auf und ließ sich erschöpft auf ihre Lagerstätte sinken.

Die Wehen kamen und gingen in regelmäßigen Abständen und noch immer hatte niemand nach Gret gesehen. Sie lag seit über einer Stunde alleine in der feuchten Behausung und wurde immer unruhiger. Wo blieben nur die anderen Frauen? Nickel hatte ihr doch versprochen, dass er sich darum kümmern würde. Hoffentlich war nichts Schlimmes geschehen. Wenn niemand kam, musste sie eben – trotz der Wehen – selbst Hilfe holen. Gerade als sie mühsam versuchte, sich aufzurichten, tauchte am Eingang ihres Unterschlupfes endlich eine Frauengestalt auf.

»Nickel schickt mich zu dir. Er meinte, du könntest vielleicht Hilfe brauchen«, sagte Elsslin mit ihrer gewohnt unwilligen und abweisenden Art. »Ich hoffe, du verzeihst mir, dass ich dich so lange habe warten lassen, aber ich musste noch etwas Dringendes erledigen.« Sie blickte spöttisch auf Gret hinab und strahlte dabei keinen Funken Herzlichkeit aus.

Gret lief bei diesen gefühlskalten Worten ein unangenehmer Schauer über den Rücken. Sie begann zu frösteln. »Sollten wir unsere gegenseitige Feindseligkeit nicht endlich begraben? Ich will dir nichts Böses, das kannst du mir wirklich glauben«, versicherte Gret entgegenkommend. »Ich weiß, dass ich auch nicht immer ausgesprochen freundlich zu dir gewesen bin. Aber wir könnten noch einmal ganz neu beginnen.« Sie musste kurz innehalten, da sie wieder eine Woge der Schmerzen überrollte.

»Du denkst wohl, du kannst mich mit deinem herzensguten Gerede auf deine Seite ziehen? Jetzt, wo du etwas von mir willst, säuselst du plötzlich herum und tust so, als wären wir beste Freundinnen.« Elsslins Gesicht lief rot an, während sie sich ereiferte.

»Ich bekomme ein Kind und brauche Hilfe!«, schrie Gret ihr verzweifelt entgegen.

Elsslin hörte ihr gar nicht zu. »Ich habe dich durchschaut«, fuhr sie ungestüm fort. »Du willst, dass dir alle zu Füßen liegen und deine außergewöhnlichen Fähigkeiten bewundern. Und sie fallen offenbar auf dein Theater herein. Aber ich weiß, dass du keine Hexe bist.« Sie stieß ein bösartiges Lachen aus.

»Was redest du da?«, war alles, was Gret herausbrachte. Die Frau machte ihr Angst.

»Hättest du nicht die Geschichte mit der Hexenkunst erzählt, wärst du nichts weiter als die Lagerhure«, schleuderte ihr Elsslin böse entgegen. »Du hast ihnen Angst gemacht und nun fürchten sie sich vor dir, weil sie sich nicht sicher sind, ob du eine Zauberin bist oder nicht. Doch du führst alle an der Nase herum.«

Gret wich ein Stück zurück und kauerte sich schützend in den letzten Winkel ihres Unterschlupfes. Woher kamen nur dieser unbändige Hass und diese starke Abneigung? Dass Elsslin niemals eine enge Vertraute für sie werden würde, wusste sie von Anbeginn. Doch dass die Feindseligkeit solche Ausmaße annahm, wurde ihr erst jetzt bewusst. Diese Frau war gefährlich, das spürte sie mit jedem Flecken ihrer Haut.

»Ich werde es kurz machen. Ich möchte, dass du so schnell wie möglich verschwindest. Seit du hier im Lager bist, hat man mich zur bloßen Handlangerin herabgestuft.« Neid und Eifersucht sprachen aus ihren Worten.

»Ich will dir deine Stellung gar nicht streitig machen«, beteuerte Gret.

»Das tust du aber, denn alles dreht sich nur noch um dich und deine Heilkünste. Du gibst die Anweisungen und wir anderen haben gefälligst zu folgen«, fauchte Elsslin sie an. Sie war wie von Sinnen. »Es ist schlimm genug, dass sich Wilbolt wie ein König aufspielt«, fügte sie hinzu, »doch von so einem jungen, unwissenden Ding, wie du es bist, lasse ich mir nichts befehlen!«

Gret versuchte aufzustehen, um mit der Frau auf Augenhöhe sprechen zu können, doch die Schmerzen waren zu stark.

»Ich gebe dir genau vier Wochen, um dieses Lager endgültig zu verlassen. Solltest du nicht freiwillig gehen, wirst du es bereuen, das schwöre ich dir.« Elsslin starrte abschätzig auf Gret herab.

Die Schuhmachertochter nutzte die kurze Wehenpause, um sich aufzusetzen. »Ich würde lieber heute als morgen aufbrechen«, versicherte ihr Gret zynisch, »doch ich brauche mehr Zeit. Das Kind muss erst größer und kräftiger werden.«

»Was aus dir und deinem Bastard wird, ist nicht meine Sache«, hielt ihr Elsslin verächtlich entgegen. »Jeder muss zuerst an sich selbst denken, das hat mich das Leben gelehrt.«

»Du kannst mich nicht dazu zwingen, so überstürzt aufzubrechen. Ich werde nichts tun, was das Leben meines Kindes in Gefahr bringt«, setzte Gret mutiger hinzu. Ihr Unterleib krampfte sich wieder heftig zusammen. Die Aufregung tat ihr nicht gut.

»Du irrst dich gewaltig. Ich habe etwas in meinem Besitz, das sehr wertvoll für dich ist«, machte Elsslin undurchsichtige Andeutungen. »Wenn du es wieder haben willst, solltest du besser tun, was ich sage.«

»Und was soll das sein, was mir so am Herzen liegt?«, fragte Gret unsicher, wobei sie bereits eine düstere Vorahnung befiel.

»Kannst du dir das nicht selbst zusammenreimen?«, entgegnete Elsslin überheblich. »Ich kann dir aber auch gerne auf die Sprünge helfen.« Sie ließ sich mit ihrer Eröffnung bewusst Zeit. »Ich bin dir und Nickel bis zur einsamen Waldhütte gefolgt«, rückte sie schließlich heraus.

Gret sah die Frau mit weit aufgerissenen Augen an. Sie wusste, was nun kommen würde.

»Zuerst dachte ich, dass ihr euch dort heimlich vergnügt«, fuhr Elsslin fort, »doch dann habe ich euch mit diesen seltsamen Schriften gesehen. So vertieft wart ihr in diese Papierstücke, dass ihr nicht einmal bemerkt habt, dass ihr beobachtet wurdet.«

»Du hast die Aufzeichnungen an dich genommen und nun willst du uns bei Wilbolt verpfeifen«, gab Gret tonlos zurück.

»Ein verlockender Gedanke, doch das wäre nur eine kurze Genugtuung. Aus dem Lager vertreiben wird euch Wilbolt deswegen nicht.«

»Was hast du dann vor?«, fragte Gret verwundert.

»Ich verstehe zwar nicht, was so Besonderes an den Schriften ist, doch offenbar scheinen sie dir sehr viel zu bedeuten.« Die Gesetzlose grinste Gret böse an. »Du bekommst die Schriftstücke an dem Tag wieder, an dem du dich für immer von hier verabschiedest«, fuhr sie verächtlich fort.

Gret musste schlucken. Neben den Heilsteinen waren die Dokumente das Einzige, was ihr von Brigitta noch geblieben war. Sie wollte sie unbedingt zurückhaben.

»Wir werden ein Zeichen vereinbaren, mit dem du mir den Tag deiner Flucht anzeigst«, sprach Elsslin weiter. Sie genoss ihre Überlegenheit. »Wenn du in vier Wochen jedoch noch nicht aufgebrochen bist, werde ich das Zeug eigenhändig verbrennen. Alleine findest du die Dokumente nicht wieder.«

Gret fühlte sich völlig entkräftet. Die fortwährenden Wehenschmerzen und die finsteren Drohungen setzten ihr zu. Sie hatte Mühe, ihre Gedanken zu sammeln und wusste, dass es besser wäre, ihre Kräfte für die Geburt aufzusparen. Dennoch raffte sie sich ein letztes Mal auf und stellte Elsslin die alles entscheidende Frage.

»Woher weiß ich, dass ich dir trauen kann? Wenn du den Tag unseres Aufbruchs kennst, könntest du es bei Wilbolt ausplaudern, um dich bei ihm einzuschmeicheln.« Gret war sich unsicher, ob sie sich auf das Angebot einlassen sollte.

»Sicher kannst du dir natürlich nicht sein, dass ich mein Wort halte«, erwiderte die Gesetzlose höhnisch. »Ich fürchte, du musst mir einfach vertrauen.«

»Wenn Wilbolt uns bei einem Fluchtversuch erwischt, schneidet er uns die Kehlen durch«, hielt Gret entgegen. »Das wäre für dich doch die einfachste Lösung.«

»Ich will nicht euren Tod, sondern nur, dass ihr von hier fortgeht«, platze Elsslin heraus. »Ihr gehört nicht zu uns, das habt ihr nie getan. Vielleicht erweise ich euch damit sogar einen Gefallen«, fügte sie hinzu.

»Ich muss darüber nachdenken«, brachte Gret mit letzter Kraft hervor.

»Eines solltest du noch wissen. Wenn du trotz allem hier im Lager bleibst, werde ich dir das Leben zur Hölle machen«, schwor ihr Elsslin. Sie hatte alles gesagt, was sie kundtun wollte. Ohne Gret noch eines Blickes zu würdigen, machte sie unvermittelt kehrt und überließ das Mädchen ihrem Schmerz und ihren trüben Gedanken.

Gret spürte, wie sie in einem Strudel der Verzweiflung versank. Sie fürchtete um das Leben ihres ungeborenen Kindes, aber auch um ihr eigenes. Noch nie hatte sie sich so hilflos und alleingelassen gefühlt, wie an diesem unseligen Tag.

Sie wusste, dass sie nicht für immer in diesem Lager bleiben konnte, doch sie wünschte sich zumindest, dass man ihr noch etwas Zeit gewährte. Ein Winzling von vier Wochen sollte eigentlich behütet und umsorgt und nicht den Strapazen einer ungewissen Reise ausgesetzt werden.

Bis auf die Kleider, die sie auf der Haut trug, besaß sie rein gar nichts mehr, das von Wert war. Nur noch Brigittas Heilsteine waren ihr geblieben, kam es Gret in den Sinn. Doch dieses Bindeglied zu ihrer besten Freundin würde sie nicht weggeben.

Aber sie durfte nicht ungerecht sein, es gab noch einen weiteren Lichtblick in ihrem Leben: Sie hatte Jacob an ihrer Seite, der zu ihr stand und sie unterstützen würde. Sie konnte nur hoffen, dass alles gut gehen würde, sowohl die nahende Niederkunft als auch ihre Flucht.

Die Wehen wurden nun kräftiger und kamen in regelmäßigen Abständen. Gret tastete vorsichtig ihren Bauch ab, so wie es ihr Brigitta immer gezeigt hatte. Das Kind lag richtig herum mit seinem Köpfchen nach unten und drängte sich kräftig voran. Der Druck auf ihren Unterleib wurde immer stärker. Die kleinen Füße spürte sie auf ihrer linken Seite, rechts musste also der Rücken liegen.

Sie wünschte sich von ganzem Herzen, dass endlich irgendjemand nach ihr sehen würde. Sie wollte dieses Kind nicht alleine in diesem feuchten Unterstand zur Welt bringen. Sie brauchte zumindest ein paar frische Tücher, um das Blut aufzufangen. Außerdem quälte sie ein schrecklicher Durst. Nach der nächsten Wehe würde sie sich aufrappeln und nach der stummen Barbel suchen, schwor sie sich.

Die Schmerzen nahmen mit jeder Wehe zu. Sie überrollten sie wie ein Gefährt, das nicht mehr zu bremsen war, und ließen ihr kaum mehr Zeit zum Atmen. Dennoch richtete sich Gret vorsichtig auf und schleppte sich die paar Schritte nach draußen.

Das Lager wirkte immer noch verlassen. Sie konnte weder Elsslin noch Barbel entdecken. Und auch Nickel hatte offenbar das Weite gesucht. Er glaubte sie wohl bei Elsslin in guten Händen.

Neben der Feuerstelle, in der Mitte des Lagers, stand der Holzeimer mit dem frischen Flusswasser. Jeden Morgen füllte ihn ein Mitglied der Gruppe erneut auf. Durstig näherte sie sich mit schwerfälligen Schritten dem Bottich, wobei sie vor Schmerzen immer wieder innehalten musste. Obwohl er keine 25 Ellen entfernt stand, brauchte sie für den kurzen Weg fast eine Viertelstunde. Erschöpft kauerte sie sich vor dem Eimer in die Hocke, schöpfte sich mit bloßen Händen das Wasser in den Mund und benetzte auch ihre Stirn.

Die Hockstellung beschleunigte den Geburtsvorgang jedoch. Irgendetwas veränderte sich plötzlich an der Art der Wehen. Gret hatte das Gefühl, als würde sich ihr Unterleib noch stärker zusammenkrampfen. Es fühlte sich so an, als wollte ihr Körper das Kind jetzt nach draußen pressen. Doch konnte das möglich sein? Es war ihre erste Entbindung und normalerweise dauerte es mehrere Stunden oder gar Tage, bis sich eine Geburt dem Ende zuneigte. Sie ließ sich auf den kalten Boden sinken und schob ihre feuchten Röcke ein Stück nach oben. Ihre Beine waren blutverschmiert und zitterten heftig. Vorsichtig tastete sie mit ihrer rechten Hand nach ihrer Scham und zuckte ungläubig zurück.

Zwischen ihren Fingern spürte sie ein feuchtes Büschel kurzer Kinderhaare. Bisher hatte sich das junge Leben in ihrem Bauch nur durch kleine Tritte bemerkbar gemacht und nun konnte sie es endlich berühren! Eine Welle der reinsten Liebe erfüllte sie trotz der Pein. Noch war es nur ein winziger Fleck des Kopfes, der zu ertasten war. Doch das Kind drängte mit aller Kraft weiter nach unten. Der Schmerz wurde immer unerträglicher und Gret konnte sich nicht mehr zusammenreißen. Ihre Unterlippe hatte sie sich bereits blutig gebissen, doch nun begann sie bei jeder Presswehe lauthals zu schreien. Aus voller Kehle brüllte sie ihre Verzweiflung, Angst und Wut heraus, bis ihre Stimme nur noch ein heiseres Krächzen hervorbrachte.

Ihre Schmerzensschreie blieben nicht ungehört. Als sie sich bereits damit abgefunden hatte, die Geburt alleine durchzustehen, nahm sie endlich leise, tapsende Schritte hinter sich wahr. Sie drehte ihren Kopf in die Richtung der sachten Bewegung und blickte geradewegs in die erschrockenen Augen von Wilbolts Sohn Fridel.

»Fridel, dich schickt der Himmel. Bitte hole so schnell wie du kannst Barbel oder sonst irgendwen, der mir beistehen kann. Aber beeil dich, denn das Kind ist gleich da«, schärfte sie dem Jungen atemlos ein.

»Ich renne schneller als die Großen«, verkündete Fridel stolz. »Und ich weiß auch, wo Barbel ist. Ich habe sie am Fluss gesehen.«

»Dann hol sie her«, trug sie dem Jungen, der Verzweiflung nahe, auf.

Fridel flitzte ohne zu zögern los und war wenige Augenblicke später im Wald verschwunden.

Gret versuchte den Pressdrang zu unterdrücken, doch ihr Körper gehorchte ihr nicht mehr. Sie spürte, wie sich dort unten alles öffnete. Es würde nicht mehr lange dauern, bis erst das kleine Köpfchen und wenig später der ganze Körper geboren waren. Das Kind durfte jedoch nicht auf den kalten, harten Boden plumpsen. Es könnte sich dort ernsthaft verletzen. Sie musste versuchen, irgendwie in eine der Hütten zu kriechen. Dort konnte sie dann mit Decken den Boden polstern. Stück für Stück schob sie sich in Richtung der nächstgelegenen Hütte. Auf dem Boden hinterließ sie dabei eine Schleifspur aus Blut.

Obwohl sich Gret eben noch völlig erschöpft gefühlt hatte, gelang es ihr dennoch, ihre letzten Kräfte aufzubieten. Es war die Angst um ihr Kind, die sie nun antrieb. Auch wenn sie sich dem rettenden Unterschlupf nur schleppend langsam näherte, so verringerte sich die Entfernung doch zusehends. Das letzte Stück kroch sie auf allen Vieren und sank dann keinen Augenblick zu früh auf das schützende Strohlager nieder. Als sie bemerkte, in welche Hütte sie sich da geschleppt hatte, zuckte sie kurz zusammen. Ausgerechnet Elsslins Behausung sollte nun die Geburtsstätte ihres Kindes werden. Doch das ließ sich nun nicht mehr verhindern. Sie presste mit aller Kraft gegen den starken Widerstand ihrer Muskeln und Sehnen an, bis ihre Scham schließlich nachgab und das kleine Köpfchen hervortrat. Entkräftet sank sie zurück und holte noch einmal tief Luft für die letzte große Anstrengung. Dann stützte sie sich auf ihre Unterarme auf, nahm das Kinn zur Brust und presste mit der nächsten Wehe den kleinen, glitschigen Körper vollständig aus seiner schützenden Höhle hinaus in die Welt.

Ungelenk rappelte sie sich zum Sitzen auf, griff den Säugling unter den Achseln und hob ihn vorsichtig empor. Es war ein kleiner, kräftiger Junge mit einem Flaum feuchter, dunkelblonder Löckchen auf dem Kopf. Sie drückte ihn liebevoll an ihre Brust und klopfte mit ihrer rechten Hand sanft auf den Rücken des Neugeborenen. Nach vier behutsamen Schlägen spürte sie, wie das Kind zum ersten Mal in seinem kleinen Leben einen tiefen Atemzug nahm und seine winzige Brust mit frischer Luft füllte. Nur wenige Augenblicke später hörte sie endlich das erlösende Säuglingsgeschrei.

Glückselig ließ sie sich auf das Lager zurücksinken. Alle finsteren Gedanken waren plötzlich wie weggespült. Sie hatte ganz alleine ein Kind zur Welt gebracht und war nunmehr Mutter. Sie fühlte eine innige Verbundenheit zu diesem kleinen Geschöpf. Sie würde ihn Gabriel nennen, war sie sich mit einem Mal sicher.

Der kleine Kerl hatte sich schnell wieder beruhigt und kuschelte sich inzwischen wonnevoll an Grets Brust. Gret griff nach ihrem Rockschoß und rieb das Kind mit dem zerschlissenen Stoff behutsam trocken. Dann hielt sie nach etwas Ausschau, in das sie das Neugeborene einwickeln konnte. Da sie nichts Geeignetes finden konnte, bettete sie ihren Sohn notdürftig neben sich auf den Strohsack und deckte ihn mit ihrem eigenen Rock zu.

Gret vernahm vor der Hütte Schritte und mehrere aufgeregte Stimmen. Dann tauchte Fridel am Eingang des Unterschlupfes auf.

»Da bist du ja. Ich habe die Blutspur entdeckt und bin ihr bis hierher gefolgt«, sagte Wilbolts Sohn mit ernster Stimme.

Erst jetzt bemerkte er, dass Gret nicht mehr alleine war, sondern ein kleines Kind an ihrer Seite schlummerte.

»Oh, dein Kind ist schon da. Das ist aber schnell gegangen«, stellte er überrascht fest. »Aber ich habe mich doch so beeilt. Ich habe gleich alle geholt, denn ich dachte, je mehr Hilfe, umso besser«, rechtfertigte er sich für seine Verspätung.

»Wir müssen die Nabelschnur durchtrennen und auf die Nachgeburt warten. Dazu brauchen wir frisches Wasser, saubere Tücher und ein Messer«, flüsterte Gret mit heiserer Stimme.

»Das bringt alles Barbel mit«, erwiderte der Junge geflissentlich.

Wenige Augenblicke später drängte sich die stumme Barbel an Fridel vorbei in die enge Hütte und ließ sich an Grets Seite nieder. Auch wenn sie nicht sprechen konnte, so erzählten ihre Augen mehr als viele Worte. Gret entdeckte darin Rührung, Mitgefühl und echte Freude.

Barbel strich Gret freundschaftlich über den Arm und fragte mit Handzeichen, ob sie das Kind aufnehmen durfte. Gret nickte ihr zustimmend zu und verfolgte mit den Augen, wie die Frau den Säugling versorgte.

Geschickt band Barbel die Nabelschnur mit einem Leinenstreifen ab und durchschnitt sie dann ohne zu zögern mit einem einfachen Messer. Sie wirkte dabei so erfahren, als hätte sie schon mehrmals bei Entbindungen geholfen. Mit einem benetzten Tuch säuberte sie das Kind und befreite es von Blut und Schleim. Dabei berührte sie die zarte Kinderhaut ungewohnt zärtlich. Noch nie hatte Gret die Frau so feinfühlig erlebt.

Barbel wickelte den Säugling in ein einfaches Tuch und bettete ihn wieder in die Arme seiner Mutter. Dann legte sie ihre Hand auf Grets Bauch, um zu spüren, ob sich der Unterleib noch ausreichend zusammenkrampfte, um die Nachgeburt ausstoßen zu können. Sie runzelte kurz die Stirn und begann dann mit ihren kalten Händen Grets Bauchdecke zu kneten und nach unten auszustreichen.

Die beherzte Behandlung zeigte bald Wirkung. Ohne große Anstrengung presste Gret wenig später den Mutterkuchen heraus. Mit blassem Gesicht, jedoch stolz und zufrieden, sah sie auf. Vor ihrer kargen Hütte hatte sich die gesamte Gruppe versammelt. Jeder wollte einen kurzen Blick auf den neuen Lagerbewohner werfen. Der Winzling schien die Herzen zu erweichen, denn die sonst so derben Menschen wirkten heute viel sanftmütiger als gemeinhin.

Grets Augen suchten jedoch nach einem ganz bestimmten Menschen. Sie entdeckte zunächst Wilbolt und Nickel, ihren ständigen Begleiter. Ganz vorne stand auch der kleine Fridel und trug ein breites Grinsen auf seinem schmutzigen Gesicht. Und endlich konnte sie auch Jacob unter den Gesetzlosen ausmachen. Er stand etwas befangen hinter den anderen, die Hände unsicher in den Hosentaschen versteckt. Als sich ihre Blicke trafen, ließ sich Gret erleichtert zurücksinken. In Jacobs Gesicht war keine Spur von Groll oder Ärger zu entdecken. Im Gegenteil, seine Augen begannen plötzlich zu leuchten und ein zufriedenes Lächeln breitete sich auf seinem Gesicht aus.

Kapitel 17

Dieser Abend sollte der letzte im Diebeslager sein. Gret und Jacob hatten beschlossen, in der Nacht nach Landshut zu fliehen. Jacob hatte nicht lange für seine Entscheidung gebraucht, denn ihn zog es seit Beginn ihrer Gefangenschaft in die Ferne. Er hatte sich nur aus Sorge um Gret und den Säugling breitschlagen lassen, so lange unter den Gesetzlosen auszuharren. Elsslins Druckmittel kam ihm somit sehr gelegen. Dennoch fragte er sich, ob Gret den Anstrengungen einer Reise schon gewachsen war.

Gret spürte, wie sehr Jacob die Aussicht auf eine baldige Flucht verwandelte. Sein gedrückter Blick hellte sich auf und strahlte endlich wieder einen Hauch von Hoffnung aus. Sie hatte fast vergessen, dass er einmal ein unbeschwerter, junger Mann gewesen war. Die vergangenen Monate hatten ihn stark verändert. Er wirkte rauer und unnahbarer als früher und ließ seine Unzufriedenheit und die Ohnmacht oft in Form von bissigen, abfälligen Bemerkungen an den anderen aus. So war sie sich nun auch sicher, dass dies der richtige Schritt war. Länger konnte sie ihm das unsicherere, gefährliche Räuberleben einfach nicht zumuten.

Gret hatte sich an diesem Tag früh zurückgezogen, kam vor Aufregung jedoch nicht zur Ruhe. Auch Gabriel spürte ihre Anspannung und ließ sich nur mit größter Mühe besänftigen. Sie hatte die ganze Woche über Vorbereitungen für ihre Flucht getroffen und unweit des Lagers Essensvorräte, Decken und ein paar Kleidungsstücke versteckt.

Seit sie das Kind zu versorgen hatte, wurde sie nicht mehr so streng bewacht – ein Vorteil, der ihnen nun zugutekam. Sie hatte sich angewöhnt, sich immer wieder von den Hütten zu entfernen, um den Säugling zu stillen oder zu beruhigen. Die ersten Male war ihr Nickel noch gefolgt, doch als er gesehen hatte, dass sie nur mit dem Kind beschäftigt war, ließ er sie gewähren. So konnte sie nach und nach heimlich einiges für die Flucht aus dem Lager schmuggeln.

Elsslin hatte ihr versprochen, dass sie die Schriften am Tag ihrer Flucht wieder in Brigittas Hütte zurückbringen würde. Gret konnte nur hoffen, dass die Frau auch Wort hielt.

Auch Jacob wirkte an diesem Abend unruhig und fahrig. Er hatte sich bis zum letzten Augenblick mit verschiedenen Arbeiten abgelenkt, Holz geschleppt, Feuer entfacht und durchlässige Hütten mit Moos abgedichtet.

Als die letzten Sonnenstrahlen hinter den Baumgipfeln verblichen, zogen sich die meisten Gesetzlosen in ihre Hütten zurück und auch Jacob kam, um nach Gret und dem Kind zu sehen. Sie mussten vorsichtig sein, da sie sich nie sicher sein konnten, ob sie nicht jemand heimlich belauschte.

»Du solltest dich auch hinlegen «, flüsterte Gret Jacob zu. Sie merkte ihm die Anspannung an.

Jacob musterte die Schuhmachertochter stumm, nickte und ließ sich auf dem einfachen Strohsack nieder. Das Kind schlief an Grets Seite, eingeschmiegt in den Winkel, den ihr ausgestreckter Arm und ihr Oberkörper formten. Jacob rückte nah an die beiden heran, schob seinen Arm unter Grets Nacken und blickte ihr in die Augen. Sie mussten keine Gedanken aussprechen, keine Gefühle in Worte packen, denn sie beide bewegten die gleichen Dinge. Ob ihnen die Flucht gelang, ob Elsslin ihr Versprechen hielt oder ob sie alle noch diese Nacht den Tod finden würden; der Ausgang ihres notdürftig gezimmerten Plans war noch völlig ungewiss.

Sie hatten abgesprochen, dass Gret das Kind ein Stück vom Lager wegtragen sollte, sobald es zu schreien anfing. Das hatte Gret seit der Geburt so gehalten, um die anderen nachts nicht zu stören. Niemand hatte sie bislang aufgehalten, selbst Wilbolt nicht. Er ließ sie gewähren, da es der Stimmung in der Gruppe nicht zuträglich war, wenn die ganze Bande am Morgen übellaunig und unausgeschlafen war. Zudem glaubte niemand, dass Gret so kurz nach der Entbindung den Schutz der Gruppe aufgeben und sich für eine Flucht entscheiden würde. Jacob war Gret die letzten Wochen nachts immer wieder gefolgt und hatte vorgeschoben, dass er sich um sie sorgen würde. Er hoffte, dass nun keiner Verdacht schöpfte, wenn sie gemeinsam mit dem Kind, jedoch ohne jedwedes Gepäck, in den Wald verschwanden.

Es dauerte auch nicht lange, bis das Kind mit ganzer Kraft zu plärren anfing. Es war ein durchdringendes, forderndes Geschrei. Die kleinen Händchen ballten sich zu Fäusten und das erhitzte Gesichtchen lief rot an. Gret hatte den Drang, das Kind gleich zu stillen, doch heute würde der Kleine noch etwas warten müssen. So hob sie Gabriel sanft auf und wiegte ihn beruhigend in den Armen. Jacob legte ihr eine Decke um die Schultern und gab ihr mit einer Geste zu verstehen, dass sie nun aufbrechen mussten.

Sie hatten Glück, dass der Himmel in dieser Nacht nicht mit Wolken verhangen war und die Sterne ein schwaches Licht spendeten. Doch diese spärliche Beleuchtung würde nicht ausreichen, um im Dickicht des Waldes den richtigen Pfad einzuschlagen. Während Gret das Kind bereits zum Rande der Lichtung trug, näherte sich Jacob noch einmal dem erlöschenden Feuer in der Mitte des Lagers. Die Flammen hatten das aufgeschichtete Holz in eine rot glühende Steinwüste verwandelt. Er griff sich eine der wenigen Fackeln, die neben der Feuerstelle lagen, und entzündete sie in der Glut. Es war ein einfacher, robuster Hartholzast, der mit pechdurchtränktem Leinen umwickelt war. Der Stoff fing unmittelbar Feuer und flammte hell auf.

Mit der Fackel in der Hand schlich sich Jacob so lautlos wie möglich an den Hütten vorbei. Hie und da war ein brummendes Schnarchen zu vernehmen, doch keiner der Gesetzlosen stand auf, um nachzusehen, was sich vor seiner Hütte bewegte. Es war nicht ungewöhnlich, dass jemand nachts aufstand, um seine Notdurft zu verrichten.

Als Jacob bei Gret ankam, ließ er seinen Blick ein letztes Mal über das versteckte Waldlager schweifen und zuckte unwillkürlich zusammen. Vor einer der Hütten stand eine dunkle Gestalt, die geradewegs in ihre Richtung sah. Auch Gret hatte die Person wahrgenommen und erschauerte. Sie traute sich nicht, weiterzugehen. Wenn man sie nun schon ertappt hatte, half es auch nicht, feige davonzurennen. Sie würden sich ihrem Entdecker stellen müssen.

Eine Weile verharrten sie reglos in ihrer Haltung. Erst als sich die Gestalt im Dunkeln ein paar Schritte näherte, konnten sie erkennen, wer ihnen hier zum Abschied seine Aufwartung machte. Es war niemand anderes als Elsslin, die ihnen einen solchen Schrecken eingejagt hatte.

Die Frau hatte die beiden in der Hand. Noch blieb ihr genug Zeit, alle Pläne für ein Leben in Freiheit zunichtezumachen. Es brauchte nur einen kleinen Aufschrei und die ganze Bande würde innerhalb kürzester Zeit aus den Hütten stürmen. Elsslin kostete diesen Augenblick sichtlich aus und starrte dreist zu ihnen hinüber. Dann drehte sie sich jedoch unvermittelt um und ging ohne ein einziges Wort in ihre Hütte zurück.

Jacob und Gret zögerten keinen Augenblick und schlugen sich ins Unterholz, bevor es sich Elsslin noch einmal anders überlegte. Dank der letzten Monate hier im Wald fiel es ihnen wesentlich leichter, sich im Dickicht zurechtzufinden. Sie kannten nun alle engen Wege und Pfade, die sich verschlungen rings um das Lager ausstreckten. Jacob trieb Gret zur Eile an, denn er wollte sich so schnell wie möglich von der Bande Gesetzloser entfernen. Nach etwa zweihundert Schritten erreichten sie einen umgestürzten Baum, der quer über dem eingeschlagenen Pfad lag. Dort hatte Gret das Bündel für die Flucht in einer Kuhle versteckt und die Stelle mit mehreren Ästen abgedeckt. Erleichtert stellte sie fest, dass es immer noch dort lag, wo sie es hinterlassen hatte.

Jacob nahm die Sachen an sich, während Gret noch immer das Kind eng an ihren Brustkorb drückte. Grets schaukelnder, schneller Schritt hatte Gabriel wieder zum Einschlafen gebracht, doch lange würde diese Ruhe sicher nicht anhalten. Es war nur eine Frage der Zeit, wann er lauthals seine Mahlzeit einfordern würde.

»Ich werde Gabriel bald stillen müssen. Meinst du, wir können bei Brigittas Hütte eine kurze Rast einlegen?«, fragte Gret und sah Jacob dabei bittend an.

»Falls jemand bemerkt, dass wir drei nicht mehr im Lager sind, werden sie uns dort sicher als erstes suchen«, wandte Jacob ein. »Wir sollten Brigittas Schriftstücke holen und uns dann schnellstmöglich davonmachen. Jede weitere Verzögerung kann gefährlich werden.«

»Du hast recht«, bekannte Gret, »sicher fühlen können wir uns erst, wenn wir Landshut erreicht haben.«

Sie schlugen den Pfad zur Waldlichtung ein und kamen nach einem längeren Marsch an Brigittas Hütte an. Gret wartete geduldig vor dem Unterschlupf und wiegte Gabriel sanft in ihren Armen, während Jacob nach den Papierstücken suchte. Wenig später kam er grinsend mit dem Lederbündel wieder heraus. Elsslin hatte tatsächlich Wort gehalten. Nun hielt sie nichts mehr an diesem Stückchen Erde, das die letzten Monate ihr Zuhause gewesen war.

»Wir sollten zunächst dem Flusslauf der Isar folgen und hinter Freising dann die Landstraße nehmen«, schlug Jacob vor.

»Ich habe kein gutes Gefühl, wenn wir nachts die Landstraße entlangwandern«, gab Gret zu bedenken. »Dort sieht man uns mit der Fackel doch bereits von Weitem.«

»Ich weiß, aber auf der Straße kommen wir schneller voran«, meinte Jacob bestimmt. »Am Flusslauf wären wir zwar wesentlich besser geschützt, doch das Gelände dort ist unwegsamer.«

»Wenn uns die Gesetzlosen wirklich folgen, haben sie uns auf der Landstraße rasch eingeholt. Mit dem Kind auf dem Arm bin ich auch nicht so schnell.« Gret hatte Mühe, Jacob zu folgen, der mit schnellen Schritten voranging.

»Ich kann dir den Kleinen gerne abnehmen, wenn er dir zu schwer wird. Aber wir sollten wirklich schnellstmöglich einen großen Abstand zwischen uns und diese Wilden bringen«, blieb Jacob hartnäckig bei seiner Meinung.

»Also gut«, lenkte Gret schließlich ein, »dann machen wir es so, wie du vorgeschlagen hast.«

Sie folgte Jacob durch die verschlungenen Waldwege, bedacht darauf, nicht zu straucheln. Schon nach kurzer Zeit lastete das Kind schwer in ihren Armen. Der schnelle Schritt strengte sie an und ihr Atem wurde rascher und flacher.

Die Entbindung lag noch nicht lange zurück und noch immer zerrte der Wochenfluss an ihren Kräften. Und auch das fortwährende Stillen laugte sie aus, vor allem da sie in den letzten Monaten nie genug zu essen bekommen hatte. Sie war eigentlich noch nicht stark genug für körperliche Anstrengungen, musste sie sich bitter eingestehen. Sie setzten ihr mehr zu, als sie vermutet hätte, doch sie ließ sich nichts von alledem anmerken. Als Jacob kurz innehielt, um sich zu ihr umzudrehen, rang sie sich sogar ein Lächeln ab.

Bald hatten sie Freising hinter sich gelassen und wanderten die verlassene, mondbeschienene Landstraße entlang. Noch war ihnen keine Menschenseele begegnet, nur ein paar Nachtfalter umflatterten das helle Fackellicht und hie und da raschelte es im Unterholz.

Gret schleppte sich Schritt für Schritt weiter und hoffte auf eine baldige Rast. Sie fühlte sich erschöpft und war erleichtert, als Gabriel endlich mit seinem tönenden, hellen Stimmchen zu Schreien begann. Durch Wiegen alleine würde er sich nun nicht mehr beruhigen lassen, spürte sie. Sie mussten eine Ruhepause einlegen, damit sie das Kind stillen konnte. Jacob führte sie ein Stück abseits des Weges in den Wald hinein und wählte einen Platz aus, der von der Landstraße aus nicht einsehbar war.

Gret ließ sich auf den feuchten Waldboden sinken und lehnte sich gegen einen großen Baumstamm. Sie entblößte ihre Brust und legte das Kind zum Stillen an. Eine unendliche Müdigkeit machte sich plötzlich in ihren Gliedern breit und ihre Beine zitterten vor Erschöpfung.

Erst jetzt erkannte Jacob schuldbewusst, dass Gret völlig erschöpft war. Er holte aus dem Verpflegungssack einen harten Brotfladen hervor und brach ihr ein kleines Stück davon ab.

»Wir können bereits morgen in Landshut sein«, machte Jacob Gret Mut. »Meinst du, dass du noch etwas weitergehen kannst, oder sollen wir uns einen geschützten Lagerplatz suchen und uns ausruhen?«, fragte er sie in ruhigem Ton. Er selbst hätte die ganze Strecke am liebsten in einem Stück hinter sich gebracht, sah jedoch ein, dass Gret mit ihren Kräften am Ende war und noch geschont werden musste.

»Lass mir einen Augenblick zum Verschnaufen, dann können wir weitergehen, bis es dämmert. Aber wenn du später das Kind nehmen könntest, wäre ich dir wirklich dankbar«, entgegnete ihm Gret zugetan. Sie konnte bereits wieder lächeln. »Ich frage mich schon die ganze Zeit, ob es wirklich klug ist, nach Landshut zu gehen«, fügte sie nach einer Weile grüblerisch hinzu.

»Was ist so falsch an dieser Stadt? Wenn wir Glück haben, hält sich dein Bruder dort auf und kann uns etwas unter die Arme greifen«, brachte Jacob schmunzelnd hervor.

»Es ist nur«, gab Gret zögernd zu bedenken, »Landshut ist so nah an Freising gelegen. Was ist, wenn Merten immer noch nach uns sucht? Wäre es nicht besser, eine Stadt zu wählen, die weiter entfernt liegt?«

»Ich glaube, du machst dir zu viele Gedanken«, besänftigte Jacob sie. »Merten hat die ganze Geschichte sicher längst vergessen.«

Gret stimmte dieser Einschätzung innerlich keineswegs zu. Sie hatte Merten kennengelernt und wusste, dass er verbohrt sein konnte. Wenn er sich etwas in den Kopf gesetzt hatte, zog er sein Vorhaben auch unbeirrt bis zum Ende durch, da war sie sich sicher. Er würde nicht aufgeben, bis er sein Ziel erreicht hatte, auch wenn er dafür monatelang kreuz und quer durch das Land streifen musste.

Sie behielt ihre Zweifel jedoch für sich. Jacobs Entscheidung hatte auch etwas Gutes an sich. Gret wollte nicht noch tagelang weiterlaufen, ohne zu wissen, ob sie in einer weit entfernten Stadt überhaupt willkommen waren. Ihr Körper brauchte noch Erholung und sie musste wieder ausreichend essen. Ihr Bruder Max konnte ihr vielleicht ein Gefühl der Heimat und Geborgenheit geben, das sie so lange missen musste. Seit das Kind auf der Welt war, war der Drang, einen eigenen Hausstand zu gründen, stetig größer geworden. Sie wollte ihrem Sohn ein besseres Dasein bieten und ihren Unterhalt auf ehrliche Weise verdienen.

Der einzige Vorteil ihres Lebens unter den Gesetzlosen war ihre Eigenständigkeit gewesen. Sie hatte in heilerischen Fragen uneingeschränkt freie Hand gehabt und wusste nun, dass sie sich auch in Zukunft um Kranke kümmern wollte. Doch der Neuanfang würde schwer werden. Wenn sie überleben wollten, würden sie jede Arbeit annehmen müssen, die sie kriegen konnten.

»Du blickst so ernst und grüblerisch drein, als würdest du die ganze Last der Welt auf deinen Schultern tragen«, riss Jacob sie liebevoll aus ihren Gedanken. Sanft strich er ihr über den Arm. »Eigentlich müsstest du jetzt jauchzen vor Freude, dass wir das Räuberleben endlich hinter uns lassen können. Ich zumindest fühle mich endlich wieder frei und losgelöst.«

Gret musste grinsen. Jacob verströmte so viel Lebensfreude wie seit Monaten nicht mehr. Ob sie wollte oder nicht, Jacobs Hochstimmung riss sie einfach mit.

Die Rast und auch das Stückchen Brot hatten ihr gut getan. Es drängte sie nun auch, Landshut so bald wie möglich zu erreichen. Als Gabriel wieder sanft in ihren Armen eingeschlummert war, legte sie ihn vertrauensvoll in Jacobs Hände, erhob sich vom Waldboden und streckte ihre steifen Glieder aus. Die Nachtluft war kühl und roch angenehm frisch nach feuchter Erde und jungen Kräutern. Es würde nicht mehr lange dauern, bis die Morgensonne aufging und die üppige Landschaft um sie herum erhellte.

Sie gingen zurück zur Landstraße und setzten ihre nächtliche Wanderung fort. Ohne das Kind auf den Armen fiel es Gret viel leichter, mit Jacob Schritt zu halten. Sie hatten ihre Geschwindigkeit einander angepasst und kamen nun gut voran.

Schon blitzten die ersten, sachten Sonnenstrahlen durch das Blätterwerk. Mit dem Morgengrauen wurde es auch wahrscheinlicher, anderen Reisenden zu begegnen – eine Gefahr für ihre Sicherheit. Wenn man sich an sie erinnerte, war es nicht schwer, ihre Spur aufzunehmen. So entschieden sie sich, den Menschen möglichst aus dem Weg zu gehen. Sie verließen die Landstraße und gingen wieder am Ufer der Isar entlang. Das Flussbett war gut gefüllt; das lag am Schmelzwasser, das nun im Frühjahr aus den Bergen herabfloss und den Wasserstand anhob.

Das angenehme Rauschen klang in Grets Ohren wie Musik, ein natürliches, plätscherndes Klangspiel. Im Wasser bildeten sich an den Ufersteinen kleine Strudel. Es sah aus, als wollte der Strom zu ihren Ehren einen fröhlichen, ausgelassenen Kreistanz aufführen.

Jacob und Gret wanderten über mehrere Stunden hinweg am Flusslauf entlang, ohne ein Wort zu wechseln. Wenn sie so schnell weitergingen wie bisher, würden sie Landshut bald erreichen. Die Sonne stieg immer höher hinauf und überragte bereits die Baumwipfel der Isarauen. Die wohlige Wärme vertrieb die Müdigkeit und belebte ihre Sinne. Im Tageslicht konnte selbst Gret ihre Ängste und Sorgen vergessen und voller Vorfreude auf ihr neues Leben blicken.

»Möchtest du dich hinlegen und etwas ausruhen?«, fragte Jacob sie nach einer Weile rücksichtsvoll. »Wir sind nun die ganze Nacht zügig gewandert und können uns eine Rast wirklich leisten. Ich glaube nicht, dass uns Wilbolt seine Männer über eine so lange Strecke nachschickt.«

Gret spürte, dass es ihn weiterzog. Er sah noch frisch und voller Tatendrang aus und konnte seine freudige Erwartung kaum unterdrücken. Auch Gret glaubte nicht, dass sie sich jetzt noch vor Wilbolts Männern in Acht nehmen mussten. Dennoch hatte sie das unbestimmte Gefühl, dass es besser wäre, nicht zu lange an einer Stelle zu verharren.

»Lass uns nur kurz rasten, bevor wir weitergehen. Einschlafen könnte ich jetzt ohnehin nicht, dafür bin ich viel zu aufgeregt«, gestand Gret und blinzelte Jacob fröhlich zu.

»Bist du dir wirklich sicher?«, hakte er noch einmal nach, wobei er sich seine Freude kaum verkneifen konnte.

»Ja«, beruhigte ihn Gret, »ich glaube auch, dass es besser ist, alles in einem Stück zu gehen.«

Sie setzte sich an den Uferrand und ließ ihre überhitzten Füße in das kalte Flusswasser baumeln. Der kühle Strom erfrischte ihren ganzen Körper und spülte den Straßenstaub hinweg. Mit den Handflächen bildete sie eine kleine Schaufel und schöpfte das frische Wasser heraus. Es schmeckte köstlich – Gret konnte gar nicht genug davon trinken. Als sie den größten Durst gelöscht hatte, wusch sie sich noch das Gesicht und die Arme und spritzte auch Jacob und Gabriel übermütig ein paar Tropfen entgegen. Seit den schrecklichen Ereignissen in Freising hatte sie sich nicht mehr so beschwingt und ausgelassen gefühlt.

Gabriel gefiel der plötzliche, kalte Schauer jedoch ganz und gar nicht. Lauthals brüllte er ihr mit seinem Säuglingsstimmchen seinen Ärger entgegen.

»Darf ich dir den kleinen Schreihals wieder reichen? Ich glaube, er braucht jetzt seine Mutter«, witzelte Jacob und hielt Gret das Kind mit ausgestreckten Armen entgegen.

Die Schuhmachertochter empfing den kleinen Unruhestifter zärtlich mit beiden Händen, öffnete ihr Kleid und legte ihn an ihrer Brust an. Es rührte sie, den Jungen dabei zu beobachten, wie er mit seinem winzigen Mund gierig ihre Brustwarze umschlang und daran saugte. Er war so klein und zierlich und hatte dennoch einen unglaublich starken Lebenswillen. Es war noch ein ungewohntes Gefühl für Gret, für einen anderen Menschen verantwortlich zu sein und zu wissen, dass dieser ohne ihr Dazutun nicht überleben konnte. Sie musste genügend essen und trinken, damit ihre Milch nicht versiegte. Wenn es ihr nicht gut ging, würde das auch ihr Kind zu spüren bekommen.

Als Gabriel sich satt getrunken hatte, wechselte Gret die beschmutzte Windel und wusch das Leinentuch im Flusswasser aus. Sie holte ein frisches Stück Stoff aus ihren wenigen Habseligkeiten hervor und wickelte das Kind damit sorgsam ein. Als sie auf das Wasser blickte, sah sie, dass der Fluss voller Fische war. Gut genährte, kräftige Tiere schwammen in großen Schwärmen direkt an ihnen vorbei.

»Sieh nur Jacob«, stieß sie sehnsüchtig aus, »was für ein Überfluss! Ein frischer Fisch wäre jetzt wirklich ein Festschmaus.«

»Hier im fließenden Wasser einen Fisch mit bloßen Händen zu fangen, dürfte etwas schwierig sein«, hielt er ihr entgegen. Er überlegte eine Weile, bis ihm ein Einfall kam. »Vielleicht kann ich ja aus einem Leintuch eine Art Netz herstellen. Ich werde mein Bestes geben, aber mach dir bitte nicht allzu große Hoffnungen«, warnte er Gret vor.

Jacob verschwand im Unterholz und kehrte wenig später mit vier etwa gleich langen Ästen zurück. An jeden Stock band er einen Zipfel des Leintuchs und nahm dann je zwei Äste in eine Hand. Das behelfsmäßig angefertigte Netz ließ sich gut durch das Wasser ziehen. Nun musste er nur schnell sein, bevor der Fischschwarm das Weite suchte.

Jacob wählte eine flache Uferstelle aus, an der er gut zum Flusslauf hinunterkam, und ließ das Netz zu Wasser. Die Fische waren schnell und entwischten immer wieder im letzten Augenblick. Doch er wollte nicht so schnell aufgeben. Er blieb bis zu den Knien im Wasser stehen und wartete, bis sich die Tiere beruhigt hatten. Die Fische kamen wieder näher und einer schwamm sogar zwischen seinen Beinen hindurch – ein Fehler, den er noch bereuen würde. Jacob tauchte das Netz rasch unter Wasser, zog es blitzschnell zur Seite und schleuderte den Fisch geradewegs an Land. Mit einem lauten Klatschen landete das Tier mit geöffnetem Maul seitlings auf den Ufersteinen und japste um sein Leben. Mit einem großen Stein beendete Jacob sein Leiden.

In weiser Voraussicht hatte Gret den Gesetzlosen ein Messer sowie Schlagstahl, Feuerstein und Zunder zum Feuerentfachen entwendet. Jacob schlitzte mit der scharfen Klinge den Bauch des Fisches auf und nahm die Eingeweide heraus. Dann klaubte er Kleinholz für ein Feuer zusammen. Gret folgte ihm mit den Blicken und staunte über die Geschicklichkeit, mit der er vorging. Jacob war in seine Arbeit versunken und schien sie kaum wahrzunehmen. Es war ein friedvolles Bild, das sich ihr darbot.

Gret wiegte unterdessen den Säugling sanft in den Schlaf. Gabriel gefiel das gleichmäßige Auf und Ab. Er schlummerte bereits nach kurzer Zeit zufrieden in ihren Armen ein. Sie hüllte ihn noch in eine warme Decke und legte ihn dann vorsichtig auf dem Boden ab.

Jacob gelang es rasch, einen Funken zu schlagen und damit den Zunder zu entflammen. Bald züngelten schon die ersten Flammen empor und fraßen sich gemächlich durch das Holz. Er spießte den Fisch an einem Stecken auf und hielt ihn über die Feuerstelle. Bis er gar war, würde es noch etwas dauern, doch nun genoss auch Jacob die kurze Rast und freute sich auf die warme Mahlzeit.

Das Fischfleisch war zart und heiß und stillte ihren größten Hunger. Es würde ihnen genug Kraft für den restlichen Weg geben. Als sie auch noch das letzte Stückchen verspeist hatten, verscharrten sie die Gräten im Wald und löschten das Feuer mit Wasser aus dem Fluss. Sie wollten, zumindest auf den ersten Blick, keine Spuren hinterlassen und deckten die verkohlte Feuerstelle notdürftig mit ein paar Zweigen ab. Gret nahm den Säugling wieder auf und wickelte ihn mit einem Tuch eng an ihren Körper. Gabriel verzog dabei nur kurz sein Gesichtchen und döste friedlich weiter.

Jacob packte ihre wenigen Habseligkeiten zusammen und warf einen letzten Blick auf ihren Rastplatz. Dann schulterte er das Bündel und schritt zügig voran. Gret folgte ihm in kurzem Abstand. Die Sonne stand nun schon hoch am Himmel und wärmte ihre Haut und ihre müden Glieder. Gret hatte das Gefühl, dass ihr Kopf leer war und die Müdigkeit ihren ganzen Körper erfüllte. Sie spürte ihre Füße kaum mehr, ging aber dennoch tapfer weiter.

Kapitel 18

Nach einer Weile veränderte sich die Landschaft. Die dichten Wälder wichen saftigen Wiesen und Feldern und in der Ferne waren die Umrisse einer Stadt zu erkennen. Ein hoher Kirchturm stach aus einem Meer von Häusern empor und auf einer Anhöhe in östlicher Richtung stand protzig und imposant eine hochherrschaftliche Burg. Sie hatten es tatsächlich geschafft – Landshut war bereits in Sichtweite.

Als sie sich der Stadt näherten, wurde Gret immer aufgeregter. Eine seltsame Beklemmung nahm von ihr Besitz. Vor ihrem inneren Auge tauchten wieder die Bilder der brennenden Scheiterhaufen in Freising auf. Ob sie in dieser Stadt ihr Glück finden würden? Ihre Schritte wurden unwillkürlich langsamer.

Das Leben im Wald war eine harte Schule gewesen. Die Frage, ob sie genug zu essen finden konnten, stand dort im Vordergrund. Jeden Tag mussten sie aufs Neue um ihr Überleben kämpfen. Doch nun würden sie wieder mit den Gesetzen und Bestimmungen einer Handels- und Bürgerstadt in Berührung kommen. Hier zählten nicht alleine Körperkraft und Überlebenswillen, sondern vielmehr ging es darum, welchem Stand man angehörte und ob man ein redliches Dasein fristete. Gret konnte nur hoffen, dass die Hexenverfolgungswelle nicht auch Landshut erreicht hatte und ihnen in dieser Stadt ein friedliches Leben möglich war.

Mit jedem Schritt in Richtung Landshut zeichneten sich die Umrisse der Häuser und größeren Gebäude deutlicher ab. Es war eine prächtige, farbenfrohe und einladende Stadt, die sich ihnen aus der Ferne darbot.

Landshut lag unmittelbar am Fluss und war ringsherum von einer massiven, protzigen Stadtmauer umgeben. Westlich der Stadt teilte sich die Isar in zwei Seitenarme auf, die eine kleine Insel umschlossen. Auch hier, außerhalb der eigentlichen Stadtmauer, hatten die Bürger auf engstem Raum zahlreiche Häuser errichtet. Eine Brücke verband die Vorstadt mit dem Kern von Landshut. Und auch weiter südlich, noch vor der Aufteilung in zwei Flussarme, überspannte eine Brücke den Wasserlauf.

Gret und Jacob wagten es, auf die Landstraße zu wechseln. Sie hatten ihr Ziel fast erreicht und rechneten beide nicht mehr mit Verfolgern. Es war ein seltsames Gefühl, wieder anderen Menschen zu begegnen. Zu lange hatten sie in der Abgeschiedenheit gelebt.

Mehrere Händler mit größeren Fuhrwerken hielten auf die nahegelegene Stadt zu. Und auch ein buntes Fußvolk strebte an diesem Tag nach Landshut – einfache Bauern, die auf Handkarren Gemüse mit sich schleppten, Handwerker und Gaukler, aber auch zerlumpte Bettler, die auf ein kostenloses Mittagsmahl hofften. Inmitten der anderen Reisenden erregten Gret, Jacob und Gabriel keinerlei Aufsehen. Niemandem schien die einfach gekleidete Familie aufzufallen, die dem Strom der anderen folgte.

Sie näherten sich Landshut aus südlicher Richtung. Am Stadttor hatte sich bereits eine Menschentraube gebildet. Eine junge Frau mit einem kleinen Kind hatte das Tor fast durchschritten und zögerte plötzlich. Dann machte sie unvermittelt kehrt und suchte das Weite. Was hatte das nur zu bedeuten? Bereits wenig später erfuhren sie jedoch, warum die Frau geflohen war. Als sie am Stadttor ankamen, lehnte dort ein junger Torwächter mit dem Rücken an der Stadtmauer und sprach sie an.

»Mit einem Säugling auf dem Arm würde ich die Stadt keinesfalls betreten«, richtete er das Wort an Gret. Sein Tonfall klang ernst und drängend.

»Weshalb sollten wir mit dem Kind nicht in die Stadt gehen?«, wollte sie es genauer wissen. Die Sache kam ihr mehr als seltsam vor. Sie blickte zu Jacob hinüber, der jedoch auch nur fragend die Schultern zuckte und sich keinen Reim darauf machen konnte.

»Bereits seit Wochen geht hier eine schwere Seuche um«, klärte sie der Torwächter auf.

»Eine Seuche sagst du – wie macht sie sich bemerkbar?«, fragte Gret nach.

»Mit hohem Fieber und schweren Durchfällen«, erwiderte der Mann. »Besonders für kleine Kinder scheint die Krankheit gefährlich zu sein. Wir haben in den letzten Wochen viele von ihnen zu Grabe getragen.«

»Weiß man, woher das Übel kommt?«, erkundigte sich Jacob.

»Wenn ihr mich fragt, dann hat irgendjemand unsere Brunnen vergiftet«, mutmaßte der Wächter. »Hätte ich ein kleines Kind, würde ich so schnell wie möglich meine Füße in die Hand nehmen und weglaufen, ehe es zu spät ist.«

Die beiden zögerten. Sie verspürten kein großes Verlangen, weiterzuziehen.

»Ich möchte euch nur warnen. Was ihr aus meinen Hinweisen macht, ist eure Sache«, fügte der Mann etwas gekränkt hinzu. Offensichtlich hatte er erwartet, dass sie umkehrten oder zumindest eine Spur von Furcht zeigten.

Gret und Jacob hatten in den letzten Monaten unter so erbärmlichen Verhältnissen gelebt, dass Krankheiten, Fieber und Durchfall für sie inzwischen zu den alltäglichen Beschwernissen gehörten. Das Leben im Wald hatte sie härter und stärker gemacht. Nun, da sie ihr Ziel endlich vor Augen hatten, kam eine Umkehr für sie nicht mehr infrage.

Gret fasste ihre Gedanken zuerst in Worte. »Ich weiß nicht, wie du es siehst, aber eine Seuche kann mich nun auch nicht mehr erschrecken. Wo wir schon einmal hier sind, sollten wir uns zumindest nach meinem Bruder erkundigen.« Gret blickte Jacob hoffnungsvoll in die Augen und wünschte sich nichts sehnlicher, als dass er ihr recht gab.

»Das sehe ich genauso«, stimmte Jacob ihr dann auch zu. »Wenn wir deinen Bruder Max hier nicht finden sollten, können wir uns immer noch überlegen, ob wir weiterziehen.«

So schritten sie trotz der Warnung durch das Tor und betraten nach langer Zeit erstmals wieder eine große, menschenerfüllte Stadt. Hand in Hand folgten sie dem Lauf der Straße, die vom südlichen Stadttor zu einer riesigen Kirche aus rotem Backstein führte. Es war das Bauwerk mit dem hohen Turm, das sie bereits aus weiter Ferne entdeckt hatten. Als sie vor dem Gotteshaus haltmachten und Gret in den Himmel blickte, verschlug es dem Mädchen den Atem. Noch nie in ihrem Leben hatte sie einen so mächtigen und hünenhaften Kirchturm gesehen. Er schien wirklich bis in den Himmel emporzuragen und an den Wolken zu kratzen. Ehrfürchtig und mit offenem Mund bestaunte sie das Gebäude. Welche überragenden Baumeister mochten wohl ein so begnadetes Bauwerk errichtet haben?

Die Stadt Landshut wirkte wohlhabender als Freising. Gret erinnerte sich noch gut an die Verwüstungen, welche die vielen Hagelstürme im letzten Jahr in ihrer Heimatstadt angerichtet hatten. Das Bild der zerstörten Häuserfronten hatte sich tief in ihr Gedächtnis eingebrannt. Im Gegensatz dazu kam ihr das Landshuter Stadtbild mit den aufwendig verzierten Fassaden äußerst prachtvoll vor.

Gret war an das Stadtleben mit den vielen Menschen nicht mehr gewöhnt. Den großen Trubel und die Geräusche empfand sie als unnatürlich laut. Die zahlreichen Stimmen schwirrten in ihrem Kopf, als wäre sie in einen Bienenstock geraten.

»Ich würde mich gerne in der Kirche etwas ausruhen. Wenn du dich inzwischen bei der Schuhmacherzunft nach meinem Bruder erkundigst, können wir uns später wieder hier treffen«, schlug Gret vor.

»Ich werde mich beeilen und versuchen, so schnell wie möglich wieder bei dir zu sein. Stell mir in der Zwischenzeit aber keine allzu großen Dummheiten an«, neckte er sie belustigt.

»Mach dir keine Sorgen, ich werde hier ganz anständig und sittsam auf dich warten«, gab sie keck zurück.

»Ich muss gestehen, dass ich mich schon ein wenig gesorgt hatte, als ich von der Seuche gehört habe«, bekannte Jacob offenherzig. »Meine Angst galt allerdings weniger unserer eigenen Gesundheit, als vielmehr der Befürchtung, dass du dich wieder unüberlegt und voller Begeisterung in das Heilen stürzt.«

»Im Augenblick besteht hierfür keinerlei Gefahr. Bevor wir anderen unter die Arme greifen können, brauchen wir erst einmal selbst ein Dach über dem Kopf«, beschwichtigte sie ihn.

»Du musst zugeben, dass du einen Hang dazu hast, anderen deine Hilfe anzubieten oder dich sogar für sie aufzuopfern – was dich auch sehr ehrt«, setzte er hinzu.

»Du hast meine Hilfe auch selbst schon in Anspruch genommen«, erinnerte sie ihn. »Als ich dich im Lager gepflegt habe, hast du dich jedenfalls nicht beschwert.« Sie fühlte sich von Jacob bevormundet. Die Freude, anderen zu helfen, wollte sie sich nicht nehmen lassen.

»Ich möchte doch nur, dass wir in der ersten Zeit in dieser Stadt nicht allzu viel Aufmerksamkeit erregen«, machte er ihr seine Bedenken deutlich.

Versöhnlich legte er seinen Arm auf ihre Schulter und strich ihr zärtlich über den Rücken.

»Ich habe einfach Angst, dass dich wieder jemand für eine Hexe hält. Du weißt, dass ich dir überallhin folgen werde, doch zumindest für eine Weile würde ich gerne sesshaft werden«, fügte er hinzu.

»Mir ist auch nicht daran gelegen, ständig auf der Flucht zu leben«, lenkte Gret ein. »Die Stadt gefällt mir bereits auf den ersten Blick – sie wirkt so bunt, einladend und voller Leben.«

»Wenn es das Schicksal so will, werden wir hier unser Plätzchen finden«, entgegnete Jacob. »Ansonsten müssen wir unser Glück eben woanders suchen.« Er drückte ihr noch einen zarten Kuss auf die Wange und wandte sich dann um, um sich nach ihrem Bruder zu erkundigen. Gret sah ihm noch eine Weile nach, bis ihn die Menschenmenge verschluckt hatte.

Gabriel hatte sich in Grets Armen wie eine kleine Schnecke zusammengerollt und schlummerte noch den seligen Schlaf eines unbedarften Kindes. Die Sorgen, mit denen sich die Erwachsenen abplagten, prallten an ihm ab. Er lebte von einem Augenblick zum nächsten, kannte noch keine Zukunft und hatte die Vergangenheit bereits wieder vergessen. Sie sollte sich ein Beispiel an ihm nehmen und ganz in der Gegenwart leben, dachte sie sich im Stillen. Ängste angesichts einer ungewissen Zukunft brachten sie nicht voran.

Gret nutzte die Zeit, die sie auf Jacob warten musste, für eine Besichtigung der prächtigen Hallenkirche mit dem hohen Turm. Sie betrat das Gotteshaus durch das große westliche Eingangsportal. Das rechteckige Mittelschiff war von gewaltigen, achteckigen Pfeilern gesäumt, die an der Decke in ein netzartiges Gewölbe übergingen. Der riesige, helle Raum wirkte erhaben und feierlich. Die Luft hier drinnen war feuchter und auch kühler als draußen. Gret genoss die plötzliche Ruhe und Abgeschiedenheit, die sie hier umfing. Es war lange her, dass sie das letzte Mal in einer Kirche gewesen war, kam es ihr in den Sinn. Andächtig schritt sie zuerst das Haupt- und dann die beiden Seitenschiffe ab. Vom nördlichen Seitenschiff gelangte sie durch einen Triumphbogen in eine kleine Kapelle. Dort kniete mit gefalteten Händen eine Frau mittleren Alters am Boden und betete. Sie trug eine einfache Haube auf ihrem Kopf. Der braune Haaransatz, der darunter hervorlugte, war von mehreren grauen Strähnen durchzogen.

Von der Gestalt ging eine Welle grenzenloser Traurigkeit aus, die nicht in Worte zu fassen war. Immer wieder zuckten die Schultern der Frau leicht zusammen und ein heftiges Schluchzen ergriff von ihrem Körper Besitz. Gret konnte sie nur von der Seite sehen, doch über ihre rechte Wange kullerten Tränen hinab. Die Haut wies dort rote Flecken auf – ein Zeichen, dass der Tränenfluss schon längere Zeit andauerte. Die Frau war so in ihrem Kummer versunken, dass sie Grets Anwesenheit nicht wahrnahm.

Gret war unschlüssig, ob sie sich wieder vorsichtig aus der Kapelle schleichen und die Frau alleine lassen oder ihr doch besser ihre Hilfe anbieten sollte. Jacobs warnende Worte kamen ihr in den Sinn und sie musste schmunzeln. Sie konnte ihre Natur einfach nicht verleugnen und so stahl sie sich näher an die Gestalt heran. Als Gret noch etwa zwei Ellen von ihr entfernt stand, hob die Frau unvermittelt den Kopf und blickte Gret geradewegs in die Augen. Ihr Leid war körperlich zu spüren und erfüllte Gret mit Mitgefühl. Sie ließ sich auf die Knie herab, um mit der Frau auf Augenhöhe sprechen zu können.

»Ich habe dich von dort drüben beobachtet und mir Sorgen gemacht«, fing Gret behutsam ein Gespräch an. »Gibt es etwas, was ich für dich tun kann?«

Die Frau musterte Gret neugierig. Ihr Blick blieb an dem schlummernden Säugling in ihren Armen hängen. Als sie das Kind sah, verfinsterten sich ihre Augen und eine tiefe Falte zog sich quer über ihre Stirn.

»Wenn du Menschen wieder zum Leben erwecken kannst, dann kannst du mir helfen«, gab sie harsch zurück.

»Du hast also einen nahestehenden Menschen verloren?«, hakte Gret vorsichtig nach.

»Meinen kleinen Sohn. Er war noch ein Säugling und erst ein paar Monate alt – kaum größer als dein Kind«, fügte sie bitter hinzu, wobei sich ihre Augen wieder mit Tränen füllten.

»Das ist ein schwerer Verlust. Es tut mir leid um deinen Sohn«, entgegnete Gret mit ruhiger, feinfühliger Stimme.

Die Frau schien von der ungewohnten Anteilnahme, die ihr von einer völlig fremden Person entgegengebracht wurde, überrascht zu sein. Ein solches Verhalten war ihr fremd. Doch Gret verhielt sich so freundlich und aufmerksam, dass sie Vertrauen fasste.

»Ich habe noch ein älteres Kind, einen dreijährigen Sohn. Seit gestern glüht sein kleiner Körper vor Fieber und er behält keine Nahrung mehr bei sich. Ich habe solche Angst, dass auch er stirbt«, vertraute sie sich Gret an.

»Vielleicht kann ich dir wirklich helfen«, bot Gret offenherzig an. Sie hielt kurz inne, da ihr bewusst wurde, dass sie gerade Jacobs Bitte in den Wind schlug. Doch die Frau tat ihr leid und sie war sich sicher, dass sie mit ihren Heilsteinen die Beschwerden des älteren Kindes lindern konnte.

»Du bist nicht von hier, nicht wahr?«, wollte die Frau wissen, wobei ihre Entgegnung eher wie eine Feststellung klang als wie eine Frage.

»Nein, wir sind heute erst in dieser Stadt angekommen«, gab Gret bereitwillig zu. Sie war sich unsicher, wie viel sie der Fremden anvertrauen sollte, fügte dann jedoch noch hinzu: »Mein Mann ist Schustergeselle auf Wanderschaft und wir wollten uns eigentlich hier niederlassen.«

»Ihr solltet weiterziehen. Diese Stadt ist für so junge Kinder im Augenblick kein guter Ort«, warnte die Frau sie eindringlich.

»Diesen Rat hat uns heute schon jemand gegeben, aber wir haben uns anders entschieden«, setzte Gret entgegen. »Vielleicht soll es ja so sein, dass wir genau jetzt in dieser Stadt eintreffen, wo Hilfe benötigt wird.«

»Was willst du damit sagen?« Die Frau konnte mit Grets Entgegnung offensichtlich nicht viel anfangen und sah sie fragend an.

»Es ist nur so, dass ich in den Heilkünsten bewandert bin. Ich kenne mich mit den Wirkungen vieler Pflanzen aus und habe einige Zeit bei einer heilkundigen Hebamme gelernt«, klärte Gret die Frau auf. »Ich habe mich schon häufiger um Kranke gekümmert und fürchte mich nicht vor schweren Leiden.« Die Arbeit mit den Heilsteinen verschwieg sie wohlweislich. Viele Menschen glaubten nicht an die Kraft der Steine und vermuteten dahinter schwarze Magie – Kräuter und Heilpflanzen waren als Heilmittel weiter verbreitet.

Gret sah, wie in den Augen der Frau ein Funken Hoffnung aufflammte – ein kleiner Lichtblick, der zumindest die Tränen zum Versiegen brachte.

»Wenn du möchtest, kann ich dir einen Trank zubereiten, der das Fieber senkt und den Bauch des Kindes beruhigt. Ich brauche dafür allerdings mindestens einen Tag«, bot sie der Frau an.

Die Frau zögerte – plötzlich war sie sich unsicher, ob sie der Fremden trauen sollte oder damit alles nur noch schlimmer machte. Sie wusste rein gar nichts über diese Frau. In Gedanken wog sie ihre Möglichkeiten ab, stellte jedoch bald fest, dass ihr kaum eine andere Wahl blieb. Um einen Arzt zu holen, fehlten ihr die Mittel. Wenn sie keine fremde Hilfe in Anspruch nahm, würde ihr Erstgeborener höchstwahrscheinlich sterben. Mit der Unterstützung der Fremden bot sich ihr zumindest ein Hauch von Hoffnung.

»Ich kann jede Art von Hilfe gebrauchen, die ich kriegen kann«, entgegnete sie Gret schließlich. »Du kannst mich hier in der Kirche finden. Ich werde jeden Tag um diese Zeit herkommen, um für mein Kind zu beten.«

Gret versprach, am nächsten Tag mit einem Heiltrank wiederzukommen und verabschiedete sich von der Trauernden. Sie verließ die Seitenkapelle, durchschritt das Seitenschiff und ging durch das Mittelschiff auf den Ausgang der Kirche zu. Sie wollte draußen nach Jacob Ausschau halten. Vielleicht hatte er ihren Bruder bereits gefunden. Wenn er noch nicht zurück war, würde sie sich wieder in die angenehme Stille der Kirche zurückziehen.

Sie hatte das große Eingangsportal fast erreicht, als sie im linken Augenwinkel plötzlich eine Bewegung wahrnahm. Hinter einer der Säulen tauchte unvermittelt eine männliche Gestalt auf und stellte sich ihr in den Weg. Gret zuckte erschrocken zusammen, als sie erkannte, wer ihr da den Ausgang versperrte.

»Du bist uns also tatsächlich gefolgt«, stellte Gret in trockenem Ton fest. Sie bemühte sich, ihre Bestürzung zu verbergen, doch ihr Herz verfiel in wilden Galopp und auch ihre Hände zitterten plötzlich so heftig wie die eines alten Mannes. »Und was hast du nun vor?

Willst du uns mit Gewalt zurückschleifen?«, schleuderte sie ihm angriffslustig entgegen.

»Um ehrlich zu sein, weiß ich es selbst nicht genau«, gestand Nickel ihr aufrichtig ein. »Ich habe von Anfang an gewusst, dass ihr uns wieder verlassen werdet. Das Räuberleben war nichts für euch rechtschaffene Leute.« Verschmitzt sah er Gret an. »Und Elsslin hat euch das Leben im Lager auch nicht gerade einfach gemacht«, fügte er noch grinsend hinzu.

»Warum gibst du dich erst jetzt zu erkennen? Du hättest uns auch schon am Anfang unserer Flucht stellen können«, wollte Gret wissen.

»Das wollte ich eigentlich auch tun, als ihr beide mit dem Kind im Wald verschwunden seid. Ich hätte nur laut rufen müssen und sie hätten euch mit Leichtigkeit geschnappt«, gab Nickel zögerlich zu.

»Und was hat dich daran gehindert?«, fragte Gret nun etwas ruhiger.

»Das ist schwer zu sagen. Es war eine Spur von Mitleid im Spiel, denn Wilbolt hätte euch ohne zu zögern abgeschlachtet«, gestand Nickel ein. »Aber den Ausschlag hat wohl meine eigene Unentschlossenheit gegeben.«

»Das verstehe ich nicht«, bekannte Gret.

»Ich habe einfach zu lange gezögert. Und dann stand da auch noch Elsslin, die euch offenbar entkommen lassen wollte. Ich war hin- und hergerissen und konnte mich nicht entscheiden.«

»Und als Elsslin in ihre Hütte zurückgegangen ist, bist du uns dann doch gefolgt«, stellte Gret sachlich fest.

Er nickte ihr bestätigend zu. »Am Anfang redete ich mir noch ein, dass ich meine Pflicht tun und euch zurückbringen musste«, fuhr er fort. »Doch je länger ich euch folgte, umso sinnloser kam mir das Ganze vor. Irgendwann wurde mir dann klar, dass ich euch der Bande nicht ausliefern konnte.« Nickel hielt inne, um zu sehen, wie Gret seine Enthüllungen aufnahm, konnte aus ihrem Gesicht jedoch keine Regung ablesen.

»Du hattest tatsächlich Gewissensbisse?«, fragte Gret überrascht. Offenbar steckte in dem Gauner doch ein guter Kern.

»Ja, allerdings besiegelte ich damit auch mein eigenes Schicksal. Für mich gibt es nun auch keinen Weg mehr zurück, denn Wilbolt verzeiht Ungehorsam nicht. Und mehr habe ich dazu nicht zu sagen«, fügte Nickel brummend hinzu und gab Gret damit zu verstehen, dass er nun genug Fragen beantwortet hatte.

»Doch, etwas musst du mir schon noch erklären«, wandte sich Gret an Nickel, »wieso stellst du dich mir jetzt in den Weg und jagst mir einen Höllenschrecken ein? Du hättest ja auch stillschweigend verschwinden können.«

»Die Macht der Gewohnheit – ich habe einfach zu lange deinen Bewacher gespielt. Ich kann es nicht erklären, aber irgendwie habe ich das Bedürfnis, dich zu beschützen.« Erst jetzt wurde ihm bewusst, dass er mehr als bloße Freundschaft für dieses Mädchen empfand.

»Ich brauche aber keinen Beschützer. Ich habe schon Jacob an meiner Seite, der für mich da ist«, schleuderte sie ihm abweisend entgegen und wich misstrauisch einen Schritt zurück. Sie war sich nicht sicher, ob sie ihm wirklich trauen konnte.

»Und wo ist dein Jacob jetzt? Ich zumindest kann ihn nirgendwo ausmachen«, stachelte Nickel sie auf. Sein Ton klang spöttisch, jedoch schwang darin auch Unsicherheit mit. Es war deutlich zu spüren, dass er sich in seiner Haut nicht wohlfühlte. Er hatte nicht erwartet, dass Gret ihn nach den letzten Monaten so forsch abwies. Es kam ihm nun selbst reichlich töricht vor, dass er sich ihr offenbart hatte. Dennoch ging er einen weiteren Schritt auf sie zu.

Was sich dann ereignete, geschah so schnell, dass Gret es kaum mit den Augen verfolgen konnte. Wie aus dem Nichts stand plötzlich Jacob an ihrer Seite. Er hatte unbemerkt die Kirche betreten und Nickels letzte Worte mitbekommen. Jacob nahm an, dass er Gret in irgendeiner Weise gedroht hatte, und zögerte keinen Augenblick. Er stürzte sich mit seiner ganzen Körperkraft auf den Gesetzlosen und riss ihn ungestüm zu Boden. Mit seinen kräftigen Händen drückte er ihm den Hals zu und rammte ihm zudem sein Knie in den Brustkorb. Nickel wich die Farbe aus dem Gesicht. Japsend schnappte er nach Luft und strampelte heftig mit den Beinen.

Jacob war so aufgebracht, dass er seine Wut nicht zügeln konnte. Die unvorhergesehene Bedrohung entfesselte bei ihm ungeahnte

Kräfte. »Wenn du denkst, dass du uns wieder zurück ins Lager schaffen kannst, hast du dich getäuscht. Da musst du schon mit Verstärkung anrücken«, schrie er Nickel entgegen. »Wenn es sein muss, kämpfe ich bis ans Messer, um meine Familie zu verteidigen.«

Gret legte Jacob ihre Hand auf die Schulter, um ihn zu beruhigen. Sie fürchtete, dass er Nickel in seinem erregten Zustand aus purem Übereifer erwürgen könnte.

»Jacob, lass ihn los«, versuchte sie zu ihm durchzudringen. »Es ist nicht so, wie es aussieht.«

Jacob lockerte seinen Griff etwas, ließ sein Knie jedoch immer noch auf Nickels Oberkörper ruhen. »Für mich sah die Lage recht eindeutig aus. Er ist auf dich losgegangen«, wandte er sich verteidigend an Gret.

»Er will uns nicht zurück zu Wilbolt bringen. Nickel hat die Gruppe verlassen und ist nun auch auf der Flucht«, machte sie ihm klar.

»Und weshalb bedrängt er dich dann so, wenn er keine bösen Absichten hat?«, wollte Jacob wissen. Er war nach wie vor nicht von Nickels Unschuld überzeugt und vermutete irgendeine versteckte Falle. Er ließ seinen Blick flüchtig durch das Kirchenschiff schweifen, doch weitere Mitglieder von Wilbolts Diebesbande waren ihnen offenbar nicht gefolgt. Etwas besänftigt ließ er von Nickel ab und erhob sich wieder. Auch Nickel rappelte sich langsam hoch und langte sich an seinen schmerzenden Hals.

»Dein Griff ist so stark wie eine Eisenklammer. Ich dachte wirklich, mein armseliges Leben geht zu Ende«, brachte Nickel krächzend hervor. Er blickte die beiden dabei schelmisch an, um die Lage zu entschärfen.

»Wenn du uns also nicht zurückbringen willst, was hast du stattdessen vor?« Jacob schob sich beschützend vor Gret und war noch immer argwöhnisch.

»Ich dachte, dass ich mich euch vielleicht anschließen kann. Ich bin geschickt darin, Sachen heranzuschaffen und kann schreiben und lesen. Meine Fähigkeiten könnten euch nützlich sein.« Nickel hielt kurz inne. »Außerdem ist es nie schlecht, in einer neuen Stadt bereits einen Freund zu haben«, fügte er hinzu.

Gret überraschte es, was Nickel vorschlug, denn mit so einer Wendung hatte sie nicht gerechnet. Sie wollte gerade etwas erwidern, als Jacob bereits das Wort ergriff.

»Das Räuberleben haben wir hinter uns gelassen. Ich möchte unser Auskommen auf ehrliche Weise verdienen. Gaunereien, Betrug und Diebstahl kommen für uns nicht infrage«, setzte Jacob ihm ungestüm entgegen.

»Es war nur ein Vorschlag, um euch das Leben zu erleichtern. Ich kann mich auch ohne euch durchschlagen, da könnt ihr gewiss sein«, versicherte er ihnen. »Ich bin mir sicher, dass wir uns wiedersehen. Falls ihr eure Meinung ändert, müsst ihr es nur sagen.«

Nickel kehrte den beiden den Rücken zu und verließ ohne ein weiteres Wort mit raschen Schritten das Gotteshaus.

»Ich werde nicht ganz schlau aus diesem Menschen. Seine ungewohnt freundschaftliche Art ist mir nicht geheuer. Wir sollten uns vor ihm in Acht nehmen. Wer weiß, was er wirklich im Schilde führt«, gab Jacob zu bedenken.

»Ich glaube, dass er es ehrlich gemeint hat. Nickel ist kein schlechter Mensch. Wir hätten ihm vielleicht eine Gelegenheit geben sollen, sich zu bewähren«, überlegte Gret. »Und mit einer Sache hat er auf jeden Fall recht. Einen Freund könnten wir jetzt wirklich gut gebrauchen«, fügte sie noch hinzu.

Jacob runzelte bei Grets Überlegungen die Stirn, ging jedoch nicht näher darauf ein. Es drängte ihn, ihr zu berichten, was er bei seinen Erkundigungen erreicht hatte.

»Wie es aussieht, stehen wir nicht so alleine da, wie du denkst«, machte er eine unbestimmte Andeutung und konnte sich dabei ein Lächeln nicht verkneifen.

»Soll das heißen, dass du auf eine Spur von meinem Bruder gestoßen bist?« Grets Miene hellte sich augenblicklich auf.

»Besser noch, ich weiß sogar genau, wo er sich aufhält«, antwortete er ihr freudestrahlend.

»Das ist ja wunderbar. Du musst mir alles, was du herausbekommen hast, genau erzählen«, drängte ihn Gret.

»Dein Bruder Max arbeitet als Geselle in einer der größten Schuhmacherwerkstätten in Landshut – das hat mir die hiesige Zunft verraten. Die Aussichten, dass auch ich dort eine Anstellung finden kann, stehen nicht schlecht, wie man mir sagte.«

»Das sind wirklich gute Neuigkeiten. Ich kann gar nicht glauben, dass alles so einfach geht. Ich hatte mit viel mehr Hindernissen gerechnet«, gestand sich Gret überrascht ein.

Sie musste plötzlich wieder an Merten denken. Wenn es ihnen so leicht fiel, jemanden in Landshut aufzuspüren, würde es Merten sicher ebenfalls gelingen – vorausgesetzt natürlich, dass er immer noch hinter ihnen her war. Gret behielt ihre unguten Gedanken für sich, nahm sich jedoch vor, auf der Hut zu sein.

»Komm, lass uns schnell zu ihm gehen. Ich kann es gar nicht erwarten, meinen Bruder wiederzusehen. Er wird Augen machen – damit rechnet er sicher nicht, dass urplötzlich seine Schwester hier auftaucht.« Gret trieb Jacob zur Eile an. Die Vorfreude verscheuchte ihre Müdigkeit im Nu. Mit vor Aufregung geröteten Wangen lief sie auf das Kirchenportal zu. Wieder unter freiem Himmel, mitten im Straßengetümmel, blickte sie Jacob fragend an. »In welche Richtung müssen wir nun gehen?«, wollte sie wissen.

Jacob musste schmunzeln; noch vor nicht allzu langer Zeit hatte er sich Sorgen gemacht, ob Gret den Anstrengungen einer Reise überhaupt gewachsen war. Nun sprühte sie jedoch geradezu vor Ungeduld und Tatendrang.

»Wir müssen Richtung Norden gehen«, entgegnete er ihr. »Die Schuhmacherwerkstatt liegt in der Vorstadt im Stadtteil Zwischenbrücken – genau zwischen den beiden Isararmen. Sie haben mir den Weg beschrieben, wir können das Haus nicht verfehlen.«

Sie ließen die Backsteinkirche hinter sich und folgten dem Lauf der Straße nach Norden, bis sie an einem Stadttor mit einem ungewöhnlich hohen First ankamen. Das steil hochgezogene Walmdach ragte weit in den Himmel empor. Der Schilderung zufolge musste es sich um das Spitaler Tor handeln. Kurz danach, so lauteten die Anweisungen, würden sie an der Heilig-Geist-Kirche vorbeikommen.

Als sie den spitzbogigen Tordurchgang durchschritten, fiel ihr Blick rechter Hand tatsächlich auf eine prächtige Kirche. Sie hielten inne, um die bemerkenswerte Baukunst zu bewundern. Der Sakralbau wirkte ebenmäßig und einladend. Die Außenmauern bestanden ausnahmslos aus hohen Fenstern, durch die viel Helligkeit in den Kirchenraum fluten konnte. An der Nordseite strebte ein Turm in die Höhe. Im Vergleich zum riesigen Turm der Backsteinkirche wirkte er jedoch seltsam kurz und wie gestutzt.

Jacob wollte das Gotteshaus betreten, doch Gret konnte ihre Ungeduld nun kaum mehr zügeln. Für eine Stadtbesichtigung würde ihnen auch später noch genügend Zeit bleiben. Sie drängte Jacob mit stummen, eindringlichen Blicken zum Weitergehen. Jacob ließ sich erweichen und folgte ihr in kurzem Abstand. Diesmal war es Gret und nicht Jacob, die mit schnellen Schritten voranging.

Der Weg führte sie in Richtung Isar zu einem weiteren Tor. Jacob wusste zu berichten, dass die Landshuter dieses innere Isartor auch den blauen Turm nannten. Das Bauwerk war in der Gegend nicht allzu beliebt, da es als Gefängnis genutzt wurde. Die Insassen verbüßten dort kleinere Vergehen. Wer konnte, vermied es tunlichst, die Isar an dieser Stelle zu überqueren.

Gret und Jacob gingen gemeinsam unter dem Torbogen hindurch und kamen an einer hölzernen Brücke an. Sie überspannte den östlichen Seitenarm der Isar und führte sie in die, von zwei Flussläufen umrahmte, Vorstadt. Unter ihnen rauschte der Fluss und übertönte alle anderen Geräusche. Ein Flößer fuhr an ihnen vorbei und hielt auf eine rechter Hand gelegene Anlegestelle zu. Sie sahen ihm zu, wie er mit seiner Flößerstange geschickt das Ufer ansteuerte und an Land ging.

In Zwischenbrücken herrschte ein buntes Treiben. Es war ein Teil von Landshut, in dem sich zahlreiche Handwerker angesiedelt hatten. Viele von ihnen brauchten für ihre Arbeit das reichlich vorhandene Wasser. So lebten hier Fischer, Müller und Gerber. Aber auch andere gängige Handwerkszweige waren dort vertreten. Gret wusste zunächst gar nicht, wohin sie ihren Blick zuerst richten sollte, so viele neue Eindrücke strömten auf sie ein.

»Es kann nun nicht mehr weit sein«, meinte Jacob und kam Gret damit zuvor, die ihn gerade nach dem Weg fragen wollte. »Die Schuhmacherzunft sagte mir, wir müssen nur der Hauptstraße folgen, dann würden wir direkt auf das Haus von Meister Linhart stoßen«, fügte er hinzu.

Gret beschleunigte ihren Schritt. Sie hetzte die Straße entlang, als wäre eine Horde wilder Hunde hinter ihr her. Jacob hatte Mühe, an ihren Fersen zu bleiben. Gret entdeckte die große Schuhmacherwerkstatt als Erste. Das Haus war tatsächlich nicht zu übersehen: Ein Zunftzeichen mit einem knöchelhohen Stiefel ragte vorwitzig aus der Hauswand heraus und wies damit eindeutig auf das Handwerk des Besitzers hin. Gret spürte, wie ihr Pulsschlag schneller wurde. Sie trat auf die Schwelle, legte die Hand auf die Klinke, holte noch einmal tief Luft und betrat dann beherzt die Werkstatt.

Der Blick, der sich ihr offenbarte, übertraf ihre Erwartungen um ein Vielfaches. Anstelle eines einfachen Arbeitsbereichs fand sie sich in einem stattlichen Verkaufsraum wieder. Die eigentliche Werkstatt befand sich offenbar abgetrennt in einem der hinteren Räume. Die Wände waren ringsherum mit Holzregalen zugestellt, die bis zur Decke reichten und mit zahlreichen, nagelneuen Lederschuhen bestückt waren. Um eine so große Auswahl an Schuhen bereitstellen zu können, musste der hiesige Schuhmachermeister über einige Geldreserven verfügen, ging es Gret durch den Kopf. Anders konnte er die hohen Kosten für das edle Leder bestimmt nicht vorstrecken. Ihr Vater fertigte Schuhe immer nur auf Bestellung an. Nur in besonderen Fällen, etwa wenn er ein neues Modell entwarf, stellte er auch Schuhe her, ohne dafür einen Auftrag zu haben. Das Angebot in diesem Laden war jedoch weitgefächert und reichte von einfachen Schnür- und Schlüpfschuhen über reich verzierte Schnallen- und Riemenschuhe bis hin zu hohen Schaftstiefeln.

Auch Jacob beeindruckte die große Schuhauswahl. Er nickte Gret anerkennend zu und schritt dann ehrfurchtsvoll an der beachtlichen Auslage entlang. Hie und da strich er vorsichtig über die verschiedenen Lederarten und zog dann einen besonders aufwendig gefertigten

Schuh hervor. Mit einem Kennerblick musterte er die ungewöhnliche Nahttechnik und begutachtete die Beschaffenheit der Sohle.

»Kann ich vielleicht behilflich sein?«, fragte ein junges Mädchen, das aus einem Durchgang im hinteren Bereich des Ladens auftauchte. »Wenn in der Auswahl nicht das passende Modell dabei ist, kann ich auch meinen Vater holen. Er fertigt die Schuhe dann nach euren Wünschen an. Aber meist haben wir für jeden Geschmack etwas vorrätig.«

Die junge Frau hatte offensichtlich einige Übung im Anpreisen der Waren. Sie musste ungefähr in Grets Alter sein. Als Jacob den Schuh zurück in die Auslage stellte, lächelte das Mädchen die beiden forsch, jedoch gewinnend, an. Dabei krauste sie ihre mit Sommersprossen übersäte Nase, die dabei fast wie ein kleiner Blumenkohl aussah. Trotz dieser lustigen Eigenart war sie ein ausgesprochen hübsches Mädchen. Ihre strahlenden Augen leuchteten in einem ungewöhnlich grünlichblauen Ton. Ihre Haarfarbe glich der von Weizenähren, ein gelblichschimmerndes Blond, das jugendlich und frisch wirkte.

»Wir sind auf der Suche nach meinem Bruder Max. Man sagte uns, dass er hier in dieser Schuhmacherwerkstatt als Geselle arbeitet. Stimmt das denn?«, wollte Gret nun unbedingt wissen, wobei sie ihre Ungeduld nicht mehr verbergen konnte. Voller Anspannung trat sie aufgeregt von einem Bein aufs andere und wäre am liebsten geradewegs in die restlichen Räume des Hauses gestürmt, um nach Max zu suchen.

»Der Max aus Freising, ja, der ist schon länger bei uns«, räumte das Mädchen bereitwillig ein, wobei sich ihre blassen Wangen plötzlich tiefrot einfärbten. Es war nicht zu übersehen, dass Grets Bruder ihr mehr bedeutete, als sie zugeben wollte. Die bloße Erwähnung seines Namens hatte ihr Blut recht schnell in Wallung gebracht.

»Du musst Gret sein«, lenkte das Mädchen geschickt von ihrer sichtbaren Gefühlsregung ab. »Max hat viel von dir erzählt und auch von eurer Werkstatt in Freising. Dass du einen Mann und ein Kind hast, wird ihn allerdings überraschen. Ich heiße übrigens Cristina«, fügte sie noch nachträglich hinzu, während ihre Gesichtsfarbe langsam wieder einen blasseren Ton annahm.

»Das ist Jacob, der bei meinem Vater in der Lehre war. Max kennt ihn noch von früher. Und dieser kleine Mann heißt Gabriel«, stellte Gret sie alle vor.

Cristina trat näher an die Familie heran und strich dem Säugling sanft über den dunkelblonden Haarflaum. »Dann werde ich euch mal in die Werkstatt führen. Max wird Augen machen, dass er jetzt schon Onkel ist«, prophezeite sie mit einem spitzbübischen Lächeln.

Sie folgten Cristina in die angrenzende große Werkstatt. Auf den ersten Blick ähnelte sie dem Arbeitsraum in Grets Elternhaus, nur die Ausmaße waren deutlich größer. Ihnen schlug der vertraute Geruch von gegerbtem Leder entgegen und auch die Einrichtung erinnerte schmerzlich an zu Hause: die große Werkbank, die dreibeinigen Schuhmacherstühle, der Bottich mit den Brandsohlen, die Regale mit Lederstücken und Leisten und die vielen Schuhmacherwerkzeuge. Ein wohlbekanntes Gefühl von Heimat ergriff die beiden und ließ fast vergessene Erinnerungen wieder hochkommen.

Gret hielt aufgeregt nach ihrem Bruder Ausschau. An der großen Werkbank arbeiteten vier Männer. Der älteste von ihnen war unverkennbar Cristinas Vater, Meister Linhart. Sein Gesicht war ebenso hellhäutig und mit Sommersprossen gesprenkelt, wie das seiner Tochter. Sein blondes Haar hatte jedoch einen stumpferen Farbton und war mit grauen Strähnen durchzogen. Zudem umrahmte ein ordentlich gestutzter Vollbart sein Kinn. Er wirkte gesammelt, blickte jedoch auf, um zu sehen, wer da die Werkstatt betrat. Neben dem Meister saßen zwei junge Lehrburschen, die so sehr in ihre Arbeit vertieft waren, dass sie die Fremden gar nicht bemerkten. Die vierte Person am Arbeitstisch kehrte Jacob und Gret den Rücken zu. Am gelockten, wuscheligen Haarschopf und den breiten, kräftigen Schultern erkannte Gret jedoch gleich ihren Bruder wieder. Ohne, dass sie es eigentlich wollte, kam ein fröhliches Jauchzen über ihre Lippen.

Der unerwartete Laut rüttelte selbst die zwei verträumten Lehrburschen auf. Sie hoben fast gleichzeitig ihre Köpfe und starrten die junge Familie erstaunt an. Auch Max wollte nun wissen, woher der

Aufschrei kam und wendete sich schlagartig zur Tür. Sein Gesichtsausdruck wechselte von anfänglichem Unglauben, zu Überraschung und schließlich unbändiger Freude. Sein Blick fiel zuerst auf Gret, dann auf das Kind und zuletzt auf Jacob. Die Schlüsse, die er zog, waren ihm an der Mimik abzulesen. Ein breites, wissendes Grinsen breitete sich auf seinem Gesicht aus.

Er sprang auf, stieß dabei ungewollt seinen Holzschemel um und stürzte freudetrunken auf Gret zu. Dann umschlang er sie und ihren Sohn mit seinen starken Armen und hob sie gemeinsam empor, als wögen sie nicht mehr als eine Feder. Ungestüm drehte er sich mit ihnen im Kreis und stellte sie schließlich wieder auf dem Boden ab, um Gret und den Säugling genauer zu mustern.

»Ich kann es kaum glauben«, stieß er außer Atem hervor. »Du hier in Landshut, ein Säugling, Jacob …«, mehr als diese Bruchstücke brachte er zunächst nicht zustande, denn seine Gedanken wirbelten in seinem Kopf umher, wie ein Haufen Blätter im Wind. »Du hast dich verändert«, stellte er schließlich fest, »du wirkst irgendwie reifer und selbstsicherer als früher.«

»Seit wir uns das letzte Mal gesehen haben, ist auch einiges geschehen«, machte Gret nur vage Andeutungen. Ihr letztes Jahr in knappe Worte zu fassen, würde ihr ohnehin nicht gelingen.

»Ihr müsst mir alles genau erzählen. Natürlich auch, was euch in diese Gegend verschlagen hat und wie es Vater geht«, platzte Max ungeduldig heraus.

»Das ist eine lange Geschichte, die viel Zeit braucht«, warnte Gret ihren Bruder vor. »Aber keine Sorge, ich werde dir alles haarklein berichten. Fürs Erste brauchen wir jedoch eine Unterkunft und dann auch Arbeit. Wüsstest du da etwas für uns?« Gret sah hoffnungsvoll zu ihrem Bruder auf.

Max blickte sogleich zu seinem Meister hinüber, der den Wortwechsel gespannt verfolgt hatte. »Jacob hat ebenfalls bei meinem Vater in Freising das Schuhmacherhandwerk gelernt«, klärte er Meister Linhart auf. »Er war schon immer ein talentierter Bursche. Mein Vater hat große Stücke auf ihn gehalten«, pries er Jacobs Geschicklichkeit an.

Jacob war für den Zuspruch dankbar und bemühte sich nun seinerseits, einen guten Eindruck zu hinterlassen. »Ich habe meinen Lehrbrief in der Tasche und suche als Geselle auf Wanderschaft eine Anstellung«, brachte er förmlich hervor. »Wenn hier also noch Hilfe benötigt wird, könnte ich noch heute anfangen. Ich kann hart arbeiten und bin zuverlässig, das wird euch Max bestätigen.«

Meister Linhart erhob sich bedächtig und ging langsam auf Jacob zu, um ihn aus der Nähe zu betrachten. »Du legst dich ja ganz schön ins Zeug für eine Stelle«, meinte er trocken. Sein Blick war undurchdringlich und verriet nicht, ob er das Angebot ernsthaft in Erwägung zog. Er zögerte eine Weile und sah dann zu Gret und dem Säugling hinüber.

»Sich als Geselle schon eine Frau und ein Kind ans Bein zu binden, ist nicht gerade klug. Gemeinhin wartet man damit, bis man die Meisterprüfung abgelegt hat«, brummte Linhart missfällig vor sich hin.

Jacob und Gret sahen schon alle Aussichten auf ein neues Zuhause schwinden. Meister Linharts Worte klangen alles andere als verheißungsvoll.

»Aber ich will auch kein Unmensch sein«, fuhr Linhart etwas freundlicher fort, »schließlich kann jeder einmal eine Dummheit machen. Zumindest stehst du zu dem Weib und lässt sie nicht einfach sitzen; das ehrt dich wiederum.« Erneut legte er eine Pause ein und machte es damit für Gret und Jacob unerträglich spannend. Es schien fast so, als würde er es auskosten, sie eine Weile zappeln zu lassen.

Gret war Jacob dankbar, dass er den Vermutungen des Meisters nichts entgegensetzte und stillschweigend in Kauf nahm, dass nun alle Gabriel für sein eigen Fleisch und Blut hielten. Sie hatte nicht vor, irgendjemandem zu sagen, wessen Sohn der Kleine war. Nur ihren Bruder Max würde sie irgendwann einweihen müssen.

»Lehrburschen habe ich genug, aber ich könnte tatsächlich noch einen Schustergesellen mit Erfahrung brauchen«, räumte Linhart schließlich ein. Er rückte noch einen Schritt näher an Jacob heran und streckte ihm eine Hand entgegen. »Wenn du nicht gerade zwei linke Hände hast und nur halb so talentiert bist, wie Max behauptet, können wir es gerne miteinander versuchen. Du kannst eine Woche zur Probe bei mir arbeiten. Wenn du dich bewährst, nehme ich dich als Gesellen auf.«

»Danke Meister Linhart, Ihr werdet es nicht bereuen«, stieß Jacob überschwänglich hervor und schüttelte dem Handwerksmeister dabei kräftig die Hand.

»Freu dich nicht zu früh«, bremste Linhart Jacobs Begeisterung aus, »ich bin ein strenger Dienstherr und lasse keine Schludereien durchgehen. Und eine Sache sollte ich vielleicht noch erwähnen, nur dass keine Missverständnisse aufkommen.«

Jacob sah Meister Linhart nun direkt in die Augen und wartete gespannt, was dieser noch für Bedingungen aufstellen würde. Der ernste Blick sprach auf jeden Fall nicht dafür, dass es etwas Angenehmes war.

»Ich erwarte von meinen Gesellen, dass sie unter meinem Dach leben – ich denke, das versteht sich von selbst. Wir fangen hier früh mit der Arbeit an und es kommt auch mal vor, dass wir noch am späten Abend dringende Aufträge erledigen müssen. Deine Frau und dein Kind allerdings können hier nicht bleiben«, eröffnete ihm Linhart dann unverblümt. »Die musst du woanders unterbringen.«

Jacob wich die Farbe aus dem Gesicht. Er hatte fast selbstverständlich angenommen, dass man auch Gret und Gabriel in diesem großen Haus aufnehmen würde. Gret hätte sich im Haushalt oder im Verkauf nützlich machen können. Doch er musste der bitteren Wahrheit wohl oder übel ins Auge sehen. Auf ein Streitgespräch mit dem Meister wollte er sich nicht einlassen, dafür war seine Stellung noch nicht genug gefestigt. Außerdem sah Linhart nicht so aus, als würde er groß mit sich handeln lassen. Der Meister war ein harter Geschäftsmann; nicht ohne Grund florierte seine Werkstatt so gut.

»Es ist vielleicht ohnehin besser, wenn sich Gret mit dem Kind außerhalb von Landshut niederlässt«, mischte sich Cristina in das Gespräch ein. »Es sind hier die letzten Wochen so viele Kinder gestorben.«

»Aber außerhalb der Stadtmauern wäre Gret doch völlig ungeschützt«, gab Jacob zu bedenken.

»Auf Überfälle von Diebesbanden oder Herumtreibern muss man zwar immer gefasst sein, doch die Gefahr, an einer Seuche zu sterben, ist bei uns im Augenblick weitaus größer«, meinte Cristina.

»Vor Seuchen hat sich meine kleine Schwester noch nie gefürchtet. Ganz im Gegenteil, es hat sie immer genau dort hingezogen, wo die Menschen am kränksten waren. Das stimmt doch, Gret, nicht wahr?« Max zwinkerte seiner Schwester belustigt zu.

Gret lächelte ihren Bruder voller Zuneigung an, konnte jedoch einen Hauch von Wehmut nicht unterdrücken. Die unbekümmerte Zeit, als sie in ihrer Heimatstadt noch mit Brigitta unterwegs gewesen war, schien bereits Jahre zurückzuliegen. Die Erinnerungen an diese sorglosen Jahre verblassten mehr und mehr.

»Gret hat in Freising bei einer Hebamme gelernt. Sie weiß einiges über Entbindungen und Schwangerschaften, aber auch über Kräuterheilkunde«, klärte Max die anderen auf. »Als ich unser Zuhause verließ, war sie schon eine geschickte Heilerin, doch wie ich meine Schwester kenne, wird sie seitdem noch mehr Wissen angesammelt haben«, mutmaßte Max.

Wie recht du hast, stimmte Gret ihrem Bruder im Stillen zu. Max kannte sie so gut wie kaum ein anderer Mensch auf dieser Welt. Wie gerne hätte sie ihm geradewegs alles erzählt, was ihnen seit seinem Fortgehen widerfahren war, doch das war vor so vielen neugierigen Mithörern undenkbar. Sie hoffte, dass sich bald eine Möglichkeit für ein ungestörtes Gespräch bieten würde.

»Wenn Gret trotz aller Warnungen in der Stadt bleiben möchte, wüsste ich vielleicht eine passende Unterkunft für sie«, mischte sich Cristina nachdenklich in die Unterhaltung ein. »Max hat mich gerade auf die Idee gebracht. Es ist zwar winzig – nur eine einzige kleine Kammer – dafür bekommt ihr sie nahezu umsonst.«

»Das hört sich nicht schlecht an«, meinte Gret gleich begeistert.

»Dort hat vor Jahren einmal eine heilkundige Frau gewohnt«, erzählte Cristina weiter. »Seit sie an Altersschwäche gestorben ist, steht ihre Behausung leer. Es wollte einfach niemand dort einziehen.«

Gret musste innerlich grinsen. Das Heim einer Heilerin war genau das Richtige für sie.

»Und warum will dort niemand leben?«, fragte Jacob misstrauisch. Er vermutete einen Haken an der Sache.

»Die Menschen fürchten sich wohl aus irgendeinem Grund«, meinte Cristina. »Das ganze Haus gehört einem wohlhabenden Kaufmann, der bei uns ein treuer Kunde ist. Das Zimmerchen liegt im Erdgeschoss, hat einen eigenen Eingang und ist keine fünfzig Schritte von hier entfernt.« Cristina hatte sich in Begeisterung geredet, die auch auf die anderen ansteckend wirkte. »Wahrscheinlich tut ihr ihm sogar einen Gefallen, wenn Gret dort einzieht«, fügte sie noch hinzu.

Gret strahlte Cristina freudig an. In ihren Ohren klang die Kammer fast schon wie das Paradies. Ein eigenes kleines Heim, das nicht nur erschwinglich war, sondern darüber hinaus auch noch ganz in der Nähe von Jacobs Arbeitsstätte lag, übertraf wirklich all ihre Erwartungen. Nicht in ihren kühnsten Träumen hätte sie sich ein solches Glück ausmalen können. Nach den erbärmlichen Lebensumständen im Wald konnte sie nicht mehr viel abschrecken; das Leben dort hatte sie Bescheidenheit und Demut gelehrt.

Alle im Raum befanden, dass Cristinas Vorschlag eine vernünftige Lösung bot, nur Jacob zog skeptisch die Augenbrauen nach oben. Gret wusste genau, was in ihm vorging; er befürchtete, dass Gret in die Fußstapfen der ehemaligen Bewohnerin treten und sich als Heilerin verdingen könnte. Dass Jacob mit seiner Vorahnung nicht völlig falsch lag, wollte Gret sich auf keinen Fall anmerken lassen. Da ihnen im Augenblick ohnehin die Mittel für eine kostspieligere Unterkunft fehlten, musste er sich wohl oder übel mit dieser Lösung abfinden.

Wenig später suchten Cristina, Jacob und Gret gemeinsam den Vermieter der Kammer auf. Die Verhandlungen dauerten nicht lange, denn sie wurden sich rasch einig. Cristina hatte recht behalten, der Kaufmann war froh, endlich jemanden gefunden zu haben, der keinerlei Vorbehalte hegte. Er stellte kaum Fragen und gab sich mit Cristinas eifriger Fürsprache zufrieden. Sie lobte Jacob und Gret in den höchsten Tönen und bot sogar an, für deren Redlichkeit zu bürgen.

Dass Jacob bei Meister Linhart eine Stelle als Schuhmachergeselle gefunden hatte, reichte dem Kaufmann offenbar als Sicherheit aus.

Der Preis der Behausung war erschwinglich und selbst mit dem kargen Gesellenlohn gut aufzubringen. Sie hatten den Kaufmann sogar dazu überreden können, ihnen die Miete für den ersten Monat zu erlassen. Im Gegenzug würden sie das Zimmerchen entrümpeln und wieder bewohnbar machen. Sie besiegelten die Übereinkunft mit einem Handschlag und nahmen den Schlüssel entgegen.

Den restlichen Tag verbrachten sie damit, die muffige Kammer von Staub, Dreck und Unrat zu befreien. Cristina hatte angeboten, sich in der Zwischenzeit um Gabriel zu kümmern. Bereits nach Kurzem fraß sie einen Narren an dem Jungen und liebkoste ihn so inniglich, als wäre er ihr eigenes Kind.

Während Gret den Boden schrubbte, schürte Jacob die Feuerstelle an und verbrannte alles, was nicht mehr zu gebrauchen war. Vergammelte Essensreste und morsche Regalbretter landeten ebenso in den Flammen wie alte, von Motten zerfressene Kleidungsstücke und einige durchlöcherte Betttücher. Gret fragte sich, warum wohl niemand vor ihnen den Raum wieder in Ordnung gebracht hatte. Gewiss, es brauchte einige Anstrengung und guten Willen, doch die Schufterei zahlte sich auf jeden Fall aus. Als sie ihre Arbeit am Abend beendet hatten, blitzte der Raum nur so vor Sauberkeit und wirkte bereits wesentlich einladender als noch vor Stunden.

Das Nötigste, das ein Hausstand brauchte, war vorhanden. In der Ecke stand ein einfacher, jedoch solider, Holztisch mit zwei wackeligen Stühlen. Dann gab es ein Regal mit Schüsseln, Bechern, Tiegeln und Töpfen und einen robusten Wassereimer. In einer Truhe in der Ecke fanden sie sogar noch mehrere gute Kleidungsstücke und ein paar unverarbeitete Stoffe, die zwar verstaubt, jedoch in tadellosem Zustand waren. Nur der alte, vermoderte Strohsack, der wohl als Ruhebett gedient hatte, musste dringend erneuert werden. Nach der Zeit der Entbehrungen fühlte sich Gret in dieser Unterkunft endlich wieder beschützt und behütet. Sie spürte, dass sie in dieser Stadt heimisch werden konnte.

Cristina hatte ihnen heimlich einen Sack voller Essen gebracht. Die Speisen stammten aus ihrer eigenen, gut bestückten Vorratskammer. Als Gret und Jacob die großzügige Gabe zunächst nicht annehmen wollten, beteuerte sie mehrmals, dass sie sich darüber keine Sorgen machen sollten. Sie könnten die Esswaren ja als Leihgabe betrachten und sich zu gegebener Zeit dafür erkenntlich zeigen. Ihrem Vater, Meister Linhart, würde der Verlust ohnehin nicht auffallen, da er Cristina seit dem Tod seiner Frau in Haushaltsfragen völlig freie Hand ließ.

So saßen Gret und Jacob an diesem Abend seit langer Zeit zum ersten Mal wieder an einem richtigen Tisch und genossen ihre Mahlzeit, fast so wie in früheren Zeiten. Das Herdfeuer knackte und sprühte kleine Funken, als wollte es einen Freudentanz aufführen. Für die kleine Familie brachen endlich bessere Zeiten an.

Später ließ sich auch Max noch bei ihnen blicken. Es war die Freude auf ein Wiedersehen, aber auch die Neugier, die ihn herführte. Was Jacob und Gret zu berichten hatten, versetzte ihn jedoch in große Bestürzung. Nie hätte er vermutet, dass die Justiz in seiner Heimatstadt so wüten würde und selbst vor seiner kleinen Schwester nicht haltmachte. Sie berichteten Max haarklein alle Einzelheiten ihrer Flucht. Auch wessen Kind Gabriel tatsächlich war, sparten sie nicht aus. Als Max am späten Abend wieder zurückging, versprach er, dieses Wissen für sich zu behalten und auch Cristina nicht einzuweihen, um Gret nicht in Gefahr zu bringen.

Kapitel 19

Am nächsten Morgen erwachten Jacob und Gret durch die wärmenden Sonnenstrahlen, die durch das einzige Fenster der Kammer fielen und den Raum hell erstrahlen ließen. Am Vorabend hatten sie ihre Decken am Boden ausgebreitet und waren dort erschöpft, jedoch zufrieden und eng aneinander gekuschelt, eingeschlafen. Ihre Glieder waren in der Früh noch steif und verspannt von der harten Unterlage, dennoch fühlten sich die beiden wieder einigermaßen frisch und ausgeruht. Gabriel hatte ein Einsehen mit ihnen gehabt und ihnen ihre Ruhe gegönnt; nur ein einziges Mal während der Nacht hatte er mit einem kurzen Krähen seine Milchmahlzeit eingefordert und war daraufhin gleich wieder selig in Grets Armen eingeschlummert.

Jacob sollte an diesem Tag seinen Dienst bei Meister Linhart antreten und gleichzeitig in das Haus des Schuhmachermeisters übersiedeln. Gret und Jacob waren sich durch das letzte gemeinsam verbrachte Jahr so nahe gekommen, dass ihnen die anstehende Trennung weitaus schwerer fiel als gedacht. So verharrten sie lange Zeit eng umschlungen, ohne zu sprechen, bis es Jacob schließlich gelang, sich schweren Herzens loszureißen.

»Ich werde so oft wie möglich vorbeikommen und nach dir und dem Kind sehen«, versicherte er ihr tröstend, während er Gret sanft eine Haarsträhne aus dem Gesicht schob.

»Du fehlst mir schon jetzt«, entgegnete sie ihm liebevoll. »Es wird ungewohnt für mich sein, wieder alleine zu schlafen, ohne eine starke Schulter, an die ich mich lehnen kann.«

»So ganz alleine wirst du nicht sein, schließlich hast du ja noch Gabriel, den du verwöhnen und umsorgen kannst«, gab er schmunzelnd zurück.

»Du weißt genau, dass das nicht dasselbe ist.« Gret krauste ihre Stirn, wie jedes Mal, wenn sie etwas verstimmte.

»Vielleicht kann ich mich ja abends heimlich fortstehlen, um die Nacht bei dir zu verbringen. Wenn ich wieder zurück bin, bevor die Sonne aufgeht, wird niemandem etwas auffallen«, schlug Jacob vor.

»Wenn dich der Meister dabei erwischt, wird er dich hochkant hinauswerfen. Auf mich machte er jedenfalls keinen sehr versöhnlichen Eindruck«, gab Gret argwöhnisch zurück.

»Ich habe nicht vor, mich bei meinen nächtlichen Ausflügen ertappen zu lassen. Mach dir nicht so viele Gedanken.« Jacob küsste Gret zum Abschied noch einmal auf den Mund und machte sich dann zu seiner neuen Stelle auf. Die Aussicht, wieder als Handwerker zu arbeiten, beschwingte ihn. Er wirkte so unbeschwert und fröhlich, wie ihn Gret aus der Zeit in Freising kannte, als er noch ein Lehrbursche bei ihrem Vater gewesen war.

Gret hatte sich für diesen Tag einiges vorgenommen. Sie war froh, dass Jacob nicht gefragt hatte, was sie heute erledigen wollte. Sie hätte sonst irgendwelche harmlosen Beschäftigungen vorschieben müssen. Sie plante genau das, was Jacob am meisten ängstigte: Sie wollte den kranken Menschen in dieser Stadt ihre Hilfe anbieten, ihre Beschwerden lindern oder sogar heilen, sofern ihr Wissen dafür ausreichte.

Gret hatte ihr Versprechen, das sie der verzweifelten Frau in der Kirche gegeben hatte, nicht vergessen. Um ihr wirklich helfen zu können, würde sie neben dem Heilsteinwasser und ihren Steinen jedoch noch einige frische Kräuter brauchen. So packte sie, kaum dass Jacob ihre Kammer verlassen hatte, ein kleines Bündel für die Unternehmung zusammen und verließ mit Gabriel in den Armen das Haus.

Auf den saftig grünen Frühlingswiesen hinter dem äußeren Isartor wuchsen zahlreiche Heilpflanzen, die ihr nützlich sein würden. Sie pflückte ein großes Büschel Gundelkraut, eine Pflanze, die offene Wunden schneller abheilen ließ, aber auch als Suppe hervorragend schmeckte. Dann fand sie noch Huflattich und Löwenzahn, Bärlauch und Wegerich sowie viele weitere Kräuter, von denen sie zwar nicht den genauen Namen, jedoch die jeweilige Wirkung gut kannte. Am Flusslauf standen zudem mehrere Silberweiden, von deren Rinde sie sorgsam etwas abschälte. Ein Aufguss davon vermochte Fieber zu senken und Schmerzen abzumildern.

Als die Sonne den Zenit schon weit überschritten hatte und auch Grets Bündel endlich prallgefüllt war, machte sie sich langsam auf den Rückweg. Sie würde Gabriel bei Cristina lassen, etwas von dem frisch angesetzten Heilsteinwasser holen und dann geradewegs in die Kirche mit dem großen Backsteinturm gehen. Ihr Bruder Max hatte ihr gestern noch gesagt, dass es sich bei diesem monumentalen Bauwerk um die Martinskirche handelte, die älteste Pfarrkirche von Landshut und das Wahrzeichen der Stadt.

Als Gret mit überhitzten Wangen und klopfendem Herzen St. Martin betrat, hoffte sie inständig, dass ihre Mühe nicht umsonst gewesen war und sie die Frau auch wiederfinden konnte. Diesmal durchstreifte sie nicht die ganze Kirche, sondern steuerte unmittelbar auf die Seitenkapelle zu, in der die Trauernde am Vortag gebetet hatte. Die Frau hatte Wort gehalten – sie kauerte tatsächlich an derselben Stelle, tief versunken in ihre Andacht, und bewegte lautlos ihre Lippen. Gret atmete innerlich auf; offenbar war ihr zweites Kind noch am Leben, sonst hätte sie sich nicht ein weiteres Mal für ein Stoßgebet hier eingefunden. Gret näherte sich vorsichtig, denn sie wollte die Frau mit ihrer plötzlichen Anwesenheit nicht erschrecken, doch die Kauernde hatte sie bereits aus dem Augenwinkel wahrgenommen. Sie erhob sich langsam aus ihrer knienden Haltung und blickte die Schuhmachertochter erwartungsvoll an.

»Du bist ein ungewöhnliches Mädchen. So ganz anders als alle, die ich bislang kennengelernt habe. Du siehst aus wie ein junges Ding, wirkst aber so abgeklärt wie eine weise Alte«, sprach sie Gret ohne Umschweife an. »Es kommt nicht oft vor, dass mir jemand unaufgefordert seine Hilfe anbietet und dann auf seine freundschaftlich gesprochenen Worte auch noch Taten folgen lässt.« Die Frau sah gefasster aus als am Tag zuvor. Die vage Hoffnung auf eine Heilung verlieh ihren Augen wieder einen Hauch Lebendigkeit.

»Wie geht es deinem kranken Sohn?«, fragte Gret, ohne auf die Äußerung näher einzugehen.

»Nicht besser, aber auch nicht schlechter als gestern. Er fiebert immer noch stark und behält das Essen nicht bei sich. Sein kleiner Körper wirkt ausgezehrt und schlaff.«

»Ich habe einen Trank und ein paar Kräuter bei mir, die ihm Linderung verschaffen können. Wenn es dir recht ist, würde ich mir den Kleinen gerne selbst ansehen«, schlug Gret vor und hoffte inständig, dass die Frau Vertrauen zu ihr fasste.

»Wir können dir für deine Dienste allerdings nicht viel bezahlen«, warnte die Frau sie vor.

»Mach dir über meine Bezahlung mal keine Sorgen, das Wichtigste ist erst einmal, dass es deinem Kind besser geht«, wiegelte Gret ab.

Die Frau gab ihr mit einem Handzeichen zu verstehen, dass Gret ihr folgen sollte. Erst jetzt fiel Gret auf, dass sich ihre Begleiterin die Hände mit Stoffstreifen umwickelt hatte. Auch die Bauersfrauen rund um Freising taten dies häufig, wenn sie zur kalten Jahreszeit noch auf dem Feld arbeiteten. Doch an diesem Frühlingstag war es eigentlich zu warm, um die Hände vor der Witterung zu schützen. Gret fragte sich, was dies zu bedeuten hatte und mutmaßte schon, ob die Frau nicht vielleicht an einer Hautkrankheit litt. Warum sonst sollte sie ihre Hände verbergen müssen?

Die Frau spürte den forschenden Blick, den Gret auf ihre eingebundenen Hände warf, und fühlte sich zu einer Erklärung gedrängt. »Deinem geschulten Blick scheint wirklich nichts zu entgehen. Meine Hände machen mir immer zu schaffen – ein Leiden, das sich bei meinem Broterwerb leider nicht vermeiden lässt. Soll ich sie dir zeigen?« Die Frau wirkte plötzlich zugänglicher, löste bereitwillig die Verbände und streckte Gret beide Arme entgegen.

Es brauchte keine weiteren Erklärungen – die aufgescheuerte, wunde Haut sprach ihre eigene Sprache. Die Hände und Unterarme der Frau sahen schlimm aus. An vielen Stellen war die Haut blutig und abgerieben. Um die offenen, nässenden Stellen hatten die Wundsäfte dicke Krusten gebildet. Die grindigen Bereiche langten bis zu den Ellbogen hoch. Die Haut war bis zu dieser Höhe schmutzigbraun eingefärbt – ein untrügliches Zeichen dafür, dass die Frau einer Gerberfamilie angehörte.

Gret zuckte beim Anblick der Wunden zusammen, worauf die Gerberin ihre Hände verunsichert zurückzog. Gret tat ihre heftige Empfindung leid. »Verzeih mir«, entschuldigte sie sich bei der Frau. »Es ist nicht so, dass mich deine Verletzungen abstoßen, vielmehr empfinde ich Mitgefühl mit dir. Die offenen Stellen müssen sehr schmerzhaft sein. Wie kannst du mit diesen Armen überhaupt noch arbeiten?«

»Wahrscheinlich habe ich mich in den vielen Jahren daran gewöhnt und es als Gegebenheit angenommen«, räumte sie zögernd ein.

»Langst du denn mit bloßen Armen in die Gerbfässer?«, wollte Gret wissen.

»Das versuche ich zu vermeiden, aber ich muss die Tierhäute beim Auswaschen im Fluss dennoch anfassen. Fast den ganzen Tag habe ich die Arme im Wasser; das weicht die Haut auf und die Wunden brechen immer wieder auf. Der Kalk vom Äschern und die Beiz- und Gerbstoffe brennen dann auf den Armen, als würde man sie mir mit einer Fackel entflammen«, schilderte die Gerberin ihr Leiden.

Das Gerberhandwerk war nicht nur eines der mühsamsten und unangenehmsten Gewerbe, sondern auch eines der gefährlichsten – das wusste Gret noch aus ihrer Heimatstadt. Die meisten Gerber litten durch das ständige Stehen im kalten Wasser unter Gelenkschmerzen und schwerem Husten. Häufig verletzten sie sich beim Abschaben der Felle mit dem Messer. Viele starben am Wundbrand oder wurden von anderen Seuchen befallen.

Gret wusste, dass sie der Frau wahrscheinlich nicht helfen konnte. Selbst wenn es ihr gelang, die Gerberin für die nächste Zeit von allen ätzenden Flüssigkeiten fernzuhalten, würde es Wochen dauern, bis die Wunden abheilten. Wenn sie dann erneut mit Gerbstoffen in Berührung kam, sähen die Arme sicher bald wieder so aus wie zuvor. Vielleicht konnte sie die Beschwerden aber etwas erträglicher machen.

»Ich könnte dir eine Fettsalbe mit einigen Kräutern zubereiten, die du immer abends auf die Arme auftragen kannst. Fett lässt sich nicht so gut mit Wasser abspülen und kann deine Haut schützen. Und dann werde ich dir noch einen Heiltrank vorbeibringen, der die Schmerzen lindert«, versprach Gret voller Zuversicht.

»Meine Arme sind nicht so wichtig. Was mich wirklich sorgt, ist mein krankes Kind. Ich möchte nicht noch jemanden aus unserer Familie verlieren«, gestand ihr die Gerberin.

Die zwei Frauen gingen die Hauptstraße in Richtung Norden entlang und Gret wunderte sich nicht, als sie am Spitaler Turm den ihr bereits bekannten Weg in die Vorstadt einschlugen. Als Gerber musste die Familie in unmittelbarer Nähe zum Flusslauf wohnen. Da das Auswaschen der Tierhäute das Flusswasser verunreinigte, lagen die Gerberhäuser meist am äußeren Rand der Städte. Und tatsächlich folgten sie dem einen Isararm bis zum nördlichsten Teil der Vorstadt.

Das Gerberviertel kündigte sich bereits in einiger Entfernung durch seinen bestialischen Gestank an. Es roch nach verrottetem Fleisch und den beißenden Ausdünstungen der Gerbstoffe: ein stechender, widerlicher Mief, der Übelkeit auslöste. Gret unterdrückte das Verlangen, sich die Nase zuzuhalten und atmete nur noch flach und oberflächlich ein. Die Gerberin blieb angesichts des ekelerregenden Dunstes völlig unbeeindruckt, wahrscheinlich war ihr Geruchssinn mit den Jahren einfach abgestumpft.

Vor ihrem mehrstöckigen Haus hatte die Gerberfamilie zahlreiche hölzerne Stangengerüste aufgebaut, über die sie die Tierhäute zum Abtropfen hängten. Getrocknet wurden sie dann später auf dem Trockenboden unter dem Dach. Die Gerberin führte Gret zunächst durch die Werkstatt, in der die Häute gewalkt und geglättet wurden, und dann in einen weiter hinten gelegenen, einfachen Wohnraum mit Kochstelle.

Das Kind der Gerberin lag dort alleine auf einem Strohsack am Boden, in der Nähe des Herdfeuers, und bewegte sich nicht. Als sie näher kamen, sah Gret, dass die Stirn des Jungen mit kleinen, runden Schweißperlen bedeckt war und die geschlossenen Lider seltsam zuckten. Gret kniete sich neben den kleinen Körper und nahm die Hand des Kindes auf. Sie fühlte sich schlaff und kraftlos an und glühte vor Hitze. Die Brust des Jungen hob und senkte sich in kurzen Abständen und die Wangen wirkten hohl und eingefallen. Der Mund des Kindes war leicht geöffnet und sah ausgetrocknet aus, die Lippen hatten bereits mehrere blutige Risse.

»Wir müssen ihm unbedingt Flüssigkeit einflößen«, sagte Gret drängend. Sie hatte über Nacht mit ihren Heilsteinen einen Trank angesetzt. Nun goss sie dem Jungen etwas davon in einen Holzbecher und reichte diesen der Mutter. Gemeinsam setzten sie das Kind auf und gaben ihm schluckweise davon zu trinken. Der Junge hielt die Augen vor Erschöpfung weiterhin geschlossen, kostete jedoch bereitwillig von dem dargebotenen Trank.

»Du musst aufpassen, dass dein Sohn nicht austrocknet und ihm regelmäßig etwas zu trinken anbieten«, wies Gret die Gerberin an. »Ich werde ihm aus Kräutern noch einen Absud herstellen, der den Bauch beruhigt.« Gret goss das restliche Heilsteinwasser in den Kessel über dem Herdfeuer und warf ein paar der frisch gepflückten Pflanzen hinein. Während das Gebräu kochte und dabei Blasen warf, überlegte Gret, was sie sonst noch für den kleinen Jungen tun könnte.

Dann schnürte sie den Lederbeutel mit den Heilsteinen auf, der unter ihren Rockschößen befestigt war, und nahm den Sarder heraus. Sie wusste, dass der Stein das Fieber aus dem kleinen Körper ziehen konnte. Auch wenn das Heilsteinwasser auf die gleiche Weise wirkte, so konnte die Heilung jedoch beschleunigt werden, wenn man den Stein unmittelbar in den Mund nahm.

»So mein Kleiner, ich gebe dir nun einen Stein in den Mund, an dem du lutschen kannst. Du darfst ihn aber nicht hinunterschlucken. Er wird die Trockenheit aus deinem Mund vertreiben«, sprach Gret das Kind an.

Der Junge öffnete nun langsam seine schweren Lider und blickte Gret mit glasigen Augen an. Ein vorsichtiges Nicken zeigte Gret, dass das Kind verstanden hatte, was sie ihm gesagt hatte. So legte sie ihm behutsam den Stein in den Mund und lächelte ihm aufmunternd zu. Das Kind lutschte daran herum und schon bald sah Gret, dass der Speichel in Fluss kam, die trockene Kehle befeuchtete und den Stein umspülte. Der Junge atmete bereits langsamer und in seinem Körper breitete sich allmählich Ruhe aus.

Gret ging zum Kessel auf dem Herdfeuer hinüber und warf einen Blick hinein. Der Kräutersud brodelte fröhlich vor sich hin und würde bald fertig sein.

»Gib deinem Kind schluckweise von dieser Flüssigkeit zu trinken, so oft es geht. Du kannst ihm damit nicht schaden und auch nichts falsch machen. Die Kräuter werden die Beschwerden lindern und auch das Fieber senken«, machte Gret der Gerberin klar.

»Mein Junge wirkt schon jetzt viel friedlicher als zuvor. Seine Lider zucken nicht mehr und sein Atem geht ganz gleichmäßig. Wie hast du das nur hinbekommen?«, wollte die Frau wissen.

»Das ist keine große Kunst. Die Natur hält für uns Mittel gegen alle möglichen Leiden dieser Welt bereit. Wir müssen nur lernen, diese Gaben für uns zu nutzen.« Grets Augen ruhten eine Weile auf dem Kind, bis sie fortfuhr. »Fast alles, was ich weiß, hat mir eine Hebamme in meiner Heimatstadt beigebracht. Doch einiges habe ich durch einfaches Erproben auch selbst herausbekommen. Wenn man sich einmal auf diese herrlichen Schätze der Natur eingelassen hat, offenbaren sich auf wunderbare Weise immer neue Erkenntnisse.«

»Wie kann ich dir für deine Freundlichkeit und Hilfe nur danken?«

»Die größte Freude hast du mir bereits dadurch gemacht, dass du dir helfen lässt und meine Ratschläge annimmst. Wenn du dich für meine Dienste erkenntlich zeigen willst, dann wüsste ich etwas, was du für mich tun kannst«, machte Gret einen vorsichtigen Vorstoß, während sie die Gerberin mit einem freundlichen Lächeln ansah, das auch ihre Augen strahlen ließ.

»Wenn es innerhalb meiner Möglichkeiten liegt, werde ich dir deinen Wunsch gerne erfüllen«, gab die Frau zurück.

»Ich kenne noch kaum jemanden in dieser Stadt und würde meine heilerischen Fähigkeiten gerne mehreren Menschen zugutekommen lassen. Wenn du also an deine Bekannten weitergeben könntest, dass sich in Landshut eine Heilerin angesiedelt hat, wäre das eine große Hilfe.«

»Das werde ich machen«, versprach die Gerberin, »dennoch wäre es mir lieb, wenn ich dir auch etwas Geld oder ein wenig zu Essen für deine Anstrengungen geben könnte.«

»Mit Vorräten bin ich bereits gut versorgt worden, doch was ich unbedingt noch brauche, wären zwei Säcke mit frischem Stroh für ein Nachtlager«, gestand Gret freimütig.

»Das ist wirklich eine bescheidene Bitte, die ich dir gerne erfülle«, versicherte die Gerberin sichtlich erleichtert.

Es war deutlich zu spüren, dass es im Haushalt der Familie an allen Ecken und Enden fehlte. Die Frau und ihr Mann hatten Mühe, das Nötigste für ihren Lebensunterhalt zu erwirtschaften. Die Kleider der Gerberin sahen löchrig und abgenutzt aus und auch die karge Einrichtung kündete davon, dass die Einnahmen in diesem Haushalt nur sehr spärlich flossen. Gret schämte sich fast, die Gaben der Frau anzunehmen, doch sie musste auch an sich und ihren Sohn denken.

„Wenn du das Gefühl hast, dass sich der Zustand deines Kindes verschlechtert, kannst du jederzeit zu mir kommen“, bot Gret bereitwillig an. Sie hoffte, dass die Gerberin ihr Angebot auch annehmen würde, und beschrieb ihr den Weg zu ihrer neuen Unterkunft.

Die Frau riss erstaunt die Augen auf, als sie vernahm, wo sich Grets Behausung befand. Es lag kein erschreckter, sondern eher ein wissender Ausdruck in ihrem Gesicht, fast so, als bestätigte sich gerade ein bestimmtes Bild, das sich die Gerberin gemacht hatte. Gret hatte das ungute Gefühl, dass ihr Wohnhaus von einem düsteren Geheimnis umgeben war. Irgendetwas schien ihr die Gerberin auf jeden Fall zu verschweigen. Sie nahm sich vor, in nächster Zeit ein paar Erkundigungen über die alte Frau einzuholen, die vor ihr die Kammer bewohnt hatte.

Mit zwei Säcken frischen Strohs über der Schulter machte sich Gret auf den Heimweg und grübelte im Gehen darüber nach, welche Bewandtnis es wohl mit ihrem neuen Heim hatte. Ihre Vormieterin musste irgendetwas ausgefressen haben, das andere verschreckte oder fernhielt, anders ließen sich der lange Leerstand und das seltsame Gehabe der Gerberin nicht erklären. Vielleicht war die Alte aber auch nur nicht rechtschaffen gewesen und hatte die Leute übers Ohr gehauen, mutmaßte Gret später.

Als sie leicht außer Atem und mit schweren Armen vor ihrem Haus ankam, zog ein eingerolltes Blatt Papier, das jemand unter ihrer Haustür eingeklemmt hatte, ihre Aufmerksamkeit auf sich. Sie stellte die Strohsäcke neben sich ab, bückte sich und nahm die Papierrolle auf.

Die Seite war mit allen Buchstaben des Alphabets versehen und neben jedem der Schriftzeichen hatte jemand liebevoll eine Zeichnung eines Gegenstandes, Tieres oder Menschen erstellt, die auf den jeweiligen Anfangsbuchstaben hinwies. Das Schriftstück war eine wertvolle Hilfe für jeden, der das Schreiben und Lesen lernen wollte. Gret wusste sofort, wer ihr diese Kostbarkeit vorbeigebracht hatte. Nickel musste sie die ganze Zeit im Auge behalten haben und ihnen heimlich gefolgt sein, sonst hätte er nicht so schnell ihre neue Wohnstätte finden können.

Seltsamerweise war Gret weder besorgt noch fühlte sie sich bedroht, als sie das Papier in Händen hielt. Sie freute sich sogar über den ungewöhnlichen Freundschaftsbeweis. Sie konnte einfach nicht glauben, dass von Nickel jetzt noch eine Gefahr ausging, und wertete die Gabe als Geste der Versöhnung. Sie wunderte sich nur, dass es ihm trotz der drei fehlenden Finger gelungen war, ein so ebenmäßiges und harmonisches Schriftbild zustande zu bringen.

Beschwingt schloss sie ihre Tür auf, die hörbar knarrte, als sich der Schlüssel im Schloss drehte. Es klang, als wollte ihr neues Heim sie willkommen heißen. Sie stellte die Strohsäcke in der Kammer ab und ging zu der Wasserschüssel auf dem Tisch hinüber, um sich zu erfrischen. Sie wollte gerade erneut aufbrechen, um ihren Sohn abzuholen, als jemand ohne anzuklopfen von außen die Türklinke herunterdrückte.

Gret zuckte unwillkürlich zusammen – noch immer hatte sie das Gefühl, auf der Flucht zu sein. An den Gedanken, dass sie hier in Landshut eine neue Heimat gefunden hatte und in Sicherheit war, musste sie sich erst noch gewöhnen. Klopfenden Herzens blickte sie zur Tür, atmete jedoch auf, als sich Nickel mit einem Grinsen auf dem Gesicht durch den Türspalt zwängte.

»Findest du es passend, ausgerechnet in die Unterkunft einer verstorbenen Engelmacherin zu ziehen?«, warf er ihr zur Begrüßung aufstachelnd, aber dennoch freundschaftlich, an den Kopf.

»Dein Talent, Dinge in Erfahrung zu bringen, ist wirklich unglaublich. Ich habe schon gerätselt, was es mit dieser Kammer auf sich hat.«

»Jahrelange Übung«, erwiderte er gut gelaunt.

»Dann bist du uns also auf unserem Weg in die Vorstadt gefolgt«, stellte Gret trocken fest. »Und was ist der Grund für deine ausgeprägte Anhänglichkeit? Suchst du vielleicht einen Schlafplatz für die Nacht?« Gret gab sich betont keck und versuchte damit ihre Unsicherheit zu überspielen.

»Werte es einfach als Friedensangebot dafür, dass ich euch einen so großen Schrecken eingejagt habe«, meinte Nickel entgegenkommend.

»Dann bist du nicht hier, weil du Hilfe brauchst?« Gret fiel es schwer, ihn zu durchschauen.

»Es wird dich vielleicht erstaunen, aber es ist mir tatsächlich gelungen, innerhalb eines Tages sowohl eine Anstellung als auch einen Schlafplatz zu ergattern.«

»Wie hast du das denn so schnell geschafft?« Gret wusste zwar, dass Nickel ein Überlebenskünstler war, aber dass er in der Stadt so rasch Fuß fassen würde, hatte sie nicht erwartet.

»Das hat wohl mit meinem herausragenden Leumund zu tun. Meine Empfehlungsschreiben loben mich über alle Maßen – einen solchen Meister seines Faches wollte man einfach nicht ziehen lassen.« Nickel zwinkerte ihr vielsagend zu.

Gret zweifelte keinen Augenblick daran, dass er diese rühmenden Schreiben allesamt selbst verfasst hatte. »Und wer darf sich nun über seinen ausgesprochen rechtschaffenen neuen Mitarbeiter freuen?«, wollte sie spöttisch wissen.

»Ich arbeite ab morgen in der städtischen Schreibstube und habe außerdem die Erlaubnis, vorübergehend auch dort zu nächtigen«, antwortete er geschwollen.

»Und wie willst du das mit deiner Hand bewerkstelligen?«

»Ich kann mit ihr fast wieder so gut schreiben wie früher – alles eine Sache der Übung.« Er zeigte ihr, wie ihn der Lederschutz um seine Hand dabei unterstützte.

»Haben sie sich nicht darüber gewundert, dass dir rechts drei Finger fehlen?«, wollte Gret wissen.

»Meinem neuen Dienstherren habe ich eine rührende Geschichte auf die Nase gebunden. Mir sind dabei fast selbst die Tränen gekommen«, verriet er ihr. »Ich sagte ihm, ein Freund hätte mir beim Holzhacken aus Versehen die Finger abgehackt und sich aus Gram darüber das Leben genommen.«

»Und das hat er dir abgekauft? Dein neuer Dienstherr scheint ja nicht sehr helle zu sein.«

»Da kannst du wohl recht haben. Zu den klügsten Köpfen in dieser Stadt zählt er sicher nicht«, stimmte Nickel ihr zu. »Wie ich sehe, hast du mein kleines Geschenk an dich bereits gefunden.« Nickel hatte die Schriftrolle auf dem Küchentisch entdeckt.

»Ich danke dir dafür. Das Schriftstück wurde mit viel Hingabe und großem Aufwand angefertigt, das kann man wirklich sehen. Woher hast du es?«, wollte Gret wissen.

»Ich sollte in der Schreibstube mein Können unter Beweis stellen. Ich habe es dort selbst zu Papier gebracht und alle damit beeindruckt.« Nickel zögerte, ehe er fortfuhr.

»Ich wollte dich fragen, ob ich dich weiterhin unterrichten kann.«

»Im Wald musste ich dich ständig drängen, damit du mich das Lesen und Schreiben lehrst und nun bietest du es mir aus freien Stücken an? Was ist geschehen? Du hast dabei doch keine Hintergedanken?« Gret war sich nicht ganz im Klaren, was Nickel im Schilde führte. Obwohl ihr Herz am liebsten tanzen wollte vor Freude, war sie noch misstrauisch, was seine wahren Beweggründe anbelangte.

»Von meiner Seite droht dir wirklich keine Gefahr. Ich habe mich einfach so daran gewöhnt, in deiner Nähe zu sein, dass mir unser Beisammensein fehlt«, gestand Nickel verlegen.

Gret starrte ihn verblüfft an. Konnte es sein, dass der abgebrühte Fälscher in sie verliebt war? Es sah fast danach aus.

»Falls du Hilfe brauchst, kannst du dich gerne an mich wenden – du weißt ja, wo du mich finden kannst«, fügte er noch hinzu. »Ein schlechtes Gewissen musst du nicht haben. Wer weiß, vielleicht benötige ich auch deine Fähigkeiten als Heilerin einmal.«

Gret dankte ihm für sein Angebot und fühlte sich mit einem Mal frei und beschwingt. Ihr Neubeginn in Landshut hätte nicht besser laufen können. Es kam ihr so vor, als würden alle ihre Wünsche in Windeseile Wirklichkeit werden. Überschwänglich warf sie sich Nickel in die Arme. Genau in diesem Augenblick öffnete sich die Haustür erneut und Jacob betrat mit Gabriel auf dem Arm die Kammer. Die Stimmung im Raum kühlte mit einem Mal ab, als wehte plötzlich ein eiskalter Wind durch den Raum. Gret löste sich von Nickel und blickte schuldbewusst zu Jacob hinüber.

Die verfängliche Lage, in der er Gret ertappt hatte, verstörte Jacob. Eine tiefe Furche zog sich äußerst bedrohlich quer über seine Stirn. Es war nicht zu übersehen, welche Schlüsse er aus der innigen Umarmung zog.

Gret hatte das Bedürfnis, sich zu rechtfertigen. »Es ist nicht so, wie du vermutest. Nickel hat mir angeboten, mich weiterhin zu unterrichten. Und ich habe mich so darüber gefreut, dass ich ihm einfach in die Arme fallen musste«, sagte sie und gab sich dabei betont fröhlich und unbedarft.

»Ich dachte eigentlich, dass ich bei unserer letzten Begegnung klargestellt habe, dass wir auf deine Hilfe verzichten können«, wendete sich Jacob direkt an Nickel, ohne weiter auf Grets Erklärung einzugehen.

»Gret hat aber eine andere Entscheidung getroffen. Denkst du nicht, dass sie das Recht hat, auch ein Wort mitzureden?«, gab Nickel aufmüpfig zurück.

»Du wirst sicher keinen Keil zwischen uns treiben«, geriet Jacob außer sich. »Du bist nichts weiter als ein Gesetzloser auf der Flucht, der sich mit Gaunereien über Wasser hält. Also halte dich fern von uns. Wir wollen unseren Unterhalt auf ehrliche Weise verdienen.« Jacob war nahe dran, auf Nickel loszugehen. Einzig das Kind auf dem Arm hielt ihn davor zurück.

»Wenn du mich unbedingt als Abschaum sehen willst, dann tu es meinethalben. Doch auch ihr seid auf der Flucht und habt eine Weile auf unehrliche Weise gelebt. Das könnte auch deinen neuen Dienstherren interessieren, meinst du nicht?«, stachelte Nickel ihn auf.

»Willst du mir etwa drohen?« Jacob platzte nun schier vor Wut.

»Müssen wir wirklich auf diese Weise miteinander umgehen?«, ging Gret zwischen die beiden Streithähne. »Jacob, nun gib dir doch einen Ruck. Nickel meint es wirklich gut und mir ist es allemal lieber, bereits einen Freund in der Stadt zu haben, als schon wieder einen Feind«, fügte sie flehentlich hinzu.

Jacob ließ sich nur mit Mühe beschwichtigen und grollte noch eine Weile still vor sich hin. Schließlich biss er sich verkniffen auf die Lippen und rang sich ein wütendes, jedoch zustimmendes, Nicken ab. Nickel stufte die Geste als vorläufigen Waffenstillstand ein und ließ es dabei bewenden. Er verabschiedete sich förmlich bei Gret, blickte nur kurz in Jacobs Richtung und verließ dann eilig die Stube.

Als Nickel gegangen war, wendete sich Gret wieder Jacob zu. Zärtlich strich sie ihm über den Arm und lächelte ihn dabei gewinnend und voller Zuneigung an. Die kleine Unstimmigkeit würde er schnell vergessen haben, da war sie sich sicher.

Kapitel 20

Die Nachricht, dass sich in Landshut eine fähige Heilerin niedergelassenen hatte, verbreitete sich in der Stadt wie ein Lauffeuer. Schon nach wenigen Wochen konnte sich Gret vor Arbeit kaum mehr retten. Tagsüber und immer häufiger auch nachts klopften die Menschen an ihre Tür und baten sie um Hilfe. Da sie nicht viel für ihre Dienste verlangte, suchten sie bevorzugt ärmere Kranke auf, die sich die hohen Kosten für einen Arzt oder Bader nicht leisten konnten. Mitunter fand aber auch ein reicher Bürger oder Kaufmann den Weg in ihr Wohnhaus, da sich ihre außergewöhnlichen Erfolge herumsprachen. Es ging bereits das Gerücht um, sie würde wahre Wunderheilungen vollbringen – und dies mit den einfachsten Mitteln.

Die Gerberin hatte das Rad zum Laufen gebracht; sie war die Erste gewesen, der Gret helfen konnte. Als ihr Sohn wieder vollständig genesen war, sprudelte die Frau fast über vor Dankbarkeit. Sie hatte Gret wärmstens weiterempfohlen. All ihren Nachbarinnen und auch den Kunden der Gerberei hatte sie von ihren herausragenden Fähigkeiten berichtet und sie in den höchsten Tönen gelobt. Sie übertrieb dabei jedoch maßlos.

Gret war sich zuerst nicht sicher, ob die Gerberin mit ihrem Lob nicht zu hohe Erwartungen heraufbeschwor. Doch ihre Bedenken schienen unbegründet zu sein. Die Kranken waren dankbar, dass es jemanden gab, an den sie sich in ihrer Not wenden konnten. Sie zeigten sich Gret gegenüber erkenntlich – wenn auch nicht unbedingt mit Geld, so doch mit etwas Essbarem, mit nützlichen Gegenständen oder kleinen Dienstleistungen. So musste sich Gret keine Sorgen mehr um ihr Auskommen machen. Zu essen hatte sie immer genug und auch ihr Hausstand war inzwischen bestens ausgestattet. Gret konnte zwar längst nicht alle Krankheiten heilen, nahm sich jedoch für jeden Kranken Zeit und versuchte, immer ihr Bestes zu geben.

Jacob nahm ihre zunehmende Bekanntheit mit gemischten Gefühlen auf. Einerseits gönnte er ihr den Erfolg, andererseits machte er sich aber auch Sorgen. Wenn Gret zahlreichen Menschen gegen geringes Entgelt half, würde das irgendwann auch die Neider hervorlocken. Solange sie damit den Ärzten und Badern nicht in die Quere kam, hatte sie nichts zu befürchten. Doch wenn diese Berufsgruppen sich bedroht fühlten, würden sie sich sicher wehren. Allerdings spürte Jacob auch, wie Gret bei ihrer Arbeit aufblühte und diese Freude wollte er ihr nicht nehmen.

An diesem Morgen hatte Gabriel seine Mutter bereits in den frühen Morgenstunden aus dem Schlaf gerissen. Der Junge hatte sich in den letzten Wochen prächtig entwickelt und auch deutlich an Gewicht zugenommen. Grets Muttermilch floss reichlich und ließ den Säugling gut gedeihen. So war Gret auch wach, als jemand in aller Frühe zaghaft an ihre Tür klopfte. Sie erhob sich von ihrem Strohlager, legte sich ein einfaches Wolltuch um die Schultern und öffnete dann vorsichtig die Tür.

Dort stand ein junges Mädchen, sie mochte vielleicht in Grets Alter oder etwas jünger sein, und trat unsicher von einem Bein auf das andere. Sie wirkte verängstigt und sah sich fortwährend um, als hätte sie Sorge, jemand könnte ihr gefolgt sein.

»Ich weiß, es ist eigentlich noch zu früh für einen Besuch, doch zu einer anderen Zeit ist es schwierig für mich, vorbeizukommen. Ich bräuchte dringend deine Hilfe. Darf ich eintreten?« Das Mädchen sah Gret bittend an.

Gret nickte ihr kurz zu und bat sie mit einer Handgeste herein. »Was führt dich zu dieser unwirtlichen Zeit zu mir? Ernsthaft krank siehst du auf jeden Fall nicht aus«, stellte sie sachlich fest.

Das Mädchen sah nun noch eingeschüchterter aus als zuvor. Auf ihren blassen Wangen bildeten sich aufgeregte, rote Flecken und sie fing an, unbeholfen auf ihren Fingernägeln herumzukauen.

»Du musst mir schon sagen, was du hast, ansonsten kann ich dir nicht helfen«, ermunterte Gret das Mädchen nun in freundlicherem Ton.

»Nun, ich … äh«, begann die junge Frau stockend und brach dann unvermittelt wieder ab. Es schien sie einige Mühe zu kosten, ihr Anliegen in die passenden Worte zu kleiden. »Es ist so«, fuhr sie schließlich fort, »dass ich in diesem Monat meine Blutung nicht bekommen habe.«

»Ich verstehe«, erwiderte Gret augenblicklich. »Und nun hast du Sorge, dass du vielleicht schwanger sein könntest«, fügte sie noch hinzu.

»Ja, genau so ist es. Wenn ich tatsächlich ein Kind erwarte, wäre das mein Untergang«, stieß sie nun ungestüm hervor. »Ich bin nur eine einfache Magd. Mein Dienstherr ist ein harter Mann, er würde mich ohne zu zögern auf die Straße setzen.«

»Kann dich der Vater des Kindes nicht unterstützen?«, wollte Gret wissen.

»Sein Stand liegt weit über meinem. Er wird sich nicht zu mir bekennen, das ist sicher. Außerdem ist er nicht einmal von hier«, gab das Mädchen der Verzweiflung nahe zurück. »Bitte, du musst mir helfen. Kannst du mir nicht einen Trank zubereiten, der das Kind aus meinem Körper treibt?«, drängte sie weiter.

Gret zuckte unwillkürlich zusammen. Hier bewegte sie sich auf äußerst gefährlichem Gebiet. Sie verstand die Ängste des Mädchens; vielleicht sogar weitaus besser, als das junge Ding vermutete. Schließlich war es ihr selbst vor nicht allzu langer Zeit ähnlich ergangen. Auch sie war ungewollt schwanger geworden. Doch ein Kind im Mutterleib zu töten war ein Verbrechen, das mit dem Tod geahndet wurde. Wenn sie der jungen Frau ihre Hilfe anbot, machte sie sich selbst strafbar.

Gemeinhin waren solche Gerichtsprozesse zwar selten, da Abtreibungen meist unentdeckt blieben, doch von Brigitta wusste sie, dass viele Frauen nach Mitteln zur Austreibung der Leibesfrucht verlangten. Ihre Freundin hatte sich nie dazu hinreißen lassen, etwas Unerlaubtes zu tun und war dennoch auf dem Scheiterhaufen gestorben. Nun musste Gret ihre eigene Entscheidung fällen.

»Bevor wir weiter über eine Abtreibung reden, möchte ich dich zuerst einmal untersuchen. Wir müssen sichergehen, dass du auch wirklich schwanger bist.«

Das junge Mädchen nickte Gret erbötig zu.

»Hast du das Gefühl, dass sich dein Körper verändert hat, etwa an den Brüsten? Verspürst du ein leichtes Ziehen im Bauch oder ist dir vielleicht schlecht?«, wollte Gret von ihr wissen.

»Richtig schlecht ist mir nicht, aber morgens fühle ich mich etwas unwohl. Und an den Brüsten hat sich tatsächlich etwas verändert. Ich bin dort plötzlich viel empfindlicher als früher«, gestand die Magd schüchtern ein.

Gret runzelte die Stirn. Alles sprach dafür, dass das Mädchen ein Kind in sich trug. Doch sie wollte sich noch weiter vergewissern. »Bitte lege dich dort auf das Lager, dann werde ich mir deinen Unterleib ansehen«, bat sie das Mädchen.

Die Magd folgte wortlos Grets Anweisungen, legte sich auf die Lagerstätte und hob ihre Rockschöße an.

»Wie heißt du eigentlich?«, fragte Gret, um die angespannte Stimmung im Raum etwas aufzulockern.

»Mein Name ist Anna«, entgegnete das Mädchen.

»Also Anna, du musst keine Angst haben. Ich werde sehr vorsichtig vorgehen.«

Sachte tastete Gret den Bauch des Mädchens ab, sah nach, ob die Knöchel geschwollen waren, und warf auch einen Blick auf die Brüste und die Scham. Der Körper der Magd bereitete sich auf Nachwuchs vor, das war nicht zu übersehen. Die Haut fühlte sich weich und samtig an und an den prallen Brüsten war bereits ein feines Adergeflecht auszumachen. Auch die Schamlippen waren angeschwollen und bläulich verfärbt – ein Zeichen, das Gret schon bei einigen Schwangeren gesehen hatte.

»Du kannst jetzt wieder aufstehen«, forderte sie Anna auf. »Ich bin mir ziemlich sicher, dass du wirklich schwanger bist«, eröffnete sie der Magd geradeheraus.

Der letzte Hauch von Farbe wich aus dem Gesicht des Mädchens. »Das habe ich befürchtet«, stieß sie verzagt hervor. »Bitte, du musst mir einfach helfen!« Ihr letzter Satz klang eher wie ein verzweifelter Hilferuf als wie eine Bitte.

Gret ließ sich Zeit mit der Antwort, denn sie wollte nichts überstürzen, was sie später vielleicht bereuen würde. Von Brigitta wusste Gret, welche Kräuter sie einsetzen musste. Man musste nur mit der Menge aufpassen, sonst konnte es für die Mutter gefährlich werden. Sorgsam wog sie das Für und Wider ab, doch eigentlich hatte sie ihre Entscheidung bereits gefällt. Sie konnte das Mädchen nicht ihrem Schicksal überlassen, denn sonst bestand die Gefahr, dass sie selbst Hand an sich legte. Ihr Handeln mochte gesetzwidrig sein, dennoch fühlte sie sich gedrängt, das Mädchen zu unterstützen.

»Ich werde dir helfen, aber nur unter einer Voraussetzung«, versprach Gret der Magd nach einer Weile.

»Wirklich? Das habe ich gar nicht zu hoffen gewagt«, gab Anna sichtlich erleichtert zurück. »Ich mache alles, was du nur willst, wenn du mir hilfst.«

»Du darfst mit keiner Menschenseele darüber sprechen, dass ich dir einen Trank bereitet habe«, sprach Gret ihre Bedingung aus. »Ich möchte nicht, dass es sich in der Stadt herumspricht. Es soll eine einmalige Ausnahme bleiben. Du bist noch jung und jeder kann einmal einen Fehler machen, wer wüsste das besser als ich selbst?« Gret spürte, dass sie einen Fehler machte, doch die Anteilnahme für die Frau überwog. »Ich brauche einen Tag, um die Arznei herzustellen. Du kannst sie morgen um dieselbe Zeit bei mir abholen.«

»Ich weiß gar nicht, wie ich dir danken soll«, sprudelte Anna überschwänglich heraus. »Ich werde niemandem davon erzählen, das verspreche ich dir bei allem, was mir heilig ist«, fügte sie noch hinzu. Ein erleichtertes, seliges Lächeln machte sich auf dem Gesicht des Mädchens breit. Noch ehe Gret zu einer Antwort ansetzen konnte, war die Bittstellerin bereits aus der Kammer gehuscht.

Gret trat hinüber zu ihrer Lagerstätte und warf einen Blick auf ihr Kind, das dort eingerollt wie ein junges Kätzchen schlummerte. Gabriel sah so friedlich und unschuldig aus, dass ihr das Herz aufging. Ein Strom von Liebe ergoss sich über das kleine Lebewesen. Hätte sie seinerzeit eine andere Entscheidung getroffen, wäre der Junge nun nicht Teil ihres Lebens.

Mit einem Mal keimten Gewissensbisse in ihr auf. Hatte sie wirklich das Recht, einem Leben, auch wenn es noch ein ungeborenes war, ein Ende zu setzen? Maßte sie sich hier nicht zu viel an? Wer war sie schon, dass sie über Leben und Tod entscheiden wollte? Doch es war bereits zu spät; sie hatte dem Mädchen ihr Wort gegeben und konnte es nun nicht mehr zurücknehmen. Es blieb ihr nichts anderes übrig, als an ihrem einmal gefällten Entschluss festzuhalten, auch wenn sie dafür in der Hölle landen würde.

Gret war zu aufgewühlt, um sich noch einmal niederzulegen. Stattdessen schürte sie das Herdfeuer an. Sie wollte sich eine Morgenmahlzeit zubereiten; etwas Warmes im Magen würde sie hoffentlich auf andere Gedanken bringen. Während das Weizenmus im großen Kessel brodelte und seinen angenehmen, milchigen Duft verströmte, spürte Gret, wie sie langsam wieder zur Ruhe kam. Es würde schon alles gut gehen, sprach sie sich Mut zu. Wenn die junge Magd Wort hielt, würde niemand von ihrer Unterstützung erfahren.

Als sich Gret wieder gefasst hatte, wurde die Tür erneut aufgeschoben und Jacob trat vorsichtig ein.

»Ich wusste nicht, ob du schon wach bist, deshalb habe ich nicht geklopft. Ich wollte dich nicht aufwecken«, flüsterte er Gret rücksichtsvoll zu. Er betrat die warme Stube und war bedacht darauf, Gabriel nicht aus dem Schlaf zu reißen.

»Ich bin bereits seit einiger Zeit wach«, entgegnete Gret noch in Gedanken versunken. Jacobs Fürsorglichkeit rührte sie. Sie wusste es zu schätzen, dass er vor seinem Dienstbeginn bei ihr vorbeischaute. Er musste sehr früh aufgestanden sein. Lächelnd ging sie auf ihn zu und ließ sich von seinen starken Armen umschließen. Es tat gut, seine Wärme zu spüren und den Rückhalt zu genießen, den er ihr vermittelte.

»Du kommst mir heute seltsam schweigsam und bedrückt vor. Ist irgendetwas geschehen, das dich beunruhigt?«, wollte er wissen. Er spürte, dass sie etwas quälte.

Gret hasste es, Geheimnisse vor Jacob zu haben, doch über das, was ihr gerade durch den Kopf ging, konnte sie nicht mit ihm sprechen. Er wäre wahrscheinlich entsetzt und würde sie davon abbringen wollen, dem Mädchen zu helfen. So meinte sie nur: »Es war einfach eine kurze Nacht für mich und deswegen bin ich noch etwas verstimmt.«

»Ich habe leider nicht viel Zeit. Der Arbeitstag in der Schuhmacherwerkstatt beginnt früh. Ich wollte aber unbedingt noch kurz mit dir sprechen.«

Gret horchte auf. Jacob hatte etwas auf dem Herzen und sie war gespannt, zu erfahren, was es war. So löste sie sich aus seinen Armen und sah ihn erwartungsvoll an.

»Ich weiß nicht recht, wie ich beginnen soll«, druckste er unsicher herum.

»Nun zier dich nicht so. Was ist es, das du mir unbedingt sagen willst?«, ermutigte Gret ihn. »Es ist nur so«, meinte er vorsichtig, »die Leute reden bereits über dich.«

»Und was spricht man genau über mich?«, wollte Gret wissen.

»Man munkelt, dass du eine fähige Heilerin bist und wahre Wunder vollbringst«, rückte er behutsam heraus.

»Das klingt in meinen Ohren nicht allzu schlecht. Ich würde es sogar als besondere Anerkennung werten«, gab Gret selbstsicher zurück.

»Ich dachte eigentlich, wir hatten uns darauf geeinigt, dass wir in der ersten Zeit in dieser neuen Stadt nicht übermäßig viel Aufmerksamkeit auf uns ziehen. Schließlich wissen wir nicht, ob man uns noch nachstellt«, gab Jacob zu bedenken.

»Ich hätte selbst nicht gedacht, dass so viele Kranke zu mir kommen. Das alles war schließlich nicht geplant, sondern hat sich einfach entwickelt«, rechtfertigte sich Gret.

»Ich möchte dich nur bitten, etwas vorsichtiger zu sein und dir keine Feinde zu machen«, warnte Jacob.

»Das habe ich auch gar nicht vor. Bisher waren alle mit meiner Hilfe zufrieden.«

»Die Gefahr geht auch nicht von den Kranken, sondern von den Heilkundigen dieser Stadt aus, denen du bereits ein Dorn im Auge bist. Ich hätte gedacht, dass du besonnener bist nach alledem, was uns im letzten Jahr widerfahren ist.« Jacob war im Tonfall lauter geworden, als er eigentlich vorgehabt hatte. Doch Grets Widerspenstigkeit brachte ihn manchmal an den Rand seiner Geduld.

»Ich werde niemandem meine Hilfe verweigern. Die meisten Menschen, die zu mir kommen, sind verzweifelt und haben keinen anderen, an den sie sich wenden können«, stieß Gret voller Überzeugung hervor.

»Ich weiß, wie wichtig dir das alles ist, aber du musst auch an dich und dein Kind denken«, redete er ihr weiter ins Gewissen. »Und da ist noch etwas, was mir Sorgen macht«, fuhr er fort. »Deine heimlichen Treffen mit Nickel wurden offenbar beobachtet.«

»Ich kann mich nicht entsinnen, dass uns jemand bei unseren Zusammenkünften gesehen hat«, gab Gret zurück.

»Dass die Leute bei dir ein und aus gehen, ist kein Geheimnis. Mich würde es nicht wundern, wenn sich ein paar Neugierige an deinem Fenster die Nase platt drücken, um zu sehen, was du treibst.«

»Ich habe nichts zu verbergen, schließlich tue ich nichts Gesetzloses.« Gret zuckte unwillkürlich zusammen, als ihr bewusst wurde, dass ihr letzter Satz nicht ganz der Wahrheit entsprach. Sie war in der Tat kurz davor, etwas Unerlaubtes zu unternehmen.

»Zwei Kunden haben sich in der Schuhmacherwerkstatt über dich unterhalten. Ich konnte kaum meinen Ohren trauen«, meinte Jacob sichtlich erregt.

Gret hing nun erwartungsvoll an seinen Lippen, gespannt, was er zu sagen hatte.

»Sie meinten, dass die junge Heilerin stundenlang mit dem Schreiberling über seltsamen Manuskripten kauern würde. Dabei mutmaßten sie nichts Gutes, glaub mir.« Jacob sah Gret mit einem ernsten Blick an, der seine große Beunruhigung widerspiegelte.

»Sie fanden es mehr als befremdlich, dass eine Frau das Lesen beherrschen will«, fuhr er fort. »Aber das ist es nicht, was mir Sorgen bereitet.«

»Was ängstigt dich dann?«

»Dass sie hinter euren Schriften Teufelswerk vermuten«, rückte Jacob heraus. »Du weißt, wie die Menschen sind. Zuerst wird nur darüber getuschelt, doch plötzlich steht dann eine handfeste Anklage im Raum. Willst du etwa enden wie Brigitta?« Noch bevor er den letzten Satz ganz beendet hatte, bereute Jacob bereits, dass er ihn ausgesprochen hatte.

Gret wich mit einem Schlag die Farbe aus dem Gesicht. Mit aschfahlem Antlitz blickte sie Jacob an. Sie hatte versucht, die grauenvollen Bilder aus dem Kopf zu bekommen, doch die Erinnerung an Brigittas letzten Lebenstag saß tief. Mit einem Mal sah sie wieder die ausgezehrte, gemarterte Gestalt ihrer Freundin vor ihrem inneren Auge und verfolgte erneut, wie ihre Vertraute zur Richtstätte geführt wurde. Die lodernden Scheiterhaufen, der brandige Geruch und die qualvollen Schreie der Frauen – alles war so lebendig, als wäre es erst gestern geschehen. Ohne dass sie es verhindern konnte, stieg die Angst in ihr hoch. Sie breitete sich aus wie eine Seuche, fuhr ihr durch sämtliche Glieder und lähmte sie wie ein betäubendes Gift.

Sie wollte nicht ihr Leben aushauchen, ehe sie es wirklich gelebt hatte. Gret verstand Jacobs Sorge und teilte sie auch. Doch sie konnte genauso wenig ihren Wissensdurst und ihre Neugier unterdrücken. Die Fähigkeit, lesen zu können, eröffnete ihr einen Zugang zu völlig neuen Weisheiten. Das Manuskript der Äbtissin Hildegard war für sie wie eine Offenbarung. Die Anschauungen der Geistlichen boten einen unglaublich reichen Wissensschatz, den sie sich nicht rauben lassen wollte. Sie konnte diese Erkenntnisse zum Wohle vieler einsetzen. Durfte sie sich also durch ihre Ängste bremsen lassen?

»Ich weiß, dass du dich sorgst. Ich verspreche dir, dass ich künftig besser aufpasse und mich mit Nickel nur noch an versteckten Orten treffe, an denen uns niemand mehr beobachten kann. Würde dich das beruhigen?« Gret sah Jacob mit großen, erwartungsvollen Augen an.

»Ganz einstellen willst du diese gefährlichen Zusammenkünfte also nicht?«

»Bei allem, was mir lieb ist – das kann ich einfach nicht«, stieß Gret voller Inbrunst hervor. »Das Wissen, das in diesem Manuskript steckt, ist mir zu kostbar. Die Anweisungen der Heilkundigen sind mehr wert als alles Gold der Welt.«

»Ein Stück Papier kann doch nicht wichtiger als ein Leben sein«, meinte Jacob ungläubig.

»Ich habe schon einige der Ratschläge ausprobiert und die Wirkung ist wirklich erstaunlich«, entgegnete Gret. »Mit diesen Erkenntnissen kann ich so viel Gutes bewirken. Es wäre einfach eine Schande, wenn ich diese Erfahrungen nicht nutzen würde.«

»Und was ist mit Gabriel? Denkst du bei deiner Entscheidung auch an deinen Sohn?«

»Ihm wird nichts geschehen. Wenn ich in den Heilkünsten bewandert bin, zieht schließlich auch er einen Nutzen daraus.«

»Ich möchte mich nicht immer mit dir streiten. Außerdem muss ich nun zur Arbeit. Aber ich bitte dich aus ganzem Herzen, die Sache noch einmal zu überdenken. Ich könnte es einfach nicht ertragen, wenn dir etwas zustieße«, gestand er Gret schließlich.

»Ich glaube, du machst dir zu viele Gedanken. Aber ich werde dir versprechen, dass ich in Zukunft vorsichtiger bin. Ich möchte genauso wenig wie du, dass jemand an meinem Verhalten Anstoß nimmt.«

Gret gelang es, Jacob mit ihren Worten zu besänftigen. Sie blieb mit ihren Versprechungen jedoch bewusst recht unbestimmt. Sie hatte weder vor, ihre Heiltätigkeit einzustellen, noch wollte sie auf ihre Treffen mit Nickel verzichten. Doch sie musste wirklich darauf achten, dass sie künftig bei ihren Lehrstunden nicht beobachtet wurden. In dieser Hinsicht glich Landshut ihrer Heimatstadt Freising: Die Menschen tuschelten und schwatzten über ihre Nachbarschaft. Vor allem über Neuankömmlinge wurde gerne gesprochen. Die Plaudereien waren eine willkommene Abwechslung im sonst immer gleichen Tagesablauf.

Als Jacob gegangen war, fand Gret endlich die Zeit, das warme Weizenmus zu essen. Es roch besser als es schmeckte. Der pampige Brei war kaum gewürzt und hatte einen faden Geschmack. Im Vergleich zu der kargen Verpflegung im Waldlager kam Gret die Speise jedoch wie ein Festessen vor. Zudem war ihr Frühstück nahrhaft und sättigend, mehr konnte Gret kaum verlangen.

Der Tag verstrich für Gret in Windeseile. Er war angefüllt mit den unterschiedlichsten Aufgaben und ließ ihr kaum Zeit zu verschnaufen. Als sie ihre Mahlzeit beendet hatte, klopften bereits die ersten Kranken an ihre Tür. Sie nahm sich für jedes Leiden ausreichend Zeit und legte ihr ganzes Herzblut in ihre Empfehlungen.

Meist hatte sie dabei Gabriel auf dem Arm, der dem ständigen Trubel in ihrer Behausung mit großen Augen folgte. Mitunter wurde ihm die Wartezeit jedoch zu lange und er begann zu quengeln und sich zu winden. Dann legte Gret meist eine Pause ein und ging vor die Stadttore, um Kräuter und Pflanzen zu sammeln. Daraus stellte sie weitere Absude und Salben her. Diese Heilmittel unterstützten die Genesung der Kranken, das Kernstück ihrer Heilarbeit bildeten jedoch ihre Steine. Auf diese einfachen Hilfsmittel griff Gret immer zuerst zurück. Die Herstellung eines Heilsteinwassers dauerte nicht lange; außer frischem Wasser benötigte sie keine weiteren Zutaten. Die Wirkung war jedoch erstaunlich und setzte vielmals unmittelbar nach der Einnahme ein.

Gret hatte sich in ihrem neuen Leben ohne größere Schwierigkeiten zurechtgefunden und war selbst erstaunt, wie schnell die Abläufe zur Gewohnheit geworden waren. Auch dieser Tag neigte sich schon wieder seinem Ende zu, ohne dass sie die Zeit gefunden hatte, Atem zu schöpfen. Sie sehnte sich nach Ruhe und einem Tag des Müßiggangs, denn ihre Glieder fühlten sich matt und erschöpft an.

Als sie Gabriel versorgt hatte und er friedlich eingeschlummert war, streckte sich auch Gret endlich auf ihrer Lagerstätte aus. Kaum hatte sie sich hingelegt, fiel sie auch schon in einen tiefen, traumlosen Schlaf.

Am nächsten Morgen wurde sie durch ein sachtes Klopfen an der Tür geweckt. Es dauerte eine Weile, bis Gret zu sich kam und wusste, wo sie sich befand. Dann kehrte jedoch jählings die Erinnerung zurück. Das musste Anna sein, der sie so bereitwillig ihre Hilfe angeboten hatte. Ein flaues Gefühl breitete sich in ihrem Magen aus;

es war eine unbestimmte, drückende Vorahnung, die sie unvermittelt ergriff. Sie musste an Brigitta denken und an deren strenge Grundsätze. Ihre Freundin hätte die junge Frau nicht behandelt, sondern mit klaren, aber deutlichen Worten abgewiesen.

Gret erhob sich träge, tapste barfüßig und noch etwas schlaftrunken über den staubigen Fußboden und öffnete vorsichtig die Tür.

Das junge Mädchen wirkte unsicher und traute sich kaum, Gret in die Augen zu blicken. Man sah ihr die Befangenheit und auch ihre Aufregung an. Gehetzt wanderte Annas Blick die Straße entlang, als hielte sie dort nach einer unbestimmten Gefahr Ausschau. Gret winkte sie herein und bot ihr einen der einfachen Stühle am Küchentisch an. Das Mädchen nahm zögerlich Platz und hob dann ängstlich ihr Gesicht.

»Du hast es dir also nicht anders überlegt?«, machte Gret den ersten Schritt und sprach die junge Magd an.

»Nein, ich halte an meinem Entschluss fest und möchte, dass du mir hilfst. Das wirst du doch tun, nicht wahr? Du bleibst doch bei deinem Versprechen?« Die Augen des Mädchens hefteten sich nun flehentlich an Gret und ihre Lippen bebten leicht.

»Ich habe es dir zugesagt und deshalb stehe ich auch zu meinem Wort. Dennoch möchte ich, dass du die Tragweite dessen, was du vorhast, begreifst«, redete Gret der Magd in ernstem Ton ins Gewissen. »Wenn du irgendjemandem davon erzählst, kann das deinen Tod bedeuten und den meinen gleichermaßen.«

Das Mädchen nickte Gret gehorsam zu.

»Die Leibesfrucht auszutreiben gilt als Verbrechen und wird schwer bestraft. Aber das ist es nicht allein, was dich töten kann«, meinte Gret. »Auch die Abtreibung birgt Gefahren.«

Gret hielt inne und beobachtete, wie Anna ihre Eröffnung aufnahm. Die Magd zeigte sich jedoch entschlossen und blickte Gret standhaft an.

»Ich werde dir ein Mittel verabreichen, unter dem sich die Gebärmutter zusammenzieht wie bei einer Geburt«, führte Gret weiter aus. »Es wird schmerzhaft für dich werden.«

»Ich kann Schmerzen gut aushalten«, versicherte Anna geflissentlich. Sie wollte mit aller Kraft verhindern, dass Gret ihre Meinung im letzten Augenblick noch änderte.

»Du solltest die Arznei, wenn möglich, am Abend einnehmen, dann wird es dir leichter fallen, die Schmerzen vor deinem Dienstherren zu verbergen«, riet ihr Gret. »Mindestens einen Tag solltest du das Bett hüten und dich schonen.«

»Das könnte schwierig werden. Wie soll ich das nur erklären?«, fragte Anna in bangem Ton.

»Du musst dir eben etwas einfallen lassen. Wie wäre es mit einem verdorbenen Magen? Oder du schiebst eine andere harmlose Ausrede vor«, schlug Gret vor.

»Etwas Harmloses wäre kein ausreichender Grund. Da müsste ich schon vor Fieber glühen, dass mein Dienstherr mir die Arbeit erlässt.«

»Du wirst schon die richtigen Worte finden. Doch das Wichtigste ist, dass du dich strikt an meine Anweisungen hältst. Nimmst du nämlich zu viel von der Arznei, könntest du an dem Mittel verbluten.« Gret wollte der Magd eigentlich keine Angst einjagen, musste sie jedoch auf die möglichen Folgen vorbereiten.

»Ich werde mich genau an das halten, was du empfiehlst«, versprach das Mädchen eifrig.

»Eines musst du noch wissen. Ich kann dir nicht versprechen, dass das Mittel auch wirklich hilft. Es ist möglich, dass dein Körper das Kind trotz der Arznei nicht ausstößt«, meinte Gret mit Nachdruck.

Sie legte der Magd ihren Arm auf die Schulter und sah sie eindringlich an.

»In diesem Fall musst du unbedingt wiederkommen«, fügte Gret hinzu. »Tue bitte nichts Unüberlegtes. Wir werden schon eine Lösung finden.«

Das Mädchen nickte stumm. Sie war so erleichtert, dass Gret ihr half, dass sie allen Bedingungen ohne Widerworte zustimmte. Gret überreichte ihr das Fläschchen mit dem Trank und wies sie genau an, wie viel sie von der Arznei einnehmen sollte. Im Stillen schickte sie noch ein Stoßgebet an den Himmel, dass alles gut gehen möge.

»Was verlangst du für deine Dienste?«, fragte Anna bang.

»Gib mir einfach das, was du entbehren kannst«, antwortete Gret.

Die Magd kramte ein paar kleine Münzen hervor und drückte sie Gret in die Hand. Dann schlüpfte sie samt Fläschchen rasch durch die Tür und ließ Gret alleine mit ihren Gewissensbissen zurück.

Kapitel 21

Merten hielt es in seiner Heimatstadt nicht mehr aus. Es drängte ihn, endlich wieder auf Reisen zu gehen. Seit seine Mutter gestorben war, hatte sich zu Hause alles geändert. Sein Vater interessierte sich nicht mehr sonderlich für das Tuchgeschäft und auch seine Aufgaben als Stadtrat vernachlässigte er sträflich. Meist saß er nur träge und unbeteiligt in einer Ecke und starrte die Wand an. Alle wichtigen Entscheidungen überließ er nun seinen ältesten Angestellten und den Einkauf neuer Ware und auch den Verkauf auf den Märkten anderer Städte hatte er vollständig auf Merten übertragen. Ihm war es nur recht, denn auf diese Weise konnte er dem tristen Alltag entfliehen und etwas Aufregendes erleben.

Die Suche nach Gret hatte er inzwischen eingestellt. Das Mädchen war ihm doch tatsächlich entwischt. Er hatte keine Ahnung, wie ihr das gelingen konnte. Nach dem unglücklichen Zwischenfall im Wald hatten er und sein Knecht wirklich alle naheliegenden Städte abgegrast. Doch Gret und der Schuhmachergeselle blieben verschollen – wie vom Erdboden verschluckt. Vielleicht waren ja Hexenkünste im Spiel; dem Mädchen war alles zuzutrauen.

Merten zog es nach Landshut. Die Stadt gefiel ihm und außerdem ließ sich dort gutes Geld verdienen. Der dortige Markt war ein ausgesprochen einträglicher Handelsplatz, denn er bot ihm eine große und vor allem kauffreudige Kundschaft. Und dann war da ja auch noch diese kleine Magd – eigentlich ein unbedeutendes junges Ding.

Aber er hatte sich nun schon mehrmals mit ihr vergnügt und richtig Spaß dabei gehabt. Diese jugendliche Frische war erstaunlich tröstlich. Und auch wenn er es vor anderen nie zugeben würde, so musste er sich doch selbst eingestehen, dass er wohl in das Mädchen vernarrt war.

Sein Knecht Jerg hatte bereits angespannt und wartete am Wagen auf ihn. Merten überlegte noch kurz, ob er einfach grußlos verschwinden sollte – seinem Vater würde es ohnehin kaum auffallen. Dann besann er sich jedoch anders und ging noch einmal in das fürstlich ausgestattete Zimmer seines Vaters zurück.

Wie erwartet fand er ihn dort bewegungslos in einem Sessel sitzend vor. Sein Vater hatte in den letzten Wochen noch weiter abgenommen. Seine Wangen waren eingefallen und sein Haar wirkte zerzaust und ungepflegt. Er achtete nicht mehr auf sein Äußeres und auch zum Essen musste man ihn mehr oder weniger zwingen. Darum kümmerte sich zum Glück das treue Gesinde – eine Aufgabe weniger, die er schultern musste.

Merten schüttelte den Kopf; der ganze Prunk und Reichtum des Gemachs konnten die Trostlosigkeit und gedrückte Stimmung, die hier herrschte, nicht überdecken. Sein Vater kam ihm vor wie ein entmachteter König, der an seinem Sturz zerbrochen war. Und alles war die Schuld dieser kleinen Schuhmachertochter. Hätte er sich doch nie mit ihr eingelassen.

Er spürte, wie erneut die Wut in seinem Bauch hochkochte. Diese unglaublichen Augen hatten ihn damals verhext. Gret war anders als alle Mädchen gewesen, die er bislang kennengelernt hatte. Sie strotzte nur so vor Selbstsicherheit und Tatendrang und gab sich zugleich widerborstig und ablehnend. Und eben diese Haltung hatte ihn so gereizt an ihr. Er wollte sie bezwingen, ihren Willen brechen und sie unterwerfen. Und das war ihm zunächst ja auch gelungen.

Doch dann hatte sich das Blatt gewendet. Der ausgesprochene Fluch hatte alles verändert. Zuerst starb seine Mutter und dann ging es mit seinem Vater bergab. Am Ende hatte Gret sein bisheriges Leben vollkommen zerstört und über ihn triumphiert. Es fuchste ihn noch immer, dass er sich nicht rächen konnte und dass sie ihm so knapp entronnen war.

Doch all das Wehklagen brachte ihn nicht weiter. Er musste nach vorne sehen und das Beste aus seiner Lage machen. Bei all dem Unglück hatte das Ganze auch eine gute Seite. Durch die übertragenen Aufgaben hatte er eine Freiheit gewonnen, die er von früher nicht kannte. Nun lag es an ihm, Entscheidungen zu treffen und das Tuchgeschäft voranzubringen. Im letzten Jahr hatte er viel Wissen angesammelt und einige – zum Teil auch schmerzhafte – Erfahrungen gemacht. Doch inzwischen war aus ihm ein findiger, erfahrener Geschäftsmann geworden.

Merten verabschiedete sich von seinem Vater. Der blickte nur kurz zu ihm herüber, nickte ihm abwesend zu und versank dann wieder in seiner Trübsal. Merten war froh, dass er die Schwere und Bitterkeit in der Kammer hinter sich lassen konnte. Er gab sich mit dem Kopfzeichen zufrieden und verließ sein Elternhaus mit hastigen Schritten.

Draußen schwang er sich auf den Wagen und gab Jerg das Zeichen zur Abfahrt. Das Verhältnis zu seinem Knecht hatte sich im Laufe des Jahres gewandelt. Inzwischen schätzte er die bodenständige, zielstrebige Art seines Bediensteten. Sein eigenes fahrlässiges Verhalten bei der Suche nach Gret war ihm eine Lehre gewesen. Inzwischen zog er es vor, auf die Einschätzung seines Knechtes zu vertrauen. Denn wie sich herausgestellt hatte, lag Jerg damit meistens richtig. Er verfügte über ein natürliches Gespür für Gefahren und erahnte häufig, an welchen Orten es bedrohlich werden konnte. Der einzige Nachteil war, dass Jerg bisweilen über das Ziel hinausschoss. Immer wieder vergriff er sich im Ton oder ließ es am nötigen Respekt fehlen. Doch das würde er ihm schon noch austreiben.

Es war noch früh am Morgen, als Merten und Jerg gemeinsam aufbrachen. Sie hatten die Strecke nach Landshut nun schon mehrmals zurückgelegt, ohne von irgendwelchem Gesindel belästigt zu werden. Und auch an diesem Tag kamen sie gut voran. Die meiste Zeit saßen sie schweigend nebeneinander, jeder in seine eigenen Gedanken vertieft. Erst als sie in der Ferne den hoch emporragenden

Turm der Martinskirche ausmachten, besprachen sie ihre Pläne für die kommenden Tage.

Sie würden ihre Ware erst morgen auf dem Landshuter Markt darbieten, sodass ihnen der restliche Tag zum Müßiggang zur Verfügung stand. Die letzten Male waren sie in einem der besten Gasthäuser der Stadt abgestiegen, in dem sie auch diesmal unterkommen wollten. Die Schlafräume waren zwar nur karg ausgestattet, jedoch einigermaßen sauber und nicht verlaust. Zum Wirtshaus gehörten großzügige Stallungen und ein Schuppen, in dem Merten getrost seinen Wagen und auch die kostbare Fracht unterstellen konnte. Und die Wirtsleute tischten zudem reichlich Essen auf, das würzig und schmackhaft war.

»Wenn wir angekommen sind, möchte ich, dass du zuerst die Pferde ausspannst und versorgst. Dann lädst du unsere Ware ab und verwahrst sie an einem sicheren Ort«, wies Merten seinen Knecht an. »Wenn du das erledigt hast, kannst du meinethalben den restlichen Tag machen, was du willst«, fügte er gönnerhaft hinzu.

»Ich verstehe schon, Herr, Ihr wollt mich aus dem Weg haben, damit ihr wieder dieses junge, unschuldige Ding verführen könnt«, kam es Jerg vorlaut über die Lippen.

»Nur nicht so frech«, warnte Merten seinen Dienstbefohlenen und hob dabei warnend die Hand.

Jerg wich zurück, um einer wohlverdienten Ohrfeige zu entgehen, musste dabei aber von einem Ohr bis zum anderen grinsen. »Nehmt es mir nicht krumm, Herr, ich wollte nur einen Spaß machen. Ich gönne Euch diese Vergnügungen von ganzem Herzen, denn Ihr habt sie redlich verdient.«

»Du solltest deine Zunge besser zügeln, sonst wirst du sie eines Tages noch verlieren. Außerdem kannst du gewiss sein, dass die holde Magd längst nicht so tugendhaft ist, wie du denkst.«

Nun musste Merten selbst schmunzeln. In der Tat hatte das Mädchen bereitwillig alles mit sich machen lassen, was er von ihr verlangte. Sie war zwar noch unerfahren, jedoch überaus neugierig und wissensdurstig. Außerdem schien sie auf eine unreife, fast kindliche, jedoch äußerst bezaubernde Art zu ihm aufzusehen und ihn anzuhimmeln, was Merten schmeichelte.

Merten spürte, wie sich eine erwartungsvolle Unruhe in ihm ausbreitete und der Gedanke an das Mädchen ihn erregte. Er schalt sich einen Narren, dass ihm eine einfache Magd derart den Kopf verdrehen konnte. Normalerweise pflegte er mit den Gefühlen junger Frauen zu spielen und sie mit seiner Ausstrahlung so lange zu umgarnen, bis sie ihm restlos verfallen waren. Dabei behielt er selbst stets einen klaren Kopf.

Doch bei diesem Mädchen verlor er irgendwie den Boden unter den Füßen. Es war, als hebelte ihn eine unbekannte Kraft aus dem Sattel seiner sonst so festen Entschlossenheit. In ihren Armen schmolz er dahin und wurde plötzlich weich wie Butter. Doch es war ihm gleich, denn hier in Landshut kannte ihn niemand. Hier musste er nicht vor seinen Freunden prahlen und den unwiderstehlichen Herzensbrecher spielen. Hier konnte er seinen Gefühlen gefahrlos freien Lauf lassen. So trieb Merten die Pferde mit der Peitsche zu größerer Eile an. Er konnte es kaum erwarten, wieder in den Armen des Mädchens zu versinken und seinen Kopf in ihre Haare zu betten.

Als sie durch das Stadttor hindurchrollten und weiter die Hauptstraße entlangfuhren, begann seine Haut zu kribbeln und ein leichter Schauer ergriff ihn. Nun war es nicht mehr weit bis zum Wirtshaus, in dem sie nächtigen wollten.

Sein Mädchen arbeitete nur ein paar Häuser weiter im Haushalt eines steinreichen, jedoch recht geizigen, Gewürzhändlers. Er wollte nicht wie ein verliebter Tölpel vor ihrem Haus warten und entschloss sich deshalb, wieder den Laufburschen seines Wirts zu ihr zu schicken. So hatte er es die letzten Male auch gehalten und war recht gut damit gefahren. Für ein paar Münzen erledigte der Bursche bereitwillig jeden Auftrag und versprach obendrein, Stillschweigen zu bewahren. Er wies den Jungen an, das Mädchen nach seiner Arbeit an ihren vereinbarten geheimen Treffpunkt zu schicken. Den genauen Ort wollte er dem Jungen nicht auf die Nase binden, denn das Mädchen würde schon wissen, wohin es kommen sollte.

Sie hatten das letzte Mal ein sicheres Versteck gefunden. Die Gefahr, dass dort jemand ihre Zweisamkeit störte, war gering. Zu Mertens Unterkunft gehörte ein großzügiger Stall, in dem die Reisenden ihre Pferde unterstellen konnten. Hinter dem Stall befand sich noch ein Anbau, der als Futterkammer genutzt wurde und nur mit einem einfachen Riegel versehen war. Am späteren Abend hielt sich hier keiner mehr auf, da die Tiere bereits früher gefüttert wurden. In der Kammer lagerte jede Menge Stroh – für seine Zwecke eine äußerst angenehme Unterlage.

Die Zeit bis zum Dienstschluss der jungen Magd verbrachte Merten mit wohltuendem Nichtstun. Seit ihm die Arbeit im Tuchgeschäft kaum mehr eine freie Minute ließ, konnte er auch den Müßiggang viel besser genießen. Er erinnerte sich noch gut an die Zeiten, als sein Vater ihm kaum etwas zugetraut hatte und alle Entscheidungen alleine fällte. Er fühlte sich damals ziemlich nutzlos und verbrachte deshalb seine überreichliche freie Zeit damit, das Geld seiner Eltern zu verprassen und sich mit seinen Freunden zu vergnügen. Diese Freuden waren allerdings nur von recht kurzweiliger Natur. Immer wieder drängte es ihn, ein wahres Glücksgefühl zu empfinden. Doch weder die vielen Frauen noch seine üppigen finanziellen Mittel konnten dieses Bedürfnis wahrhaft stillen.

In dieser Stadt fühlte sich Merten jedoch frei und anerkannt. Die hiesigen Kunden und Händler schätzten seine geradlinige, entgegenkommende Art und auch die kleine, junge Magd nahm ihn rückhaltlos an. Sie sah zu ihm auf und stellte seinen Stand und sein Ansehen in keiner Weise infrage.

In seiner Heimatstadt hatten sie ihn immer wieder damit aufgezogen, dass er nur ein verwöhnter Kaufmannssohn und Schmarotzer sei, der rein gar nichts zu seinem unermesslichen Reichtum beitrug. Seinen Vater hatten sie dagegen immer bewundert: den Stadtrat und erfolgreichen Ladeninhaber, der es verstand, gewandte Reden zu halten und mit seiner Findigkeit das Geschäft voranzutreiben.

Doch das alles hatte sich im letzten Jahr gewandelt. Die Freisinger tuschelten nun über seinen Vater und schüttelten den Kopf über seine offensichtliche Veränderung. Merten war es leid, immer wieder auf diese mitleidsvollen Blicke zu stoßen, wohin er auch ging. Welche Wohltat war es dagegen, dass er hier ein Fremder war, ohne jedwede Vorgeschichte.

Merten schlenderte durch die Landshuter Straßen und gönnte sich in einem der zahlreichen Wirtshäuser der Stadt einen Krug Bier. Das Gasthaus war um diese Stunde noch wenig besucht, sodass er einen Tisch für sich alleine hatte und nicht gezwungen war, eine belanglose Unterhaltung mit einem Fremden zu führen. Dem ersten Krug folgte ein zweiter, der endlich eine wohlige Wärme in seinem Körper verströmte. Er genoss die Ruhe und fragte sich, was sein Knecht wohl gerade trieb, als er die Glocken der Landshuter Martinskirche vernahm, die den Feierabend einläuteten. Er war so in seine Gedanken versunken und mit sich selbst zufrieden, dass er beinahe seine Verabredung verpasst hätte.

Er legte dem Wirt ein paar Münzen auf den Tisch und machte sich auf zu seiner Unterkunft. Unter seinen Sachen hatte er auch ein Geschenk für das Mädchen, das er unbedingt noch holen wollte. Er stellte sich bereits bildlich vor, wie ihre Augen strahlen und leuchten würden, wenn sie die Gabe später auspackte. Es war ein besonders feiner und kostbarer Stoff in einem leuchtenden, dunklen Grün, mit dem er sie überraschen wollte. Eigentlich war das Tuch viel zu wertvoll und vollkommen unangebracht für ein Mädchen ihres Standes, doch es drängte ihn, ihr eine Freude zu bereiten.

Als Merten die Tür zur Futterkammer öffnete, sah er etwas enttäuscht, dass sein Mädchen noch nicht eingetroffen war. Doch sie würde sicher bald auftauchen. Es schlug ihm der vertraute Geruch nach Hafer und frischem Stroh entgegen und eine kleine Maus huschte unmittelbar vor seinen Füßen an ihm vorbei. Verschreckt floh sie in die entgegengesetzte Richtung und ging unter einem Strohhaufen in Deckung. Es fiel nur noch wenig Licht durch das einzige Fenster im Raum, doch Merten hatte wohlweislich eine kleine Tranfunzel mitgebracht, die den Raum nun notdürftig erhellte.

Er legte das verschnürte Bündel mit dem kostbaren Stoff auf das Stroh und breitete daneben seinen Mantel aus. Genau dort wollte er sie empfangen. Wenn sie zaghaft die Tür öffnete, würde ihr Blick geradewegs auf ihn und seine großzügige Gabe fallen.

Die Zeit verging schleppend langsam und Merten fragte sich bereits, ob das Mädchen wohl verhindert war und gar nicht mehr kommen würde, als er endlich vorsichtige Schritte im Stallgebäude vernahm. Er verhielt sich ruhig, denn es könnte genauso gut ein besorgter Wirtshausgast sein, der nochmals nach seinem Pferd sehen wollte. Die Schritte näherten sich seinem Versteck, das war deutlich zu hören. Nur einen kurzen Augenblick später wurde von außen nahezu geräuschlos die Tür zur Futterkammer aufgeschoben.

Merten spürte, wie sein Herz schneller schlug und er seine Vorfreude kaum mehr zügeln konnte. Dann kam sie herein, das vertraute Strahlen in den Augen. Langsam und sehr anmutig ging sie ihm die wenigen Schritte entgegen. Er umschloss sie eng mit seinen Armen und drückte sie etwas zu stürmisch an seine Brust, sodass sie kaum mehr atmen konnte. Sie befreite sich aus der engen Umklammerung, trat einen Schritt zurück und musterte ihn eindringlich. Und auch Merten ließ seine Augen über ihren geschmeidigen, jugendlichen Körper gleiten.

Er hatte sie die letzten Wochen wirklich vermisst. Diese kleinen, fröhlichen Lachfältchen, die ihre Augen umrahmten und die winzigen Sommersprossen, die ihre Nasenspitze sprenkelten, hatten ihm gefehlt. Doch auch wenn sie ihn offen und freundlich anlächelte, wirkte sie seltsam verändert, auf eine unbestimmte Art gereifter als bei seinem letzten Besuch. Außerdem sah sie ungewohnt blass, ja fast hohlwangig, aus. Hoffentlich war sie nicht ernsthaft krank, schoss es ihm voller Besorgnis durch den Kopf.

»Fühlst du dich nicht wohl? Du wirkst auf mich heute ein wenig schwach und kraftlos. Hattest du einen anstrengenden Tag?« Merten machte sich wirklich Sorgen, denn so verletzlich hatte er sie noch nie gesehen.

Das Mädchen überging seine Frage geflissentlich und wich auch seinem prüfenden Blick aus. Die fürsorgliche Anteilnahme war ihr unangenehm und so wechselte sie rasch das Gesprächsthema.

»Was ist denn in diesem Bündel? Hast du mir schon wieder etwas mitgebracht?«, wollte sie stattdessen wissen.

»Es ist für dich. Pack es doch aus. Ich möchte zu gerne wissen, ob ich deinen Geschmack getroffen habe.«

Die junge Magd löste zunächst das Band, mit dem das Bündel verschnürt war, und wickelte das Päckchen dann voll freudiger Erwartung aus. Ganz wie es Merten vorausgesehen hatte, breitete sich wieder diese unbändige Lebensfreude auf ihrem Gesicht aus. Glückselig nahm sie den zarten Stoff in die Hände und schmiegte zunächst nur ihre Wange daran. Dann entfaltete sie das edle Tuch und legte es sich wie einen fürstlichen Mantel um die Schultern.

»Sehe ich nun aus wie ein Mädchen von hohem Stand?«

»In meinen Augen bist du schöner als alle Fürstinnen dieser Welt. Die Farbe steht dir ausgesprochen gut«, gab er schmeichelnd zurück.

Merten zog sie samt Tuch hinunter auf das einfache Strohlager und begann, ihren Hals und die kleine Grube unter ihrer Kehle mit zarten Küssen zu bedenken. Das Mädchen streckte ihm den Hals willig entgegen und ließ sich widerstandslos auf die Unterlage sinken.

Erregt nestelte Merten an den Schnüren herum, die ihr Kleid vorne zusammenhielten, bis es ihm endlich gelang, sie auseinanderzubekommen. Dann öffnete er das Oberteil vorne so weit, dass es ihr über die Schultern rutschte und den Blick auf ein einfaches, weißes Hemd freigab. Auch dieses schnürte er sorgsam auf und zog es weit auseinander. Der Ausschnitt offenbarte den Ansatz ihrer weichen Brüste, bedeckte jedoch gerade noch den dunklen Hof, der ihre Brustwarzen umgab.

Er ließ seine eine Hand in den Ausschnitt gleiten und schob gleichzeitig mit der anderen Hand die Rockschöße des Mädchens nach oben. Als er über ihren Bauch strich, wich sie unwillkürlich zurück, als hätte er ihr Schmerzen bereitet.

»Was ist mit dir? Sonst hast du meine Berührungen doch immer so genossen.« Merten spürte, dass sich der Unterleib des Mädchens etwas anspannte.

»Es ist alles in Ordnung«, räumte die Magd seine Bedenken aus dem Weg und zog ihn noch enger an sich heran. »Fahre einfach so fort und mach dir nicht so viele Gedanken.«

Merten konnte dieser Einladung nun nicht mehr widerstehen. Als hätte er plötzlich die Gewalt über seinen Körper verloren, warf er sich ungezügelt auf sie. Während er mit einer Hand weiter ihren Körper liebkoste, befreite er sich mit der anderen von seinen Beinkleidern. Auch die Magd ließ nun ihre Hände über Mertens Körper streichen und berührte ihn an seinen empfindlichsten Stellen.

Ihre Zärtlichkeiten und Küsse wurden immer drängender, die Bewegungen ihrer Körper immer fordernder, bis sie schließlich in einem rauschhaften Zustand versanken. Sie vergaßen den Ort, an dem sie sich befanden und die Schranken, die sie trennten, denn hier waren sie eins, verschmolzen durch die vereinenden Bande der Liebe. Als ihr Liebesspiel im gemeinsamen Höhepunkt gipfelte und sich alle Kraft entlud, wich auch die Anspannung aus ihren Gliedern. Sie sanken erschöpft zurück in das Stroh, Arm in Arm, eng ineinander verschlungen.

Eine Weile lagen sie stumm und glückselig nebeneinander, bis Merten plötzlich ein unheilschwangeres Gefühl überkam. Der Körper des Mädchens fühlte sich nicht mehr so entspannt an wie noch vor wenigen Augenblicken. Ihr sonst so weicher, geschmeidiger Leib war mit einem Mal hart wie ein Brett. Er konnte mit all seinen Sinnen spüren, dass mit ihr etwas nicht stimmte. Als er seinen Kopf anhob, um nach ihr zu sehen, merkte er, dass sich das Mädchen vor Schmerzen krümmte.

»Du hast doch etwas. Sagst du mir jetzt endlich, was mit dir los ist?« Merten stieß die Sätze aufgeregter und lauter hervor, als eigentlich vernünftig war.

Die Magd rollte sich auf die linke Seite, zog die Beine zum Körper und presste beide Arme schützend vor ihren Unterleib. Anstelle einer Antwort kam ihr nur ein leises Wimmern über die Lippen.

Merten brach bei ihrem Anblick der Schweiß aus. Er wusste nicht, woher die starken Schmerzen rührten, spürte jedoch, dass die Lage mehr als bedrohlich war. Mit Gewissensbissen fragte er sich, ob er bei ihrem Liebesspiel vielleicht zu ungezügelt gewesen war und sie in seinem Eifer verletzt hatte. Doch eigentlich kam ihm diese Erklärung nicht schlüssig vor. Sie hatten bereits mehrere gemeinsame Liebesnächte verbracht, in denen sie sich hemmungslos aufeinander gestürzt hatten. Noch nie hatte sich das Mädchen jedoch darüber beklagt, dass er zu heftig vorging. Es musste etwas anderes dahinter stecken.

Er rückte näher an das Mädchen heran und schob vorsichtig den Rock ihres Kleides nach oben. Der Anblick, der sich ihm offenbarte, ließ ihn erschaudern. Der Stoff ihres Rockes war blutdurchtränkt und zwischen ihren Schenkeln floss noch immer unablässig ein rotes Rinnsal hinab. Der Unterleib des Mädchens zog sich dabei in regelmäßigen Wellen zusammen, als wollte er ein Kind herauspressen. Merten stieg ein feuchter, metallischer Geruch in die Nase, der ihn würgen ließ.

Mit einem Mal fiel es ihm wie Schuppen von den Augen. Er wurde gerade Zeuge einer Fehlgeburt. Konnte das wirklich wahr sein, dass sein Mädchen schwanger war? Wenn sie ein Kind von ihm empfangen hatte, konnte die Schwangerschaft noch nicht weit fortgeschritten sein. Und dann schoss ihm plötzlich noch ein weiterer unangenehmer Gedanke durch den Kopf. Vielleicht hatte sie ja selbst Hand an sich gelegt, um eine ungewollte Schwangerschaft zu beenden? Oder sie hatte gar eine Engelmacherin um Rat gefragt.

Die Verzweiflung packte ihn und er hatte das Gefühl, dass ihm das Wertvollste, das er in diesem Leben besaß, aus den Händen gerissen wurde. Er wollte nicht noch einen wichtigen Menschen verlieren – nicht innerhalb so kurzer Zeit.

»Was hast du getan? Wen hast du um Hilfe gebeten?«, schrie er sie außer sich an und rüttelte sie dabei wie besessen an den Schultern. Es waren seine Hilflosigkeit und die offensichtliche Ohnmacht, die ihn zu diesem vernunftwidrigen Handeln trieb, doch er konnte einfach nicht innehalten.

Das Mädchen reagierte kaum auf diese rohe Behandlung. Sie lag inzwischen schlaff und schwächlich auf der Unterlage, nur ihr Unterleib stieß weiterhin kraftvoll Unmengen von Blut aus. Ihre Gesichtsfarbe hatte mittlerweile einen blassen, fast gräulichen Ton angenommen. Die Zeit drängte, das war ganz offensichtlich. Wenn die Blutung nicht bald aufhörte, würde das Mädchen unter seinen Händen wegsterben.

Merten bekam es mehr und mehr mit der Angst zu tun. Er musste rasch handeln, doch an einen Arzt konnte er sich nicht wenden. Abtreibungen waren ungesetzlich und wurden schwer bestraft. Er musste einen anderen Weg finden, seine Geliebte zu retten.

»Anna, Anna«, schrie er das Mädchen verzweifelt an, »du musst mir sagen, was ich tun soll. Wer kann dir nur helfen?«

»Bring mich zur Steinheilerin«, brachte das Mädchen mit letzter Kraft hervor. »Sie wird wissen, was zu tun ist.«

»Wo finde ich diese Heilerin?« Mertens Stimme überschlug sich vor Aufregung und klang schrill und viel zu hoch.

»Sie wohnt in der Vorstadt. Jeder kennt sie dort, du musst dich nur durchfragen.«

Merten zögerte nicht einen Augenblick. Er hüllte Anna notdürftig in das grüne Tuch ein und trug sie wie ein Kind in beiden Armen aus dem Stallgebäude. Sie war schlank und wog nicht viel, dennoch spürte er, wie sich unter ihrem Gewicht seine Muskeln anspannten.

Draußen war es schon dunkel und die Menschen hatten sich bereits in ihre Häuser zurückgezogen. Er hoffte, dass er unbehelligt in die Vorstadt gelangen würde und ihm keine neugierigen Leute begegneten. Sein Anblick musste recht befremdlich wirken: Ein fein bekleideter Mann, der sich nachts mit einer blutenden Magd in den Armen durch die Straßen schlich.

Der Weg wurde für Merten immer beschwerlicher. Der grüne Stoff fühlte sich inzwischen feucht und blutdurchtränkt an und auch seine Hände waren mit Blut benetzt. Aus Annas Körper war jegliche Anspannung gewichen. Sie hatte nicht einmal mehr die Kraft, sich an ihm festzuklammern, sondern hing nur noch willenlos und schlaff in seinen Armen.

Als Merten die Vorstadt erreicht hatte, beschleunigte er seinen Schritt. Er stolperte mehr durch die Straßen, als dass er lief. Sein Atem ging nun schwer und keuchend und die Anstrengung trieb ihm den Schweiß auf die Stirn. Zugleich spürte er, wie sein Herz immer schneller schlug und die Adern an seinem Hals pulsierten. Er irrte eine Weile umher, ohne einem menschlichen Wesen zu begegnen. Nur ein paar Ratten taten sich an den herumliegenden Abfällen gütlich. Seine Anwesenheit schien die fetten Nager kein bisschen zu beeindrucken. Sie wussten wohl, dass er für sie keine ernsthafte Bedrohung darstellte.

Merten ging in die Knie und legte das Mädchen sanft auf dem Boden ab, um seine Glieder zu strecken und Atem zu holen. Dann rüttelte er sie leicht an der Schulter.

»Anna, wo finde ich nun deine Heilerin? Bitte öffne deine Augen, du darfst nicht sterben.«

In Mertens Stimme schwangen Verzweiflung und Angst mit. Er wusste nicht, was er nun tun sollte und hatte das Gefühl, dass ihn seine eigene Hilflosigkeit niederdrückte. Wenn es sich irgendwie vermeiden ließ, wollte er nicht am nächstbesten Hauseingang klopfen. Die Leute würden ihm sicher mit großem Misstrauen entgegentreten und womöglich sogar die Schergen holen. Schwierigkeiten mit der Justiz konnte er sich einfach nicht leisten. Ihm wäre es deutlich lieber, wenn ihm Anna den Weg zu der heilkundigen Frau wies.

Doch das Mädchen hatte offenbar das Bewusstsein verloren. Sie hob weder die Lider, noch zeugte die kleinste Körperbewegung davon, dass sie seine Frage vernommen hatte. Bleich und wie tot lag sie auf dem harten Untergrund. Nur das rasche Auf und Ab ihrer Brust zeigte ihm, dass sie noch am Leben war. Er war nahe dran, sie anzubrüllen. Doch damit würde er nur die Nachtruhe der Leute stören und unnötigerweise deren Aufmerksamkeit auf sich ziehen.

Als hätte der Himmel seinen stummen Hilferuf erhört, wankte mit einem Mal ein betrunkener, älterer Mann um die Ecke. Der ärmlichen Kleidung nach gehörte er den unteren Ständen an – wahrscheinlich ein einfacher Handwerker, der sich nach der Arbeit noch mit Bier hatte volllaufen lassen. Ohne groß zu überlegen, trat er ihm in den Weg und richtete unverhohlen das Wort an ihn.

»Du scheinst dich in dieser Stadt gut auszukennen. Kannst du mir sagen, wo ich die Heilerin finden kann, die hier in der Vorstadt lebt?«

Der Mann blickte ihn mit einem hohlen, verschwommenen Blick an und ließ sich mit der Antwort reichlich Zeit. Schließlich verzog er sein Gesicht zu einem schiefen Lächeln.

»Du willst mich wohl narren oder bist du tatsächlich so unwissend? Du stehst genau vor dem Haus der Heilerin. Hier an diese Tür musst du klopfen«, gab der Mann lallend zurück, während er auf einen Hauseingang deutete, der keine fünf Schritte von ihm entfernt war.

Merten dankte dem Mann für seine Hilfe und konnte kaum glauben, dass ihm das Glück mit einem Mal wieder gewogen war. Er nahm den kraftlosen Körper des Mädchens auf und trug sie den kurzen Weg bis zum Heim der Heilerin hinüber. Dort stieß er – da er es mit den Händen nicht tun konnte – mit seinem rechten Fuß mehrere Male gegen die Haustür. Drinnen regte sich etwas. Merten vernahm entfernt dumpfe Geräusche und schließlich Schritte, die sich langsam näherten. Es verstrich eine Weile, die sich endlos hinzuziehen schien, dann wurde die Tür endlich von innen geöffnet.

Vor Schreck hätte Merten beinahe das Mädchen fallen gelassen. Der Anblick, der sich ihm bot, war für ihn so überraschend und unerwartet, dass es ihm zunächst den Atem verschlug.

»Du bist die Heilerin?«, stieß er dann ungläubig hervor. Mit allem hatte er gerechnet, aber auf diese Begegnung war er nicht vorbereitet gewesen. Dass ihm gerade jetzt das Mädchen gegenüberstand, das er so lange und beharrlich gesucht hatte, konnte kein Zufall sein. Das Schicksal musste ihn hierhergeführt haben.

Gret ließ das unerwartete Zusammentreffen mindestens ebenso heftig zusammenzucken wie Merten, wenngleich sie ihre Fassung schneller wiedergewann als ihr Gegenüber. Sie hatte sich im letzten Jahr immer wieder ausgemalt, wie es sich anfühlen würde, wenn Merten sie aufspürte. Die Angst war die ganze Zeit hindurch ihr unterschwelliger Begleiter gewesen, doch sie hatte sie immer sanft beiseitegeschoben. Nun war es wohl an der Zeit, sich dem Unausweichlichen zu stellen.

Doch als Gret erfasste, wen Merten in den Armen trug, wusste sie, dass zuerst Dringlicheres anstand. Annas Zustand sah bedrohlich aus. Das bleiche Gesicht und die eingefallenen Wangen des Mädchens zeigten ihr, dass sie keine Zeit verlieren durften.

»Bring sie herein und lege sie dort hinten auf das Strohlager«, wies Gret Merten mit Nachdruck an, als wäre er nur ein gewöhnlicher Ansucher, dem sie zu Hilfe kam. Es wunderte sie selbst, wie gesammelt und geübt sie ihre Arbeit verrichtete, obwohl sie eigentlich Furcht empfinden müsste. Sie wickelte Anna aus dem grünen Stoff, der um sie geschlungen war, und schob ihre feuchten Rockschöße nach oben. Ihre Kleidung war mit Blut durchtränkt und zwischen ihren Schenkeln floss noch immer ein anhaltender, roter Strom hervor. Ihr Bauch war eingesunken und erschlafft.

Gret zögerte nicht einen Augenblick. Sie musste die Blutung schnellstmöglich zum Stillstand bringen, sonst hatte das Mädchen nicht die geringste Aussicht zu überleben.

»Merten, du musst mir jetzt helfen. Komm hier herüber und presse deine beiden Hände fest auf ihren Unterleib«, wies sie ihn bestimmt an. »Ihre Muskeln müssen sich dort stärker zusammenziehen, dann wird die Blutung aufhören. Du kannst den Unterleib auch leicht kneten.«

Gret holte indessen ihren Lederbeutel hervor und nahm einen leuchtend roten Stein heraus. Mit ein paar Schritten war sie wieder bei Anna, öffnete ihr beherzt den Mund und schob ihr den Stein unter die Zunge.

»Was für ein Teufelszeug hast du ihr gegeben?«, schrie Merten Gret wütend entgegen, während er am Boden kniete und mit aller Kraft auf Annas Bauch drückte. Der schwächliche Zustand des Mädchens machte ihm Angst. Seine Hände zitterten mittlerweile so stark, dass man es selbst aus weiter Ferne hätte sehen können.

»Ich habe ihr nur einen Karneol in ihren Mund gelegt. Der Stein wird ihr die Lebenskraft wieder zurückgeben und auch der Blutung Einhalt gebieten«, gab sie ihm gefasst zurück.

»Das meine ich nicht. Ich will wissen, was du ihr verabreicht hast, damit sie ihr Kind verliert. Das hast du doch getan, nicht wahr?« In Mertens Augen flammte ein fanatischer, fast besessener Ausdruck auf, der puren Hass widerspiegelte.

Gret fühlte sich ertappt und spürte, wie ihr die Schamesröte in die Wangen schoss. Sie kehrte Merten rasch den Rücken zu und ging zum Herdfeuer hinüber, um für Anna einen Kräutersud zuzubereiten.

»Ich weiß nicht, wovon du sprichst«, behauptete sie mit brüchiger Stimme, merkte jedoch selbst, dass ihre Äußerung wenig glaubwürdig klang. Merten hatte mit seiner Vermutung genau ins Schwarze getroffen und rüttelte damit heftig an ihren eigenen Gewissensbissen, die sie krampfhaft zu unterdrücken suchte.

»Ganz gleich wie diese Geschichte hier ausgeht, du wirst mir für alles, was du dem Mädchen, mir und meiner Familie angetan hast, büßen. Ich werde dich auf den Scheiterhaufen bringen, das ist gewiss. Und glaube bloß nicht, dass du mir ein weiteres Mal entwischen kannst«, drohte Merten ihr aufgebracht.

Mertens heftiger Ausbruch ließ die Wände der kleinen Kammer erzittern. Gabriel, der bis dahin friedlich und unbemerkt in der Ecke geschlummerte hatte, wurde unvermittelt aus dem Schlaf gerissen. Mit einem lauten Krähen meldete er sich zu Wort und protestierte lauthals gegen die unsanfte Art, mit der er geweckt wurde.

Merten fuhr überrascht herum und versuchte die Quelle des plötzlichen Geräuschs ausfindig zu machen.

»Du hast also einen Hexenbalg auf die Welt gebracht? Sieh an, das hätte ich nicht erwartet«, giftete er Gret böse an, während er das schreiende Kind voller Verachtung betrachtete. Auf den Gedanken, dass es sein eigen Fleisch und Blut sein könnte, kam er nicht.

Gret lief es kalt den Rücken hinab, als sie sah, wie abschätzig Merten ihren gemeinsamen Sohn beäugte. Ein unangenehmes Gefühl machte sich in ihrer Magengrube breit. Sie schob die Empfindung beiseite und rührte stattdessen die Kräuterarznei um. Der Sud hatte mittlerweile eine tiefbraune, schlammige Farbe angenommen und roch durchdringend und würzig. Sie schöpfte eine Kelle des brodelnden Gebräus in einen Holzbecher und trug ihn zum Krankenlager hinüber. Auf Gabriel warf sie nur einen kurzen Blick; er würde noch eine Weile warten müssen, bis sie sich um ihn kümmern konnte.

Doch das Kind wusste sich offenbar selbst zu helfen. Mit seiner kleinen Faust umklammerte Gabriel einen Zipfel des Leinentuchs, in das er gewickelt war, und führte den Stoff zielstrebig zu seinem Mund. Dann begann er genüsslich daran zu saugen und hörte schließlich von alleine mit dem Plärren auf.

Gret ließ sich neben dem blutenden Mädchen nieder, nahm ihre Hand auf und tastete vorsichtig nach ihrem Pulsschlag. Er war schwach und kaum mehr zu fühlen, gleichzeitig atmete Anna flach und schnell. Ihre Haut fühlte sich eiskalt und klamm an. Das Mädchen brauchte dringend Flüssigkeit, dafür musste sie jedoch erst zu sich kommen, ansonsten konnte sie ihr den Trank nicht einflößen. Gleichzeitig musste sie Anna so schnell wie möglich aufwärmen.

Gret suchte rasch ein paar alte Decken zusammen und hüllte die junge Magd darin ein. Dann schob sie ihr noch einige ihrer Kleidungsstücke unter die Unterschenkel, damit ihre Beine höher lagerten. Ihre Bemühungen zeigten Wirkung und brachten einen Hauch von Farbe in das blasse Gesicht.

»Wir müssen ihr etwas zu trinken geben, aber das wird nur gelingen, wenn sie bei Bewusstsein ist«, wandte sich Gret eindringlich an Merten.

Der Kaufmannssohn blickte Gret böse und mürrisch an, nickte ihr aber dennoch billigend zu.

Gret rüttelte die Magd zunächst nur an der Schulter und sprach sie mehrmals lautstark mit ihrem Namen an, doch das Mädchen blieb schlaff und regungslos liegen. So holte Gret kurzerhand zu einem Schlag aus und versetzte Anna eine schallende Ohrfeige. Der Schmerz drang tief in das Bewusstsein des Mädchens vor und riss sie aus dem Tal ihrer Besinnungslosigkeit. Zuerst zuckten die Lider der Magd nur leicht, dann öffnete sie jedoch langsam ihre Augen.

»Hilf mir, sie aufzurichten«, wies Gret Merten bestimmend und mit scharfem Tonfall an. Vielleicht können wir die Magd doch noch retten, ging es ihr hoffnungsvoll durch den Kopf.

Merten befolgte ihre Anweisung, nahm seine blutverschmierten Hände von Annas Unterleib und griff dem Mädchen sachte unter die Achseln, um sie hochzuziehen. Dann legte er ihr liebevoll einen Arm um die Schultern und stützte sie ab.

Gret war überrascht, wie fürsorglich und zärtlich er mit dem Mädchen umging. Die Magd schien ihm wirklich am Herzen zu liegen. So feinfühlig und besorgt hatte sie ihn bislang noch nicht erlebt.

Gret nahm dem Mädchen den Stein aus dem Mund und drückte ihn ihr stattdessen in die kühle Hand. Die Magd umschloss das rote Kleinod zaghaft mit ihren Fingern. Sie wirkte noch benommen und verstört und schien nicht zu begreifen, was mit ihr geschehen war und wo sie sich befand.

»Alles wird gut«, sprach Gret beruhigend auf sie ein. »Merten hat dich zu mir gebracht. Du hast sehr viel Blut verloren und musst erst wieder zu Kräften kommen.« Sie strich Anna tröstend über den Arm.

Das Mädchen versuchte zu sprechen, brachte jedoch keinen Laut heraus.

»Ich habe dir eine Arznei zubereitet. Trink davon in langsamen Schlucken, dann wird es dir bald besser gehen.« Gret setzte Anna den Becher mit dem heißen Gebräu an die Lippen und ließ sie vorsichtig von dem Kräutersud kosten.

»Ich muss nachsehen, ob die Blutung nachgelassen hat. Kannst du ihr währenddessen das Getränk einflößen?«, wandte sich Gret bittend an Merten.

Der Kaufmannssohn nahm widerstrebend den Becher entgegen und gab Anna davon zu trinken.

Es war fast widersinnig, dachte sich Gret, wie einträchtig sie hier mit dem Mann Seite an Seite arbeitete, den sie in ihrem Leben am meisten hasste und auch fürchtete.

Sie hob die Decken an und schob Annas Kleider nach oben. Die Oberschenkel der Magd waren blutverkrustet und ihre Kleidung über und über besudelt. Doch es sah tatsächlich so aus, als wäre das rote Rinnsal endlich versiegt. Gret stieß einen befreiten Laut der Erleichterung aus.

Sie machte sich daran, den Körper des Mädchens zu waschen und von allen Blutresten zu befreien. Dann legte sie Anna eines ihrer Kleider bereit und half ihr mit Mertens Hilfe dabei, sich umzukleiden. Die Magd wirkte wieder frischer und auf ihren Wangen breitete sich ein zarter Rosaton aus.

»Sie wird in ihrem Zustand nicht alleine nach Hause gehen können. Außerdem sollte die ganze Nacht jemand bei ihr wachen und ihr immer wieder etwas von dem Trank einflößen. Es wäre das Beste, wenn Anna heute Nacht bei mir bleiben würde«, schlug Gret Merten vor.

»Du meinst doch nicht allen Ernstes, dass ich sie in deinen Fängen lassen werde«, stieß Merten entrüstet hervor. »Ich traue dir einfach nicht über den Weg. Wer weiß, was du ihr noch antun wirst, nur um mir zu schaden?«

Gret spürte, wie ein unbändiger Zorn in ihr hochkochte. Was fiel diesem eingebildeten Besserwisser nur ein? Sie versuchte mit all ihrer Kraft, das Leben des Mädchens zu retten und er beschuldigte sie solch niederer Beweggründe. Am liebsten hätte sie ihn aus vollem Halse angeschrien, doch sie wollte nicht, dass sich die angespannte Stimmung weiter verschärfte. So schluckte sie ihren Ärger hinunter und zwang sich zu innerer Ruhe.

»Nun gut, wenn du denkst, dass du es auch alleine schaffst, werde ich dich nicht aufhalten. Wenn sie jedoch wieder zu bluten anfängt, musst du sie unbedingt vorbeibringen«, entgegnete sie ihm, wobei es ihr nicht gelang, die Schärfe gänzlich aus ihrem Ton zu verbannen.

»Ich werde wiederkommen, jedoch nicht mit Anna, sondern mit den Schergen der Stadt«, drohte er Gret mit finsterer Miene. »Sollte es meinem Mädchen wirklich schlechter gehen, findet sich sicher auch eine vertrauenswürdigere Heilkundige, als du es bist.« Merten hob die junge Magd mit beiden Armen hoch und trug sie die paar Schritte bis zur Tür. Anna schlang ihre Arme um den Hals ihres

Liebhabers und hielt sich an ihm fest. Dabei fiel ihr der rote Stein aus der Hand und kullerte quer durch den Raum bis zum Strohlager hinüber. Merten sah dem Stück argwöhnisch nach, öffnete dann mit dem Ellbogen die Tür und verließ ohne ein weiteres Wort Grets Behausung.

Kapitel 22

Als die Tür ins Schloss fiel, bemerkte Gret, dass sie vor Schrecken am ganzen Leib zitterte. Erst jetzt wurde ihr bewusst, dass ihr eigenes Leben und das ihres Kindes ernsthaft in Gefahr waren. Sie brauchte eine Weile, um sich zu sammeln und die nächsten Schritte in Ruhe zu überdenken. Während sie die blutigen Tücher, Decken und Kleidungsstücke einsammelte, das besudelte Stroh austauschte und den Boden säuberte, wog sie geflissentlich all ihre Möglichkeiten ab.

Sie überlegte, ob sie Hals über Kopf die Stadt verlassen sollte. Doch um diese Zeit waren die äußeren Stadttore längst geschlossen. Sie würde nicht sehr weit kommen. Und innerhalb von Landshut konnte Merten sie schnell aufspüren. Sie war mittlerweile recht bekannt und konnte sich nicht ewig verstecken. Außerdem wollte sie nicht abermals völlig übereilt das Weite suchen. Sie hatte sich in Landshut mittlerweile gut eingelebt und eine neue Lebensgrundlage aufgebaut. Wenn sie jetzt floh, würde sie wieder alles hinter sich lassen und in eine ungewisse Zukunft aufbrechen. Und auch von Jacob konnte sie kaum verlangen, dass er seine hart erarbeitete Gesellenstelle ohne Weiteres aufgab, um ihr zu folgen.

Das einzig Vernünftige, was ihr einfiel, war, möglichst schnell Hilfe zu holen. Doch an wen konnte sie sich um diese Zeit wenden? Wenn sie mitten in der Nacht in der Schuhmacherwerkstatt aufkreuzte und nach Jacob oder Max fragte, würde sie das ganze Haus aufwecken und sich erklären müssen. Den Schuhmachermeister wollte sie auf keinen Fall in ihr wohlgehütetes Geheimnis einweihen.

Der einzige Mensch, an den sie sich ohne Sorge wenden konnte, war Nickel. Er würde gewiss Stillschweigen bewahren und sie auch vor Merten beschützen. Da er alleine in der Stadtschreiberei nächtigte, bestand auch nicht die Gefahr, dass fremde Ohren von ihrem Verfolger erfahren würden. Das einzige Hindernis, das sie noch aufhalten konnte, war der hiesige Nachtwächter. Doch mit etwas Glück konnte sie ihm aus dem Weg gehen.

Gret sah noch einmal nach Gabriel. Er schlummerte so unbekümmert und friedlich, wie es nur ein kleines Kind vermochte. Die nächtliche Ruhestörung hatte ihn nicht nachhaltig verärgert; er schlief nun wieder tief und fest. Sie überlegte kurz, ob sie ihn vielleicht aufwecken und mitnehmen sollte, entschied sich jedoch dagegen.

Merten würde vor dem nächsten Morgen sicher nichts unternehmen und sie hatte nicht vor, allzu lange fortzubleiben. Für gewöhnlich forderte Gabriel erst in der Früh wieder eine Mahlzeit ein. So drückte Gret ihm noch einen sachten Kuss auf die Stirn und strich ihm zärtlich über sein kurzes, flaumiges Haar. Dann hüllte sie sich in einen dunklen, unauffälligen Wollumhang und verließ eilends ihre Behausung.

Es war bereits weit nach Mitternacht. Die Straßen wirkten um diese späte Stunde dunkel und abweisend. Ein kühler Wind schlug Gret entgegen und ließ sie erschaudern. Normalerweise vermied sie es, zu dieser unwirtlichen Zeit noch ihr Haus zu verlassen. Bisher war sie in Landshut nur wenige Male während der Nachtruhe unterwegs gewesen. Es hatte sich dabei immer um Notlagen gehandelt. Sie war dann Schwerkranken zu Hilfe geeilt oder hatte Kindern auf die Welt geholfen. Doch noch nie hatte sie in dieser Stadt die Sorge um ihr eigenes Leben aus dem Haus getrieben.

Gret beschleunigte ihren Schritt, um die Strecke bis zur Stadtschreiberei möglichst schnell hinter sich zu bringen. Als sie die Brücke erreichte, welche die Vorstadt mit dem alten Stadtkern von Landshut verband, hielt sie einen Augenblick inne. Auf der Brücke war sie bereits von Weitem zu erkennen. Sie konnte nur hoffen, dass Merten sich immer noch um Anna kümmerte und sie nicht dem Nachtwächter in die Arme lief. Sie überquerte die Brücke so lautlos wie möglich, fortwährend darauf gefasst, dass ihr jemand entgegentrat.

Doch nichts dergleichen geschah. Sie konnte ungehindert und ohne einer Menschenseele zu begegnen den Torbogen hinter sich lassen und erreichte bereits wenige Minuten später die städtische Schreibstube. Von außen blickte sie durch das Fenster, doch der Innenraum lag völlig im Dunkeln. Vorsichtig klopfte sie mit ihrer Faust gegen das Glas und wartete ungeduldig auf eine Bewegung oder ein leises Geräusch.

Als sich drinnen nichts regte, wurde Gret immer unruhiger. Sie fühlte sich alleingelassen und war den Tränen nahe. Wenn Nickel nun nicht öffnete, wusste sie sich keinen Rat mehr. Sie konnte nicht zu kraftvoll gegen die Scheibe hämmern, sonst würde sie noch die Nachbarn wecken oder sogar den Nachtwächter herlocken. Ein letztes Mal schlug sie so stark gegen die Scheibe, wie sie es gerade noch vertreten konnte, und sank dann mutlos zu Boden.

Ihre Tränen kullerten ihr ungehemmt über die Wangen und alle paar Atemzüge schüttelte sie ein heftiger Schluchzer. Sie weinte ihre ganze Anspannung heraus, die lange unterdrückten Ängste, die Anstrengungen der letzten Stunden und auch die niederschmetternde Tatsache, dass ihr hartnäckiger Verfolger sie nun doch noch aufgespürt hatte.

Irgendwann versiegten ihre Tränen und ihr Atem ging wieder ruhiger. Als sie sich einigermaßen gefasst hatte, verspürte sie plötzlich ein warmes Gefühl auf ihrer rechten Schulter. Sie zuckte leicht zusammen und blickte erschrocken neben sich. Lautlos wie eine Katze hatte sich Nickel neben sie geschlichen und seine Hand auf ihre Schulter gelegt. Sie war so erleichtert und auch so dankbar über diese freundschaftliche Geste, dass sie aufsprang und sich von seinen tröstenden Armen umfangen ließ.

»Ich dachte, du hörst mein Klopfen nicht«, brachte Gret mit brüchiger Stimme hervor.

»Du hast mich mit deinem Hämmern aus dem Schlaf gerissen«, warf er ihr an den Kopf. »Ich habe ohnehin einen leichten Schlaf«, fügte er milder hinzu. »Das ist wahrscheinlich dem unsicheren Leben im Wald geschuldet. Wer dort zu tief schläft, lebt nicht lange.«

»Das tut mir leid, aber es ist wirklich dringend.« Gret blickte Nickel flehentlich an. Sie hoffte, dass seine Zuneigung tatsächlich so stark war, dass er ihr half.

»Wir sollten besser hineingehen. Wer weiß, wem du noch die Nachtruhe vergällt hast«, hielt Nickel ihr schmunzelnd entgegen und schob sie mit sanftem Druck in die Stube. »Also, was ist geschehen, dass du hier mitten in der Nacht aufkreuzt und wie besessen gegen die Scheiben schlägst?«, wollte er hinter der geschlossenen Tür von ihr wissen.

»Merten hat mich gefunden. Er stand plötzlich mit einem blutenden Mädchen vor meiner Tür. Ich kann kaum glauben, dass es ein reiner Zufall war.« Grets Gesicht wirkte erhitzt. Auf ihren Wangen hatten sich vor Aufregung mehrere rote, unregelmäßige Flecken gebildet.

Sie hatte Nickel bereits vor längerer Zeit in das Geheimnis ihrer Flucht eingeweiht. Da er selbst ein Verbannter war, musste sie nicht fürchten, dass er sie anprangerte oder vor ein Gericht schleifte.

»Wenn er weiß, wo deine Bleibe ist, dann solltest du vorläufig nicht mehr dorthin zurückgehen«, ermahnte er sie. »Kannst du vielleicht bei deinem Bruder unterkommen?«

»Das ist mir zu unsicher. Es gehört nicht viel dazu, mich dort aufzuspüren. Merten müsste sich nur in der Nachbarschaft umhören. Nein, ich brauche einen Unterschlupf, der so ungewöhnlich ist, dass er mich dort auf keinen Fall sucht«, dachte Gret laut nach.

»Was für ein Versteck hast du im Sinn?«, hakte Nickel nach.

»Ich könnte vielleicht bei einer Gerberin unterkommen, die ich einmal behandelt habe. Sie fühlt sich mir sehr verpflichtet und würde sicher Stillschweigen bewahren.«

»Das ist in der Tat ein außergewöhnlicher Zufluchtsort. Niemand, der noch bei vollem Verstand ist, begibt sich freiwillig in diese stinkende Vorhölle«, tat Nickel ihren Vorschlag abschätzig ab.

Gret warf ihm einen bitterbösen Blick zu. »Wenn du einen besseren Einfall hast, nur zu. Mir ist alles recht, Hauptsache mein Sohn und ich sind in Sicherheit.«

»So schlecht ist deine Idee vielleicht wirklich nicht. Du musst mir nur genau beschreiben, in welchem Haus ich dich finden kann, wenn ich die Sache für dich erledigt habe«, räumte Nickel ein.

»Was willst du damit sagen?«, erwiderte Gret misstrauisch.

»Dir muss doch klar sein, dass Merten dich nicht in Ruhe lassen wird. Er wird dich verfolgen, bis er sein Ziel erreicht hat«, machte er ihr deutlich.

Gret wusste, dass Nickel die Wahrheit sprach. Merten wollte sie auf den Scheiterhaufen bringen und würde nicht ruhen, bis sie lichterloh brannte.

»Wenn du also nicht willst, dass sie dir die Füße ankokeln und dich entflammen wie eine Fackel«, fuhr er fort, »bleibt dir nur ein Ausweg. Du musst deinen Verfolger zuerst ins Jenseits befördern.«

Gret zuckte unwillkürlich zusammen. Gab es wirklich keine andere Möglichkeit, als sich selbst die Finger mit Blut zu besudeln? Sie wollte nicht für den Tod eines anderen Menschen verantwortlich sein, selbst wenn er noch so niederträchtig war. Hatte sie sich nicht das Ziel gesetzt, das Leben zu schützen und andere vor dem Sterben zu bewahren? Trotz dieser Überlegungen kam kein Wort über ihre Lippen.

Nickel hatte seine Augen fest auf Gret gerichtet und wartete auf eine Erwiderung. Als sie sich nicht äußerte, nickte er nur wissend und wertete ihr Schweigen als Zustimmung.

»Es ist besser, wenn du nicht mehr in deine Kammer zurückkehrst. Diese Nacht kannst du in der Schreibstube verbringen. Ich kann dir ein einfaches Strohlager anbieten.«

»Das geht nicht«, stieß Gret ungestüm aus.

»Hier wird dir sicher nichts geschehen. Von meiner Seite aus droht dir keine Gefahr«, beschwichtigte Nickel sie augenblicklich.

»Das ist es nicht, was mich sorgt. Ich muss noch einmal zurück, um Gabriel zu holen. Doch ich werde vor dem Morgengrauen wieder aufbrechen, das verspreche ich dir.« Gret hielt kurz inne, denn sie hatte noch etwas anderes auf dem Herzen. »Bitte gib Jacob und meinem Bruder Max Bescheid, damit sie sich keine Sorgen machen. Sie sollen wissen, dass Gabriel und ich in Sicherheit sind.«

Nickel versprach Gret, sich darum zu kümmern, und ließ sich von ihr noch den Weg zum Gerberhaus beschreiben.

»Es wird schon alles ein gutes Ende nehmen«, machte er ihr zum Abschied Mut. »Du hast nun schon so viel durchgestanden, da wird dich doch ein junger Kaufmannssohn nicht erschrecken.«

»Es ist dieses Gefühl, immer auf der Flucht und nirgendwo wirklich sicher zu sein, das mir Angst einjagt«, gestand Gret ihm ein. »Außerdem glaube ich, dass du Merten unterschätzt. Er besitzt genügend Härte und Grausamkeit, um mich tatsächlich auszuliefern, das habe ich in seinen Augen gesehen.«

Dass sie auch noch eine ganz andere Seite an Merten entdeckt hatte, verschwieg sie Nickel wohlweislich. Sie setzte alles daran, Merten als einen Unmenschen darzustellen, so fiel es ihr leichter, ihr Handeln vor sich selbst zu rechtfertigen.

»Dieses Gefühl der ständigen Angst, von dem du sprichst, kenne ich«, gab Nickel zögerlich zu. »Doch ich habe einen Weg gefunden, es hinter mir zu lassen.«

Gret horchte auf; bislang hatte Nickel noch nie so offen über seine Gefühle mit ihr gesprochen. »Und wie ist dir das gelungen?«, drängte sie ihn zum Weitersprechen.

»Es ist ganz einfach. Ich habe mich gewehrt.«

»Denkst du denn, ich wehre mich nicht?«, hielt ihm Gret entgegen.

»Doch, aber ich habe mich dazu entschlossen, kein Opfer mehr sein zu wollen und das solltest du endlich auch tun. Du musst dich entscheiden – entweder für deinen eigenen Tod oder für den von Merten. Eine andere Wahl hast du nicht.« Nickel hatte die Tür geöffnet und schob Gret nun mit sanftem Druck nach draußen. »Du musst dich beeilen, denn es wird bald hell werden«, gab er ihr noch mit auf den Weg.

Nickel blieb noch im Türrahmen stehen, bis sie um die nächste Ecke verschwunden war. Dann ging er zu einer Truhe hinüber, in der er seine spärlichen Habseligkeiten aufbewahrte, und hob einen in Stoff eingeschlagenen, schweren Gegenstand heraus. Er steckte ihn in einen großen Sack und verließ die Schreibstube wenig später mit dem Bündel über der Schulter in die entgegengesetzte Richtung.

Gret legte den Rückweg schneller zurück als den Hinweg und achtete weniger darauf, sich im Schatten der Häuser verborgen zu halten. Sie wollte möglichst schnell wieder bei ihrem Sohn sein und rannte nun so hastig und rastlos, dass ihr Atem ins Stocken geriet. Als sie die Brücke zur Vorstadt erreicht hatte, holte sie ein paarmal tief Luft und verlangsamte ihren Schritt. Nun war es nicht mehr weit bis zu ihrem Haus.

Im Geist packte sie bereits die nötigsten Dinge zusammen und fragte sich, wie die Gerberin wohl ihr plötzliches Erscheinen aufnehmen würde. Gret war sich auch nicht sicher, wie viel sie der Frau anvertrauen sollte. Doch sie hoffte einfach, dass sie die passenden Worte finden würde, wenn sie ihr erst gegenüberstand.

Als Gret vor ihrem Haus ankam, lauschte sie zuerst, ob sie von drinnen Geräusche hörte, doch Gabriel schien noch immer tief und fest zu schlafen. Sie wollte gerade die Tür entriegeln und die Klinke hinunterdrücken, als ihr auffiel, dass die Tür bereits einen Spaltbreit offenstand. Hatte sie in ihrer Eile vergessen, die Tür zuzumachen? Sie war sich nicht mehr sicher, konnte es jedoch nicht ausschließen, so aufgebracht, wie sie gewesen war.

Ihre Kammer wirkte auf den ersten Blick genauso, wie sie sie verlassen hatte. Das Herdfeuer war vollständig heruntergebrannt. Nur die rötliche Glut warf noch einen zaghaften Lichtschein auf die kargen Wände. Gret atmete auf und schalt sich einen Narren, dass sie sich so leicht ängstigen ließ.

Bedacht darauf, keine lauten Geräusche zu machen, schlich sie vorsichtig zu dem einfachen Strohlager hinüber, um nach ihrem schlafenden Sohn zu sehen. Sie hatte ihn fest in eine Wolldecke geschlungen, da es nachts im Raum recht kalt werden konnte. Das kleine Bündel lag zusammengerollt in der hinteren Ecke. Sie ging vor dem Lager in die Knie und streckte einen Arm nach ihrem Sohn aus. Doch als sie den Wollstoff berührte, sank ihre Hand in das Tuch ein, als hätte sie in eine Schale Butterschmalz gelangt. Es war kein Widerstand zu spüren, kein wärmender, kleiner Körper zu ertasten. Erschreckt zog sie an der wollenen Decke und starrte dann fassungslos auf die leere Kuhle im Stroh. Ihr Kind war verschwunden.

Ein stechender Schmerz ging ihr mitten durchs Herz. Merten – wer sonst würde mitten in der Nacht ihr Kind entführen? Er hatte wahrscheinlich geahnt, dass sie fliehen wollte, und war dann, sobald er Anna an einen sicheren Ort gebracht hatte, wieder zurückgekehrt. Und als er sie nicht vorfand, hatte er sich kurzerhand ihren Sohn geschnappt. Gret war sich fast sicher, dass es sich so abgespielt hatte.

Er traf sie mit dieser Tat an ihrer empfindlichsten Stelle und das wusste er. Sie hätte am liebsten laut aufgeschrien und ihre ganze Verzweiflung herausgebrüllt, doch das würde ihr Kind auch nicht zurückbringen. Sie musste nach ihrem Sohn suchen, ganz Landshut nach ihm durchkämmen, ging es ihr durch den Kopf. Gleichzeitig wurde ihr bewusst, wie sinnlos und von vorneherein zum Scheitern verurteilt eine solche Suche war. Wo sollte sie denn anfangen? Merten konnte Gabriel überall versteckt haben.

Die bittere Erkenntnis ihrer eigenen Hilflosigkeit versetzte sie in einen Zustand der tiefen Lähmung. Sie sank auf den Boden nieder und schlang schützend die Arme um ihre Knie. Dann wiegte sie sich beruhigend hin und her, als wollte sie sich selbst in den Schlaf schunkeln. Die Zeit kroch schleppend langsam voran. Nach einer Weile wurde sie sich ihrer steifen, eiskalten Glieder bewusst, schaffte es aber dennoch nicht, sich zu erheben, um eine Decke zu holen.

Dann sickerte allmählich eine schaurige Wahrheit in ihr Bewusstsein. Sie musste nicht nach Merten suchen, denn er würde von alleine zu ihr kommen. Es war so einfach und doch so teuflisch: Durch den Raub ihres Sohnes hatte er sie bereits gebunden und angekettet. Er war sich wohl bewusst, dass sie für das Wohlergehen ihres Kindes alles tun würde, was er von ihr verlangte. Sie würde nicht fliehen, sondern ohne Murren mit ihm gehen, selbst wenn das ihren eigenen Tod bedeutete. Aber wenn sie ihren Sohn durch ihr Opfer retten konnte, würde sie es ohne zu zögern tun.

Gret spürte, dass sie ihre Fassung ein Stück weit wiedergewann. Sie musste Merten ein Angebot machen, das er nicht abschlagen könnte. Ihr Sohn sollte eine Zukunft haben – mehr verlangte sie nicht.

Draußen brach gerade ein neuer Tag an. Der Himmel färbte sich nach und nach in ein dunkles Rot und tünchte auch die Wände von Grets Kammer mit dem kräftigen Farbton. Der frohe Anstrich ließ den einfachen Raum erstrahlen, konnte jedoch Grets Herz nicht erreichen. Sie hatte sich innerlich verschlossen und wappnete sich für das Unausweichliche.

Als ihre Tür schließlich von außen gewaltsam aufgestoßen wurde und hart gegen die Steinwand schlug, zuckte sie nur unmerklich zusammen und erhob sich dann ungerührt. Sie wollte Merten auf gleicher Augenhöhe begegnen und keine Furcht zeigen.

»Du hast dir also Verstärkung mitgebracht. Traust dich wohl nicht, alleine zu kommen?«, spottete Gret und war selbst überrascht, wie kühl und abgehärmt ihre Stimme klang.

»Ein recht kecker Empfang, den du mir bereitest. Du scheinst nicht sehr an deinem Balg zu hängen«, stachelte Merten Gret auf, während er selbstsicher und mit einem überheblichen Lächeln auf den Lippen in die Kammer stolzierte.

Er hatte seinen Knecht im Schlepptau, der sich breitbeinig im Türrahmen aufstellte. Die Körperhaltung des Bediensteten vermittelte, was Gret ohnehin bewusst war: Für sie gab es nun kein Entkommen mehr.

»Was hast du mit meinem Sohn gemacht?«, brach es aus Gret ungezügelt heraus. »Hast du ihn getötet?«

»Sehnsucht nach dem kleinen Schreihals?«, erwiderte Merten spöttisch. »Ich habe ihm nichts getan, noch nicht zumindest. Er ist an einem sicheren Ort verwahrt. Irgendwie musste ich dir ja einen kleinen Anreiz geben, innerhalb der Stadtmauern zu verweilen.«

»Also gut, ich gebe mich geschlagen. Ich werde mit dir gehen und dir keinen Ärger machen. Im Gegenzug musst du mir jedoch versprechen, meinem Kind nichts zu tun. Du wirst es in die Werkstatt des Schuhmachermeisters Linhart bringen und meinem Bruder Max übergeben«, sagte Gret mit fester Stimme.

»Meinst du etwa, du kannst auch noch Forderungen stellen? Ich glaube, du überschätzt deine Lage. Was sollte mich davon abhalten, dich hier und jetzt mitzunehmen – auch gegen deinen Willen?«, gab Merten herrisch zurück.

Gret zögerte, sie wusste, dass sie gegen Merten nur wenig in der Hand hatte. Zudem waren seine Versprechen auch in der Vergangenheit nicht viel wert gewesen, wie sie bereits schmerzlich erfahren hatte.

Ihr fielen jedoch zwei Dinge ein, mit denen sie auf ihn einwirken konnte, auch wenn es mehr als ungewiss war, ob sie ihn damit wirklich beeindrucken würde. Merten sah in ihr eine Hexe und glaubte an die Macht ihrer Verwünschungen. Wenn sie sich diesen Vorteil nun zunutze machte? Sollte dieser Versuch nicht glücken, blieb ihr nur noch ein einziges, fragwürdiges Druckmittel. Sie konnte Merten immer noch beichten, dass Gabriel sein Sprössling war, doch das wollte sie sich bis zum bitteren Schluss aufsparen.

»Ich überschätze meine Lage nicht, aber du unterschätzt meine Fähigkeiten«, erwiderte sie Merten schließlich forsch.

»Was willst du damit sagen?«, fragte Merten, längst nicht mehr so siegesbewusst wie noch vor wenigen Augenblicken.

»Dass du eigentlich wissen müsstest, was ein Fluch bewirken kann – das wollte ich damit andeuten.« Gret zwang sich dazu, Merten geradewegs ins Gesicht zu sehen. Sie spürte fast körperlich, wie ihn die Furcht packte. Es war ein Unrecht, mit Verwünschungen zu drohen, das war ihr wohl bewusst, doch sie sah keine andere Möglichkeit, um Gabriel zu retten.

Ein quälender Schmerz verzerrte Mertens Gesicht zu einer bösen Fratze. »Du teuflisches Biest, damit hast du dein Schicksal besiegelt. Du gibst es also offen und vor Zeugen zu, dass du das Leben meiner

Mutter aus purer Boshaftigkeit beendet hast? Diese Aussage wird dich auf den Scheiterhaufen bringen!«

Gret hoffte flehentlich, dass sie ihn so weit eingeschüchtert hatte, dass er ihrer Forderung nachkam. Gabriel musste einfach am Leben bleiben. Ein zaghaftes Gefühl der eigenen Schuld flammte in ihr auf. Sie hatte Mertens Familie verflucht, daran gab es nichts zu rütteln, auch wenn sie ihre Worte nicht wirklich ernst gemeint hatte. Sie waren im Zorn aus ihr herausgeplatzt. Dass tatsächlich jemand zu Schaden käme, hatte sie nie gewollt.

Doch nun war es ohnehin zu spät, ihre Worte zu bereuen. Was geschehen war, war geschehen und konnte nicht mehr rückgängig gemacht werden. Wenn es in ihrer Kraft stand, würde sie zumindest das unschuldige Leben ihres Kindes retten.

»Was ist nun mit meinem Sohn? Wirst du ihn der Schuhmacherfamilie übergeben oder nicht?«, drängte Gret weiter in ihn.

Merten schien mit sich zu ringen. Es passte ihm nicht, dass Gret ihn gängelte wie ein unmündiges Kind. »Ich weiß ohnehin nicht, was ich mit deiner Teufelsbrut anfangen soll. Meinethalben soll Jerg ihn also zu diesem Handwerker bringen. Zumindest ich will meine Hände nicht mit unschuldigem Blut besudeln«, fuhr er Gret schroff an und versuchte auf diese Weise halbwegs sein Gesicht zu wahren.

Mertens Blick wanderte in der kleinen Kammer umher und blieb an dem Manuskript hängen, das mitten auf dem Holztisch lag. Die vergilbten, losen Seiten waren unordentlich über die ganze Tischplatte verstreut und zogen ihn augenblicklich in ihren Bann. Was mochte es nur mit diesen seltsamen Schriften auf sich haben? Was konnte ein einfaches, ungebildetes Ding wie Gret schon groß damit anfangen?

Er trat näher heran und nahm eines der Blätter auf. Erstaunt zog er die Augenbrauen nach oben, als er die schön geschwungene Handschrift entzifferte. Der Text war in Latein verfasst. Er verstand nicht alles, was dort niedergeschrieben stand, doch soviel er entziffern konnte, ging es darin um verschiedene Krankheiten. Auch Steine spielten im Text offenbar eine Rolle. Als wäre die Seite vergiftet, warf er sie voller Abscheu zurück auf den Tisch.

»Was ist das für Teufelswerk, mit dem du dich da beschäftigst? Hast du etwa dein Wissen, mit dem du anderen Menschen Schaden zufügst, aus diesen Werken?«, wollte er anklagend wissen. »Und seit wann bist du überhaupt des Lesens mächtig?«

Merten gewann seine gewohnte Selbstsicherheit zurück. Diese Blätter konnten ihm womöglich noch nützlich sein. Es war ganz offensichtlich, dass es darin um finstere Hexenkünste ging, denn Gret war bei seinen anklagenden Worten merklich zusammengezuckt.

Er sammelte die Schriften ein, machte eine Rolle daraus und verstaute diese sorgsam unter seinem Wams. Dort zeichneten sich die Blätter als längliche Beule ab. Zufrieden klopfte er sich auf die Brust. »Damit habe ich endlich ein Beweismittel gegen dich in der Hand.«

Gret tat es leid um das Manuskript. Es hätte noch viel Gutes bewirken können, doch nun würden die Blätter wahrscheinlich in den Amtsräumen des Freisinger Richters landen – ebenso wie sie selbst. Sie erwiderte Merten nichts auf seine Beschuldigungen. Was hätte sie auch zu ihrer Entlastung vorbringen können? Merten würde ihr ohnehin keinen Glauben schenken. Zumindest die Heilsteine hatte er noch nicht entdeckt. Sie trug sie immer bei sich – ebenso wie Brigitta es getan hatte. Doch wenn Merten sie den Freisinger Schergen auslieferte, würde der Lederbeutel sicher entdeckt und ihr abgenommen werden.

»Lass uns gehen, ich habe alles, was ich brauche«, fuhr er Gret unwirsch an, während er sie grob am Oberarm packte.

»Ich möchte mir noch einen Umhang holen«, bat sich Gret aus. Sie fröstelte leicht und sehnte sich nach etwas Tröstlichem und Wärmendem, das sie umhüllte.

»Den brauchst du nicht, denn dir wird bald wärmer sein, als dir lieb ist.« Auf Mertens makellosem Gesicht breitete sich ein kaltes, boshaftes Grinsen aus. Der makabre Scherz schien ihn zu erheitern und in Hochstimmung zu versetzen. Er gab seinem Knecht mit einem Kopfnicken zu verstehen, dass er jetzt gehen konnte und dass er alleine mit Gret zurechtkommen würde.

»Wir sehen uns dann am Gasthof«, wies er Jerg noch an, dann zog er Gret unbarmherzig mit sich.

Vor Grets Haus stand bereits der Pferdewagen des Kaufmannssohns bereit. Er ließ sie auf die Ladefläche steigen und schubste sie dann grob zu Boden. Gret landete unsanft zwischen mehreren Kisten und schürfte sich beim Fallen den Arm auf.

Merten hatte an alles gedacht. Mit einem derben Strick verschnürte er ihr die Hände auf dem Rücken und zog die Fessel so straff, dass sie ihr ins Fleisch schnitt. Dann schlang er ihr noch einen weiteren Strick um die Füße, verknotete alles miteinander und machte die Stricke auch noch am Wagen fest. Mit den verschnürten Händen alleine hätte sie noch immer von der Wagenfläche springen und fliehen können. Doch nun blieb ihr nichts anderes übrig, als wie ein gebundenes Stück Vieh hilflos zwischen der Ladung zu kauern.

»Vielleicht ist es besser, wenn man dich nicht sieht, sonst zerreißen sich die Leute noch die Mäuler. Ich will ja schließlich wiederkommen«, sprach Merten mehr zu sich selbst als zu seiner Gefangenen.

»Es ist wegen Anna, nicht wahr? Ihretwegen zieht es dich in diese Stadt. Geht es ihr gut?«, wollte Gret von ihm wissen. Vielleicht gelang es ihr mit ihrer Frage zumindest, etwas Zeit zu schinden. Sie hatte die Hoffnung noch nicht aufgegeben, dass ihr doch noch jemand zu Hilfe eilte.

»Sie ist in erfahrenen Händen, das soll nicht deine Sorge sein. Du solltest dir lieber über dein eigenes Wohlergehen Gedanken machen. Und nun genug geredet.« Merten stopfte Gret einen alten Lumpen in den Mund, legte einen breiten Stoffstreifen darüber und verknotete diesen fest an ihrem Hinterkopf. Dann warf er noch eine grobe Decke über sie, um sie vor neugierigen Blicken zu schützen, schwang sich vorne auf den Wagen und trieb die Pferde an.

Der schwer beladene Wagen machte einen Ruck und setzte sich dann langsam und holpernd in Bewegung. Gret fühlte sich wie lebendig begraben. Der straffe Knebel und die schwere Decke hinderten sie am Atmen. Nur durch ihre Nasenlöcher konnte sie ein wenig muffige, staubige Luft erhaschen. Merten hatte sie wie ein

Bündel verschnürt. Ihr Kopf war der einzige Körperteil, den sie noch bewegen konnte.

Sie musste an Gabriel denken und betete, dass ihm nichts geschehen möge. Hoffentlich lieferte der Knecht ihn auch tatsächlich unversehrt bei ihrem Bruder ab, fragte sie sich bange. Wie würde Max es aufnehmen, dass ein Fremder ihren Sohn vorbeibrachte? Vielleicht machte es ihn ja stutzig und brachte ihn sogar dazu, Nachforschungen anzustellen? Mit ein wenig Glück kannte Max Mertens Knecht sogar noch aus Freising und wurde hellhörig.

Grets Gedanken kreisten immer wieder um die gleichen Fragen, kamen jedoch zu keinem guten Ende. Ganz gleich wie sie es drehte und wendete, die Wahrscheinlichkeit, dass sie ihrem Schicksal nun noch entrinnen konnte, war verschwindend gering.

Sie waren noch nicht lange gefahren, als der Wagen unvermittelt zum Stehen kam. Sie vernahm, wie Merten abstieg und sich mit raschen Schritten entfernte. Was hatte das zu bedeuten? Der kurzen Strecke nach zu urteilen, mussten sie noch immer in Landshut sein. Ob Merten vielleicht noch einmal nach Anna sah, bevor er die Stadt verließ? Oder machte er beim Gasthof halt, um auf Jerg zu warten?

Sie spitzte ihre Ohren und versuchte anhand der Geräusche zu erkennen, was dort draußen vor sich ging. Zu dieser frühen Stunde trieben sich kaum Menschen auf den Straßen herum. Die Stadt erwachte gerade erst; noch war es erschreckend still um sie herum.

Ungeduldig wand sie sich hin und her und bemühte sich verzweifelt, ihren Knebel und ihre Fesseln abzustreifen. Doch Merten hatte gute Arbeit geleistet. Die Stricke und der Stoffstreifen über ihrem Mund waren gut verknotet und bewegten sich nicht das geringste Stück. Durch ihre hilflosen Bewegungen zogen sich ihre Fesseln sogar noch fester, sodass sie nach einiger Zeit entmutigt davon abließ.

Sie spürte, wie sich in ihren Augen langsam die Tränen sammelten. Krampfhaft zwang sie sich, das Wasser zurückzuhalten. Doch der Strom war losgebrochen und nun nicht mehr aufzuhalten. Verzweifelt rang sie um Luft und atmete unter der staubigen Decke immer hastiger ein.

Dann vernahm sie aus der Ferne Schritte, die sich langsam dem Wagen näherten. Wahrscheinlich ist es Merten, der wieder zurückkommt, vermutete sie. Gret hoffte, dass er noch einmal die Decke anheben würde, um nach ihr zu sehen. Dann könnte sie wenigsten ein paar tiefe Atemzüge machen.

Tatsächlich bewegten sich die Schritte geradewegs auf sie zu und wenig später wurde auch die schwere Decke über ihrem Körper weggezogen. Doch es war nicht Merten, der erstaunt auf sie hinuntersah. Vor ihr stand Nickel mit einem Sack über der Schulter, den er vorsichtig auf dem Boden absetzte. Seinem fassungslosen Gesichtsausdruck nach zu schließen, war er genauso überrascht wie Gret. Ihr Retter hatte die unverhoffte Befreiung offenbar nicht geplant.

»Was machst du denn hier? Ich dachte, du bist bei der Gerberfamilie in Sicherheit?«, brachte er wenig geistreich heraus.

Gret stieß ein paar unverständliche Laute aus. Zu klaren Äußerungen war sie wegen des Knebels in ihrem Mund nicht fähig.

Nickel stieg auf den Wagen und machte sich an dem Knoten in ihrem Nacken zu schaffen. Mit der verstümmelten Hand rutschte er immer wieder ab, doch schließlich gelang es ihm, den Stoffstreifen loszumachen.

Gret schnappte mehrmals tief nach Luft und sah sich dann beunruhigt um. Merten hatte den Pferdewagen vor einem Gasthaus abgestellt. »Wir haben nicht viel Zeit. Merten kann jederzeit zurückkommen. Du musst dich beeilen«, schrie sie Nickel aufgeregt an. Beklommen hielt sie den Wirtshauseingang im Auge und rechnete jeden Augenblick mit Mertens Erscheinen.

Nickel ließ sich nicht hetzen. Mit einer für Gret unverständlichen Ruhe machte er sich zunächst an ihren Handfesseln zu schaffen. Zuerst lockerte er die Stricke etwas, dann entknotete er sie vollständig. Als Grets Hände befreit waren, half sie Nickel dabei, auch die Fußfesseln zu entwirren.

Sie kletterten vom Wagen herunter, immer den Wirtshauseingang im Blick. Gret wollte schnellstmöglich verschwinden, doch Nickel hielt sie am Ärmel fest.

»Hilf mir, wir müssen zuerst noch den Sack auf Mertens Wagen verstauen«, wies er Gret dringlich an.

»Ist das in diesem Augenblick wirklich so wichtig? Er wird uns noch schnappen und dann war deine ganze Mühe umsonst«, gab sie gereizt und etwas schnippisch zurück.

»Es ist jetzt keine Zeit für große Erklärungen, aber dieser Sack wird dir Merten für immer von Hals halten, wenn alles gut geht.« Nickel zwinkerte Gret verschmitzt zu.

»Ich weiß wirklich nicht, was du im Schilde führst. Aber meinetwegen, ich helfe dir dabei. Vielleicht fällt es Merten dann nicht unmittelbar auf, dass ich verschwunden bin.« Gret bezweifelte, dass Nickel Merten so einfach vertreiben konnte, behielt ihre Bedenken jedoch für sich.

Sie hievten den Sack an dieselbe Stelle, an der vor Kurzem noch Gret gelegen hatte, und machten auch die Stricke daran fest. Dann breiteten sie noch die grobe Wolldecke darüber. Man konnte tatsächlich vermuten, dass darunter ein Mensch verborgen war.

Nun drängte auch Nickel zur Eile. Er zog Gret hinter sich her in eine kleine Gasse auf der anderen Seite der Straße. Dort, im Hausschatten verborgen, hatten sie das Wirtshaus gut im Blick.

»Du solltest vielleicht besser ins Gerberviertel verschwinden«, meinte er. »Wenn sich Merten noch einmal an seiner Ladung zu schaffen macht, fliegt alles auf. Dann müssen wir uns etwas anderes einfallen lassen.«

»Ich kann jetzt nicht weg«, entfuhr es ihr. »Mertens Knecht Jerg ist immer noch unterwegs. Bei meinem Glück laufe ich ihm sicher geradewegs in die Arme.«

»Dann bleibst du am besten bei mir, bis Merten und sein Knecht wieder auftauchen.«

»Was hast du in dem Sack verborgen?«, wollte Gret nun doch wissen.

»Es ist vielleicht besser, wenn du nichts davon erfährst. Ich konnte mich nur schwer von dem wertvollen Stück trennen, aber die Sache ist es mir wert«, meinte Nickel geheimnisvoll. »Eins kann ich dir vielleicht doch anvertrauen: Maria unterstützt uns dabei.«

»Ich verstehe nicht, was du meinst. Von welcher Maria sprichst du?« Gret fragte sich, welche Gaunerei hinter Nickels undurchsichtigen Andeutungen stecken mochte.

»Mutter Maria«, rückte Nickel schließlich schmunzelnd heraus. »Aber nun werde ich dir nichts mehr verraten.«

Gret ließ es dabei bewenden. Doch eines wollte sie von Nickel unbedingt noch wissen. »Wie kommt es eigentlich, dass du genau zum richtigen Zeitpunkt hier auftauchst? Es grenzt an ein Wunder, dass du mich noch rechtzeitig gefunden hast.«

»Ich hatte keine Ahnung davon, dass du auf der Ladefläche liegst. Ich wähnte dich schließlich sicher im Gerberviertel«, erwiderte er.

»Dann bist du zufällig hier?«

»Ich wollte Merten finden«, rückte Nickel heraus. »Und es war nicht allzu schwer herauszubekommen, in welcher Herberge ein reicher Kaufmannssohn in Landshut absteigen würde. Ich habe mit meiner Suche im besten Gasthaus der Stadt begonnen und gleich ins Schwarze getroffen«, gab er bescheiden zu.

»Du bist wahrlich mit Menschenkenntnis gesegnet«, meinte Gret.

»Du hast ihn mir als verwöhnten Emporkömmling beschrieben. Ein solcher Mensch würde sich wohl kaum mit einer verlausten Bleibe zufriedengeben.«

»Dafür wäre sich Merten sicher zu fein«, bestätigte sie ihm.

»Als ich hier ankam, waren Merten und sein Knecht gerade dabei, den Wagen zu beladen. Ich hielt mich dort drüben bei den Stallungen verborgen«, meinte Nickel, während er ihr die Stelle mit seiner verkrüppelten rechten Hand zeigte.

Gret nickte und blickte zu den Schuppen hinüber.

»Ich war mir zuerst nicht sicher, ob es tatsächlich Merten war«, fügte er hinzu. »Doch er stritt sich so lauthals mit der Wirtin, dass ich ein paar recht aufschlussreiche Dinge aufschnappen konnte.

»Das hört sich sehr nach Merten an«, meinte Gret. Der Kaufmannssohn liebte es, auf sein Recht zu pochen und geriet häufiger mit anderen in Streit.

»Offenbar hatte er ein krankes Mädchen im Wirtshaus untergebracht und die Wirtin forderte recht scharf mehr Geld für ihren Aufwand ein.«

»Anna«, stieß Gret unvermittelt aus. »Er hat das Mädchen also mit in den Gasthof genommen.«

»Merten meinte, dass er noch etwas Dringendes erledigen müsse«, erzählte Nickel weiter. »Er versprach aber, dass er wiederkommen würde, um sich von dem Mädchen zu verabschieden. Die Wirtin ließ nicht locker und so drückte er ihr mehrere Münzen in die Hand.«

»Hast du auch etwas von einem Kind gehört?«, wollte Gret wissen.

»Nein, von einem Kind war nicht die Rede«, gab er verwundert zurück. »Hat das Mädchen denn ein Kind zur Welt gebracht?«

»Ich rede von meinem Sohn!«, entfuhr es Gret verzweifelt. »Merten hat ihn mir genommen und ich weiß nicht, wo er ihn versteckt hält. Er wollte mich holen. Und als ich nicht da war, hat er sich kurzerhand meinen Sohn gepackt.«

»Das ist wirklich bitter«, entgegnete Nickel voller Anteilnahme. Er legte ihr tröstend seine Hand auf die Schulter. Gret ließ ihn gewähren.

»Merten hat mir zwar versprochen, dass er Gabriel zu meinem Bruder bringt, aber ich kann ihm einfach nicht trauen.« Die Ungewissheit zerrte an ihren Nerven.

»Ich glaube nicht, dass er ihm etwas angetan hat«, versuchte Nickel sie zu beruhigen. »Warum sollte er sich auch eines Druckmittels entledigen?«

»Was würdest du mit einem kleinen Säugling machen, der noch nicht einmal laufen kann?«, fragte sie Nickel bange.

Der ehemalige Fälscher hielt eine Weile inne und überlegte. »Nun, ich würde ihn irgendwo in der Nähe verstecken. Am besten an einem Ort, an dem man sein Schreien nicht hört.«

»Ja, das klingt einleuchtend. Vielleicht in der Nähe des Flusses. Das Rauschen könnte auch Kindergeschrei übertönen.« Gret wurde immer unruhiger und konnte nun kaum mehr ihre Glieder stillhalten. »Ich muss endlich Gewissheit haben, ob es meinem Sohn gut geht. Ich kann einfach nicht noch länger untätig herumsitzen.« Sie war nahe dran, ihre sichere Deckung aufzugeben und auf das Wirtshaus zuzugehen, doch Nickel hielt sie im letzten Moment zurück. In einiger Entfernung näherte sich ihnen ein einfach gekleideter Bursche mittleren Alters, der es offenbar eilig hatte.

»Das ist Mertens Knecht«, stieß Gret aufgeregt aus.

Auch Nickel erkannte Mertens Begleiter wieder und warf Gret einen scharfen Blick zu. Einen Augenblick später, und ihr Verfolger hätte sie entdeckt.

Jerg hastete ins Wirtshaus und ließ die Eingangstür schwer ins Schloss fallen.

»Ich weiß, dass es dich drängt, nach deinem Sohn zu sehen, aber du musst zumindest noch so lange warten, bis die beiden aufbrechen«, mahnte Nickel sie zur Geduld. »Dann kannst du gern nach deinem Sprössling suchen.«

»Und was tust du? Ich werde das Gefühl nicht los, dass du mir etwas verschweigst«. Gret spürte, dass Nickel ihr seine genauen Pläne nur verheimlichte, um sie zu schützen. Doch sie musste einfach wissen, was er plante.

»Ich werde Merten ans Messer liefern. Dazu muss ich aber vor ihm am Stadttor sein und den Torwächtern einen Wink geben«, verriet er ihr. »Mit dem Pferdewagen kommt er jetzt, wo sich die Straßen immer mehr füllen, längst nicht so schnell voran wie ich zu Fuß. Das dürfte mir den nötigen Vorsprung verschaffen.«

»Und warum machst du dich nicht umgehend auf den Weg?«, fragte Gret.

»Ich muss erst sichergehen, dass Merten den Sack nicht entdeckt, bevor ich ihn anschwärze. Ich möchte nicht unnötig Aufmerksamkeit auf mich ziehen. Es ist besser, wenn mich niemand mit dem Inhalt in Verbindung bringt.«

Gret nickte Nickel stumm zu. Sie hätte nur zu gerne gewusst, was er dem Kaufmannssohn untergeschoben hatte. Doch sie würde es schon noch erfahren. Gebannt hielt sie den Wirtshauseingang im Blick und trat rastlos von einem Bein auf das andere. Die Zeit kroch so langsam dahin, dass sie vor Unruhe am liebsten aufgeschrien hätte.

Endlich wurde die Tür erneut aufgeschoben. Merten und Jerg traten auf die Straße und eilten zu ihrem Pferdewagen hinüber. Jerg stieg vorne auf, aber Merten steuerte die hintere Ladefläche an. Grets Hände verkrampften sich. Wenn er jetzt die Decke anhob, würde er ihre Flucht entdecken.

Merten hielt einen Moment inne und starrte auf die Stelle, an der vor Kurzem noch Gret gelegen hatte. Dann ging er noch einen Schritt näher an die Ladung heran.

Die Straße füllte sich langsam. Dicht an Merten schlenderten drei junge Mägde vorbei, die fröhlich miteinander schwatzten. Ein Zimmermann kam aus der Ferne pfeifend auf ihn zu und auch ein paar Gassenjungen trieben sich in der Nähe des Gasthofes herum. Er zögerte, ob er noch einmal nach Gret sehen sollte. Doch die Gefahr, dass fremde Augen seine Gefangene sehen würden, war ihm zu groß. Mit einem Schulterzucken wendete er sich ab und stieg neben seinem Knecht auf den Kutschbock. Jerg trieb die Pferde mit der Peitsche an und das Fuhrwerk setzte sich knarrend in Bewegung.

»Wünsch mir Glück«, raunte Nickel Gret noch zu. Dann ließ er sie ohne weitere Erklärung stehen und verschwand hinter der nächsten Ecke. Gret folgte dem Pferdewagen mit den Blicken. Kaum hatte sie ihn aus den Augen verloren, hastete sie auch schon in die entgegengesetzte Richtung los.

Die Menschen um sie herum starrten sie verwundert an. Doch Gret nahm die Gesichter nur verschwommen wahr. Sie stürmte die Straße entlang, als jagten wilde Hunde hinter ihr her. Getrieben durch die Angst um ihren Sohn, hielt sie nur einmal kurz inne, um Atem zu schöpfen, und rannte dann wieder weiter. Sie ließ die Stadtresidenz hinter sich, dann den Spitaler Turm und überquerte schließlich den Isarlauf.

Dort überkam sie ein ungutes Gefühl. Und wenn Jerg ihren Sohn tatsächlich irgendwo am Fluss abgelegt hatte? Sollte sie ans Ufer hinuntersteigen und nach ihm suchen? Doch womöglich verschwendete sie damit nur kostbare Zeit. Wahrscheinlich war ihr Sohn längst bei ihrem Bruder in Sicherheit.

An ihr nagten die Zweifel. Merten war wenig vertrauenswürdig, das wusste sie aus eigener Erfahrung. Und sein Knecht wirkte kaum zuverlässiger. Er hatte etwas Verschlagenes, Überhebliches an sich. Wenn er sich nun aus purer Bequemlichkeit nicht weiter um ihren Sohn kümmerte? Sie traute ihm alles zu. Gret entschied sich für die vernünftigste Lösung und lief zunächst weiter zur Werkstatt des Schuhmachermeisters Linhart.

Klopfenden Herzens pochte sie an die Tür, wagte jedoch nicht einzutreten. Wenn ihr Kind nun nicht hier war? Sie wusste nicht, wie sie das verkraften sollte. Nach einer – nach Grets Empfinden – unendlich langen Wartezeit näherten sich Schritte und sie vernahm ein fröhliches Glucksen.

Cristina öffnete ihr die Tür und sah sie überrascht an. »Ich dachte, du besuchst einen Kranken? So bald habe ich dich noch gar nicht zurückerwartet.« Sie strahlte Gret mit einem breiten Lächeln an. Auf ihrem Arm trug sie den kleinen Gabriel. Das Kind streckte seiner Mutter flehentlich die Ärmchen entgegen und begann unzufrieden zu quengeln und sich zu winden.

Gret nahm ihren Sohn in die Arme, schloss für einen Augenblick die Augen und drückte ihn so fest an sich, dass er sich kaum rühren konnte. Sie spürte sein kleines Herz schlagen, schnell und kräftig.

»Lass es mich so ausdrücken«, erwiderte Gret nach einer kurzen Bedenkzeit, »der Vormittag verlief anders, als ich geplant hatte.« Wie konnte Gret die Erlebnisse der letzten Stunden auch in Worte fassen? Sie fühlte sich zittrig, erschöpft und brauchte dringend Ruhe. Und noch war nicht sicher, ob die Sache auch endgültig ausgestanden war.

»Du siehst abgekämpft aus. Hattest du eine schlechte Nacht?« Cristina musterte sie voller Anteilnahme.

»Eine solche Nacht würde ich meinen ärgsten Feinden nicht wünschen. Ich muss zu Jacob. Kannst du ihn mir herausschicken?« Gret spürte, wie die Anspannung von ihr abfiel. Sie sehnte sich nur noch danach, in Jacobs Arme zu fallen.

»Ich gehe ihn rasch holen.« Cristina wandte sich ab und verschwand im Hausflur.

Gret kuschelte sich an ihren Sohn und genoss die innige Nähe zwischen ihnen. Sie fuhr ihm durch seine wuscheligen Haare und strich ihm zärtlich über die Wange. Nur ein Kind konnte so frisch duften.

Dann schlenderte Jacob gemächlich auf sie zu, die schwere Schuhmacherschürze umgebunden. Sein Gesicht war schweißig und dreckverschmiert. Seine schmutzigen Hände hielt er mit den Handflächen zueinander gerichtet vor seinem Bauch. »Hast du etwa Sehnsucht nach mir?«, zog er sie liebevoll auf.

Gret schmiegte sich an ihn und legte ihren Kopf auf seine Schulter. Sie hatte ihm so viel zu erzählen, doch ihr Geist war mit einem Mal leer und schwerfällig. »Ja, du hast mir gefehlt, mehr als du dir vorstellen kannst«, räumte sie ein.

»Du wirst deine Kleidung beschmutzen, wenn du dich so nah an mich drängst.« Jacob umschlang sie mit beiden Armen und küsste sie zärtlich auf den Mund. Dann gab er auch dem kleinen Gabriel einen Kuss auf die Stirn. »Du wirkst verändert heute. Nicht so forsch und voller Tatendrang wie sonst.«

Sie musste ihm sagen, was geschehen war. »Es hat sich in der Tat genau das zugetragen, was wir immer befürchtet hatten«, brachte sie ohne große Umschweife heraus.

»Merten ist in der Stadt«, unterbrach Jacob sie jählings. Beunruhigt wich er einen Schritt zurück. Er hatte richtig geraten, das konnte er an Grets Gesicht ablesen. »Wir müssen überlegen, wie wir vorgehen. Wir können nicht immer fliehen. Diesmal sollten wir die Zügel in der Hand behalten, nicht er.«

»Das sehe ich genauso. Ich habe mich bereits an Nickel gewandt und er wird uns unterstützen. Ich weiß zwar nicht, was er genau im Schilde führt, doch er ist zuversichtlich, dass Merten uns bald nicht mehr behelligen wird.«

Jacob runzelte argwöhnisch die Stirn. Er hielt nicht viel von diesem Gauner. Egal was er plante, es war sicher etwas Gesetzloses. »Es passt mir nicht, dass du ihn in unsere Angelegenheiten ziehst. Ich traue ihm nicht über den Weg und er weiß bereits zu viel. Womöglich ist er für uns ebenso gefährlich wie Merten.«

»Bist du etwa eifersüchtig?«, hielt Gret ihm entgegen.

»Mit Eifersucht hat das nichts zu tun. Nennen wir es besser gesunde Zweifel an seiner Rechtschaffenheit.«

Gret überlegte, ob sie Jacob die Einzelheiten ihrer Gefangennahme und der gelungenen Flucht erzählen sollte. Doch dafür würde auch später noch Zeit genug sein. Sie musste erst Gewissheit haben, ob Nickel mit seinem Plan erfolgreich war.

»Ich weiß, dass wir uns auf Nickel verlassen können. Das musst du mir einfach glauben. Er hat sich heute sehr heldenhaft verhalten«, deutete sie nur vage an.

»Wir werden ja sehen, wer von uns beiden recht behält.«

»Ich gehe in die Schreibstube und warte dort auf Nickel«, meinte Gret.

»Ich komme nach, sobald mich der Meister gehen lässt«, versprach Jacob. Er bezweifelte, dass sie von Nickel viel Unterstützung zu erwarten hatten.

»Ich habe ein gutes Gefühl, es wird schon alles glattgehen.« Sie drückte sich zum Abschied noch einmal fest an Jacob und machte sich dann wieder auf den Weg.

Als sie in der Schreibstube ankam, saß Nickel bereits an seinem Platz und arbeitete an einem Schriftstück, als wäre nichts geschehen. Ein Blick genügte und er verstand, dass sie ihn unter vier Augen sprechen wollte. Er erhob sich und begleitete sie stumm nach draußen.

»Was ist geschehen? Ist dein Plan aufgegangen? Was ist mit Merten?« Gret stieß ihre Fragen hastig und rasch hintereinander aus. Sie konnte es kaum erwarten, alles haarklein zu erfahren.

Nickels Gesichtsausdruck blieb undurchsichtig. »Ich sagte dir bereits, dass es besser für dich ist, wenn du von alledem nichts weißt.«

»Aber ich muss doch zumindest erfahren, ob ich mich wieder frei bewegen kann und nicht mehr verfolgt werde.« Gret ließ nicht locker. Sie wollte sich nicht mit leeren Floskeln abspeisen lassen.

»Du kannst wirklich stur sein. Nun gut, da du offenbar nicht aufgibst: Es ist sogar noch besser gelaufen, als ich es mir erträumt hatte«, räumte Nickel ein.

»Und was bedeutet das nun?« Gret wurde immer gereizter, da sie dem Fälscher jede Kleinigkeit aus der Nase ziehen musste.

»Dass Merten dir nichts mehr antun wird«, erwiderte Nickel knapp.

»Hast du ihn getötet?«

»Nein, natürlich nicht. Wo denkst du hin? Er ist verhaftet worden und sitzt nun im Gefängnis.«

»Und sein Knecht?«, wollte Gret wissen.

»Der auch. Allerdings haben sie gegen ihn nicht viel in der Hand. Ich habe nur Merten angeschwärzt.«

»Kannst du nicht ein bisschen deutlicher werden?«

»Wenn die rechte Zeit ist, wirst du alles erfahren. Bis dahin kann ich dir nur raten: Übe dich in Geduld.« Nickel grinste sie frech an. Da er alles gesagt hatte, was zu sagen war, ließ er sie einfach stehen und begab sich gemächlich zurück zu seinem Schriftstück.

Gret musste schmunzeln; an diesem Menschen konnte man sich wirklich die Zähne ausbeißen. Wenn sie es sich genau überlegte, war er ihr gar nicht so unähnlich.

Kapitel 23

Es war ein trister, wolkenverhangener Tag, der auf die Stimmung der Leute drückte. Leichter Nieselregen fiel nieder und durchtränkte Haare und Kleidung der Menschen. Das unwirtliche Wetter hinderte jedoch kaum einen Landshuter daran, dem großen Spektakel beizuwohnen. Auf dem Richtplatz hatten sich bereits zahlreiche Schaulustige versammelt und immer noch mehr Menschen rückten nach. Keiner wollte sich die öffentliche Hinrichtung entgehen lassen. Es kam nicht oft vor, dass jemand eines derart schändlichen Vergehens überführt wurde.

Der Verurteilte hatte aus der Landshuter Martinskirche eine Marienstatue entwendet, ein wahres Kunstwerk von unglaublicher Schönheit. Die Figur aus Lindenholz maß knapp zwei Fuß und war liebevoll und bis in die kleinste Einzelheit gefertigt. Die anmutige Mutter Maria trug das Jesuskind auf dem Arm und sah den Betrachter entrückt an. Ein weiter Umhang mit einem täuschend echten Faltenwurf umhüllte sie majestätisch. Keine Frage, das Glanzstück stammte aus den Händen eines wirklichen Meisters der Bildhauerkunst.

Dieser hinterlistige Raub war jedoch nicht alles, was man dem Dieb anlasten konnte. Auch ein vergilbtes, Jahrhunderte altes Manuskript recht fragwürdigen Inhalts hatte man an seinem Körper gefunden. Es enthielt seltsame Anweisungen für Tränke und Zubereitungen, die mithilfe von Steinen hergestellt werden sollten. Der Gefangene konnte nicht glaubwürdig erklären, wie er in den Besitz dieses Dokumentes gekommen war. Die Untersucher des Falls stuften das Schriftstück jedoch als gefährlich ein und verwahrten es an einem sicheren Ort, an dem es keinen Schaden anrichten konnte.

Unter den Qualen der Tortur hatte der Übeltäter bereits nach kurzer Zeit den heimtückischen Raub der Statue gestanden. Außerdem enthüllte er, dass dem zweifelhaften Manuskript offenbar geheime Kräfte innewohnten. Im peinlichen Verhör gab er auch zu, dass er eben diese Kräfte zu seinem eigenen Vorteil und zum Schaden anderer nutzen wollte.

Ein solch abscheuliches Verbrechen durfte natürlich nicht ungesühnt bleiben. Das zunächst gefällte Urteil fiel hart aber gerecht aus: Der Dieb sollte durch Erhängen den Tod finden. Nur das Eingreifen einflussreicher Fürsprecher konnte diese unehrenhafte Todesart noch einmal abwenden. Man ersparte dem Dieb und seinen Angehörigen die Schmach und gewährte ihm stattdessen die Hinrichtung mit dem Schwert.

Der Knecht des Gesetzesbrechers kam besser davon, da ihn der Zeuge beim Diebstahl nicht gesehen hatte. Man ließ ihn laufen, jagte ihn jedoch unter großem Hohngelächter aus der Stadt.

Auch Gret, Jacob und Max hatten sich an diesem Tag am Richtplatz eingefunden. Die Schuhmachertochter trug den kleinen Gabriel auf dem Arm, der sich neugierig umsah. In seinen kleinen Kinderaugen war der Trubel um ihn herum ein aufregendes Erlebnis. Die unruhige Menge drängte nach vorne; es wurde geschoben, geschrien und gepfiffen. Ein Gaukler nutzte die Gunst der Stunde, um seine Künste anzupreisen, und schlug ein paar Räder. Doch die Menge beachtete ihn kaum. Das Schauspiel, das sie alle erwartete, würde weitaus fesselnder sein.

Für die Hinrichtung hatte man ein Holzpodest mit einem Richtblock errichtet. Der Holzklotz wies an der Oberseite eine tiefe Kuhle auf, in die der Verurteilte seinen Kopf legen musste. Seitlich ragten zwei große Eisenringe aus dem Stamm, an denen die Ketten festgemacht werden konnten. Das blank geputzte Henkerbeil lehnte unschuldig daneben und harrte bereits auf sein Opfer.

Als die Turmuhr zum zwölften Mal schlug, schob der Henker den Dieb näher an den Richtblock heran und zwang ihn mit einem leichten Druck in die Knie. Er machte die Hände des Verurteilten an den Eisenringen fest und riss dann das einfache Leinenhemd am Nacken entzwei. Der entblößte Hals ruhte ruhig auf dem Block, nur die Blutadern an den Seiten pochten im raschen Takt des Herzschlags. Mertens Augen waren vor Schreck weit aufgerissen und der Angstschweiß stand ihm auf der Stirn.

Gret kämpfte mit widerstreitenden Gefühlen. An ihr nagten Gewissensbisse, da sie wusste, dass der Verurteilte die ihm angelasteten Verbrechen nicht begangen hatte. Noch immer hatte sie die Möglichkeit, ihn in letzter Minute vor dem Tod zu bewahren. Doch dann müsste sie Nickel ans Messer liefern und würde aller Wahrscheinlichkeit nach selbst auf dem Scheiterhaufen landen. Sie musste auch an sich und ihre Familie denken. So besänftigte sie ihre Schuldgefühle.

Merten hatte zwar die Marienstatue nicht gestohlen, war jedoch längst kein Unschuldslamm. Er hätte Brigitta mit seinem Einfluss jederzeit retten können. Doch er war untätig geblieben und hatte sie einfach sterben lassen. An seinen Händen klebte das Blut einer Unschuldigen. Und nun würde sie dieses Schicksal bald mit ihm teilen.

Lange konnte es nun nicht mehr dauern. Gret musste an ihre im Zorn ausgesprochene Verwünschung denken, die das Unglück angestoßen hatte. Sie bereute ihre unüberlegten Worte, denn sie hatte Mertens Familie nicht ernsthaft Schaden zufügen wollen. Dennoch war Mertens Mutter kurz nach ihrem verhängnisvollen Ausbruch gestorben.

Leise flüsterte sie eine Entschuldigung vor sich hin. Ihre Worte gingen im Getöse der Menge unter. Die Leute wurden unruhig und verlangten, dass die Strafe nun endlich vollstreckt wurde. Mit der Mitschuld an Mertens Tod würde Gret weiterleben müssen. Im Stillen bat sie den Todgeweihten um Verzeihung. Und Gabriel – sollte sie ihm je sagen, wer sein leiblicher Vater war und wie bitter sein kurzes Leben endete? Nein, es war sicher besser für ihn, wenn er niemals etwas davon erfuhr.

Dann griff der Henker nach dem glitschigen Beil. Der nasse Stiel rutschte ihm zunächst aus der Hand und die Menge grölte vor Schadenfreude. Sein anfängliches Ungeschick setzte dem Nachrichter sichtlich zu. Er wirkte mit einem Mal unsicher und fahrig. Dann nahm er die Todeswaffe mit beiden Händen auf und setzte zum entscheidenden Schlag an. Er schwang sie kraftvoll über seinen Kopf und ließ sie erbarmungslos niedersausen.

Die Menge schrie entsetzt auf und verhöhnende Rufe wurden laut. Das Beil hatte sein Ziel verfehlt und steckte nun in der rechten Schulter des Verurteilten fest. Merten winselte vor Pein und wand sich in seiner Körperqual. Es war ein erbarmungswürdiger Anblick, der die Umstehenden das Grausen lehrte. Noch zweimal musste der Scharfrichter nachsetzen, bis es ihm endlich gelang, den Kopf vom Rumpf abzutrennen.

Auch wenn Hinrichtungen viele Menschen anlockten, ergötzten sich die meisten Stadtbewohner nicht am Leid der Verbrecher, sondern zogen ein rasches und sauberes Ende vor. Der stümperhafte Auftritt des Henkers stieß allseits auf Ablehnung. Der Dieb hatte seine Strafe verdient, nicht jedoch dieses schlechte Possenspiel.

Die Umstehenden lästerten noch eine Weile über die missglückte Darbietung des Nachrichters, brachen dann aber, als es nichts mehr zu gaffen gab, nach und nach auf. Nur eine einzelne Frau löste sich aus der Menge und trat näher an die Richtstätte heran. Gret erkannte in dem Mädchen die junge Magd Anna. Die Frau sah verändert aus. Ihr Gesicht wirkte versteinert und ihre Augen seltsam leer und ausdruckslos. Sie hatte ihre jugendliche Unbeschwertheit verloren und war von einer tiefen Hoffnungslosigkeit erfüllt.

Jacob legte seinen Arm um Grets Schulter und wollte sie mit sanftem Druck zum Aufbruch bewegen. Doch Gret starrte immer noch gebannt auf das trauernde Mädchen. Als würde sie den Blick, der auf ihr lag, spüren, hob Anna unvermittelt den Kopf. Gret zuckte zusammen, als sich ihre Blicke trafen. Aus Annas Augen sprach der pure Hass. Es war nur ein kurzer, geladener Augenblick, der rasch wieder verging, doch Gret spürte die Feindseligkeit des Mädchens am ganzen Körper. Noch ein Mensch, den sie ins Unglück gestürzt hatte.

Gret wandte sich ab und ließ sich von Jacob mitziehen. Sie musste nach vorne sehen. Die Ereignisse der letzten Monate hatten sie stark gebeutelt und zahlreiche Schrammen hinterlassen. Sie hatte Fehler gemacht und auch Schuld auf sich geladen, das war ihr wohl bewusst. Vielleicht war sie selbst kein besserer Mensch als Merten es gewesen war. Aber sie würde es mit ihrer Heilarbeit wiedergutmachen, das nahm sie sich fest vor. Und auch wenn es für Merten und Anna zu spät war, so konnte sie zumindest noch für andere Menschen da sein.

NACHWORT

Die Geschichte der Steinheilerin Gret ist frei erfunden, auch wenn sie auf historischen Begebenheiten beruht, die sich tatsächlich so ereignet haben. Belegt ist, dass im Frühjahr 1590 mehrere schwere Hagelgewitter über die Stadt Freising hinwegfegten und erhebliche Schäden anrichteten. Die Verwüstungen in der Stadt, am Bischofsschloss und am Domberg lösten eine wahre Hexenhysterie aus.

Die Verfolgungswelle brach wohl auf Drängen der Gemeindevertretung los und zog immer größere Kreise. In Freising und Unterföhring wurden mindestens 21 Hexen verbrannt und mehr als doppelt so viele beschuldigt und gefoltert. Zu Beginn trafen die Verfolgungen in Bayern vor allem alte, hässliche und ungestalte Frauen, die der verbreiteten Hexenvorstellung am ehesten entsprachen. Besonders verdächtig war, wer magische Dinge besaß, Weissagungen aussprach oder sich auf irgendeine andere Weise auffällig verhielt. Auch Male und Stigmata galten als untrügliche Zeichen.

Nicht alle Beschuldigten wurden auch inhaftiert. Das Gericht prüfte zunächst, ob der Verdacht auch plausibel war und ob mehrere Klagen gegen eine Person vorlagen. Der Stand und der Leumund der Beschuldigten spielten eine große Rolle. Die ersten verhafteten Frauen waren Außenseiterinnen oder gehörten der gesellschaftlichen Unterschicht an. Erst als die Prozesse bereits in vollem Gange waren, weitete sich der Kreis der Verdächtigen auf den bürgerlichen Mittelstand und die Patrizierfamilien aus.

Zur Zeit der Verfolgungen residierte Fürstbischof Ernst von Freising nicht in der Stadt und zeigte auch kein großes Interesse an den Hexenprozessen. An seiner Stelle nahm der Statthalter die Dinge in die Hand und machte es sich zum Ziel, die Hexen in der Stadt vollkommen auszurotten.

Freising verfügte Ende des 16. Jahrhunderts über keinen eigenen Scharfrichter. Deshalb war die Stadt gezwungen, von auswärts einen

Henker anzufordern. Der Schongauer Meister Jörg Abriel galt als besonders versiert und erfahren im Umgang mit Hexen. Ihm eilte sein unerbittlicher und brutaler Ruf voraus. Bekannt ist, dass er sich seine Dienste teuer bezahlen ließ. Er reiste gerne wie ein hoher Herr, begleitet von seiner Frau und einem Knecht.

Auch die Figur des Stadtrichters Marquart Johann ist der Wirklichkeit entliehen. Zu seinen Aufgaben gehörte es, die Verhöre durchzuführen und die Angeklagten mit Unterstützung des Scharfrichters zu einem Schuldbekenntnis zu bringen. Nur wer nach einer dreimaligen Tortur immer noch nicht gestand, musste freigelassen werden. Ein unter der Folter abgegebenes Geständnis galt erst dann als gültig, wenn es im späteren Verhör bestätigt wurde. Doch bereits die Androhung einer weiteren Tortur reichte häufig aus, um die Angeklagten zu einem gütlichen Geständnis zu bewegen.

Das im Buch erwähnte Manuskript der Äbtissin Hildegard existiert tatsächlich. Nur die Abschrift, die in die Hände meiner Heldin gelangt, entspringt meiner Fantasie. Hildegard von Bingen hat neben ihren visionären Schriften vor über 850 Jahren auch bedeutende heilkundliche Werke verfasst. Ihr »Buch von den Steinen«, das ein Teil ihres »Liber simplicis medicinae (Physica)« ist, beschreibt die Entstehungsgeschichte und Heilwirkung von Edelsteinen.

Frühe Übersetzer hielten ihre Aufzeichnungen zunächst für wertlos. Doch heute ist klar, dass Hildegards Wissen weit über die Weisheit der damaligen Zeit hinausging. Die Schriften bergen einen großen Erfahrungsschatz, der auch heute noch Gültigkeit hat.

Viele der ursprünglich beschriebenen Steine wechselten im Laufe der Jahrhunderte ihre Namen, was dazu führte, dass sie in der Literatur häufig falsch übersetzt wurden. Dem Steinkenner und Autor Michael Gienger gelang es erstmals, die Steine exakt mineralogisch zu definieren. Was er bei seinen Forschungen herausfand, war tatsächlich frappierend: Sowohl die von Hildegard beschriebene Entstehungsgeschichte der Steine als auch ihre Wirkungen lassen sich seiner Ansicht nach durch die moderne Steinheilkunde bestätigen.

Und noch eine kurze Anmerkung: Für die geraubte Madonnen-Statue am Ende der Geschichte habe ich mich von einem größeren Original inspirieren lassen. In der Martinskirche in Landshut ist eine berühmte Madonnenfigur des Bildhauers Hans Leinberger in Überlebensgröße zu bewundern. Da sich ein Kunstwerk von mehr als zwei Metern nur schwer entwenden lässt, habe ich es mir gestattet, die Größe aus literarischen Gründen auf ein praktikables Maß zu schrumpfen.

ANHANG

Die Heilsteine der Hildegard von Bingen nach Michael Gienger (mit der korrekten heutigen Übersetzung in Klammern): Eine Heilwirkung schreibt Hildegard von Bingen insgesamt 24 Steinen zu. Der Alabaster hat in ihren Augen keinen großen Wert. Die Perlen sind nur eingeschränkt wirksam.

Der Smaragd
Der Hyazinth (Zirkon)
Der Onyx (Achat)
Der Beryll
Der Sardonyx
Der Saphir (Lapislazuli)
Der Sarder
Der Topas
Der Chrysolith (Peridot, Olivin)
Der Jaspis (Heliotrop)
Der Prasem
Der Chalcedon
Der Chrysopras
Der Karfunkel (Granat)
Der Amethyst
Der Achat (Jaspis)
Der Diamant
Der Magnetstein (Magnetit)
Der Ligurius (Bernstein)
Der Kristall (Bergkristall)
Die Margariten (Kalkoolith)
Die Perlen
Der Karneol
Der Kalk
Der Alabaster

GLOSSAR

Eisenamtmann: Gefängniswärter, der für Torturen leichteren Grades zuständig ist und Gefangene in Eisen legt

Hebemutter: Hebamme, Geburtshelferin, Wehmutter

Leisten: Formstück aus Holz, das zur Anfertigung eines Schuhs verwendet wird

Nachrichter: Scharfrichter, Henker

Peinliches Verhör: Folter

Scherge: Gerichtsdiener, Büttel

Tranfunzel: Schwach leuchtende Öllampe

Urgicht: Geständnis eines Angeklagten

Verbrämung: Verzierung oder Besatz an den Rändern eines Kleidungsstückes

Tereza Vanek
Im Dienst der Gräfin
ISBN: 978-3-931989-81-1
Softcover, EUR 14,90

1606: Durch eine Seuche zur Waise geworden, gelangt die 17-jährige Emilia in die Dienste der Gräfin Elisabeth Bathory, der mächtigsten Frau Ungarns.

Emilia ist glücklich über die Möglichkeit ihrer Berufung zur Gewandschneiderin folgen zu können, doch schon bald überschatten Todesfälle und Misshandlungen das Leben am Hof. Obwohl Emilia in der Gunst der Gräfin steht, die ihre Fähigkeiten schätzt und ihr vertraut, erkennt sie eine dunkle Seite an ihrer neuen Dienstherrin.

Als sie sich in Istvan verliebt, der ebenfalls schicksalshaft mit Elisabeth verbunden ist, spitzen sich die Ereignisse dramatisch zu und Emilia gerät in einen lebensgefährlichen Strudel aus seelischen Abgründen und politischen Ränkespielen.

Britta Strauss
Hunter's Moon
ISBN: 978-3-931989-88-0
Softcover, EUR 14,90

Die Rocky Mountains im Winter des Jahres 1795:
Eine Handvoll Siedler kämpfen in der tief verschneiten Wildnis um ihr Überleben. Furchterregende Kreaturen streifen durch die Finsternis der Wälder und holen sich einen nach dem anderen. Die einzige Rettung für die verzweifelten Männer: ein Bündnis mit dem sagenumwobenen Jäger Kainah, der nicht weniger gefährlicher ist als die Bestien, die er verfolgt. Durch einen Hinterhalt wird Kainah dazu gezwungen, die Siedler des Forts zu beschützen, doch sein schwelender Hass droht den Männern zum Verhängnis zu werden. Nur Kate, die einzige Frau des Forts, durchbricht die eiskalte Mauer des Jägers.
Ist ihre Liebe stark genug, um Kainahs tödliches Erbe zu bezwingen?

DRACHENMOND VERLAG

BÜCHER MIT HERZBLUT